KB123421

『항해헌수록』의 역주와 연구

이 저서는 2019학년도 MNU 교내연구비 지원에 의하여 연구되었음.

조선후기 통신사
필담창화집 연구총서 9

『항해헌수록』의
역주와 연구

박찬기

보고사
BOGOSA

머리말

　조선통신사란 일본과의 선린 우호를 목적으로 한 친선 사절을 말한다. 태종 4년(1404) 조선과 일본 사이에 교린 관계가 성립되자, 조선 국왕과 일본 막부장군은 각기 양국의 최고 통치권자로서 외교적인 현안을 해결하기 위하여 사절단을 파견하였다. 이때 조선 국왕이 일본 막부 장군에게 파견하는 사절을 "통신사", 막부장군이 조선 국왕에게 파견하는 사절을 "일본국왕사"라 칭하였다.

　이후 조선 국왕으로부터 일본에 육십여 회의 사절단이 파견되었지만 그 중 "통신사"란 명칭으로 파견된 것은 6회이고, 이것도 1592년 도요토미 히데요시의 "조선 침략전쟁"(임진왜란, 정유재란)으로 인하여 중단되었다.

　그 후 도쿠가와 장군이 즉위하자 대마도 종(宗) 씨의 노력에 힘입어 1607년에 국교를 회복할 수 있었다. 그 국교 수복의 일환으로서 조선통신사의 방일이 이루어진 것이고, 처음에는 1607년 도쿠가와 이에야스(德川家康)로부터 조선 국왕에게 보내진 국서에 대한 답서를 지참한 "회답사"이기도 했고, 또한 도요토미 히데요시의 조선 침략 때 붙잡혀

간 조선인 포로의 귀환을 목적으로 하는 "쇄환사"이기도 했다. 그 후 조선통신사 방일은 도쿠가와 신 장군이 즉위할 때 축하를 목적으로 하는 친선 사절로서 행해진 것이다. 즉 정치적 목적을 띠고 방일한 것이고 그 이면에는 여러 가지 문제로 인한 알력이 숨겨져 있었다. 예를 들면, 대마도주가 조선 국왕의 국서를 위조한 문제, 막부의 내시에 의해서 강행된 조선통신사 닛코(日光) 도쇼구(東照宮) 참배의 문제, 도요토미 히데요시가 창건한 교토 호코지(方廣寺)의 의식에 참가한 문제 등이 그것이다.

그러나 일본의 에도(江戶)시대(1603~1867, 조선 후기)에 있어서 조선과 일본 양국의 교류사를 생각함에 있어서 조선통신사가 담당한 역할로서 주목되는 것은 정치적인 역할보다는 오히려 사행의 도중 일본 문인들과의 필담·창화 및 일반 민중과의 교류를 비롯한 문화적·학술적 교류의 측면이다. 그리고 이러한 교류 양상은 12회에 달하는 조선통신사 방일의 기록[1](〈표 1〉 참조)에 기술되는 필담·창화의 모습이나 일본의 각지에 남아있는 창화집 및 필담의 기록을 통하여 유추할 수 있다.

이 저서의 역주와 연구의 대상이 되는 『항해헌수록』에는 1719년 제9회 방일의 때, 오사카에서 조선 사절의 제술관 신유한 및 서기 강백, 성몽량, 장응두와 규슈의 구마모토에서 찾아온 유학자 미즈타리 야스나오, 야스카타 부자가 나눈 필담, 창수의 모습이 기술되어 있다.

---

1 12회에 달하는 조선통신사 사행의 기록은 수를 헤아릴 수 없이 많지만, 조선측의 기록으로는 〈표 1〉과 같은 것이 있다.

　여기에서 나는 제1장 1절, 2절에서『항해헌수록』을 번각하고, 이것을 한국어 번역과 주석을 통하여 필담, 창수 모습을 파악하였다.

　이어서 제2장 1절에서는『항해헌수록』과 신유한의『해유록』과를 비교 고찰하여 1719년 9월 오사카에서의 조선과 일본 학사들의, 한자를 매개로 하는 필담 및 창수, 교류의 특징적 모습을 실증적으로 고찰하였다. 또한 2절에서는『항해헌수록』에 나타난 양국 학사의 필담, 창수의 다양한 내용을 분류하고 설명하였다. 다음으로 3절에서는『항해헌수록』에 나타난 양국 학사의 선현 인식에 초점을 맞춰 고찰하였다.

　3장 1절에서는 중국과 일본의 '원숭이 퇴치 전설'의 유포와 수용에 대하여, 중국 계림의 '첩채산 전설'을 발굴하고 이것이 어떻게 유포되었으며, 일본 근세 문학에 어떻게 수용되어 가는가에 대하여 실증적으로 조사 고찰하였다. 마지막 2절에서는 일본 문학에 나타난 조선통신사의 모습과 근세와 근, 현대의 조선통신사 문학의 다양한 장르를 소개하고, 상호 영향 관계를 고찰하였다.

　또 한국어로 작성된 1장, 2장, 3장의 역주와 연구의 내용을 일본어로 번역하여 출판하게 되었다. 이것은 조선통신사 문학의 연구가 한국과 일본 양국의 교류사를 생각함에 있어서 상호 인식의 중요한 자료로 제공될 수 있을 뿐만 아니라, 한자를 매개로 하는 공통의 학술적, 문화적 교류의 장을 나타내는 모습이기도 하기 때문이다.

　조선통신사 방일의 때에는 일본어 통역관으로 당상역관, 상통사, 소통사 등 합쳐서 매회 약 25명의 통역관이 수행한다. 그러나 일본의 각 지역의 숙소에서 이루어지는 학사, 문인들과의 교류는 통역을 사이에

둔 교환은 오히려 불편했을지도 모른다. 따라서 직접 한문 필담 내지는 한시 창수의 교환이 자유롭게 행해진 것이다. 『항해헌수록』에 나타난 필담, 창수의 모습도 이것을 반영한 형태로 이루어졌다고 할 수 있다.

〈표 1〉

횟수	연대	정사	부사	종사관	사행록	제작자
1	1607년	여우길	경칠송	정호관	해사록	경칠송
2	1617년	오윤겸	박재	이경직	동사상일록 동사일기 부상록	오추탄 박재 이석문
3	1624년	정 립	강홍중	신계영	동사록	강홍중
4	1636년	임광	김세렴	황상	병자일본일기 해사록 동사록	임 광 김동명 황만랑
5	1643년	윤순지	조경	신유	동사록 해사록	조용주 신죽당
6	1655년	조행	유창	남용익	부상일기 부상록	조행 남호곡
7	1682년	윤지원	이언강	박경준	동사일기 동사록	김지남 홍우재
8	1711년	조태억	임수간	이방언	동사일기 동사록	임수간 김현문
9	1719년	홍치중	황선	이명언	해사일기 해유록	홍북곡 신유한
10	1748년	홍계희	남태기	조명채	봉사일본시 견문록 수사일록	조난곡 홍경해
11	1764년	조엄	이인배	김상익	해사일기 계미사행일기 일동장유가	조제곡 오대령 김인겸
12	1811년	김이교	이면구		동사록	유상필

본 저서의 2장, 3장의 바탕이 되는 기 발표 논문의 첫 수록은 다음
과 같다. 논문에 따라 자료를 재정리하고 가필, 수정하였으나 부분적
으로 중복되는 곳도 있음을 양해 바란다.

제2장

Ⅰ. 「18세기 초 오사카에서의 신유한과 미즈타리 헤이잔」, 『일본어문학』
6집, 한국일본어문학회, 1999년.

Ⅱ. 「『항해헌수록』에 나타난 일본과 조선 학사의 필담·창수 연구」, 『일
본어문학』 79집, 한국일본어문학회, 2018년.

Ⅲ. 「『항해헌수록』에 나타난 일본과 조선 학사의 선현 인식」, 『비교일
본학』 44집, 한양대 일본학국제비교연구소, 2018년.

제3장

Ⅰ. 「계림 〈첩채산 전설〉의 유포와 일본근세문학으로의 수용」, 『일본어
문학』 81집, 한국일본어문학회, 2019년.

Ⅱ. 「외국 정보의 매체로서 조선통신사 문학 연구」, 『일본어문학』 78집,
한국일본어문학회, 2018년.

차례

【日本語】

1章 _ 訳注と影印 231

2章 _ 『航海獻酬録』の研究 293

3章 _ 朝鮮通信使文学研究 355

한국어

제1장

역주와 번각

I

『항해헌수록』의 역주

향보 기해(1719)년 가을 9월 8일, 오사카 객관 니시혼간지(西本願寺)에서 조선 학사 신유한[1] 및 서기 강백[2], 성몽량[3], 장응두[4] 등과 만나 창수 및 필담을 나누었다.

미즈타리 야스나오(水足安直)[5]

---

1 신유한(申維翰, 1681~1752) 본관은 영해(寧海), 자는 주백(周伯), 호는 청천(青泉)으로 1713년 문과에 급제했다. 1719년 조선통신사의 일원으로 방일한 후 『해유록』을 저술하였다. 외에도 시문집 『청천집』을 남기고 있다.

2 강백(姜栢, 1690~1777) 본관은 진주, 자는 자청, 호는 우곡으로 관찰사 강홍중의 증손이다. 부친은 강석주이고, 어머니는 삭녕 최씨 최윤신의 딸이다.

3 성몽량(成夢良, 1718~1795)은 조선 후기의 문사이다. 자는 여필, 호는 소헌이고, 본관은 창녕으로 안산 출신이다. 숙종 28년(1702)에 과거에 급제했다. 1719년 통신사의 서기로 방일하였다.

4 장응두(張應斗, 1670~1729) 자는 필문이고 호는 국계이다. 1719년 통신사의 서기로 방일하였다.

5 미즈타리 야스나오(水足安直, 1671~1732) 에도시대 중기의 유학자. 히고 구마모토번의 유학자로, 아사미 게이사이(淺見絅齋)의 문하에서 수학하고, 후에 소라이(徂徠)학을 주장하였다. 자는 주케이(仲敬), 호는 헤이잔(屏山), 통칭은 한스케(半助)라 불렸다.

통자(通刺, 명함을 내밀고 면회를 요청함.)

저는 성이 미즈타리이고, 이름은 야스나오이며, 자는 중경, 호는 헤이잔 또는 세이쇼도라고 합니다. 일본의 서쪽 히고(肥後, 지금의 구마모토[熊本] 현)주 候源拾遺⁶의 문인입니다. 전부터 귀국과의 교류를 좋아하여 마음속으로 사절단(星軺)⁷이 오기를 갈망하였고 만나보고 싶었습니다. 그리하여 산을 넘고 강을 건너 수천 리의 험난한 노정을 거쳐 왔습니다. 늦여름 즈음에 먼저 이곳으로 왔다가 다시 서쪽을 바라보고 달려 문사의 깃발로 장식한 여러분의 왕림을 기다리다 오늘에 이르렀습니다.

현재 삼 사신 및 여러 관원들의 짐도 별일 없고, 모두 건강하며 배도 강어귀에 세워 두고 숙소에서 잠시 쉬게 되었으니 이는 천인합일(天人合一)이나이다. 이로써 관원과 백성들이 함께 즐기게 되었으니, 이는 두 나라의 기쁨이고 만복의 바람입니다.

이 아이의 이름은 야스카타(安方)이고⁸, 호는 출천(出泉)이며 저의 아들(豚犬)⁹입니다. 올해 열세 살로 약간의 경서를 읽어두어 문학에 관해

---

6 역사 민속 용어로 노래나 작품 등이 누락된 것을 보충하는 일. 「宇治拾遺」·군주 등을 도와서 그 잘못을 보충하는 일. 그 일을 담당하는 사람.

7 행렬의 가마.

8 미즈타리 야스카타(水足安方, 1707~1732) 에도시대 중기의 유학자. 미즈타리 헤이잔의 장남으로 히고 구마모토번의 번사. 호는 출천, 후일 신유한으로부터 하쿠센(博泉)이란 호를 받는다.

9 자신의 자식을 낮춰 부르는 말.

서도 조금 알고 있나이다. 전에 통신사가 온다는 말을 듣고, 여러 군자
들이 의관을 갖추고 가마와 말 탄 모습을 구경하고 문장의 아름다움을
보기 바라며 험난한 바닷길의 풍파를 겪으면서 먼 히고주(肥後州, 지금
의 구마모토)에서 여기까지 왔나이다. 저의 시 두 수를 삼가 조선 학사
청천(靑泉) 신 선생님께 드립니다. 엎드려 시의 첨삭을 바랍니다.

헤이잔

  사절단이 잠시 머무는 오사카 성시 근처에 의관을 가지런히 하여
신선의 바다에서 왔다네.
  기이한 재주는 마치 호랑이가 울부짖는 듯하고 천 리 밖 멀리까지
감화하네. 도량이 넓음은 봉이 한 번에 구천 리의 구름을 나는 것과
같구나.
  일찍이 여러분의 명성을 듣고 모범됨을 흠앙하며 행동거지를 보고
말씀을 사모하였다네.
  예로부터 훌륭한 말은 가장 뛰어나니 어리석은 자에게 가르침을
주시길 바랍니다.
  규격이 있는 걸음걸이는 위엄이 있고, 은태사 가르침의 감화가 멀
리까지 전해져 알려졌나이다.
  여러 빈객 중 당신들의 명성이 특히 높으며 뛰어난 재주도 갖고
있으니, 두루두루 미덕을 갖춘 것이 무슨 의심할 바가 있으리까.

星使暫留城市邊, 衣冠濟々自潮仙, 奇才虎嘯風千里, 大風鵬飛雲九天, 早聽佳名思德范, 今看手采慕言詮, 古來金馬最豪逸, 須爲駑駘[10] 着一鞭. 矩行規步有威儀, 風化遠伝殷太師,[11] 列位賓中名特重, 太才實德又奚疑.

헤이잔께서 주신 시에 화운하다.　　　　　청천 신유한

강가에서 우연히 만나 군자의 시를 들으니, 나도 몰래 고전곡 한 수 읊어 신선으로 화하도다.

약초는 백운심처 삼산지경에서 자라며, 해는 부상(중국 고대 신화에서 바다 밖에 있다는 커다란 나무로, 여기에서 해가 뜬다고 믿어졌음, 일본을 지칭함)에서 떠올라 만리 천공을 붉히노라.

자고로 청편 위에는 많은 묘책이 있다고 여겼으나, 붉은 솥(丹竈, 도학[12])에만 진수가 있다고는 말하지 마라.

가벼운 담소 중에도 가을 시간이 너무 빠름을 애석하게 여기고 내일 아침 말을 타고 출발해야 하니 채찍 들기가 안타깝구나.

---

10 둔한 말. 어리석은 사람.

11 은태사(殷太師)는 비간(比干)을 말함. 제신(帝辛)의 숙부로, 은상(殷商) 왕실의 대신으로 승상을 지냈다.

12 유학의 한 분파로서 중국의 송대에 발달한 정주학 또는 주자학의 다른 이름. 중국 남송의 주희가 집대성하여 조선시대에 크게 번성한 유교 철학을 말한다.

사절들에 성대한 예의로 빈객을 영접하고 있으니, 글재주가 뛰어난 영웅들은 모두 나의 선생일세.

모두 함께 태평성세를 경축하고 있는 모습이 꼭 마치 또 하나의 주 왕조가 시작한 것 같으니, 서로 마음을 터놓고 대하고 백 년간 우애롭길 바라며 절대 의심은 없을 것일세.

邂逅鳴琴落水邊, 將雛[13]一曲亦神仙, 雲生藥艸三山経、日出榑桑万里天, 自道靑編多妙契[14], 休言丹竈[15]有眞詮[16], 淸談共惜秋曦短, 明發征驅懶擧鞭. 皇華[17]正樂盛賓儀, 文采風流是我師, 共賀太平周道[18]始, 百年肝瞻莫相疑.

진사 강 선생에게 드림

헤이잔

우호적인 이웃나라에서 조선 사절의 배가 의장을 갖추고 천산만수를 넘고 절벽을 넘어 여기로 왔나이다.

당신들의 풍채와 재주를 흠모하며, 시 한 수를 읊어 올려 귀국의

---

13 봉장추(鳳將雛), 중국의 고전곡명으로, 봉황이 새끼를 품는 모양을 표현하고 있다.
14 묘책. 이상하게 들어맞음.
15 방법과 기술을 체득한 전문가 영약을 달이는 솥.
16 진리를 깨닫는 것.
17 천자의 사신, 칙사를 의미한다. 여기서는 조선 왕의 사절을 말한다.
18 중국의 나라 이름. 무왕이 은(殷)나라를 멸망시키고 37대 867년간의 왕조. 호경(鎬京)을 수도로 하였으나 후에 낙읍(洛邑)으로 옮겼다.

풍채를 보고 싶나이다.

송죽(松竹)은 천 년의 세월을 지내왔지만, 계국(桂菊)은 단지 한 가을만 피는 꽃일 뿐입니다.

우연히 만나 알게 되었으니, 함께 즐김이 또한 어떠한지요?

노련[19](齊나라 魯連은 선비의 지조)도 당년에 동명 천만 리 땅을 답사했다고 하지요.

선지자를 만나니 그의 재능이 출중하여 그의 마음속의 문채가 하늘의 별만큼 많아지고 걸작이 수없이 많이 나타나는군요.

善隣漢使槎, 冠盖[20]涉雲涯, 連揚仰風采, 寄詩觀國華, 松篁千歲月, 桂菊一秋花, 萍水偶相遇, 寄遊又曷如. 魯連千古氣離群, 踏破東溟万里雲, 邂逅先知才調別, 胸中星斗吐成文.

헤이잔의 시에 차운하여 보냄   경목자

조선 사절의 배는 천 리를 항행하여 여기까지 왔으며, 잠시 배는

---

19 노련이 조나라에 살고 있을 때, 진나라가 조나라의 수도인 한단(邯鄲)을 공략하여 포위했다. 이 때 위나라의 장군 신원연(新垣衍)을 파견하여, 진나라 왕을 황제로 칭하면 포위를 풀겠다고 하였다. 이 말에 노련(노중연)은 진나라가 교만하게 천제를 참칭한다면 나는 " 踏東海而死(동해 바다에 빠져 죽겠다)"라 하자, 진나라 장군은 이 말을 듣고 군대를 물렸다고 전해진다. 후일 노련은 관직을 사양하고 동해에서 은거하며 생을 보냈다고 한다.《史記卷83 魯仲連鄒陽列傳》

20 관리와 그 복장, 행렬을 말함. 사절의 의미도 내포함.

섭진(攝津, 지금의 오사카)항에 정박하는구나.

소중한 손님을 맞이하고 있으며 가을의 국화도 예쁘게 동산에 피어나니 이는 하늘의 뜻이로다.

해외의 일을 다 담론하고 시가로서 흥을 돋우니 거울(鐘) 속의 꽃이 감동하는구나.

고국은 중양절(음력 9월 9일)인데, 몸은 이국 타향에 있으니 아쉬움을 금할 길 없구나.

당신의 시학 수양이 유일무이한 건 안다만, 필하의 글재주는 단지 동명 가운데의 몇 송이 구름송이에 지나지 않을 것일세.

만 리 밖 부상(扶桑, 일본의 이칭)에서 우연히 만나, 술을 마시면서 국화꽃을 감상하며 서문에 대해서 자세히 담론하는 것일세.

迢迢上漢槎, 久繫攝津涯, 客意鴻賓日, 天時菊有花, 談窮海外事, 詩動鐘中花, 故國登高節[21], 他鄉恨轉加. 知君詩學獨無群, 筆下東溟幾朶雲, 邂逅扶桑万里外, 黃花白酒細論文.

진사 성 선생에게 드림   헤이잔

오신 손님들은 모두 영웅호걸들이며, 친구들은 일찌감치 객관에 모였다네.

---

21 중양절로 음력으로 9월 9일을 말함.

말은 성시의 북쪽에서 울부짖고, 별은 해천 동쪽을 가리키는구나.

필을 휘두르자 문기가 살아나고, 한 수의 시에서 교묘한 구상이 보이는구나.

용문은 대체 얼마나 높을까, 용문을 오르는 건 하늘 오르기보다 더욱 어려운 일인 것 같구나.

창랑(滄瀛)을 지나온 배는 정박하고, 사신은 잠시 오사카성에 머무르는구나.

이 지역은 자고로 세 개의 강이 모여서 형성된 곳이니, 멀리 여행을 와서 이국 타향에 온 정서를 갖지 말기를.

嘉客盡豪雄, 盍簪²² 舍館中, 馬嘶城市北, 星指海天東, 揮筆氣機活, 賦詩心匠工, 龍門²³高幾許, 欲上似蒼穹. 牙檣²⁴錦纜涉滄瀛、玉節²⁵暫留大坂城. 此地由來三水合, 遠遊莫做異鄕情.

듣는 바에 의하면 귀국의 濕洲汕도 세 개의 강이 합쳐진 데서 이름

---

22 친구가 모여들어 빨리 찾아오는 것.

23 용문은 황하유역에 있는 협곡의 이름으로, 격류 때문에 물고기나 거북이 올라가기 어려워서, 거슬러 올라간 물고기는 용이 되었다는 전설이 있다. 후 일 당대에 과거에 급제한 것에 비유하여 쓰기도 하였고, 점차로 출세의 관문이란 의미로도 사용되었다.

24 돛대의 다른 이름. 여기서는 조선 사절의 배를 의미함.

25 본래는 옥으로 만든 符節을 말한다. 또 符節을 소지하고 부임하는 관원을 일컬음. 옛날에는 사신이 지니고 다니던 물건으로 둘로 갈라 하나는 조정에 두고, 하나는 본인이 가지고 신표로 쓰다가 후일 서로 맞춰봄으로써 진위를 확인할 수 있었다. 사신 또는 고상한 절조의 비유로도 쓰임.

이 지어졌다고 하는데, 여기도 다카쓰(高津), 시키쓰(敷津), 나니와쓰
(難波津) 세 강이 합쳐져서 이름을 미쓰우라(三津浦)로 하였나이다. 그
리하여 뒤 한 수의 시 3, 4구를 이렇게 썼나이다.

헤이잔의 시에 화운함

재주가 단지 팔 장 높이밖에 안 된단 말인가, 당신의 품행은 고결하
기로 蓮幕[26]에서 나온 것 같구나.

한수 북에서 고향과 이별하고, 석교 동에서 일출을 보는구나.

봉래섬에서 금이 화하니, 이백[27]의 시에 공력이 실려 있듯이 파릉
(巴陵)[28]에서 재능 있는 사람이 오도다.

당신의 귀한 발걸음(玉趾)을 기쁘게 생각하고, 이슬 맺힌 잔디를 헤
쳐서 푸르른 하늘이 보이는구나.

산을 넘고 바다를 건너 천릿길을 왔음에, 군자의 위만[29](魏万, 당나라

---

26 관부(官府)의 미칭.

27 이태백(701~762) 당나라 시대의 시인으로 '시선'으로 일컬어지며 대표적인 낭만주의
시인이다. 당 현종 시절 한림공봉에 임명되어 출사했으나 향락에 빠진 황제에게 환멸을
느끼고 장안을 떠나 유람했다. 그가 남긴 천여 편의 시들은 원나라 소사빈의『분류보주
이태백시』, 청나라 왕기의『이태백전집』등을 통해 전한다.

28 중국 호남성 악양현의 서남쪽에 있는 산의 이름.

29 호는 王屋山人, 후에 魏顥로 개명했다. 위만은 이백을 존경하여, 이백과 함께『李翰林
集』을 편찬했다. 위만은 하남성 사람으로, 어느 날 이백의 시를 읽고, 감탄하여 만나기
를 원했다. 다음 여행 차비를 하고 산동성의 사구에 도착했지만, 이백은 하남성의 양원

의 젊은 시인)과 같은 정의에 감격하노라.

꿈속에서 이미 본래의 장랑(江郞)[30]으로 돌아갔다 한들, 어찌 당신의 멀리서 온 정의를 저버릴 수 있으랴.

大豈八丈雄, 猥來蓮幕中, 辭家漢水北, 觀日石橋東, 蓬島琴將化, 巴陵句未工, 喜君勞玉趾, 披露見靑穹. 千里踰山又涉瀛, 感君高義魏聊城, 夢中已返江郞錦, 曷副殷勤遠訪情.

당나라의 위만은 삼천 리를 걸어 이백을 만났는데, 랴오청(聊城)[31]은 위만의 고향이었도다.

진사 장 선생에게 드림　　　　　　　　헤이잔

조선 사절이 일본에 왔는데, 이웃나라는 백대로 우호적인 것입니다.

글재주가 해외까지 널리 퍼지고, 강당에는 기쁨이 넘치나이다.

으로 가버렸다. 다시 그가 양원에 도착했을 때, 이백은 강남으로 가버렸다. 그러나 위만은 포기하지 않고 광릉까지 따라가 이백을 만났다. 이백도 그의 열정에 감복하여 사제관계를 맺고 사사하였다.

30　江郞은 중국남조의 江淹을 말한다. 江郞이 어렸을 때 꿈속에서 郭璞이라는 사람으로부터 오색 벼루를 받고난 후, 문장이 좋아졌는데, 만년에 治亭라는 곳에서 자고 있는데 다시 郭璞이 꿈에 나타나 벼루를 가지고 간 후에는 좋은 시구를 지을 수 없었다고 전해진다. 그래서 사람들이 말하기를 "재능이 다했다."라 했다고 한다. 《南史 卷59 江淹列傳》

31　산동성 랴오청.

마주하기는 어렵지만, 당신을 경모하는 마음은 비할 길 없나이다.

당신의 높은 경지까지는 그렇게 이루기 힘들며, 머리 들고 하늘을 바라보는 것 같습니다.

오동잎이 떨어지고 석양이 붉어졌으니 홍려관(鴻臚館)[32]에서 추풍의 쓸쓸함을 감탄하도다.

나도 역시 다정한 방랑자이니, 나라가 다른 이유로 달리보지 말아 주시길.

韓使入扶桑, 隣盟百代長, 文華聞海外, 喜氣滿江堂, 臨席如堵, 慕風心欲狂, 高儀階不及, 翅首仰蒼蒼. 梧葉瓢零夕日紅, 鴻臚館裏感秋風, 多情我亦天涯客, 莫以桑韓作異同.

헤이잔의 시에 차운하여 보냄

검푸른 바다가 일본과 조선을 연결해 주며, 그 거리가 만 리가 되는구나.

험한 파도치는 바닷고기 집을 경유하고, 영경의 용궁을 넘어왔도다.

당신의 신편(新編)[33]이 얼마나 고상하고 우아한가를 감탄하며, 나의 교만했던 옛 모습이 부끄럽구나.

---

32 외국의 내빈을 접대하는 곳.

33 새로 지은 한시.

아직 마음껏 얘기를 못 나누었고, 흥도 아직 극치에 달하지 못하였
는데, 날이 어두워짐이 고민이 되는구나.

서리가 내린 뒤 단풍잎이 몇 곳 붉어졌고, 9월의 가을바람 속에서
슬퍼하는구나.

군자를 늦게 만남을 한탄하니, 언어는 다르지만 뜻은 같구나.

滄海接韓桑, 修程万里長, 險波経鮮窟, 靈境歷龍堂, 歎子新編雅, 慙
吾旧態枉, 論襟猶未了, 愁絶暮山蒼. 霜後楓林幾處紅, 各懷惨憭九秋
風, 逢君却恨相知晩, 言語雖殊志則同.

떠나며 시를 지어 삼가 네 분께 전함

제가 제 딴에는 대단하다고 우쭐대며 저속한 시를 신, 강, 성, 장
네 분께 올렸는데, 네 분 모두 각자 호응하는 시를 지어 주었으니 얼
마나 감사하고 기쁜지 모르겠나이다. 여러분의 기발한 용어와 신출귀
몰하며 샘처럼 솟아오르는 작문의 구상에 감사하나이다. 이러한 우리
가 감히 詩國의 울타리에 들어갈 수 있을까 가소롭나이다. 가면서 시
한 수 짓겠으니 네 분께서 예리한 안목으로 봐 주시길 바라나이다.

헤이잔

때는 마침 중양절에 가까워오고 가을의 하늘도 높고 상쾌하며, 문
규성(文奎星)[34]은 구름 가까이에 모여 있구나.

필이 휘날림이 연기가 종이에서 날아오르는 듯하며, 백여 편의 시는 흐르는 물조차 차갑게 하는구나.

학문을 많이 닦으니 시야도 넓어지고, 배를 타고 바다를 건너오니 견식도 자연히 넓어졌겠구나.

태연하게 세속에 얽매이지 않는 태도에 신선도 취하고, 이러한 태도는 사람으로 하여금 더욱 감탄케 하는구나.

節近重陽秋氣爽, 文奎星集五雲端, 筆飛千紙風煙起, 詩就百篇流水寒, 執卷眼究天地大, 乘槎身涉海瀛寬, 泰然物外神仙醉, 態度令人增感嘆.

헤이잔 초운에 화운을 보냄   청천

또렷하고 듬성듬성한 별은 나뭇가지에 걸려 있고, 울고 있는 기러기도 역시 처마 밑에서 쉬는구나.

소년은 천추곡을 연주하고, 방랑자도 근심하노니, 9월도 유달리 춥게 느껴지는구나.

긴 밤 한가로운 소리는 정이 담긴 듯하여, 내일 아침 한 잔의 술로 마음을 달래리라.

떠나기 전에 다시 선동의 손을 잡으며, 이로써 검푸른 바다 양쪽에

---

34 학문을 관장하는 별.

갈라 있을 것을 생각하니 저절로 탄식하게 되는구나.

歷歷踈星懸樹抄, 嗈嗈鳴雁亦簷端, 少年解奏千秋曲, 客子長愁九月寒, 永夜閑聲如有意, 明晨盃酒若爲寬, 臨分重把仙童臂, 滄海思君幾發嘆.

떠나는 헤이잔에 차운함   소현

예쁜 봉황이 어린 것들을 거느리는데 어린 것들이 더욱 예쁘더라. 훨훨 날아서 저기 푸르른 오동나무 가지 끝에서 오는구나.

용모가 수려하여 맑은 안개의 영기를 갖고 있으며, 훌륭한 문구도 모두 백설같이 깨끗하고 청빈하구나.

국화꽃이 땅 위의 황금같이 피어 있고 때도 중양절에 가까우나, 손님들의 걱정은 바다와 같이 넓도다.

길이 험난하여 외출을 고민하다가 외출을 결심하고 하인에게 명하여 마차를 준비시키니 참으로 많은 높은 뜻이 함유되어 있지 않는가? 새로운 시구를 만들 때마다 탄식 소리만 깊어 가는구나.

彩鳳將雛雛更好, 翩然來自碧梧[35]端, 秀眉宛帶靑嵐氣, 佳句俱含白雪寒. 時菊散金重九近, 客愁如海十分寬. 間關[36]命駕[37]眞高義, 一唱新

---

35 중국의 전설에 의하면, 봉황은 오동나무 가지에만 머무른다고 전해진다.

36 길이 험난해서 가기를 고민하다. 새가 한가하게 우는 모양. 인생이나 작문의 곤란을 의미함.

篇又一嘆.

미즈타리 헤이잔에게 차운하여 드리며 화운을 요구함

비목자 천도

부자 둘이서 같이 여기에 왔는데, 오래전의 사천(중국 사천성) 미주 (眉洲)의 소 씨[38] 부자와 닮았구나.

내가 요금이 있어 받침대에 올려놓았으니, 군자를 위해 "鳳將雛"[39] 를 연주하리라.

同來父子甚問都, 宛似眉洲大小蘇, 我有瑤琴方拂撞, 爲君彈出鳳 將雛.

가면서 비목의 시에 차운함

헤이잔

통신사는 오사카(浪華)의 옛 황도에 머무르고, 새로운 시구는 소 씨

---

37 외출하기 위해 하인에게 명하여 마차를 준비시키는 것.

38 소동파, 이름은 軾. 자는 子瞻이다. 북송의 인종 때, 眉山, 지금의 사천에서 태어났다. 8세부터 張易簡의 문하에서 공부하고 그 영향으로 도가 특히 장자의 재물철학을 접하게 되었다. 1056년 그의 아버지 소순은 소식·소철 형제를 데리고 개봉에 상경했다. 형제는 구양수(歐陽修)를 만나 한시문 증답을 하고, 구양수로부터 격찬을 받았다고 전해진다.

39 주 13) 참조.

와 같이 나의 마음을 치유하는구나.

하늘을 바라보니 붕황새는 비상하는데, 울타리 안의 어린 새는 그만큼 날아오를 수가 없나이다.

信宿浪華旧帝都, 新詩療我意如蘇, 仰看雲際大鵬擧, 翹企難攀籬下雛.

입석하신 대마도 마쓰우라(松浦詞伯)[40]에게 드림   헤이잔

오사카 진(浪速津)에서 연맹을 맺고, 훌륭한 회합을 하니 가을 하늘을 바라보며 감개무량하구나.

이미 조선 사절을 접대했고, 또 대마도 사람과도 만나게 되었나이다.

공약으로 돈독한 우정을 맺고, 서로 시를 증정하며 우호 관계를 깊이 하였나이다.

당신의 글재주에 인색함이 없이, 저를 위해 당신 주머니 속의 보물을 보여주소서.

結盟浪速津, 勝會[41]感秋旻, 已接鷄林[42]客, 又逢馬府人, 金蘭応共

---

40 마쓰우라 가쇼(松浦霞沼, 1676~1728) 에도시대 전기·중기의 유학자.
　　기노시타 준안에게 학문을 배웠다. 동문인 아메노모리 호슈(雨森芳洲)의 천거로 대마번 번사가 되었다. 호슈와 함께 조선통신사의 응접을 담당하여, 「朝鮮通交大紀」를 지었다. 효고현 출신으로, 이름은 儀, 마사타다(允任). 자는 禎卿이다. 저작으로 「霞沼詩集」 등을 남기고 있다.

約, 詞賦欲相親, 玉唾君無吝, 秘爲囊祖臻.

필담

물음[헤이잔] : 듣는 말에 의하면 『주자[43]소학』은 본래 귀국에서 통용되
었다는데 부러움을 금할 수 없나이다. 우리나라에서 유행한 것은
이미 돌아가신 학자 야마자키 씨[44](山崎氏)께서 필사한 『소학집성』[45]
에 기록된 「주자본주」를 확정한 판본이나이다. 귀국의 원본과 『소

---

41 좋은 만남. 훌륭한 회합.

42 鷄林. 신라의 옛 나라 이름. 후세에는 조선 전체를 일컬음.

43 주희(朱熹, 1130~1200)는 중국 남송의 유학자이다. 자는 元晦 또는 仲晦이다. 호는
晦庵·晦翁·雲谷老人·滄洲病叟·遯翁 등으로 불렸다. 또 별호로는 考亭·紫陽이 있다.
익(謚)은 文公·朱子로 존칭되었다. 南劍州 尤溪縣(지금의 복건성)에서 태어나 건양(현
재의 복건성)에서 사망. 유교의 정신·본질을 밝히고 체계화에 힘쓴 유교의 중흥자이고,
「新儒敎」인 주자학의 창시자이다.

44 야마자키 안사이(山崎闇齋, 1619~1682)는 에도시대 전기의 유학자·주자학자·신도
가·사상가로, 주자학자로서는 南學派에 속한다. 諱는 嘉, 자는 敬義, 통칭은 嘉右衛門
이다. 안사이는 호이다. 주자학의 일파인 崎門學의 창시자로서, 또 신도의 교설인 垂加
神道의 창시자로서도 알려져 있다.

45 조선 초기에 유통되던 『소학』 주석서의 주해(註解)가 너무 간략하여 학습용으로 적당
하지 않다는 의견에 기반해 주희가 편찬한 『소학』에 대한 여러 학자들의 주석을 모아
명나라 학자 하사신(何士信)이 편찬한 문헌을 조선에서 수입하여 여러 차례 간행하였
다. 『세종실록』에 의하면 세종 9년(1427)에 처음 목판본으로 간행되었고, 1428년에 연속
하여 활자본으로 간행되었음을 알 수 있다. 이후 영조가 『소학훈의(小學訓義)』를 간행
하는 작업에 참여했던 박필주(朴弼周)의 건의를 받아들여 세종 때 간행되었던 『소학집
성』의 오탈자를 교정하여 영조 20년(1744) 중간하기도 했다.

학집성』에 기록된 내용이 다른 점은 있나이까?

답[청천] :『주자소학』은 우리나라에 본래 있던 책이며 사람마다 모두 읽고 학습하지만 단지 「주자본주」를 중시할 뿐입니다. 귀국의 야마자키 씨가 필사한『소학집성』은 아직 읽어본 적이 없으므로 그 가운데의 다른 점이 있는지 대답하기 어렵군요.

물음[헤이잔] : 귀국에는『근사록』[46]의 원본이 있으며 통용되나이까? 엽채[47]의 주석을 귀국의 서생들은 읽고 또한 스스로 연구하고 강의하나이까?

답[청천] :『근사록』도 간행본이 있으며 엽 씨가 주석을 달았는데, 여러 서생들은 단지 읽고 강의할 뿐입니다.

---

46 1176년에 간행된 책으로, 북송의 철학자 주돈이(周敦頤, 호는 염계(濂溪)), 정호(程顥, 호는 명도(明道)), 정이(程頤, 호는 이천(伊川)), 장재(張載, 장횡거(張橫渠)라고도 함)의 저서에서 발췌한 송학(宋學)의 입문서이다. 근사(近思)란『논어』「자장편(子張篇)」에 나오는 "간절하게 묻되 가까운 것부터 생각해 나간다면, 인은 그 안에 있다(切問而近思, 仁在其中矣)"라는 말에서 따온 것이다. 의문을 규명하고, 가깝고 쉬운 것부터 실천해 천하와 우주로 넓혀 나가는 것이 진정한 학문의 태도라는 것이다.

47 『근사록』 출간 70여 년 뒤인 1248년에 엽채의『근사록집해』가 나왔는데, 이는『근사록』의 내용을 처음부터 끝까지 주해한 최초의 온전한 주석서이다. 엽채는 주희의 제자인 진순에게 배운 주희의 재전제자로서, 15세에『근사록』에 대한 연구를 시작하여 30년이라는 장구한 세월에 걸쳐『근사록집해』를 완성하였다. 우리나라에는 성리학이 도입되기 시작할 무렵인 고려 말에『근사록』이 처음 들어왔는데, 당시 엽채의『근사록집해』도 함께 들어왔으며, 이후『근사록』에 대한 연구와 간행들 거의 대부분이 이 책을 바탕으로 하여 이루어졌다.

물음[헤이잔] : 귀국의 유학자 한훤당 김굉필⁴⁸이 점필재 김 씨⁴⁹를 따라서 공부했다는데, 점필재는 누구이며, 이름은 무엇이나이까?

답[청천] : 점필재 김 씨의 이름은 종직이라고 합니다.

물음[헤이잔] : 귀국의 유학자가 기재한 이회재⁵⁰의 『답망기당서』⁵¹는 그

---

48 김굉필(金宏弼, 1454~1504)은 조선 전기의 문인, 교육자, 성리학자로 호(號)는 한훤당(寒暄堂)·사옹(蓑翁), 또는 한훤(寒暄)이며 자는 대유(大猷), 시호는 문경(文敬)이다. 점필재 김종직의 제자로 김일손, 김전, 남곤, 정여창 등과 동문이었다. 『소학』에 심취하여 스스로 '소학동자'라 칭하였고, 『소학』의 가르침대로 생활하였다.
  1480년(성종 11) 초시에 합격하고, 1494년(성종 25) 훈구파 출신 경상도 관찰사 이극균(李克均)에 의해 유일(遺逸)로 천거되어 출사하여 주부(主簿), 사헌부 감찰, 형조 좌랑 등을 지냈다. 1498년 무오사화가 일어나자 평안도 희천에 유배되었는데, 그곳에서 지방관으로 부임한 조원강의 아들 조광조(趙光祖)를 만나 학문을 전수하였다.

49 조선 세조 때 성리학적 정치 질서를 확립하려 했던 조선 초기의 문신. 자는 계온, 효관, 호는 점필재이며 세종 28년 과거에 응시, 『백룡부』를 지어 주목을 받았으나 낙방하였지만 단종 1년 태학에 들어가 『주역』을 읽으며 주자학의 원류를 탐구해 동료들의 경복을 받고 이해 진사시에 합격했다. 1482년 왕의 특명으로 홍문관 응교지제교 겸 경연시강관에 임명됐으며 이후 두루 벼슬길에 올랐다. 이 무렵부터 제자들과 함께 사림파를 형성해 훈구파와 대립했다. 연산군 4년 제자 김일손이 사초에 수록한 「조의제문」의 내용이 문제가 돼 부관참시 당했다. 이 사건이 무오사화로 이어져 사림파의 후퇴를 가져왔다.

50 이언적(李彦迪, 1491~1553). 조선 중기의 문신·학자. 경상북도 경주 출신. 본관은 여주(驪州). 초명은 적(迪)이었으나 중종의 명으로 언(彦)자를 더하였다. 자는 복고(復古), 호는 회재(晦齋)·자계옹(紫溪翁). 회재라는 호는 회암(晦菴 : 주희의 호)의 학문을 따른다는 견해를 보여준 것이다. 조선시대 성리학의 정립에 선구적인 인물로서 성리학의 방향과 성격을 밝히는 데 중요한 역할을 하였고, 주희(朱熹)의 주리론적 입장을 정통으로 확립하여 이황(李滉)에게 전해 주었다.
  1514년(중종 9) 문과에 급제하여 이조정랑·사헌부 장령·밀양부사를 거쳐 1530년 사간이 되었다. 이때 김안로(金安老)의 등용을 반대하다가 관직에서 쫓겨나 경주의 자옥산에 들어가서 성리학 연구에 전념하였다.

의 언어가 정묘하고 함축되며 사물에 기탁한 뜻이 심오하여 확실히

도학(道學[52])에서의 군자이나이다. 우리나라 많은 학자들이 그를 경

모하나이다. 회재는『대학장구보유』[53] 속편과『구인록』[54]을 썼다는데

이 두 책을 보지 못하여 정말 유감입니다. 단지 그의 책과 타인의

책이 언어와 주제에서 다를 수 있는데 저에게 대략적인 상황을 알려

주시기 바라나이다.

---

51 이언적은『답망기당』제 일서에서 주희의 말을 인용하여 무극을 태극의 앞에 더한
   이유를 설명한다. "주자가 무극을 말한 까닭은 그것이 方所도 없고 형상도 없으면서
   물이 있기 전에 있고 물이 있은 후에도 존립해 있지 않음이 없다 해서 그런 것이며,
   음양 밖에 있으면서도 음양 가운데 행하지 않음이 없다 해서 그런 것이며, 전체를 관통
   하여 있지 않은 곳이 없으면서 또 처음부터 소리, 냄새, 그림자, 울림을 말할 수 없다
   해서 그런 것이다."라 하고 있다.
     회재는 형이상학적 본체인 태극이 불가나 도가의 無나 空과는 다른 것임을 역설하면서
   태극의 개념을 정리하였다.

52 중국 남송의 주희가 집대성하여 조선시대에 크게 번성한 유교 철학. 유학의 한 분파로
   서 중국 송대에 발달한 정주학 또는 주자학의 다른 이름.

53 이언적은 만년에 유배 생활을 하는 동안『구인록(求仁錄)』(1550)·『대학장구보유(大學
   章句補遺)』(1549)·『중용구경연의(中庸九經衍義)』(1553)·『봉선잡의(奉先雜儀)』(1550)
   등의 중요한 저술을 남겼다.
     『대학장구보유』(1권)와『속대학혹문』(1권)은 주희의『대학장구』와『대학혹문』의 범
   위를 넘어서려는 그의 독자적인 학문 세계를 보여준다. 그는 주희가『대학장구』에서
   제시한 체계를 개편했고, 특히 주희가 역점을 두었던 격물치지보망장(格物致知補亡章)
   을 인정하지 않았다. 또한『대학장구』의 경 1장에 들어 있는 두 구절을 격물치지장으로
   옮겼으며, 이런 개편에 대해서 주희가 다시 나오더라도 이것을 따를 것이라는 확신을
   보여 주었다. 이러한 그의 태도는 주희의 한 글자 한 구절을 금과 옥조로 삼아 존숭하는
   후기 도학자들의 학문 태도에 비해 훨씬 자율적이고 창의적인 학문 정신을 보여 준다.

54 『구인록』(4권)은 유교 경전의 핵심 개념인 인(仁)에 대한 이언적의 집중적인 관심을
   보여 준다. 이언적은 유교의 여러 경전과 송대 도학자들의 설을 통해 인의 본체와
   실현 방법에 관한 유학의 근본정신을 확인하고자 하였다.

답[청천] : 회재가 저작한 『대학장구보유』는 대체로 「지선장」, 「본말장」에서 조금 의심스러운데 틀린 곳을 고쳐서 쓴 흔적이 있으며, 선생도 스스로 겸손한 태도를 취하여 이에 작품이 널리 유전되지 않아 뒤에 사람들은 쉽게 볼 수 없게 되었습니다. 그리하여 지금은 하나하나 예를 들면서 설명할 수 없나이다.

물음[헤이잔] : 저는 예전에 이미 퇴계 이 씨의 『도산기』[55]를 읽어 도산이 산수의 흐름이나 산세가 범상치 않은 지역임을 알고 있나이다. 듣자하니 도산은 영지의 한 지류라 하는데, 지금은 팔도 중에 어떤 주군에 속하나이까? 도산서당, 농운정사 등의 유적이 아직도 남아 있나이까?

답[청천] : 도산은 경상도 예안현에 있으며 서당 정사도 있습니다. 후에 그 옆에 종묘를 구축하여 매년 춘추 두 계절에는 제사를 지내고 있지요.

---

55 1561년에 이황이 제자들의 교육을 위해 안동의 陶山 兎溪里에 도산서당을 지었는데 이 글은 서당을 건립하고 그 감회를 읊은 글이다. 전체 글의 체제는 이황이 지은 『陶山記』와 詩들, 기대승이 지은 발문과 次韻詩들로 이루어져 있다. 『도산기』에서는 주변의 경치와 건물의 위치 및 이름을 설명하고 이황 자신이 이곳에서 자연과 벗 삼아 유유자적하는 심경을 읊고 있으며 그 다음에 수록된 詩들은 주변의 절경이나 건물 하나하나에 각각 시 한 수씩을 맞춰 짓고 있다. 절경이나 서당 주변 건물에 맞춰 지은 七言 絶句 18수. 그 곳의 경치를 보고 느낀 감흥을 읊은 五言 雜詠 26수, 도산에서 조금 떨어진 곳에 위치한 곳의 경치를 노래한 別錄 4수가 차례로 실려 있다.

물음[헤이잔] : 이퇴계[56]가 저작한 『도산팔절』 중에는 소강절[57]이 설파한 「靑天在眼前, 㪍金朱笑覓爐邊」[58]이라는 구절이 있는데, 여기에서 「영금주소(㪍金朱笑)」는 무슨 뜻인가요?

답[청천] : 「영금주소」[59]에 대해서 확실치 않다만, 아마 시인의 다른 설법일 것일세.

물음[헤이잔] : 전에 귀국 석주(石州)[60]의 서문이 있는 걸 보았는데 많이

---

56 이황(李滉, 1501~1570). 조선 중기의 문신·학자. 본관은 진보(眞寶). 자는 경호(景浩), 호는 퇴계(退溪)·퇴도(退陶)·도수(陶叟).
  경상도 예안현(禮安縣) 온계리(溫溪里 : 지금의 경상북도 안동시 도산면 온혜리)에서 좌찬성 이식(李埴)의 7남 1녀 중 막내아들로 태어났다. 생후 7개월에 아버지의 상(喪)을 당했으나, 현부인이었던 생모 박씨의 훈도 밑에서 총명한 자질을 키워 갔다.
  12세에 작은아버지 이우(李堣)로부터 『논어』를 배웠고, 14세경부터 혼자 독서하기를 좋아해, 특히 도잠(陶潛)의 시를 사랑하고 그 사람됨을 흠모하였다. 18세에 지은 「야당(野塘)」이라는 시는 이황의 가장 대표적인 글의 하나로 꼽히고 있다. 20세를 전후하여 『주역』 공부에 몰두한 탓에 건강을 해쳐서 그 뒤부터 다병한 사람이 되어 버렸다 한다. 1527년(중종 22) 향시(鄕試)에서 진사시와 생원시 초시에 합격하고, 어머니의 소원에 따라 과거에 응시하기 위해 성균관에 들어가 다음 해에 진사 회시에 급제하였다. 1533년 재차 성균관에 들어가 김인후(金麟厚)와 교유하고, 『심경부주(心經附註)』를 입수하여 크게 심취하였다. 이 해에 귀향 도중 김안국(金安國)을 만나 성인군자에 관한 견문을 넓혔다.
57 소강절(邵康節, 1011~1077). 중국 북송시대의 유학자. 이름이 雍, 자는 堯夫, 시는 강절이다. 하북성 范陽 출신으로, 어릴 때 부친을 따라 하남성 百泉으로 이주했다.
58 「㪍金朱笑」란 중국 금나라의 멸망을 남송인인 주자가 비웃는다는 의미이고, 「覓爐邊」이란 몽골의 칭기즈 칸의 군대에 의하여 공격받아 멸망된 금나라를, 그 금나라에 의하여 남쪽으로 쫓겨난 남송 사람 주자가 비웃는 것은, 곧 남송에게도 닥쳐올 몽골의 침략을 생각하지 않고, 금나라의 멸망만을 기뻐하는 것을 풍자적으로 표현한 시구이다.
59 퇴계의 「㪍金朱笑」란 의미를 신유한은 정확하게 파악하고 있지 못했던 듯하다.

빠져있어 불완전했고 절반밖에 남지 않았는데 위에는 『송계원명학통록(宋季元明學通錄)』[61]이라고 적혀있었고 밑에는 「퇴계이씨소저(退溪李氏所著)」라고 적혀 있었나이다. 이 책이 전서가 존재하는지? 만약 있다면 대체적인 내용과 권수를 알려주길 바라나이다.

답[청천] : 『이학통록』은 현재 우리나라에서도 아주 적게 회람되지요.

물음[헤이잔] : 듣는 말에 의하면 이퇴계 후로 한강 정 씨[62], 율곡 이 씨[63], 우계 성 씨[64], 사계 김 씨[65] 등 인재가 배출되었다고 하며 또한

---

60 조선 중기의 문인 권필을 말하는가?

61 『宋季元明理學通錄』 筑波大學 소장.

62 정구(鄭逑, 1543~1620)는 조선 중기의 문신, 성리학자, 철학자, 역사학자, 작가, 서예가, 의학자이자 임진왜란기의 의병장이다. 자(字)는 도가(道可), 가부(可父). 호는 한강(寒岡)·회연야인(檜淵野人), 본관은 청주(淸州). 시호는 문목(文穆)이다.

63 이이(李珥, 1537~1584)는 조선의 문신이자 성리학자이다. 본관은 덕수(德水). 자는 숙헌(叔獻), 호는 율곡(栗谷)이다. 관직은 이조판서(吏曹判書)에 이르렀다. 시호는 문성(文成)이다. 서인(西人)의 영수로 추대되었다. 이언적, 이황, 송시열, 박세채, 김집과 함께 문묘 종사와 종묘 배향을 동시에 이룬 6현 중 한 사람이다.

64 성혼(成渾, 1535~1598)은 조선 중기의 문신, 작가, 시인이며 성리학자, 철학자, 정치인이다. 자(字)는 호원(浩原), 호는 우계(牛溪), 또는 묵암(默庵). 시호는 문간(文簡). 본관은 창녕. 성수침의 아들이자 문하에서 수학하다 휴암 백인걸 문하에서 배웠다. 이때 이이를 만나 평생 친구로 지냈다. 학행으로 천거되어 거듭 사퇴하였으나 이이의 권고로 출사했고, 이이 사후에 출사하여 의정부 좌찬성에 이르렀다. 문묘에 종사된 해동 18현 중의 한 사람이다.

65 김장생(金長生, 1548~1631)의 본관은 광산. 자는 희원(希元), 호는 사계(沙溪). 대사헌 계휘(繼輝)의 아들이며, 집(集)의 아버지이다. 김장생은 이이에게서 주자학을 전수받아 그 학통을 계승했다. 특히 그의 성사상을 이어받아 학문의 요체로 삼았으며, 이기심학관을 계승하여 일원적 이기심학관을 견지했다. 격물치지설에서도 율곡의 설에 따르고

도학의 학문에서 귀국을 초월할 나라가 없으니 이는 참으로 귀국의 영광이나이다. 단지 많은 사람들이 도학에 관한 진술이 있는데, 그러한 남겨진 경서의 저작들은 무엇으로 서명하나이까?

답[청천] : 한강 정구에게는 『오복도』[66]가 있고, 율곡 이이에게는 『성학집요』[67], 『격몽요결』[68] 등이 있고, 우계 성 씨에게는 『본집』[69]이 있

있었다. 예학(禮學)의 태두로 평가되고 있으며, 그 이론적 배경은 이기혼융설(理氣混融說)이다.

66 『오선생예설분류』는 정호(程顥)·정이(程)·장재(張載)·사마광(司馬光)·주희(朱熹)의 예설을 분류한 것으로 예의 중요성을 일깨우고 예를 통하여 이웃과 사회, 그리고 국가 생활을 이롭게 한다는 도덕지상주의적 태도를 보여준다. 『예기상례분류』·『가례집람보주』·『오복연혁도』·『심의제도』 등도 예학에 관한 저술들이다.

67 선조 8년(1575)에 이이(李珥)가 제왕(帝王)의 학(學)을 위해 선조에게 지어 바친 책이다. 서문에 의하면, 『성학집요』는 사서와 육경에 써 있는 도(道)의 개략을 추출, 간략하게 정리한 것이라 한다. 사서육경은 너무 방대해 거기에서 도를 구하고자 한다면 길을 잃기 십상일 것이므로 그 중에서 핵심을 추출, 한데 엮어 놓음으로써 도를 향해 가는 길을 밝히고자 했다는 내용이다.

68 『격몽요결』은 조선 중기 뛰어난 경세가이자 참교육을 실천한 율곡 이이가 학문을 시작하는 사람들을 위해 학문하는 자세와 방법에 대해 쓴 책이다.

69 『본집』은 아들 문준과 문인 김집, 안방준 등이 집안에 전하는 초고를 편집하여 광해군 13년(1621)에 간행하였다. 속집은 외증손 윤증이 고손 지선등과 함께 편집하여 숙종 8년(1682)에 공주감영에서 간행하였다. 본집과 속집 모두 詩, 疏, 書, 雜著 등으로 구성되었다. 疏에는 임진왜란 이전에 시무를 진달한 것과 임란 당시 피폐해진 민생을 구제하는 정책과 외교를 논한 것이 중요하며 나머지는 대개 사직소이다. 당시 서인사림들의 정치적 지향을 알 수 있다. 書는 9차례에 걸쳐 이이와 성리설을 논한 것이 유명하며, 시사와 예설 등을 논한 것이 꽤 있다. 이이와의 왕복 서한은 16세기 성리학 이해에 필수적이며 나머지 서한에서도 서인 사림들 간의 교유와 문생 관계를 심도 있게 볼 수 있다. 雜著 중 雜記는 인물평, 유람기, 일화 등이다. 당시 정치적, 사상적, 경제적인 제반 동향에 대한 저자의 생각이 비교적 잘 정리되어 있으므로 왜란 전후 시기를 이해하는 데 중요한 자료가 된다.

고, 사계 김 씨에게는 『상례비요』[70]가 있습니다.

물음[헤이잔] : 『동국통감』[71]은 귀국에서 반드시 발행했을 건데, 듣는 말
   에 의하면 이 책이 없다고 하는데, 정말이나이까?

답[청천] : 『동국통감』은 세상에 유전된 간행본이 있지요.

위의 청천이 대답한 9건에 관하여 장 서기가 기록하였음.

아룀[헤이잔] : 제 아들 이름은 야스카타이며 깊은 사랑을 받아 감사의
   마음을 금할 길 없나이다. 왕년 귀국의 선유 정여창(鄭汝昌)[72]은 8세

---

70 2권 1책. 목판본. 조선 중기의 학자인 신의경(申義慶)이 찬술한 상례(喪禮)에 관한
   책. 1620년(광해군 12)경에 처음 간행된 것으로 추정된다. 16세기의 조선 사회는 유교적
   가례가 널리 보급되지 못했고 전통적인 속례(俗禮)가 지배적이었다. 따라서 유교적
   사회 신분 질서를 확립하기 위해서 유교적 가례의 보급이 선행될 필요가 있었다.
   특히 상례는 가례의 가장 중요한 요소였으므로 이를 계몽하기 위해서 펴낸 것으로,
   『주자가례(朱子家禮)』의 원문을 위주로 하고 고금의 가례에 대한 여러 설을 참고하여
   일반이 쓰기에 편리하도록 서술한 상례에 관한 초보적 지침서이다. 원래 1권 1책의
   분량이었으나, 김장생(金長生)이 교정하고 그의 아들 김집(金集)이 수정·증보하여 2권
   1책의 목판본으로 1648년(인조 26)에 간행했다. 책머리에는 1620년 김장생이 쓴 서문이
   있고, 사당·신주(神主)·의금(衣衾)·최질(衰絰)·오복제(五服制)·상구(喪具)·성분(成墳)·발
   인·진찬(進饌) 등의 도설을 실었다.
71 1485년(성종 16)에 서거정(徐居正) 등이 왕명을 받고 고대부터 고려 말까지의 역사를
   편찬한 사서.
72 정여창(鄭汝昌, 1450~1504) 조선 전기 사림파의 대표적인 학자로서 훈구파가 일으킨
   사화로 죽었다. 일찍이 지리산에 들어가 5경(五經)과 성리학을 연구했다. 1490년(성종
   21) 효행과 학식으로 천거되어 소격서 참봉에 임명되었으나 거절하고 나가지 않았다.

때, 아버지 정육을(鄭六乙)[73]이 아들을 데리고 중국 사절 절강성 출신 장녕(張寧)[74]을 만나 이름을 빌었더니 장녕은 여창이란 이름을 지어 주었다고 했나이다. 오늘 당신도 저의 아들에게 이름 혹은 별호를 지어주기 바라나이다. 이는 아들의 영광일 뿐만 아니라 우리 일가의 영광일 것입니다. 아들과 정가네 아들은 재주가 많이 차이나지만 당신 은 오늘날의 장녕 사절이니 간절히 부탁하니, 승낙하시기 바랍니다.

청천 : 이름은 安方, 자는 斯立, 호는 博泉이라고 합시다. '立' 자의 뜻을 따랐으니 이름은 아주 잘 지었네. '出泉'을 호로 하기는 합당치 않으니 「普博淵泉時出」[75]의 의미에 따라 호로 하였으니 어떠한지요? 오늘은 날이 이미 늦었으니 아들을 위해 「명자설」을 구하고 싶거든 내일 다 시 와서 복명하시지요. 수재와 여기서 만나게 된 것도 행운입니다. 바쁘더라도 어찌 글을 써서 기념으로 남겨 두지 않을 수 있겠습니까.

같은 해 과거에 급제하여 관직에 나간 후 예문관 검열·세자시강원 설서·안음 현감 등을 역임했다.

그는 유학적인 이상 사회, 즉 인정이 보편화된 사회를 건설하기 위해서는 먼저 치자의 도덕적 의지가 확립되어야 한다고 보았다. 그는 이를 바탕으로 당시의 집권세력이었던 훈구파에 대하여, 스스로 성인을 공언하여 이러한 사명의 담지자로 자처했고 결국은 사화에 연루되어 죽었다.

73 정육을(鄭六乙) 정여창의 아버지. 의주부 통판, 병마우후로 이시애 난 평정시 전사.

74 장녕(張寧, 1426~1496) 자는 靖之, 호는 方洲, 절강성 海鹽 출신이다. 장녕 천사는 1460 년 명의 사절로 조선을 방문했다.

75 「普博淵泉時出」은 『中庸』의 「溥博淵泉, 而時出之. 溥博如天, 淵泉如淵淵」을 출전으로 하고 있다. 지혜는 샘이 계속 솟아나오듯이, 깊은 연못과 같고, 넓은 하늘과 같다는 의미이다.

헤이잔 : 아들의 자호를 이렇듯 빠르게 가르침을 내려주시니 얼마나 영
광인지 모르겠나이다. 「자호설」은 이삼십 자 정도로 주시면 감사하
겠나이다. 단지 내일 여정이 총망하여 다시 와서 작별하기 어려워
아마 대면은 오늘밤이 마지막이겠사오니 「자호설」을 간절히 부탁
하나이다.

자호설

기해년 중양절 전날, 오사카에 남아서 수족(미즈타리) 씨 동자를 만
났다. 나이는 13살이고 호는 출천이며 명함을 보이면서 자기소개하기
로 "이름은 安方이며 책 읽기와 시 읊기를 즐기며 초서를 사용하나이
다. 군자님을 반일 섬기기를 바라니 마음대로 일을 시키시길 바라나
이다."라고 했다. 그는 자신이 쓴 시를 나에게 보였는데 기세가 의젓
하여 늠름한 보마[76]와 같았다. 그의 피부는 옥설과 같이 깨끗하고 한
쪽에 앉아 있는 용모가 단정하고 수려하여, 한눈에 봐도 높은 지위와
명예에 이를 수 있을 것으로 점쳐진다. 내가 그를 위해 재삼 사색하여
'斯立'을 자로 하였다. 이는 그의 사람 됨됨이가 대범하고 어색하지

---

[76] 汗血駒、汗血馬를 말함. 宋蘇軾 『徐大正閑軒』의 시 「君如汗血駒, 轉眄略燕楚」에 나타
남. 재능있는 사람을 비유하여 지칭함.

않기 때문이었다. 그리고 호를 博泉이라고 했는데 '재주가 샘처럼 솟기'를 바라는 마음이다. 오 시에 「자호설」을 써서 그한테 주며 그 애가 나를 잊지 말기를 신신 당부했다. 그는 일어나서 감사의 표를 하고 말하기를 "사명을 완수하지 못할까 두렵나이다." 이러한 말들도 모두 기록할 수 있었다.

조선국 의무랑 비서 저작 겸직 태상사 신유한이 오사카성 사관 니시혼간지에서 서명함.

헤이잔 : 「자호설」을 받게 되니 감격을 금할 수 없고 너무 감사하나이다.

국계 : 나는 성이 장이고, 이름은 응두이며, 자는 필문, 호는 국계입니다. 오늘 종사관 서기의 신분으로 여기로 와서 여러분과 만날 수 있어 행운입니다. 당신들은 먼 히고에서 천여 리나 되는 길을 고생스럽게 여행을 하여 적막한 숙소까지 만나러 오셔서(枉顧)[77] 우리는 아주 영광스럽게 생각합니다. 더욱이 아이(阿戎[78], 安方)가 귀엽고 똑똑하니, 단지 언어가 안 통하여 글자로 밖에 교류할 수 없어서 마음껏 감흥을 토로 못함이 아쉽네요.

헤이잔 : 아들이 여러분의 총애를 받고 글까지 받았으니 이러한 감격을

---

77 枉屈下顧의 약자. 귀인이 내방하는 것을 의미하는 존경의 표현.
78 다른 사람의 아이를 부르는 미칭.

금할 길 없고 큰 영광으로 생각하나이다.

소헌 : 이 걸출한 아이(寧馨[79])를 보니 귀엽고 풍채가 우수하며 재주가 뛰어나니 이미 육가(陸家)의 보마(宝馬)[80]와 사가(謝家)의 보수(宝樹)[81] 와 같은 존재로 장래에 반드시 이름을 떨칠 것입니다. 종이 위에 필묵으로 감사의 뜻을 표하니 당신이 재삼 감사함에 부끄러울 따름입니다.

헤이잔 : 여러분은 삼사신과 함께 동쪽으로 향하고 나는 아들을 데리고 출범하여 서쪽으로 돌아가야 하니 이후에 다시는 대면하기 힘들 것이니 이별의 슬픔을 금할 길 없나이다.

미즈타리 야스카타 : 향보 기해년 중양절 전날, 오사카(나니와) 객관에서 조선 학사 및 서기 등을 만나 창화 및 필담하였음.

삼가 조선 학사 신 선생에게 드림   출천

조선 사절이 동쪽으로 향하는 길은 험하지 않으며, 우리는 우연히 만나 돈독한 우정을 맺습니다.

가을바람이 천리에 깃발을 펄럭이며, 야월은 삼산을 비추며 검과

---

79 걸출한 인물, 기린아.

80 육손(陸孫, 183~245). 자는 伯言. 중국 삼국시대의 정치가를 지칭하는가?

81 사영운(謝靈運) 원명은 公義. 남북조시대의 뛰어난 시인을 지칭하는가?

패는 검고 차가운 빛을 띠는구나.

연기 밖에 산봉우리는 높낮이가 서로 다르고, 하늘 끝의 바다는 파도가 용솟음치도다.

왜 하필 서로 다른 나라의 玉堂[82]客(한림학사)으로 생각하는가, 지금 우리는 맑은 하늘 아래 함께 난간에 기대여 있는데.

韓使東臨路不難, 相逢萍水約金蘭, 秋風千里旌旆動, 夜月三山劍佩[83]寒, 煙外數峯分遠近, 天邊大海湧波瀾, 何思殊城玉堂客, 晴鳳如今共倚欄.

홍수가 졌지만 비단 돛은 끄떡없듯이 선생의 행동거지는 기상이 건장하며, 사신이(玉節[84]) 잠시 이곳에 머무르니 백복을 기원하는 바입니다. 계단 앞 한 척 남짓의 좁은 땅(不惜階前盈尺之地[85])에 서 있는 저이지만, 오늘날 이런 저를 꺼려하지 않으시고 저로 하여금 활개를 치며 청운을 바라볼 수 있게 해 주시어 참 기쁘고 위안이 되나이다. 바라는 영광이 무엇이 있겠습니까? 바로 드리는 시에 첨삭을 바라며 이

---

82 훌륭한 집. 한대의 궁전의 이름. 또는 관청의 이름. 송대 이후 한림원을 지칭함.
83 보검과 패.
84 본래는 옥으로 만든 符節을 말한다. 또 符節을 소지하고 부임하는 관원을 일컬음. 옛날에는 사신이 지니고 다니던 물건으로 둘로 갈라 하나는 조정에 두고, 하나는 본인이 가지고 신표로 쓰다가 후일 서로 맞춰 봄으로써 진위를 확인할 수 있었다. 사신 또는 고상한 절조의 비유로도 쓰임.
85 당나라 이백의 『與韓荊州書』에 「而君候何惜階前盈尺之地, 不使白揚眉吐氣, 激昂靑云耶」라는 기술에 의함.

에 화운을 주시면 황종대려(黃鐘大呂)의 대정(大鼎)[86]처럼 그것을 보물처럼 간직하는 것이나이다.

출천수재의 시에 화운함   청천

해륙으로 하는 먼 여정도 어려운 줄 몰랐고, 바다의 안전을 관장하는 마조(媽祖)의 보살핌으로 바다가 맺어준 인연일세.

문헌에 보이는 당년의 우혈남산(禹穴南山)[87]의 풍경, 검을 빼고 성을 공략하는 모습은 북두성도 두려움에 차가운 빛을 띤다네.[88]

손으로 뜬구름을 잡으니 시원한 느낌이 더하고, 마음으로 석양을 맺으니 파도가 용솟음치는구나.

태평 세상에서 당년의 일을 되새기니, 난간에 기대어 젊은 너의 시 낭송을 보는 것 같구나.

海陸追遊未覺難, 婆婆[89]衣帶結秋蘭, 書探禹穴南山色, 劍拔豊城北斗寒, 握手浮雲添爽氣, 離心落日滿警瀾, 淸平起草它年事, 綠髮看君咏玉欄.

86　大呂大鼎. 주나라 묘지의 대종. 주나라 시대 3대로 전해지는 보물.『史記·平原君列傳』에 의함.

87　夏禹의 장지. 지금의 절강성 소흥에 있는 會稽山에 해당된다.

88　문치무공을 의미하는 것일까? 문과 관계된 일을 하는 사람은 반드시 무를 갖추어야 하며, 무와 관계된 일을 하는 사람은 반드시 문을 갖추어야 한다.

89　媽祖. 해상 안전을 관장하는 신.

삼가 서기 강 선생에게 드림   출천

이웃나라가 먼 곳에서부터 동쪽으로 향하여 우호의 성의를 표하러
왔는데, 때는 바로 가을바람이 길 위의 먼지를 날려버리고 비가 내린
후 날이 갠 때니라.

비단 돛에 붉은 태양이 눈부시게 비추어 대지를 비우며, 사신의 玉
節[90]은 파도를 눈부시게 빛내며 동쪽 바다를 지나왔도다.

한 잔 술에 붓을 들어 다채로운 빛깔을 비추며, 오천 리 밖으로 영
명을 전하도다.

타향이라 친구가 없다고 말하지 말아다오, 하늘가의 달빛에 밤마다
그리움을 기탁하는구나.

隣好東正遠致誠, 秋風淸道雨初晴, 錦帆映日來天地, 玉節輝波涉海
瀛, 一斗杯中捐彩筆, 五千里外發英明[91], 勿言異城無相識, 夜夜雲涯
月色明.

출천 시에 화운함   경목자

글재주가 아주 뛰어나 진심이 표현되고, 하늘이 방금 개어왔을 때
친구들은 함께 객관에서 신청(新晴)의 시서를 담론하네.

---

90 주 25) 참조.
91 대단히 현명한 것, 대단히 도리에 밝고, 결단력이 좋은 것.

　당신의 시의 운율은 얼마나 교묘하고 풍격 또한 얼마나 뛰어난가,
아마도 문장을 배우려면 대영(大瀛)[92]에 배워야 하나 보다.

　나이가 어린 아이가 이렇듯 기묘한 재주가 있으니, 소년 왕발[93]처럼
명성이 높구나.

　언제쯤 남두성(南斗星) 옆에서 멀리 보려나, 서서 규화(奎花)[94]의 작
은 빛이 보이는도다.

　鐵硯工夫有至誠, 論詩宝館屬新晴[95], 已看韻格多奇骨, 欲學文章法
大瀛, 早歲童鳥多妙芸, 韶年王勃有高名, 何時南斗星邊望, 儜見奎花
一点明.

삼가 서기 성 선생에게 드림　　　　　　　　　　　출천

　동맹을 찾아서 비바람이 몰아치는 파도를 넘어 고생을 겪으면서,
천리를 여행하여 동으로 왔나이다.

　아침 햇빛은 삼도 밖까지 비추고, 가을의 돛은 여전히 대양 중에

92　대해. 전설상의 산 이름. 동해에 있고, 선인이 살고 있다고 전해진다. 여기서는 일본
　　즉 미즈타리 야스카타를 지칭하는 것일까?
93　왕발(王勃) 자는 子安, 당대의 시인. 楊炯, 盧照鄰, 駱賓王과 함께 「王楊盧駱」, 「初唐四
　　傑」이라 전해진다. 27세의 젊은 나이에 강에 빠져 익사했다.
94　주 34) 참조.
95　『新晴』 중국 송대 시인 劉頒創이 지은 칠언절구. 「青苔滿地初晴后, 綠樹无人晝夢余.
　　唯有南風舊相識, 倫開門戶又翻書.」에 의함.

떠돌아다니는군요.

바다와 파도는 유리처럼 파란 빛이 감돌고, 만산 풍수는 비단에 수놓은 듯이 붉은 빛을 띠는군요(산뜻하고 아름답도다).

나라가 다르다고 언어마저 다르다고 말하지 마십시오, 다행히 예술의 세계에서는 글로써 친구를 맺을 수도 있나이다.

尋盟千里向天東, 煙浪雲濤只任風, 曉日射汲三島外, 秋帆挂月大洋中, 潮聲一向琉璃碧, 楓樹万山錦繡紅, 勿謂殊邦言語別, 芸園更有筆頭通.

출천동자에게 화답함   소헌

하나의 명주(고운 빛이 나는 아름다운 구슬)가 동쪽 바다에서 나오고, 어린 나이에 시를 배워 이미 가풍을 계승했구나.

언제나 밝은 등불 아래에서 많은 시서를 읽으며, 달빛 아래에서 배를 띄워 여행을 하는데 익숙하구나.

이 아이는 자질이 뛰어나고 천성이 우아하여, 반드시 봄날의 지초와 난초처럼 붉게 피어나리라.

나는 웃으면서 그를 맞이하고 전혀 고생이라 생각지 않으며 오히려 한 장의 명함으로 그를 알게 됨이 기쁠 뿐이로다.

一箇明珠出海東, 稚齡詩學自家風, 等身[96]書誦淸灯下, 貫月槎[97]尋暮色中, 妙質芳春芝秀紫, 花篇晴日蜃浮紅, 笑迎不覺忙吾履, 喜甚王

門孔刺通.

삼가 서기 장 선생에게 드림　　　　　　　　　　출천

멀고 아득한 푸른 바다에서부터 신선의 배가 왔으며, 이미 천 년
전부터 고구려, 신라[98]와 우호 관계를 수립하였나이다.

당신들이 귀한 발걸음(玉節[99])을 할 때 기개가 높았고, 배가 지나가
는 곳마다 안개가 드리운 듯 파도가 출렁이는구나.

당신들의 의관만 보아도 문명의 나라에서 온 것을 알 수 있었으며,
나라를 인식할 수 있었고, 또한 글재주가 뛰어남을 알 수 있었나이다.

이 시각 북풍이 불어치고, 기러기가 날아가며, 당신의 서신이 만
리를 넘는다면 대체로 어떻게 될 것인지요?

渺茫碧海泛仙槎, 脩好千年自麗羅, 玉節來時高意氣, 牙檣[100]過處浩
煙波, 已看冠盖[101]禮容重, 定識江山[102]詩思多, 此日北風鴻雁[103]過, 鄕

---

96 사람 키의 높이.

97 「貫月槎」 또는 「挂星槎」라 한다. 선인들이 이슬을 머금고 입을 헹구면, 해와 달빛도
　 어두워진다고 전해진다. 여기에서는 「미지의 지식을 추구하는 것」이란 의미일 것이다.

98 麗羅, 고구려와 신라를 지칭. 넓게는 조선을 의미하기도 함.

99 주 25)와 같음.

100 주 24)와 같음.

101 사절의 갓과 사절이 탄 가마의 덮개.

102 산과 강. 국체. 나라.

103 편지, 서간의 비유.

書万里意如何.

떠나는 수족동자에게 차운함 국제

  조선 사절은 방금 배를 세웠는데 또 떠나야 하고, 오사카의 가을 풍경은 번화하고, 정치가 정통하도다.

  바람은 수놓은 비단같이 아름다운 노을을 스치며, 섬 위에는 안개가 한데 모이며, 달빛은 파도 따라 출렁이는구나.

  내가 돌아갈 시일은 언제인지 탄식하며, 당신의 기묘한 사상이 풍부함을 부러워하노라.

  동쪽에는 伯勞(백로), 서쪽에는 제비가 송영하기에 바쁜데, 이별에 임하는 기로에 서서 무슨 생각을 하는고?

  漢使初停上漢槎, 浪華秋景政森羅[104], 水風吹過霞披錦, 島靄收來月漾波, 歎我歸期何日定, 羨君奇思此時多, 東勞西燕[105]忙迎送, 摻袂[106]臨岐意若何.

---

104 수목이 늘어져 있는 모양.
105 친구와 헤어지는 일. 다른 곳에서 온 여행자의 비유 표현.
106 상대의 소매를 잡는 것. 악수하고 이별을 고하는 것.

신 선생에게 드림

아주 오랜 옛날부터 조선과는 우호 관계를 수립하였고, 돛을 단 배
들은 늘 바람을 타고 일본에 이르렀나이다.

그것은 바다와 산에 어떠한 좋은 시의 재료가 있는지 물어보기 위
함이라, 주머니에 가득 찬 것은 주옥과 같은 문장이겠지요.

修隣千古自朝鮮, 帆影隨風到日邊, 爲問海山好詩料, 滿囊珠玉幾
詞篇.

부상(扶桑)은 일본의 속칭이고, 해의 광채가 선명하게 비칠 때 조선
사절의 배가 강가에 머무르노라.

그 위에는 피부가 백설 같은 선동이 있어, 입으로는 왕모(王母)의
백운편[107]을 읊고 있구나.

扶桑俗日日華鮮, 漢使孤槎逗海邊, 上有仙童顔似雪, 口吟王母白雲篇.

---

[107] 『穆天子傳』 이권에 「乙丑, 天子觴西王母瑤池之上。西王母爲天子謠曰：『白云在天, 山
陸自出。道理悠遠, 山川間之。將子无死, 尙夏能來』」란 기술이 있다. 또 漢武帝 『秋風辭』
에는 「秋風起兮白云飛」라는 구가 있어, 이것에 따라서 「백운편」에 의한 제왕의 시를
비유한 일설이 있다.

강 선생에게 드림   출천

만 리 밖의 먼 바다 동쪽에서 왔으며, 하늘을 나는 물새와도 같이
조선 사절의 배는 잠시 오사카에 머무르노라.

계림[108]의 손님을 맞이하는 행운에, 쓸쓸한 가을바람에도 마치 봄바
람을 맞이하는 것 같구나.

遠來万里海雲東, 飛鶴[109]暫留攝水中[110], 逢接雞林和氣客, 秋風却似
坐春風,

청천

당신을 만나서야 詩道는 동쪽에 있음을 깨달았고, 꼭 마치 연꽃이
푸르른 늪에서 솟아남 같다네.

훗날에 만났던 곳을 기억하고 싶거든 9월의 가을바람에 강기슭에
서 화려하게 피어오르는 국화꽃을 보세.

見爾深知詩道東, 芙蓉秀出[111]綠池中, 他時欲記相逢地, 岸菊鳴九
月風.

---

108 雞林. 신라의 옛 나라 이름. 후세에는 조선 전체를 일컬음.
109 물새의 이름. 또는 물새를 조각하여 그린 배를 말함.
110 攝津의 강. 오사카의 옛 이름.
111 芙蓉出水. 연꽃이 물에서 올라오다. 아름답고 수려한 것의 비유 표현.

성 선생에게 드림   출천

조선의 뛰어난 재능은 멀리 전파되었으며, 사람을 만나기 전에 먼저 명성을 들었으며, 계속 동으로 전파되어 갈 것입니다.

강남 명월의 다채로운 빛깔과 금강의 가을 단풍 모습이 어느 쪽이 아름다운지 알 수 없듯이.

韓國豪才作遠遊, 芳名先入日東流, 江南[112]明月天涯色, 孰與[113]金剛[114]楓樹秋.

출천의 시에 화운함

사절을 방문하기 위하여 천리 여행을 하고, 어린 나이에 벌써 시서 문장이 출중하구나.

왕발의 「등왕각서(滕王閣序)」[115]처럼, 천백 년이 지났지만, 등왕각은 여전히 오사카 강 위에 우뚝 서 있으며 "秋水共長天一色"[116]이라는 佳

---

112 양자강의 중류, 하류 일대를 말함.
113 "어느 쪽이 좋은가?"란 의미.
114 금강산. 강원도 회양군과 통천군, 고성군에 걸쳐있는 산.
115 등왕각은 중국 강서성 남창에 있는 누각이다. 악양의 악양루, 우한의 황학루와 함께 강남의 3대 누각이라 칭해진다. 당나라 시대의 왕발이 읊은 「등왕각서문」이 벽에 기술되어 있다. 그 중에 「秋水共長天一色」이라는 뛰어난 문장도 포함되어 있다.
116 성몽량은 등왕각 서문의 「秋水共長天一色」이란 구를 모방하여 「水色長天一樣秋」라 표현하고 있다.

句는 여전히 유행하도다.

爲訪皇華[117]千里遊, 鬟齡翰墨亦風流, 浪花江上滕王閣, 水色長天一樣秋.

장 선생에게 드림   출천

조선 국왕의 명을 받들고 멀리서 온 조선의 현자는, 동행하여 얼마나 많은 산을 넘고 강을 건넜는가.

두 나라는 영원히 우호 관계를 유지할 것을 약속하며, 객관 밖은 하늘이 맑게 개고 가을의 공기가 신선하구나.

奉使遠來韓國賢, 東行跋涉幾山川, 兩邦相約善隣宝, 館外晴雲秋氣鮮.

출천에게 화운함

어린 나이에 고상하고 우아한 뜻이 있어 전대 성현을 흠모하여, 류천(柳川)에 이르고 반강(潘江)을 따르며 학문을 하였구나.

자네 부친을 만나니 옛 친구를 만난 듯하고, 자네에게는 봉황의 깃털과 같은 뛰어난 재주가 보이며 한시의 문장도 선명하구나.

鬟齡[118]雅志慕前賢, 涉獵[119]潘江[120]及柳川,[121] 正與阿翁[122]傾盖[123]地,

鳳毛¹²⁴兼睹五章鮮.

풍채가 단정하고 예술적 재능이 우아하였다. 단지 해는 저물고 갈 길은 바쁜데 이루어놓은 것이 없으니 한스럽도다.

재차 수족동자에게 화운함   소헌

자네는 「등왕각서」를 쓴 왕발과 같은 나이로, 단산에는 봉황의 발자취가 남아있듯이 너에게도 봉황의 깃털이 보이는구나.
청홍색의 전을 몇 폭 주니, 글 연습에 사용하도록 하라.
滕閣¹²⁵王¹²⁶生歲, 丹山¹²⁷端鳳毛, 靑紅牋¹²⁸數幅, 資爾弄柔毫.

---

118 어린 아이를 지칭함.
119 물을 건너고 짐승을 사냥하는 것, 넓게는 서책을 보는 것. 또는 채집하는 것. 「謝靈運 山居賦」에도 野有蔓草, 獵涉蔓萬라는 기술이 있음. 여기서는 학문하는 것을 의미할까?
120 청나라 桐城 사람. 자는 蜀藻, 호는 木齋, 石經齋. 한시와 고문에 뛰어나다.
121 명나라 安成 사람. 이름은 王釗, 柳川은 자이다. 王守仁의 제자로, 서생이 되었지만 이것을 버리고 오로지 心身性命의 학문에 매달렸다.
122 부친, 조부, 나이든 남자의 존칭어.
123 「孔子家語 致思」에 의함. 공자가 길에서 程子와 만나, 인력거 덮개를 기울이고 서서 담화를 한 것에서, 우연히 만나 서서 이야기를 나누는 것을 의미한다. 또 처음 만났으나 오랜 친구처럼 친해지는 것을 말함.
124 자식이 아버지 못지않은 소질을 지니고 있는 것을 말함. 뛰어난 용모와 걸출한 재능을 비유한 표현.
125 등왕각의 잘못된 표기일까?

끝으로 「옥설가념」[129] 네 자와 함께 지필묵을 출천에게 주노라.

삼가 성 선생에게 차운하고 겸해서 신, 성 두 분께 감사의 화운을 드림

봉명곡 한 곡 쓰니, 봉황새가 채색 깃털을 펼치고 춤추는 것 같나이다.

송형묵으로 쓴 문장이 옥판이 될 수 있을까? 내려주신 시문은 풍격이 있고 훌륭합니다.

詞律[130]鳳鳴[131]曲, 却疑舞彩毛, 松炯[132]將玉版[133], 賜及似椽豪[134].

---

126 왕발을 지칭하는지, 등왕각의 잘못된 표기인지 불확실함.
127 고대 중국에서 봉황이 자주 나온다는 명산의 이름.
128 천자에게 바치는 편지. 문서를 작성하는 종이나 면포.
129 「玉雪可念」은 중국의 선현 퇴지 한유의 시어로, 용모가 옥설과 같이 희고 아름답다는 뜻이다.
130 한시의 句讀, 押韻, 平仄 등 따라야 할 규칙.
131 아름다운 음악 소리.
132 중국 남북조시대, 易水流域(하북성 서부)에 소나무가 많아, 이곳에서 만들어진 송형묵이 천하제일로 알려졌다. 여기서는 시문을 지칭함.
133 귀중한 고전 서적.
134 椽大之筆. 스케일이 크고 뛰어난 문장. 품격이 있는 문장.

소헌 시에 차운한 미즈타리 수재에게 다시 보냄   소헌

봉황의 병아리는 곧 날개를 펼치고 높이 날아오를 것이나, 관직을
떠나 사는 늙은 표범은 이미 털이 빠지고 얼룩덜룩해졌구나.

이 아이는 참으로 사랑스럽구나, 지금 등불 앞에서 휘호 발묵(揮毫
潑墨)하는구나.

鵁雛[135]將奮翮, 霧豹[136]已班毛, 夙惠[137]眞堪愛, 灯前弄彩毫.

출천동자에게 써서 보냄   조목자[138]

이 아이는 참으로 총명하구나, 13세에 시를 쓰다니.

비교하니 도가[139]의 아이는 얼마나 보잘 것 없는가, 여전히 대추나
배 먹는 것밖에 모르니.

此子甚聰慧, 十三能作詩, 陋矣陶家賈, 唯知否棗梨.

---

135 전설상의 영험한 새로, 봉황과 유사한 조류.
136 안개 속에 숨어 사는 표범. 민간 속에 숨어 관직을 갖지 않는 것의 비유.
137 뛰어난 재주가 있는 어른스러운 아이.
138 강백의 별호. 주 2) 참조.
139 陶家, 도기를 만드는 사람과 농사를 짓는 사람. 여염집.

양의 강 선생에게 차운을 보냄　　　　　　출천

　여러 군자들과 한 자리에 앉은 것도 큰 행운인데, 나에게 오언절구
까지 주셨군요.

　나는 아무 재주가 없는 여객에 불과하니, 밤이나 배밖에 먹을 줄
모르나이다.

　幸倍君子席, 賜我五言詩, 自媿樗[140]才客, 只知飫栗梨.

출천동자와 헤어지며 시 한 수를 읊어 보냄　　　　국제[141]

　어린 나이에 기발한 기품이 있으니, 그의 뛰어난 재능은 출중하고
노련하도다.

　먼 곳에서 찾아옴이 기특하고, 이것들로 마음을 표하노라.

　算齒方英妙, 觀才已老成, 愛其將遠到, 持此表深情.

　황필 한 장, 검은 홀 한 정, 색종이 두 장, 시 즐기는 데 사용하도록
제공한다. 게으르면 부지런함과 멀어질 것이로다.

140　쓸모없는 사람의 비유적 표현.
141　장응두의 호. 주 4) 참조.

출천수재에게 초운하여 보냄   국당

등불 아래서 환하게 웃고 있는 선동의 모습은, 마치 연못에서 형형
하게 피어나는 연꽃과 같구나.

손님의 배는 내일 다시 출발하노니, 얼마나 쓸쓸한가, 되돌아보니
이미 바다의 구름은 동쪽까지 왔노라.

灯前一笑對仙童, 炯似蓮花出水[142]中, 客帆明朝朝將發, 怊然回首海
雲東.

국루언문 증운하여 보냄   출천

서쪽 바다에서 온 한 아이가 객관에 모이신 호걸들을 알게 되니
얼마나 행운인가.

새로운 시로 가을의 달을 읊노라면, 국화꽃이 울타리 동녘에 떨어
짐도 보이노라.

何幸海西一小童, 結盟豪傑滿堂中, 新詩薰誦秋宵月, 倂見菊花籬
落[143]東.

---

[142] 주 110)의 芙蓉出水와 같은 의미.

[143] 대나무나 싸리로 얽기 설기 짠 울타리. 담.

동석한 마쓰우라 가쇼(松浦霞沼)[144] 선생에게 보냄   **출천**

  후학 중에도 국내의 재능 있는 영웅호걸이 배출되며, 벽지에서 온 어린 저의 이름도 기록됩니다.

  오늘 선생님을 만났으니 침묵하지 마시고, 선생의 시학이 옥이나 금과 같은 아름다운 가을 과실이 되어 숲에 가득 차길 바랍니다.

  後才海內發豪英, 僻地兒童亦記名, 今日相逢君勿默, 滿林秋蔕玉金鳴.

필담

출천 : 신, 성, 장 세 분의 선생님, 여러분의 은혜를 입고 지필묵을 받았으니, 너무 감사합니다.

가쇼[145] : 「옥설가념」은 퇴지(韓愈)[146]의 말인데, 선생이 출천에게 선물함은 어떤 의미인가요?

소헌 : 어린 아이의 총명함과 뛰어남을 소중히 여겨, 퇴지의 말을 그에게 선물했지요.

소헌 : 어린 아이가 글재주가 좋고, 시를 써서 나한테 주었으니, 나도

---

144 주 40) 참조.
145 주 40) 참조.
146 주 129) 참조.

당연히 시로 감사함을 드려야 하지요.

소헌[147] : 지은 시가 대단히 훌륭하며, 인물도 시도 모두 옥과 같이 사랑스럽구나.

비목자[148] : 성명이?

출천 : 성은 미즈타리(水足)이고, 이름은 야스카타(安方)이며, 별호는 출천입니다.

비목자 : 나이는?

출천 : 정해년 생, 십삼 세입니다.

비목자 : 지은 시를 그에게 보내니 잠시 기다리게. 시를 앞에 내민다.

출천 : 신, 성, 장, 세 분의 여행 중에 일본 붓 몇 개를 드립니다.

청천 : 내가 선물을 주어야 하는데 어째서 오히려 자네가 선물을 주었는고?

출천 : 물건은 변변치 않지만, 훌륭한 분이기 때문에 드립니다.

국당 : 나는 별호가 국당[149]인데, 당신의 이름과 주소는 무엇인가? 여기에 써서 보여 주게.

저의 성은 미즈타리이고, 이름은 야스카타이며, 서해 히고주 사람으

---

147 성몽량의 호. 주 3) 참조.
148 강백의 별호. 주 2) 참조.
149 장응두의 별호. 주 4) 참조.

로, 즉 헤이잔의 아들입니다.

서해 히고 유경(由庚)[150] 옮겨 씀.

히라하시(平橋) 소장.

---

150 詩經, 小雅, 南有嘉魚之什의 편명. 만물은 그 도에 따라 얻을 수 있음을 읊은 시. 이것에
　　연유하여 사용된 이름일까?

II

『항해헌수록』의 원문 번각

享保、己亥、秋、九月八日、會朝鮮學士申維翰、及書記姜栢、成夢良、
張應斗、等于大阪、客館、西本願寺、
唱酬幷筆語

水足安直

通刺

　僕姓水足氏、名安直、字仲敬、自號屛山、又號成章堂、弊邦西藩肥後
州、候源拾遺之文學也、前聞貴國修隣之好好、星軺旣向、我日東切、有
儀封請見之志、於是跋涉水陸一百數十里(以我國里數儀)之艱險、季夏先
來于此、西望走、企待文旆賁臨有日矣、今也、

　三大使君及諸官員行李無恙、動止安泰繫錦纜於河口、弭玉節於館頭、
天人孚眷、朝野交歡、是兩國之慶也、萬福至祝、

　此兒、名安方、號出泉、僕之所生之豚犬也、今年十有三、略誦經史、
聊知文字、前聞有通信之、願一觀諸君子輿馬衣冠之裝、威儀文章之美、

於是遠陵海山風濤之險、自我肥後州携來耳、

鄙詩二章謹奉呈朝鮮學士青泉申公館下伏蘄郢玫　屏山

星使暫留城市邊、衣冠濟々自潮仙、奇才虎嘯風千里、大風鵬飛雲九天、
早聽佳名思德范、今看手采慕言詮、古來金馬最豪逸、須爲駑駘着一鞭、
矩行規步有威儀、風化遠伝殷太師、列位賓中名特重、太才實德又奚疑。

奉酬屏山惠贈　青泉　申維翰

邂逅鳴琴落水邊、將雛一曲亦神仙、雲生藥艸三山経、日出榑桑万里天、
自道青編多妙契、休言丹竈有眞詮、淸談共惜秋曦短、明發征驅懶擧鞭、
皇華正樂盛賓儀、文采風流是我師、共賀太平周道始、百年肝瞻莫相疑。

奉呈進士姜公　屏山

善隣漢使槎、冠盖涉雲涯、連揚仰風采、寄詩觀國華、
松篁千歲月、桂菊一秋花、萍水偶相遇、寄遊又曷如、
魯連千古氣離群、踏破東溟万里雲、邂逅先知才調別、胸中星斗吐成文。

次贈屏山詞案　耕牧子

迢迢上漢槎、久繫攝津涯、客意鴻賓日、天時菊有花、
談窮海外事、詩動鐘中花、故國登高節、他鄉恨轉加。

知君詩學獨無群、筆下東溟幾朶雲、邂逅扶桑万里外、黃花白酒細論文。

奉呈進士成公 屏山

嘉客盡豪雄、盍簪舍館中、馬嘶城市北、星指海天東、
揮筆氣機活、賦詩心匠工、龍門高幾許、欲上似蒼穹、
牙檣錦纜涉滄瀛、玉節暫留大坂城、此地由來三水合、遠遊莫做異鄕情。

聞貴國旧濕洲汕三水合而得名、此地亦高津、敷津、難波津合而名三津
浦、故後詩三四句 云爾、

奉和屏山惠示韻

大豈八丈雄、猥來蓮幕中、辭家漢水北、觀日石橋東、
蓬島琴將化、巴陵句未工、喜君勞玉趾、披露見靑穹、
千里踰山又涉瀛、感君高義魏聊城、夢中巳返江郎錦、曷副殷勤遠訪情、

唐魏万行三千里、遠訪李白、聊城乃魏万故鄕云之、

奉呈進士張公 屏山

韓使入扶桑、隣盟百代長、文華聞海外、喜氣滿江堂、
臨席如堵、慕風心欲狂、高儀階不及、翹首仰蒼々、
梧葉瓢零夕日紅、鴻臚館裏感秋風、多情我亦天涯客、莫以桑韓作異同、

奉次屛山惠示韻

滄海接韓桑、修程万里長、險波経鮮窟、靈境歷龍堂、
歎子新編雅、慙吾旧態枉、論襟猶未了、愁絶暮山蒼、
霜後楓林幾處紅、各懷慘慓九秋風、逢君却恨相知晚、言語雖殊志則同、

僕不自揣、奉呈俚詩於申、姜、成、張四公旅次, 四公各賜和章、不勝感喜
奉謝々々、公等造語之妙、神出鬼沒速如射注然矣、吾輩何敢闖其藩籬
耶、走賦一律、謹供四公之電矚。

屛山

節近重陽秋氣爽、文奎星集五雲端、筆飛千紙風煙起、詩就百篇流水寒、
執卷眼究天地大、乘槎身涉海瀛寬、泰然物外神仙醉、態度令人增感嘆。

走和屛山草贈韻 靑泉

歷々疎星懸樹抄、嗈々鳴雁亦簷端、少年解奏千秋曲、客子長愁九月寒、
永夜閑聲如有意、明晨盃酒若爲寬、臨分重把仙童臂、滄海思君幾發嘆。

走次屛山韻 嘯軒

彩鳳將雛雛更好、翩然來自碧梧端、秀眉宛帶靑嵐氣、佳句俱含白雪寒、
時菊散金重九近、客愁如海十分寬、間關命駕眞高義、一唱新篇又一嘆。

奉呈水足屏山座次要和 卑牧子 權道

同來父子甚問都、宛似眉洲大小蘇、我有瑤琴方拂擡、爲君彈出鳳將雛。

走次卑牧有辱示韻 屏山

信宿浪華旧帝都、新詩療我意如蘇、仰看雲際大鵬擧、翹企難攀籬下雛。

席上奉呈対州松浦詞伯 屏山

結盟浪速津、勝會感秋旻、已接鷄林客、又逢馬府人、
金蘭応共約、詞賦欲相親、玉唾君無吝、秘爲囊袒臻。

筆語

問 屏山

聞朱子小學原本行于貴國、不勝敬美、弊邦所行、則我先儒閣有山崎氏、
抄取小學集成所載朱子本注、而所定之本也、貴國原本興集成、所載本註
有增減異同之處耶、

答 青泉

朱子小學、則我國固有刊本、人皆誦習、而專尙朱子本註耳、貴國山崎氏
所抄書未及得見、不知其異同之如何耳、

問 屛山

近思錄、亦貴國有原本而行耶、葉采之所解、貴國書生讀以資其講習否、

答 靑泉

近思錄、亦有刊本、而葉氏註、諸生皆講習耳、

問 屛山

貴國儒先寒暄堂金宏弼、從佔畢齋金氏而學、佔畢何人耶、名字如何、

答 靑泉

佔畢齋金氏、諱、宗直、

問 屛山

貴國儒先錄、所載李晦齋答忘機堂書、其言精微深詣、實道學君子、我國
學者仰慕者多、晦齋所著、大學章句補遺續或、求仁錄、未見其書、以爲
憾、顧必其書各々有立言命意之別、願示大略、

答 靑泉

晦齋所著、大學章句補遺、則大意在止於、至善章、本末章、有所疑錯而爲
之然、先生亦以僭妄自謙、不廣其布、後生得見者盖寡、今不可一々枚擧、

問 屛山

僕嘗、讀退溪李氏陶山記、已知陶山山水之流峙不凡之境也、聞陶山卽靈

芝之一支也、今八道中、屬何州郡、陶山書堂隴雲精舍等尙有遺蹤
(踪)耶、

答 靑泉

陶山在慶尙道禮安懸、書堂精舍宛然猶在、後立廟宗於其傍春、春秋享祀、

問 屛山

李退溪所作、陶山八絶中、有邵說靑天在眼前、零金朱笑覓爐邊、之句、
零金朱笑何言耶、

答 靑泉

零金朱笑未及詳、或詩寡別語、

問 屛山

嘗看貴國石州書殘欠僅存紙半行者、題曰宋季元明學通錄、其下記爲退溪
李氏所著、不知有全書否、有則願敎大意及卷數、

答 靑泉

"理學通錄"、我國卽今之所罕伝關之、

問 屛山

聞退溪後、有寒岡鄭氏、栗谷李氏、牛溪成氏、沙溪金氏等、蔚々輩出、而
道學世不令其人、實貴國榮也、顧諸氏皆有所述、其経解遺書以何等題名耶、

答 青泉

寒岡有五服図、栗谷有聖學輯要、擊蒙要訣等書、牛溪有本集、沙溪有喪
禮備要、

問 屛山

“東國通鑑”、貴國必当梓行之書也、聞無此書、不知然否、

答 青泉

“東國通鑑”、尙有刊本、行世、

右青泉所答九件、張書記錄之、

稟 屛山

小兒安方、厚蒙寵眷、不勝感謝、昔年貴國儒先鄭汝昌、八歲其父鄭六乙
携之、見天使浙江張寧、請求兒名、張寧名之以汝昌、且作說贈之、今公
爲此兒、賜名或別号、則匪啻小兒之榮、而又僕一家之幸也 豚犬小兒、固
興鄭家之兒、才質懸絶、然公則今日之張天使也、切望一諾、

　　青泉

名安方、字斯立、号博泉、
名則甚佳、字之以立之義、出泉以、末協、故以“普博淵泉時出”之義、未知
如何、今夜已向深、若欲別求小說、期以明早後命、秀才而來見、亦一相
逢之幸、雖甚忙忽、豈可不爲着念書贈乎、

屏山

小兒字号、急速賜敎、何榮若之哉、願字号說書二三十字而賜之、顧明日
旅裝忽忙 難必來見、會向只在今夕、至切惟望、

字号說

己亥重陽、前一日、余留大坂、見水足氏童子、年十三、号出泉、以刺自
通曰、某名安方、好讀書、哦詩、行草、願奉君子牛日、驅使之、書所爲
詩、詩筆昂然如汗血駒、膚瑩々玉雪、隅坐端麗一眄睐而可占雲霄羽毛、
余爲撫頂再三、字之曰斯立、以其有立身大方之象、更其号曰博泉、寓思
傅時出之義、手書詒之、且告以無相忘、卽起拜謝曰、庶幾夙夜不敢辱
命、是言俱可書、朝鮮國宜務郎秘書著作兼直太常寺申維翰題于大坂城使
館西本願寺、

屏山

字号說、謹此領得、感佩曷極、多謝々々、

菊溪

僕姓張、名応斗、字弼文、号菊溪、今以從事官記室來此、而獲接雅儀、
遠自肥後、不憚千余里跋涉之勞、枉顧於旅館廖寂中、旣極感幸、況對阿
戎、寧馨可愛、但恨語言不同、只憑筆舌而相通不盡所懷耳、

屏山

小兒飽荷種愛、且紙筆之惠不勝感幸荷々、

嘯軒

即見寧馨、豊姿異材逈出平凡兒、可謂陸家之駒、謝宅之樹　珍重曷巳、若
千紙筆以寓眷意、而返荷勒謝、慚恧慚恧、

屛山

諸公從三大使君發軔東行、則僕乃携一小童兒解纜西歸、此會難再、臨別
甚悵悵焉耳、

水足安方

享保已亥重陽前一日、會朝鮮學士及書記等于浪華宝館、唱和幷筆語、水
足安方

謹奉呈朝鮮学士申先生　出泉

韓使東臨路不難、相逢萍水約金蘭、秋風千里旌旆動、夜月三山劍佩寒、
煙外數峯分遠近、天邊大海湧波瀾、何思殊城玉堂客、晴鳳如今共倚欄、

積水万錦帆無恙、先生動止壯徤、暫弭玉節于此、百福至祝、今幸不惜階
前盈尺之地、使小子得吐氣揚眉徼仰青雲、甚慰所望, 何榮、如之奉呈之詩、
謹祈郢斤、若賜高和、大呂九鼎、以爲至珍耳、

奉訓出泉秀才恵贈韻　青泉

海陸追遊未覺難、婆々衣帶結秋蘭、書探禹穴南山色、劍拔豊城北斗寒、
握手浮雲添爽氣、離心落日滿警瀾、淸平起草它年事、綠髮看君詠玉欄

謹奉呈書記姜先生　出泉

隣好東正遠致誠、秋風淸道雨初晴、錦帆映日來天地、玉節輝波涉海瀛、
一斗杯中揮彩筆、五千里外發英明、勿言異城無相識、夜々雲涯月色明、

和出泉韻　耕牧子

鐵硯工夫有至誠、論詩賓館屬新晴、已看韻格多奇骨、欲學文章法大瀛、
早歲童烏多妙芸、弱年王勃有高名、何時南斗星邊望、佇見奎花一点明、

謹奉呈書記成先生　出泉

尋盟千里向天東、煙浪雲濤只任風、曉日射汲三島外、秋帆挂月大洋中、
潮聲一向琉璃碧、楓樹万山錦繡紅、勿謂殊邦言語別、芸園更有筆頭通、

和贈出泉童子　嘯軒

一箇明珠出海東、稚齡詩學自家風、等身書誦淸灯下、貫月槎尋暮色中、
妙質芳春芝秀紫、花篇晴日蜃浮紅、咲迎不覺忙吾屐、喜甚王門孔刺通、

謹奉呈書記張先生　出泉

渺茫碧海泛仙槎、脩好千年自麗羅、玉節來時高意氣、牙檣過處浩煙波、
已看冠盖禮容重、定識江山詩思多、此日北風鴻雁過、鄕書万里意如何、

走次水足童子淸韻　菊溪

漢使初停上漢槎、浪華秋景政森羅、水風吹過霞披錦、島靄收來月漾波、
歎我歸期何日定、美君奇思此時多、東勞西燕忙迎送、摻袂臨岐意若何、

奉呈申先生 出泉

修隣千古自朝鮮、 帆影隨風到日邊、 爲問海山好詩料、 滿囊珠玉幾詞篇、

　　　　靑泉

扶桑俗日日華鮮、 漢使孤槎逗海邊、 上有仙童顔似雪、 口吟王母白雲篇、

奉呈姜先生 出泉

遠來万里海雲東、 飛鷁暫留攝水中、 逢接雞林和氣客、 秋風却似坐春風、

靑泉

見爾深知詩道東、 芙蓉秀出綠池中、 他時欲記相逢地、 岸菊鳴九月風、

奉呈成先生 出泉

韓國豪才作遠遊、 芳名先入日東流、 江南明月天涯色、 孰與金剛楓樹秋、

　　　　和出泉

爲訪皇華千里遊、 鬢齡翰墨亦風流、 浪花江上滕王閣、 水色長天一樣秋、

奉呈張先生 出泉

奉使遠來韓國賢、 東行跋涉幾山川、 兩邦相約善隣宝、 館外晴雲秋氣鮮、

奉訓出泉

鬢齡雅志慕前賢、 涉獵潘江及柳川、 正與阿翁傾盖地、 鳳毛兼睹五章鮮、

儀采端雅可念、而日暮行忙、未得作積、可恨、

又贈水足童子 嘯軒

滕閣王生歲、丹山端鳳毛、靑紅牋數幅、資爾弄柔毫、

尾書 玉雪可念、四大字併筆墨紙、而賜之出泉、

謹次成先生辱賜韻兼奉謝申成兩公惠貺

詞律鳳鳴曲、却疑舞彩毛、松炯將玉版、賜及似橡豪、

次嘯軒韻復賜水足秀才

鳩雛將奮翮、霧豹已班毛、夙惠眞堪愛、灯前弄彩毫、

書贈出泉童子 早牧子

此子甚聰慧、十三能作詩、陋矣陶家賈、唯知否棗梨、

奉次良医権公辱賜韻 出泉

幸倍君子席、賜我五言詩、自媿樗才客、只知飫栗梨、

啐吟一絶賜別出泉童子 菊溪

算齒方英妙、觀才已老成、愛其將遠到、持此表深情、

黃筆一枚、玄笏一丁、色紙二張、以資吟弄孳々、懈則必將遠到勉旃々々、

走草贈出泉秀才 菊塘

燈前一笑對仙童、炯似蓮花出水中、客帆明朝々將發 怊然回首海雲東、

奉和菊楼彦文思贈韻 出泉

何幸海西一小童、結盟豪傑満堂中、新詩薰誦秋宵月、併見菊花籬落東、

席上奉呈松浦霞沼先生 出泉

後才海內發豪英、僻地兒童亦記名、今日相逢君勿默、滿林秋蔕玉金鳴、

筆語

　　出泉

申、成、張三先生、辱賜貴國筆墨紙、荷思甚多、奉謝々々、

　　霞沼

玉雪可念、退之語、公書贈之出泉,果何意、

　　嘯軒

愛童子頴秀、故書退之語贈之、

　　嘯軒

小兒文筆可佳、作謝詩贈我爲望、便当和呈、詩出于前

　　　出泉

所作詩佳、甚如玉人、如玉詩、可愛々々、嘯軒

姓名　卑牧子
姓水足、名安方、別号出泉　　出泉
年　　卑牧子
丁亥に生まれて、十有三　　　出泉
作詩贈之、姑待之　詩出于前　卑牧子

和筆數枚、奉呈申、成、張、三公旅次　出泉
物吾当贈、君豈贈我　　　　　青泉
既非物爲美、人之貽　　　　　嘯軒

　　　出泉

僑別号菊塘、足下姓名與所、

書示　菊塘

童姓水足、名安方、西海路肥後州人、卽屏山之男、

西肥　由庚寫焉　平橋藏

제2장

『항해헌수록』의 연구

18세기 초 오사카에서의 신유한과 미즈타리 부자

일본의 에도시대(1603~1868)에 있어서 조선과 일본의 국교는, 1592년 도요토미 히데요시(豊臣秀吉)의 조선 침략 전쟁으로 중단되었지만 그 후 대마도주 종(宗) 씨의 노력에 힘입어 1607년 회복되었다. 그 후 국교 수복의 일환으로 조선통신사의 방일이 행해진 것이다. 처음에는 1607년 도쿠가와 이에야스(德川家康)로부터 조선 국왕에게 보내진 국서에 대한 답서를 지참한 회답사 겸 2차에 걸친 왜란 중 조선인 포로의 귀환을 목적으로 하는 쇄환사이기도 했었다.

이후 조선통신사의 방일은 12회 행해졌고, 그 간에 있었던 다양한 사건 및 양국의 문화·예능·시문·증답 등의 교류의 상태를 여러 문헌을 통하여 엿볼 수 있다. 그 중 1719년에 행해진 제9회째의 통신사는 정사 홍치중, 부사 황선, 종사관 이명언을 비롯한 총 475명의 사절단이었다. 방일의 사명은 8대 장군 도쿠가와 요시무네(德川吉宗)의 습직을 축하하기 위한 것이었다.

제9회째 방일의 조선측 기록으로는 정사 홍치중의 『해사일록(海槎

日錄)』, 제술관으로 수행했던 신유한의 『해유록(海游錄)』, 정후교의 『부
상기행(扶桑紀行)』 등이 있고, 일본 측의 기록으로는 오와리(尾張)의 漢
詩人 기노시타 란코(木下蘭皐)의 『객관최찬집(客館璀粲集)』(일본 국회도
서관 소장), 사사키 헤이다유(佐佐木平太夫)의 『양관창화집(兩關唱和集)』
(일본 국회도서관 소장), 미즈타리 야스나오(水足安直)의 『항해헌수록』(도
쿄 도립중앙도서관 소장) 등 수를 헤아릴 수 없이 많아 당시 일본인의
조선에 대한 관심과 창화·시문 증답의 모습을 엿볼 수 있다.

　이 논문에서는 조선통신사의 제술관 및 서기 일행이 오사카의 숙소
니시혼간지(西本願寺)에서 5일간 체재하였을 때에 행해진, 제술관 신유
한과 규슈(九州)의 구마모토(熊本)에서 찾아온 미즈타리 야스나오(水足
安直)와 그의 아들 미즈타리 야스카타(水足安方)와의 필담·한시 증답의
구체적인 모습을 미즈타리 야스나오의 『항해헌수록』과 신유한의 『해
유록』과의 비교 검토를 통하여 그 교류의 상태를 더듬어 보고자 한다.

　또한 양국 학사들의 한시를 통하여 당시의 조·일 관계 및 일본의
일반 민중의 대조선관의 특징적 모습을 찾아보고자 한다. 게다가 양국
문인들의 한시 증답과 필담의 교환(交歡)은 양국의 교류를 돈독히 하는
하나의 특징적 모습이기도 하고, 또 지방의 학자에게 있어서는 자신의
학문의 정도를 시험받는 절호의 기회이기도 하였던 것이다. 이것에 대
한 구체적인 교류의 상태를 실증적으로 고찰하고자 한다.

1. 1719년 조선통신사

1718년 정월 일본국 관백 도쿠가와 요시무네(德川吉宗)가 새로 즉위하자, 일본의 조정은 사자로서 대마도 태수 종(宗) 씨를 조선의 동래 왜관에 파견하여 새로운 장군의 습직을 전달하고 전례에 따라 축하의 사절단을 파견해 줄 것을 요청한다.

조선의 조정에서는 이것을 허락하여 호조참의 홍치중을 정사로 하여, 시강원 보덕 황선을 부사로, 병조 정랑 이명언을 종사관으로 각각 임명하고, 삼 사신 이하 당상관 3인, 상통사 3인, 제술관 1인을 비롯하여 상관, 차관, 중관, 하관 합하여 475명의 사절단으로 구성하였다.

1719년 4월 11일 조선 국왕을 알현하여 사행의 출발을 고한 통신사 일행은 5월 13일 부산에 도착한다. 부산에서 일본으로 향할 길일을 선택한 통신사 일행은 드디어 6월 20일 대마도주 종씨가 보낸 안내역의 안내를 받으며 대마도로 향한다. 이때 조선에서는 통신사의 일본 도항을 위해 수군통제사령이 대선 2척 중·소선 각 1척, 경상좌수사영이 중·소선 각 1척을 만들어서 모두 6척의 선단으로 구성한다. 이것은 또 기선(騎船)·화물선 각각 3척으로 나누어지며, 기선의 제 1호선은 국서를 실은 정사단이 승선하고 제 2호선은 부사단, 제 3호선은 종사관단이 각각 승선하고, 화물선 3척에도 각각 화물을 나누어 싣고 당하역관 2명과 그 외의 일원을 배당하는 것이 통례이다. 또한 6척 모두에 통역관 2명, 금도왜(감시하는 역할) 2명을 함께 태우는 것이 통례이다.

조선을 떠난 후 통신사 일행은 사절단으로서의 복장을 갖춘다. 삼

사신은 모두 관모를 쓰고 비단으로 만든 복장을 착용하고 있으며, 수행하는 일원은 당상관 이하 화가와 서기에 이르기까지 모두 도포 갓을 쓰고, 군관은 융복(戎服), 곡마의 연기자 및 기수 그 외 임시로 기용된 수행원은 모두 채복(彩服)이 배급되었다.

1719년도 조선통신사의 여정에 대해서는 신유한의 『해유록』이 자세하게 기록하고 있다. 이하 그 여정의 일정을 간단히 더듬어 보면 다음과 같다.

4월 11일 서울을 출발한 일행은 육로를 통하여 5월 13일 부산에 도착한다. 6월 20일 부산을 출항하여 같은 날 저녁 무렵 대마도의 서북단 사스우라(佐須浦)에 도착한다. 23일 사스우라를 출발하여 와니우라(鰐浦), 도요우라(豊浦), 니시도마리우라(西泊浦), 가나우라(金浦)를 경유하여 27일 대마도의 도주가 거주하는 이즈하라(嚴原)에 도착한다. 이곳에서 수일간 머무른 통신사 일행은 대마도주의 안내를 받으며 7월 19일 출발하여 이키(壹岐), 아이노시마(藍島), 지시마(地島)를 지나 8월 18일 아카마가세키(赤間關(下關))에 도착한다. 여기부터 배는 세토(瀨戶)내해의 항로로 들어가 가미노세키(上關), 가마카리(鎌刈), 도모노우라(鞆浦), 우시마도(牛窓), 무로쓰(室津)를 지나 9월 3일 효고(兵庫)에 도착하였다. 9월 4일 오사카(大阪) 도착. 오사카에서 수일간 머무른 일행은 9월 10일 여기서부터 육로를 이용하여 출발해서 교토(京都)를 지나 비와(琵琶)호반의 오쓰(大津), 모리야마(守山), 히코네(彦根)를 거쳐 동해도의 행로 오가키(大垣)를 지나 9월 16일 나고야(名古屋)에 도착한다. 동해도의 행로는 이어져 오카자키(岡崎), 하마마쓰(浜松), 슨푸(駿府), 후지(富士)산,

하코네(箱根), 오다와라(小田原), 가나가와(神奈川), 시나가와(品川)를 지나 9월 27일 에도에 도착하여 아사쿠사(淺草) 히가시혼간지(東本願寺)를 객관으로 하였다. 10월 1일 조선 국왕의 국서를 도쿠가와 장군에게 전달한다. 11일 장군의 회답서를 받은 통신사 일행은 15일 에도를 떠나 귀로에 올라 수륙 5천 5백여 리의 여정을 마치고, 해를 바꾸어 1720년 정월 7일 부산에 도착하고, 정월 24일 귀경하여 복명한다. 약 9개월이 넘는 긴 사행이었다.

　여기서 주목해야 할 것은 부산을 출발한 통신사는 일본의 오사카까지는 수로를 통하여 이동하고 오사카에서 에도를 경유하여 다시 오사카로 되돌아올 때까지는 육로를 이용했다는 점이다. 이 통신사의 「수륙여정」의 경로에 대해서는 『통문관지(通文館志)』(卷6, 交隣下, 通信使行, 渡海船條)에도 자세하게 기록되어 있다. 이와 같이 오사카는 통신사의 사행 여정의 경로 중 수 육로의 접속지점으로서 그 중요성이 강조되는 것이고, 특히 이곳에서 행해진 일본 문인들과의 필담 및 한시문 증답의 내용은 당시의 조·일 교류의 관심을 특징적으로 보이는 점에서 흥미롭다. 이것에 대한 구체적인 내용은 후술하기로 한다.

2. 오사카에서의 신유한과 미즈타리 야스나오

　일본의 문인들이 조선의 통신사를 맞이하여 한시의 창화를 구하고 서화의 휘호를 청하거나, 필담을 통하여 학문의 의문점을 이야기하며,

상대국의 국정을 말하는 것은 일본의 에도시대에 수차례에 걸친 통신 사의 방일 때에 행해진 상례였다. 특히 오사카를 비롯한 교토, 에도에 서는 비교적 체재 기간도 길고, 일본 전국 각지로부터의 교통편도 편 리하여 통신사와의 접촉을 희망하는 사람들이 몰려들었다.

1719년 통신사의 제술관으로 수행한 신유한은 에도로 향하던 중 오사카에서 체재한 5일간과, 귀로에 들른 11월 4일부터 5일간 오사카 의 문인들과 시문 증답의 환담을 나눈다. 그 중 신유한은 여기에서 규슈의 구마모토에서 찾아온 미즈타리 야스나오를 만나게 된다. 이것 에 대하여 신유한은 『해유록』에서 다음과 같이 기술하고 있다.

> 오사카에 머문 5일간은 서생 10수 명과 함께 저녁 늦게까지 시간을 보냈 다. 동자에게 먹을 갈도록 준비시켜 매일 조금도 쉴 여유가 없었다. 서생 들이 찾아와서 각각 성명, 자, 호를 써서 제출하는데 눈을 의심하게 하는 것이 많고 그 시 또한 졸렬해서 읽을 수가 없다. 단 강약수[151]와 지남명[152] 의 한시는 약간 운치가 있다.
> 한 동자가 있었다. 나이는 14세[153]로 용모는 그림과 같다. 지필을 다루어 앞으로 나아가 필담을 하면서 시어가 완성된다. 스스로 말하기를 성은 미즈타리(水足) 이름은 야스카타(安方)라 하며 집은 북륙도 천리[154] 먼 곳

---

151 이리에 가네미치(入江兼通, 1671~1729) : 에도 중기의 한시인. 자는 자철(子徹), 호는 약수(若水)이다.
152 이케다 쓰네사다(池田常貞) : 에도 중기의 한시인으로, 이리에 가네미치와 함께 도리야 마 미치노리(鳥山通德)의 문하에서 한시를 배움.
153 『航海獻酬錄』에 의하면 당시의 水足安方의 나이는 13세였던 것으로 기록된다. 이것은 신유한이 후년 기억을 되살려 편찬한 것이므로 이러한 誤記가 나타난 것으로 생각된다.

이라 한다. 그 아비 헤이잔(屛山)과 함께 왔다 한다. 이 기회에 사관에서
재주를 평가받고 싶었을 것이다. 내가 그의 머리를 쓰다듬으며 "신동, 신
동"이라 하자 그의 아비는 크게 기뻐하며 자와 호의 명명을 청했다. 나는
"미즈타리씨 란『薄博淵泉』의 뜻에 상응하는 것이므로 호를 박연[155]이라
하고, 야스카타란『足蹈大方』의 상이 있으므로 자를 사립(斯立)이라 하면
어떤가?'라 했다. 그리고 그 내용을 초기하여 주었다. 그 부자는 함께 머리
를 숙여 사례했다. 이후 동자가 찾아오는 일이 많아졌다.[156] (번역은 필자
에 의함, 이하 같음.)

신유한은 오사카 체재 중 구마모토에서 찾아온 호소카와(細川) 집
안의 유학자 미즈타리 야스나오·야스카타의 부자와 만난다. 야스카
타는 13세의 나이로 조선의 사신에게 자기소개를 하고 한시를 올려
뛰어난 문장의 재능을 발휘한다. 신유한은 이것을 칭찬하여 신동이라
하여 머리를 쓰다듬으며 자를 사립, 호를 박천으로 명명하여 주었다.
신유한은 이외에도 많은 사람들과 한시문의 증답과 창화(唱和)를 하

---

154 水足氏 부자는 肥後 熊本에서 온 사람으로『海游錄』의「北陸道」라 한 것은 주 153)과
   같이 잘못된 기록이다.
155 호를「薄博淵泉」의 뜻에 근거하여 博淵이라 했다고 하였는데 이것 또한 잘못된 것으로
   실제는 호를 博泉이라 하였다.
156 留大阪五日, 与書生十數人, 竟夕至夜, 令童子磨墨以待, 日不暇給, 其人至則各書姓名字
   号, 雜然而進者, 多駭眼, 其詩又塞拙不可讀, 江若水池南溟兩人詩, 差有小致, 一童子年十
   四[주 153) 참조], 面目如畫, 操紙筆而前, 手談及韻語, 咄嗟而成, 自言水足氏安方名, 家在
   北陸道千里外[주 154) 참조.], 与其父屛山者偕來, 盖欲鳴芸於使館, 余爲撫頂而呼曰, 神童
   神童, 其父大驩, 請命字号, 余謂水足氏, 応薄博淵泉之義, 号曰博淵[주 155) 참조.], 安方者,
   有足蹈大方之象, 字曰斯立可矣, 別艸記以給, 其父子俱稽顙謝,

였지만 위의 인용문에서도 알 수 있듯이 미즈타리 씨 부자와의 만남은 특별히 인상이 깊었던 듯하다.

그러면 신유한과 미즈타리 부자의 한시 증답의 내용은 구체적으로 어떠한 것이었는가? 이것에 대하여 미즈타리 야스나오는 『항해헌수록』(도쿄 도립중앙도서관 소장)에 자세하게 기술하고 있다. 구체적으로 그 내용을 살펴보면 다음과 같다.

> 향보 기해(1719)년 가을 9월 8일, 오사카 객관 니시혼간지(西本願寺)에서 조선 학사 신유한[157] 및 서기 강백[158], 성몽량[159], 장응두[160] 등과 만나 창수 및 필담을 나누었다.
>
> 미즈타리 야스나오(水足安直)[161]

9월 4일 오사카에 도착한 제술관 신유한과 서기 강백 일행은 9월 8일 미즈타리 부자와의 만남을 갖고 학문, 국정, 서적 등을 내용으로 하는 한시문의 증답을 한다. 우선 통신사의 면담을 청한 미즈타리 야스나오는 다음과 같이 자기소개를 한다.

---

157 주 1) 참조.
158 주 2) 참조.
159 주 3) 참조.
160 주 4) 참조.
161 주 5) 참조.

통자(通刺, 명함을 내밀고 면회를 요청함.)

저는 성이 미즈타리이고, 이름은 야스나오이며, 자는 중경, 호는 헤이잔 또는 세이쇼도라고 합니다. 일본의 서쪽 히고(肥後, 지금의 구마모토(熊本)현)주 候源拾遺[162]의 문인입니다. 전부터 귀국과의 교류를 좋아하여 마음속으로 사절단(星軺)[163]이 오기를 갈망하였고 만나보고 싶었습니다. 그리하여 산을 넘고 강을 건너 수천 리의 험난한 노정을 거쳐 왔습니다. 늦여름 즈음에 먼저 이곳으로 왔다가 다시 서쪽을 바라보고 달려 문사의 깃발로 장식한 여러분의 왕림을 기다리다 오늘에 이르렀습니다.

규슈 구마모토에서 아들과 함께 찾아온 미즈타리 야스나오는 자기 소개를 한 후 다음과 같은 한시를 지어 제술관 신유한에게 올린 후 시의 첨삭을 구한다.

헤이잔

사절단이 잠시 머무는 오사카 성시 근처에 의관을 가지런히 하여 신선의 바다에서 왔다네.

기이한 재주는 마치 호랑이가 울부짖는 듯하고 천 리 밖 멀리까지 감화하네. 도량이 넓음은 봉이 한 번에 구천 리의 구름을 나는 것과 같구나.

일찍이 여러분의 명성을 듣고 모범됨을 흠앙하며 행동거지를 보고 말씀을 사모하였다네.

예로부터 훌륭한 말은 가장 뛰어나니 어리석은 자에게 가르침을 주시길

---

162 주 6) 참조.
163 주 7) 참조.

바랍니다.

규격이 있는 걸음걸이는 위엄이 있고, 은태사 가르침의 감화가 멀리까지 전해져 알려졌나이다.

여러 빈객 중 당신들의 명성이 특히 높으며 뛰어난 재주도 갖고 있으니, 두루두루 미덕을 갖춘 것이 무슨 의심할 바가 있으리까.

星使暫留城市邊, 衣冠濟々自潮仙, 奇才虎嘯風千里, 大風鵬飛雲九天, 早聽佳名思德范, 今看手采慕言詮, 古來金馬最豪逸, 須爲駑駘[164]着一鞭. 矩行規步有威儀, 風化遠伝殷太師,[165] 列位賓中名特重, 太才實德又奚疑.

"헤이잔(屛山)"은 미즈타리 야스나오(水足安直)의 호를 자칭하여 말하는 것이고, "조선 학사 청천 신공"의 청천은 제술관 신유한의 호이다. 이것에 대하여 신유한은 다음과 같이 증답한다.

헤이잔께서 주신 시에 화운하다.　　　　　　　　　　　청천 신유한

강가에서 우연히 만나 군자의 시를 들으니, 나도 몰래 고전곡 한 수 읊어 신선으로 화하도다.

약초는 백운심처 삼산지경에서 자라며, 해는 부상(중국 고대 신화에서 바다 밖에 있다는 커다란 나무로, 여기에서 해가 뜬다고 믿어졌음, 일본을 지칭함)에서 떠올라 만 리 천공을 붉히노라.

자고로 청편 위에는 많은 묘책이 있다고 여겼으나, 붉은 솥(丹竈, 도

학[166])에만 진수가 있다고는 말하지 마라.

가벼운 담소 중에도 가을 시간이 너무 빠름을 애석하게 여기고, 내일 아침 말을 타고 출발해야 하니 채찍 들기가 안타깝구나.

사절들에 성대한 예의로 빈객을 영접하고 있으니, 글재주가 뛰어난 영웅들은 모두 나의 선생일세.

모두 함께 태평성세를 경축하고 있는 모습이 꼭 마치 또 하나의 주 왕조가 시작한 것 같으니, 서로 마음을 터놓고 대하고 백년간 우애롭길 바라며 절대 의심은 없을 것일세.

邂逅鳴琴落水邊, 將雛[167]一曲亦神仙, 雲生藥艸三山経、日出榑桑万里天, 自道靑編多妙契[168], 休言丹竈[169]有眞詮[170], 淸談共惜秋曦短, 明發征驅懶擧鞭. 皇華[171]正樂盛賓儀, 文釆風流是我師, 共賀太平周道[172]始, 百年肝瞻莫相疑.

이와 같이 오사카의 객관에서의 신유한과 미즈타리 씨 부자와의 만남은 대단히 뜻깊은 것이었으며, 제술관인 신유한에게 있어서도 그 임무를 수행함에 각별한 책임을 느꼈던 듯하다. 이어서 『해유록(海游錄)』에 나타난 제술관의 일본 문인과의 만남을 표현한 기술을 인용하

---

166 주 12) 참조.
167 주 13) 참조.
168 주 14) 참조.
169 주 15) 참조.
170 주 16) 참조.
171 주 17) 참조.
172 주 18) 참조.

면 다음과 같다.

　　최근 일본인의 학문에 대한 관심은 점점 높아지고 문장이 세련되어졌으
며, 학사대인이라 부르며 무리를 이루어 따르며 시를 청하고 문장을 구하
는 자가 거리를 메워 문을 폐쇄할 지경이다. 따라서 그들의 말에 응대하고
우리의 뛰어난 학문을 알리는 것이 반드시 갖추어야 할 제술관으로서의
책임인 것이다. 실로 그 일은 번잡하고 책임이 막중하다. 한편 삼사신[173]을
수행하여 만리 파도를 넘어 통역관의 무리와 함께 출입하며 행사를 주선
하는 것은 괴로운 일이어서 사람들은 이것을 두려워하여, 화살에 맞는
일을 피하듯이 이것을 기피한다.[174]

　제술관 임무의 막중함과 제술관으로서의 고충을 피력하는 것이다.
그만큼 일본 문인들의 조선 학문에 대한 관심과 열의를 엿볼 수 있다.
그러나 이러한 양국의 한시문 증답이나 필담에 대한 긍정적인 반향
(反響)의 이면에는 일본 지식인에 의한 비판적인 지적도 엿볼 수 있다.
시대는 약간 후에 저술된 것이지만, 나카이 지쿠젠(中井積善)의 『草茅
危言(소보키겐)』은 다음과 같이 기술하고 있다.

173　1719년도 조선 통신사의 3사신은 정사 홍치중, 부사 황선, 종사관 이명언이 임명되었다.
174　倭人文字之癖, 輓近益盛, 艶慕成群, 呼以學士大人, 乞詩求文, 塡街塞門, 所以接応彼人
　　言語, 宜耀我國文華者, 必責於製述官, 是其事繁而責大, 且在使臣幕下, 越万里層溟, 与譯
　　舌輩出入周旋, 莫非若海人, 皆畏避如鋒矢.

조선의 사절은 문사(文事)를 중시하는 연유로 문장의 재능에 뛰어난 자를 선발하여 파견하는 듯하다. 그런고로 길가의 객관(客館)에서 일본의 유학자들과 시문 증답, 필담을 나누는 일이 많다. 일본의 유학자가 많은 중에 문장의 재능이 떨어지는 자도 있어, 일본국의 자랑이 되지 못하는 일도 있어 유감스럽다. 그건 그렇고 또 삼도(三都, 江戸, 大阪, 京都)에서는 일반 서민까지도 찾아오는 일이 있어, 시문 증답, 필담에 이를 제지하는 사람도 없었으므로 속없는 무리들이 앞을 다투어 만나기를 청한다. 객관이 시장바닥 같고 서투른 문장과 악시(惡詩)를 들고 조선 학사를 모독한다. 어리석은 무리들이 오래 전부터 칠율(七律) 한 수를 겨우 지어 그것을 품에 넣고 무릎 꿇고 머리 숙여 내밀며 화운(和韻)을 청한다. 한 편의 화운을 얻으면 평생의 자랑으로 뽐을 내는 꼴이라니 웃기지도 않는 일이다. 이와 같은 지경이므로 조선 학사는 이들을 멸시하여[175]

당시의 필담·창화의 모습을 엿볼 수 있는 것이지만, 이러한 학문에 대한 열의 즉 일본인의 태도가 도리어 조선통신사에게 업신여김을 당하여 대단히 수치스러웠다는 나카이 지쿠젠의 비판적인 내용이 기술되어 있다.

---

[175] 韓使は文事を主張する故、隋分、才に秀てたるを撰み差越すと見えたり、故沿道各館にて、侯國の儒臣と詩文贈答・筆談の事多し、此方の儒臣多き中に、文才の長せぬも有て、我國の出色とならぬも、まま見えて殘念也、夫はさておき、又三都(京都、大阪、江戸)にては、平人迄も手寄さへあれば、館中に入て贈答するに、官禁もなけれは、浮華の徒、先を爭て出ることになり、館中雜沓して市の如く、辣文・惡詩を以て、漢客に冒触し、其甚しきは、一向未熟の輩、百日も前より、七律一首様の詩荷ひ出し、夫を懷中し、膝行頓首して出し、一篇の和韻を得て、終身の榮として人に誇る杯、笑ふ可、斯る事なれば漢客は諸人を蔑視し、

이와 같이 조선통신사의 숙소인 객관에서 행해지는 양국의 필담 창화의 모습은 양국의 교류를 돈독히 하는 한 특징적 모습이기도 하고, 또한 일본의 지방 출신 학자에게 있어서는 자신의 학문의 정도를 시험받는 좋은 기회이기도 하였던 것이다. 그러나 시문의 증답이나 휘호의 요청은 통신사의 방일 때에는 항상 행해지는 것이었지만 그 성황은 사절단의 담당자인 제술관이나 서기들에게 있어서는 대단한 고충이었음이 이미 인용한 여러 문헌을 통하여 보여지는 것이다.

3. 조선 학사와 미즈타리 하쿠센

도쿠가와 시대에 있어서 학문의 전성기라고 할 수 있는 향보(1726~1735)연간부터 히고(肥後)에는 두 개의 두드러진 학파가 있었다. 하나는 양명학[176]에 만족하지 않고 정주학[177]으로 바꾸어 사색을 통하여 심신을 수련하려는 독특한 철학을 철저하게 숭배한 오쓰카 다이야(大塚退野)의 학문을 잇는 순주자학파이고 또 다른 하나는 고학파로서의

---

176 중국 명나라의 王陽明이 주창한 儒學으로 처음에는 주자학의 性卽理說에 對하여 心卽理說, 후에는 致良知說, 晩年에는 無善無惡說을 주창하였다. 주자학이 明代에는 形骸化한 것을 비판하면서 明代의 사회적 현실에 맞는 이치를 표방하려고 일어나, 이윽고 經典 權威의 相對化, 欲望의 긍정적 이치를 정립하는 등 新思潮가 생겨났다.

177 經典의 字句 해석만을 추구한 漢·唐의 학풍에 대해서 사색을 깊이 하고 몸을 수련하려고 하는 독특한 철학을 주창하였다. 程朱의 程은 程顥, 程頤의 二程子를 말하고, 朱는 朱熹(朱子)를 일컬음. 이들이 주창한 학문을 말함.

기쿠치(菊池) 문학을 부흥한 미즈타리 하쿠센(水足博泉)의 학풍을 계승
한 계통이었다.

　여기에서 기쿠치(菊池) 문학 부흥의 시조라 할 수 있는 미즈타리 하쿠
센(水足博泉)과 조선 학사들과의 인연에 대하여 서술해 보고자 한다.

　미즈타리 하쿠센은 이미 언급했듯이 조선통신사 일행과 만나 그
재학(才學)을 인정받고 그들을 감동시켰다. 또한 신유한은 박천이라는
호와 사립이라는 자를 명명해 주었다. 미즈타리 하쿠센은 당시 13세의
젊은 나이로 부친을 따라 백수십 리의 해륙의 길을 건너 오사카에
이르러 그들과 만나게 된다. 이러한 학문의 교환(交歡)에 대한 모습을,
후에 "肥後의 대학자"로 칭송되던 아키야마 교쿠잔(秋山玉山)의 유고에
서 다음과 같이 기록하고 있다.

　　1719년 조선의 사절이 왔다. 스승인 헤이잔 선생과 하쿠센은 오사카의
　　혼간지에서 靑泉(신유한) 학사와 張 서기(장응두)를 만나, 창화 시권을
　　채워 돌아왔다. 그때 나이 17세였다. 동행하지 못한 것이 심히 아쉬워 항
　　상 한탄하고 있다.[178]

　위의 인용문에서도 알 수 있듯이, 일본의 학자를 응접할 수 있는

178　松田甲,「水足博泉と申維翰」(『日鮮史話』(三), 原書房, 1976) 參照.
　　享保四年己亥、朝鮮の使來たる。先師屛山先生及び斯立(博泉)、往いて靑泉學士・張書
　　記等と大阪の本願寺に會し、詩卷を囊に滿たして歸る。余時に年十七、之れに從ふを
　　得ず、志氣勃々、常に以て恨と爲す。

사람은 조선통신사의 제술관 및 삼 사신 소속의 서기로 정해져 있었다. 따라서 조선통신사의 서기 및 제술관을 선정할 때에는 미리 조선 국내를 물색하여 학식이 뛰어나고 한시에 재능이 있는 학자를 선발하였던 것이다.

그러면 여기에서 신유한과 미즈타리 하쿠센의 만남과 「박천」이라는 호를 얻게 된 연유에 대하여 『항해헌수록』의 기록을 통하여 알아보기로 하자. 『항해헌수록』에는 「자호설」이라는 부제로 다음과 같이 기록되어 있다.

> 기해년 중양절 전날, 오사카에 남아서 수족(미즈타리) 씨 동자를 만났다. 나이는 13살이고 호는 출천이며 명함을 보이면서 자기소개하기를 "이름은 安方이며 책 읽기와 시 읊기를 즐기며 초서를 사용하나이다. 군자님을 반일 섬기기를 바라니 마음대로 일을 시키시길 바라나이다."라고 했다. 그는 자신이 쓴 시를 나에게 보였는데 기세가 의젓하여 늠름한 보마[179]와 같았다. 그의 피부는 옥설과 같이 깨끗하고 한쪽에 앉아 있는 용모가 단정하고 수려하여, 한눈에 봐도 높은 지위와 명예에 이를 수 있을 것으로 점쳐진다. 내가 그를 위해 재삼 사색하여 '사립'을 자로 하였다. 이는 그의 사람 됨됨이가 대범하고 어색하지 않기 때문이었다. 그리고 호를 박천이라고 했는데 '재주가 샘처럼 솟기'를 바라는 마음이다. 오 시에 「자호설」을 써서 그한테 주며 그 애가 나를 잊지 말기를 신신 당부했다. 그는 일어나서 감사의 표를 하고 말하기를 "사명을 완수하지 못할까 두렵나이다." 이

---

179 汗血駒, 汗血馬를 말함. 宋蘇軾 『徐大正閑軒』의 시 「君如汗血駒, 轉眄略燕楚」에 나타남. 재능 있는 사람을 비유하여 지칭함.

러한 말들도 모두 기록할 수 있었다.[180]

위의 인용문은 신유한의 기문으로, 하쿠센(博泉)이란 호는 신유한으로부터 명명된 것이고 최초 면담 당시는 출천이라 불렸던 것을 알수 있다. 13세의 어린 나이로 한시를 지어 올리자 신유한은 경탄하여신동이라 칭찬하였던 것이다. 이하 하쿠센의 한시 중 신유한에게 보내진 한시만을 인용한다.

삼가 조선 학사 신 선생에게 드림 　　　　　　　　　　　　 출천

조선 사절이 동쪽으로 향하는 길은 험하지 않으며, 우리는 우연히 만나돈독한 우정을 맺습니다.

가을바람이 천 리에 깃발을 펄럭이며, 야월은 삼산을 비추며 검과 패는검고 차가운 빛을 띠는구나.

연기 밖에 산봉우리는 높낮이가 서로 다르고, 하늘 끝의 바다는 파도가용솟음치도다.

왜 하필 서로 다른 나라의 玉堂[181]客(한림학사)으로 생각하는가, 지금우리는 맑은 하늘 아래 함께 난간에 기대여 있는데.

韓使東臨路不難, 相逢萍水約金蘭, 秋風千里旌旗動, 夜月三山劍佩[182]

180　己亥重陽前一日, 余留大阪, 見水足氏童子, 年十三, 号出泉, 以刺自通曰, 其名安方, 好讀
　　書, 哦詩行草, 願奉君子牛日雛, 使書所爲詩, 詩筆昻然如汗血駒, 膚瑩瑩玉雪, 隅坐端麗,
　　一眄睞而可占雲霄羽毛, 余爲撫頂再三, 字之曰斯立, 以其有立身大方之象, 更其号曰博泉,
　　寓思溥博時出之義, 手書眙之, 且告以無相忘, 卽起拜謝曰, 幾夙夜不敢辱命, 是信俱可書.
181　주 82) 참조.

寒, 煙外數峯分遠近, 天邊大海湧波瀾, 何思殊城玉堂客, 晴鳳如今共倚欄.

신 선생에게 드림   출천

아주 오랜 옛날부터 조선과는 우호 관계를 수립하였고, 돛을 단 배들은
늘 바람을 타고 일본에 이르렀나이다.
그것은 바다와 산에 어떠한 좋은 시의 재료가 있는지 물어보기 위함이
라, 주머니에 가득 찬 것은 주옥과 같은 문장이겠지요.

修隣千古自朝鮮, 帆影隨風到日邊, 爲問海山好詩料, 滿囊珠玉幾詞篇.

하쿠센은 또한 조선 학사들과의 창수뿐만 아니라 자신을 소개한
마쓰우라 가쇼(松浦霞沼)에게도 한시를 지어 적극적으로 학문의 교류
를 원하는 등 학문에 대한 적극적 태도를 나타내고 있다.

이러한 조선 학사와의 학문적 교류는, 미즈타리 부자에게 있어서
대단히 명예로운 일로, 구마모토로 귀향하여 그 이름을 널리 알렸던
것이다. 한편 조선통신사 일행이 에도에서의 정치적 목적을 완수한
후 귀로에 다시 오사카에 들르게 되는데, 이때 미즈타리 헤이잔(水足屛
山)의 형이며 하쿠센의 백부인 습헌(習軒)은 조선 사절의 숙소 니시혼
간지(西本願寺)를 방문하여 지난날 조카에 대한 배려와 가르침에 대한
감사의 마음을 표하고 창수하였다. 이하 『기쿠치풍토기(菊池風土記)』[183]

---

182 주 83) 참조.
183 『肥後文獻叢書』第三卷 所收.

에 의한 창수의 모습을 살펴보기로 하자.

　　謹稟. 朝鮮申姜成張四公館下. 僕姓水足. 名益至. 字有龍. 号習軒. 卽屛
　　山之兄也. 累世仕于肥後州侯細川家. 今幸拜勘定頭. 往歲秋奉職. 自州府
　　來. 居于大阪城西邸舍. 言審重陽前一日. 屛山及博泉.相見諸君 (中略) 奉
　　呈朝鮮學士申公館下　風轉帆檣臨海州. 波程不日向西流. 來時炎暑去時
　　雪. 料識天涯万里愁.

　즉, 미즈타리 하쿠센의 백부 습헌(習軒)의 자기소개와 동생과 조카에
대한 가르침을 감사하는 마음이 담겨 있다. 조선 학사 일행은 오사카를
떠난 후 선상에서 습헌의 시에 차운을 하여 대마도의 연락선에 부탁하
여 보내고, 하쿠센에게도 몇 편의 시를 보냈다. 이것의 구체적인 예는
『기쿠치풍토기(菊池風土記)』 卷一이 그 상황을 자세하게 기록한다.
　이와 같이 박천의 명성은 조선통신사에게뿐만 아니고 일본의 학자
들에게도 널리 알려져 그 학문의 재능을 인정받았다. 교토의 석학 이
토 도가이(伊藤東涯)도 하쿠센의 재능을 肥後 학계 제일이라고 칭찬하
였다. 그러나 불행하게도 그는 젊은 나이로 세상을 뜨게 된다. 그의
불운을 기술한 것으로『기쿠치풍토기』에는 「박천수족선생서원(博泉
水足先生書院)」이라는 제목으로 다음과 같이 기록한다.

　　隈府町、西照寺門前、井手端橋より東に当り、寺の境內に在り、水足
　　平之進、實名安方、又業元とも有り强記　敏捷世に並なし、名天下に振
　　ふ、十三歲の時、父半助屛山先生に隨ひ大坂に行き、朝鮮聘使に出

合、唱和有り航海唱酬集是也, 韓客其秀才に服して、字を斯立、号は博
泉と付たり、物徂徠・伊藤二先生に書を贈る、徂徠の返書は世に行は
る、後不幸にして浪人したまふ、然共其罪にはあらず、浪人の後に隈
府の西照寺住僧招て境　內に書院をたて博泉をかくまふ、時に伊藤仁齊
先生の門人、鶴崎の木破奎平次木正範なり博泉に心安き故に、東　涯先
生、博泉を京に呼登すべしと奎平次に相談し、尺牘を贈らる、奎平次も
同前書を贈る、時に享保十七年壬 子の年也, 其後博泉傷寒をやみて書院
に日を送りしに、快氣の上は上京すべしと申されしか共,病日々に重く
成、同　年十月十四日終に死去云々.

불우한 만년을 보낸 미즈타리 하쿠센에 대한 기록이 서술된다. 그
러나 그의 생존 시의 학문의 평가는 히고(肥後) 학계 제 일류로 알려져
있으며, 저서도 다수 남기고 있다. 그 중「태평책(太平策)」[184] 十二卷
은, 당시의 학자가 정치에 대한 논제는 대부분이 막부를 중심으로 하
고 있는 데 반해서, 하쿠센은 정치는 황실을 중심으로 하는 것이「국
태민안」의 방책이라 주창한 것이 주목할 만하다. 그 외에도 오규 소
라이(荻生徂徠)의 『남류별지(南留別志)』에 힌트를 얻은 『나루베시(なる
べし)』[185] 등이 있다. 이러한 저서를 통하여 하쿠센의 뛰어난 재능이
유감없이 발휘되는 것이다. 또한 분고(豊後)의 석학 히로세 단소(廣瀨
淡窓)는 『유림평(儒林評)』[186]에서「미즈타리 斯立은 뛰어난 영재이다.

---

184 『肥後文獻叢書』第二卷 所收.
185 『なるべし拾遺』一卷, 近世漢學者著述目錄大成의 기록에 의함.

단지 단명한 것이 안타깝다. 무라이 킨잔(村井琴山)의 말에 의하면, 미즈타리 斯立, 아키야마 교쿠잔(秋玉山), 다키 가쿠다이(瀧鶴台), 니시요리 세사이(西依成齋)는 모두 같은 연배였다고 한다. (중략) 참으로 애석한 일이다.「水斯立は極めて英才なり。短折惜むべし。卽村井琴山の話に聞けり。水斯立・秋玉山・瀧鶴台・西依成齊皆同年にて有りしとなり、斯立をして歲を得ること、三子と同じからしめは、其の造る處測るべからず、惜いかな。」라고 하여 그의 재능을 높이 평가하고 있다.

肥後 제일의 학자로 그 재능을 인정받은 미즈타리 하쿠센(水足博泉)은 비록 단명하기는 하였지만 많은 제자를 양성하고 저술 활동을 통하여 후대에 업적을 남겼다. 이러한 일련의 경위는 13세 때의 조선 학사들과의 만남을 통하여 이룰 수 있었던 것이다. 즉 그의 명성 또한 조선통신사의 제술관 신유한으로부터 학문적 재능을 인정받은 것에서 출발한 것이고, 그가 후대에 남긴 박천이라는 호칭도 조선 학사로부터 명명된 것이라는 점이 관심을 끈다.

4. 맺음말

1719년 9월 4일 오사카에 도착한 조선통신사 일행은 니시혼간지(西本願寺)에서 5일간 체재하게 되는데, 이곳에서 조선 학사와 일본 문인

---

186 『日本儒林叢書』 三 所收.

들과의 다양한 형태의 교류가 행하여졌다. 그 중 제술관 신유한을 비롯한 조선 학사들과 구마모토(熊本)에서 찾아 온 미즈타리 헤이잔(水足屛山) 부자와의 학문적 교류의 모습은, 일본의 에도시대(1603~1868)에 행하여진 조선통신사의 방일에 있어서, 하나의 특징적 모습이기도 하며 양국의 학문적 교류를 돈독히 하는 기회이기도 하였다. 이러한 일본 문인의 조선 학문에 대한 적극적 수용 태도는 도쿠가와 막부의 쇄국 체제라는 틀 속에서 벗어난 상황이기에, 그 교류의 창구는 더욱 커다란 열매를 맺을 수 있었던 것이다. 즉 외국과의 인적 교류가 거의 차단된 막번 체제하에 있어서 조선 학사들과의 접촉은 외국의 학문·문화를 직접 접하고 받아들일 수 있는 절호의 기회였던 것이다. 또한 조선의 조정에서도 이러한 일본의 상황을 인지하고 일본의 문인들과 접촉할 조선통신사의 제술관 및 서기는 미리 국내를 물색하여 학문이 뛰어난 재능 있는 학자를 선발하여 파견하였다.

조선 학사들과의 필담·창수를 원하는 일본 문인들의 적극적인 태도에 대한 일부 일본 학자들에 의한 비판적인 시각도 없지는 않으나, 어떻든 이러한 양국의 학문적, 문화적 교류가 도쿠가와 막부의 문운흥륭책(文運興隆策)과 맞물려 자유롭게, 자연 발생적으로 조선통신사의 숙소에서 행해진 것이며, 부분적이기는 하지만 양국의 문화사에 크게 기여했다고 말하지 않을 수 없다.

II

『항해헌수록』에 나타난
일본과 조선 학사의 필담·창수 연구

1. 들어가며

　1719년에 행해진 제 9회째의 조선통신사 방일은 정사 홍치중(洪致中), 부사 황선(黃璿), 종사관 이명언(李明彦)을 비롯한 총 475명의 사절단이었다. 방일의 목적은 8대 장군 도쿠가와 요시무네(德川吉宗)의 습직을 축하하기 위한 친선사절단이었다.

　이때에는 조선 사절의 제술관 및 서기와 일본 학사들의 교류가 각 지역의 사행처에서 다양한 형태로 이루어지는데, 후에 이것을 기술한 미즈타리 헤이잔(水足屛山)의 『항해헌수록(航海獻酬錄)』(1719년), 아사히나 분엔(朝比奈文淵)의 『봉도유주(蓬島遺珠)』(1720년), 기노시타 란코(木下蘭皐)의 『객관최찬집(客館璀璨集)』(1720년), 세이단(性湛)의 『성사답향(星槎答響)』, 『성사여향(星槎餘響)』(1719년), 마쓰이 가라쿠(松井可樂)의 창화집 『상조창수집(桑朝唱酬集)』(1720년), 후루노 바이호의 『남도창수(藍島唱

酬)』(1793년) 등이 있어, 다양한 교류의 모습을 우리들에게 전해주고
있다.

그 중 이 논문에서는 이미 언급한 내용과 일부 중복되는 부분도 있으
나 조선 사절의 제술관 신유한 및 서기 강백, 성몽량, 장응두 일행이
오사카의 숙소 니시혼간지에 5일간 체재하였을 때 규슈의 구마모토에
서 찾아온 미즈타리 야스나오, 야스카타(水足安直, 安方) 부자와 나눈
필담·한시문 창수의 구체적인 모습을 미즈타리 헤이잔의『항해헌수록
(航海獻酬錄)』(이하 한글로 통일함)을 통하여 그 교환을 확인하려고 한다.

『항해헌수록』에 나타난 신유한과 미즈타리 씨 부자와의 필담 창수
에 관한 연구로는 마쓰다 고(松田甲)(1976년)[187]에 의한 논고가 있다. 이
것은 미즈타리 하쿠센과 신유한의 필담을 통하여 미즈타리 하쿠센의
학문적 성취와 후일 히고(肥後) 학계 일인자로 성장하는 과정을 구체
적으로 논증하고 있다. 그러나 구체적인 한시문 창수의 내용에 대해
서는 거의 언급하고 있지 않다. 또 필자(2006)[188]의 논고도 미즈타리
헤이잔과 신유한, 미즈타리 하쿠센과 신유한과의 관계에 대하여 언급
하고 있으나, 창수 필담의 구체적인 내용이나 상호 인식에 대한 연구
는 아직 이루어지지 않았다.

이 논문에서는 1719년에 성립된『항해헌수록』에 나타난 필담, 한시

187 松田甲(1976),「水足博泉と申維翰」,『日鮮史話』(三)原書房. 참조.
188 朴贊基(2006),「『航海獻酬錄』による筆談·交驩の様子」『江戸時代の朝鮮通信使と日本
    文學』臨川書店. 참조.

문 창수에 초점을 맞춰, 그 구체적인 교환의 모습을 고찰하려고 한다. 특히 한시문 창수의 번역과 역주를 통하여 조선과 일본 학사의 학문에 관한 상호 인식을 살펴보려고 한다.

또 미즈타리 야스카타의 하쿠센이라는 자호를 얻게 되는「자호설」에 대하여 그 구체적인 내용을 살펴보려고 한다.

마지막으로 47수의 한시문 창수의 의미를 파악하고, 그 내용의 분류를 통하여 양국 학사의 상호 인식을 규명하려고 한다.

2. 한시문 창수와 필담집 『항해헌수록』에 대하여

『항해헌수록』에 대하여 일본『국서총목록』에는 다음과 같이 기술된다.

> 『航海獻酬錄』(こうかいけんしゅうろく) 一冊 (類) 漢詩文 (著) 水足屛山, 水足博泉 (寫) 中山久四郎

즉, 한시문 창수집으로 미즈타리 씨 부자에 의하여 저술되었다는 기술이다. 단 소장처에 대한 기술은 없으나, 이 논문에서는 도쿄도립 중앙도서관 소장본을 텍스트로 하여 논을 진행하려고 한다. (영인본 참조.)

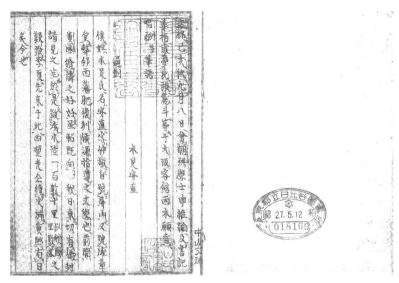

『항해헌수록(航海獻酬錄)』영인본

1719년에 필사되어 성립된『항해헌수록』에는 미즈타리 야스나오의
필명으로 다음과 같이 기술되어 있다.

> 향보(享保) 기해(1719)년 가을, 9월 8일, 오사카 객관 니시혼간지에서
> 조선 학사 신유한 및 서기 강백, 성몽량, 장응두 등과 만나 창수 및 필담을
> 나누었다.[189] (『항해헌수록』의 번각과 번역은 필자에 의함. 이하 같음.)
> 미즈타리 야스나오(水足安直)

---

189 享保、己亥、秋、九月八日、會朝鮮學士申維翰、及書記姜栢、成夢良、張應斗、等于
大阪、客館、西本願寺、

1719년 9월 4일 오사카에 도착한 사절단의 제술관 신유한과 서기 강백, 성몽량, 장응두 등 일행은 9월 8일 미즈타리 야스나오, 야스카타 부자를 만나 조선의 주자학과 주자학 관련 서적 등에 관한 질문과 그 응답을 필담으로 교환하게 되는데, 필자에 의한 선행 연구와 중복되는 부분이 있기는 하나, 미즈타리 야스카타는 조선 학사에게 면회를 구하며 다음과 같이 자기소개를 한다.

통자(通刺, 명함을 내밀고 면회를 요청함.)
저는 성이 미즈타리이고, 이름은 야스나오이며, 자는 중경, 호는 헤이잔 또는 세이쇼도라고 합니다. 일본의 서쪽 히고(肥後, 지금의 구마모토(熊本)현)주 候源拾遺의 문인입니다. 전부터 귀국과의 교류를 좋아하여 마음속으로 사절단(星軺)이 오기를 갈망하였고 만나보고 싶었습니다. 그리하여 산을 넘고 강을 건너 수천 리의 험난한 노정을 거쳐 왔습니다. 늦여름즈음에 먼저 이곳으로 왔다가 다시 서쪽을 바라보고 달려 문사의 깃발로 장식한 여러분의 왕림을 기다리다 오늘에 이르렀습니다.
현재 삼사신 및 여러 관원들의 짐도 별일 없고, 모두 건강하며 배도 강어귀에 세워 두고 숙소에서 잠시 쉬게 되었으니 이는 天人合一이나이다. 이로써 관원과 백성들이 함께 즐기게 되었으니, 이는 두 나라의 기쁨이고 만복의 바람입니다.[190]

---

190 僕姓水足氏、名安直、字仲敬、自號屛山、又號成章堂、弊邦西藩肥後州、候源拾遺之
   文學也、前聞貴國修隣之好好、星軺旣向、我日東切、有儀封請見之意、於是跋涉水陸一
   百數十里(以我國里數儀)之艱險、季夏先來于此、西望走、企待文旆賁臨有日矣、今也、
   三大使君及諸官員行李無恙、動止安泰繫錦纜於河口、弭玉節於館頭、天人孚眷、朝
   野交歡、是兩國之慶也、萬福至祝、

자기와 아들의 소개를 마친 미즈타리 야스나오는 칠언율시 2수를 제술관 신유한에게 보이며, 시의 첨삭을 구하는 등 적극적인 교류의 태도를 보인다.

그러면 여기에서 『항해헌수록』의 한시문 창수와 필담에 나타난 조선과 일본 학사의 상호 인식을 확인하기 위해, 한시문 및 필담의 내용을 크게 세 부분으로 나누어 고찰하기로 한다.

- 미즈타리 야스나오의 자기소개와 조선 학사들과의 한시문 교환
- 미즈타리 야스나오와 신유한과 나눈 조선 유학에 관한 증답
- 미즈타리 야스카타에 대한 조선 학사로부터의 「자호설」 수여와 한시문 수창 교환

우선 첫 번째로 미즈타리 야스나오는 조선 학사에게 칠언율시 2수, 칠언절구 4수, 오언율시 4수를 지어 수창을 구한다. 이것에 답하여 신유한은 칠언율시 2수, 칠언절구 1수, 강백은 칠언절구 2수, 오언율시 1수, 성몽량은 칠언율시 1수, 칠언절구 1수, 오언율시 1수를, 장응두도 칠언절구 1수, 오언율시 1수를 각각 지어 수창한다.

이어서 두 번째로 미즈타리 야스나오는 9건의 주자학 관련 학문과 서적에 관한 질문을 하고, 신유한은 이것에 답한다.

마지막 세 번째로 부친과 동행한 소년 야스카타도 부친의 후원으로 조선 학사로부터 「자호설」을 수여받은 후 적극적으로 창화를 구해, 칠언율시 4수, 칠언절구 6수, 오언절구 2수를 남기고 있다. 이것에 응대하여 신유한이 칠언율시 1수, 칠언절구 2수, 강백이 칠언율시와 절

구, 오언절구를 각각 1수, 성몽량이 칠언율시 1수, 오언절구 2수, 장응두가 칠언율시, 칠언절구, 오언절구 각 1수씩을 지어 증답한다. 게다가 미즈타리 부자는 조선 학사와 동석한 대마번의 마쓰우라 가쇼(松浦霞沼)에게도 창화를 구하는 등 적극적인 한시문 교환을 요청하고 있다. 미즈타리 씨 부자와 조선 학사가 증답한 한시를 합하면 칠언율시 13수, 칠언절구 22수, 오언율시 7수, 오언절구 5수 모두 합하여 47수의 한시문이 수록되어 있다.

또한 창수의 형태로 특징적인 것은 예를 들면 미즈타리 야스나오가 먼저 칠언율시와 칠언 절구 1수씩을 수창하면, 이것에 응답하는 형태로 신유한이 칠언율시와 칠언절구로 화운하는 형태를 취하고 있다는 것이다. 다른 조선 학사의 서기들도 같은 형태로 화답하고 있고, 미즈타리 야스카타도 같은 수창 형태를 취하고 있다.

이하 『항해헌수록』의 창화 형태를 표로 정리하면 다음과 같다.

〈표〉

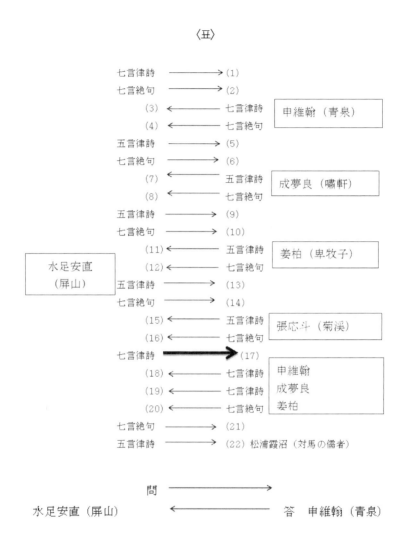

七言律詩 ——————→ (1)
七言絕句 ——————→ (2)
(3) ←—————— 七言律詩　　申維翰 (青泉)
(4) ←—————— 七言絕句
五言律詩 ——————→ (5)
七言絕句 ——————→ (6)
(7) ←—————— 五言律詩　　成夢良 (嘯軒)
(8) ←—————— 七言絕句
五言律詩 ——————→ (9)
七言絕句 ——————→ (10)
(11) ←—————— 五言律詩　　姜栢 (卑牧子)
(12) ←—————— 七言絕句
五言律詩 ——————→ (13)
七言絕句 ——————→ (14)
(15) ←—————— 五言律詩　　張応斗 (菊渓)
(16) ←—————— 七言絕句
七言律詩 ━━━━━━━▶ (17)
(18) ←—————— 七言律詩　　申維翰
(19) ←—————— 七言律詩　　成夢良
(20) ←—————— 七言絕句　　姜栢
七言絕句 ——————→ (21)
五言律詩 ——————→ (22) 松浦霞沼 (対馬の儒者)

水足安直
(屏山)

問 ——————————→
水足安直 (屏山)　　←—————————— 答　申維翰 (青泉)

〈주자학의 학문 및 고전서적에 관한 9건의 문답〉

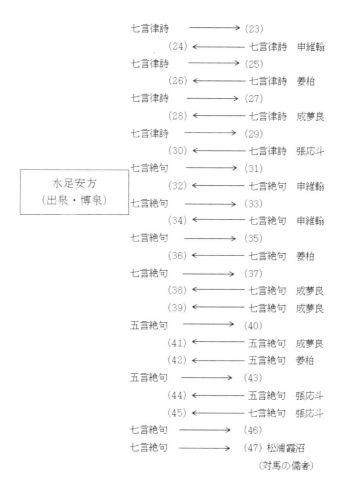

七言律詩 ⟶ (23)

(24) ⟵ 七言律詩　申維翰

七言律詩 ⟶ (25)

(26) ⟵ 七言律詩　姜柏

七言律詩 ⟶ (27)

(28) ⟵ 七言律詩　成夢良

七言律詩 ⟶ (29)

(30) ⟵ 七言律詩　張応斗

七言絶句 ⟶ (31)

水足安方
（出泉・博泉）

(32) ⟵ 七言絶句　申維翰

七言絶句 ⟶ (33)

(34) ⟵ 七言絶句　申維翰

七言絶句 ⟶ (35)

(36) ⟵ 七言絶句　姜柏

七言絶句 ⟶ (37)

(38) ⟵ 七言絶句　成夢良

(39) ⟵ 七言絶句　成夢良

五言絶句 ⟶ (40)

(41) ⟵ 五言絶句　成夢良

(42) ⟵ 五言絶句　姜柏

五言絶句 ⟶ (43)

(44) ⟵ 五言絶句　張応斗

(45) ⟵ 七言絶句　張応斗

七言絶句 ⟶ (46)

七言絶句 ⟶ (47) 松浦霞沼

（対馬の儒者）

※ (1)～(47)까지의 번호는『항해헌수록』에 수록된 한시문의 순서대로 번호를 붙였다.

3. 미즈타리 야스카타의 「자호설(字號說)」에 대하여

1719년 9월 8일, 중양절 전날 조선 학사들을 찾아온 미즈타리 야스나오는, 왕년의 정육을이 8살인 아들 여창을 데리고 중국 절강 출신의 장녕(張寧) 사절을 찾아가 여창(汝昌)이란 이름을 받았듯이, 아들 야스카타를 소개하며 아들의 자호를 청한다. 『항해헌수록』의 기술을 인용하면 다음과 같다.

> 제 아들 이름은 야스카타이며 깊은 사랑을 받아 감사의 마음을 금할 길 없나이다. 왕년 귀국의 선유 정여창(鄭汝昌)은 8세 때, 아버지 정육을(鄭六乙)이 아들을 데리고 중국 사절 절강성 출신 장녕(張寧)을 만나 이름을 빌었더니 장녕은 여창이란 이름을 지어 주었다고 했나이다. 오늘 당신도 저의 아들에게 이름 혹은 별호를 지어주기 바라나이다. 이는 아들의 영광일 뿐만 아니라 우리 일가의 영광일 것입니다. 아들과 정가네 아들은 재주가 많이 차이나지만 당신은 오늘날의 장녕 사절이니 간절히 부탁하니, 승낙하시기 바랍니다.[191]

이 부탁에 대하여 조선 사절의 제술관 청천 신유한은 즉석에서 "이름은 야스카타(安方), 자는 사립(斯立), 호는 박천(博泉)이라 하면 어떤

---

191 小兒安方、厚蒙寵眷、不勝感謝、昔年貴國儒先鄭汝昌、八歲其父鄭六乙携之、見天使 浙江張寧、請求兒名、張寧名之以汝昌、且作說贈之、今公爲此兒、賜名或別号、則匪啻 小兒之榮、而又僕一家之幸也 豚犬小兒、固與鄭家之兒、才質懸絶、然公則今日之張天使也、切望一諾、 - 禀 屛山

가?" 하고 지어주었다. 그리고 그동안 사용하고 있던 출천(出泉)이란
호는 합당치 않으니 바꾸는 것이 좋겠다고 하였다.

> 이름은 安方, 자는 斯立, 호는 博泉이라고 합시다. '立'자의 뜻을 따랐으
> 니 이름은 아주 잘 지었네. '出泉'을 호로 하기는 합당치 않으니 「普博淵泉
> 時出」의 의미에 따라 호로 하였으니 어떠한지요? 오늘은 날이 이미 늦었
> 으니 아들을 위해 「명자설」을 구하고 싶거든 내일 다시 와서 복명하시지
> 요. 수재와 여기서 만나게 된 것도 행운입니다. 바쁘더라도 어찌 글을 써
> 서 기념으로 남겨 두지 않을 수 있겠습니까.[192]

밤늦은 시간까지 필담과 창수로 시간을 보내야 하는 제술관의 막중
한 임무를 느낄 수 있는 장면이다. 그러나 글재주가 있는 일본 문인과
의 만남은 도리어 시간의 제약과 관계없이 늦은 시간까지 필담과 창
수로 시간을 보냈던 것을 확인할 수 있다. 그만큼 미즈타리 씨 부자와
의 만남은 시간가는 줄 모르는 유익한 시간이었던 듯하다. 이것에 대
해서 야스나오는 다음 날은 시간이 없어 찾아올 수 없으니, 짧더라도
바로 「자호설」을 써달라고 부탁한다.

> 아들의 자호를 이렇듯 빠르게 가르침을 내려주시니 얼마나 영광인지

---

192 名安方、字斯立、号博泉、名則甚佳、字之以立之義、出泉以、末協、故以 "普博淵泉
     時出" 之義、未知如何、今夜已向深、若欲別求小說、期以明早後命、秀才而來見、亦一
     相 逢之幸、雖甚忙忽、豈可不爲着念書贈乎、 - 靑泉

모르겠나이다. 「자호설」은 이삼십 자 정도로 주시면 감사하겠나이다. 단지 내일 여정이 총망하여 다시 와서 작별하기 어려워 아마 대면은 오늘밤이 마지막이겠사오니 「자호설」을 간절히 부탁하나이다.[193]

야스나오의 간절한 부탁에 따라, 신유한은 즉석에서 「자호설」을 기술하여 주는데, 이것을 받은 시간이 9월 8일 "오 시경"으로 기술된다. 또한 이 「자호설」에는 13세의 소년 야스카타의 용모에 대한 기술도 함께 묘사된다.

「자호설」

기해년 중양절 전날, 오사카에 남아서 수족(미즈타리) 씨 동자를 만났다. 나이는 13살이고 호는 출천이며 명함을 보이면서 자기소개하기로 "이름은 安方이며 책 읽기와 시 읊기를 즐기며 초서를 사용하나이다. 군자님을 반일 섬기기를 바라니 마음대로 일을 시키시길 바라나이다."라고 했다. 그는 자신이 쓴 시를 나에게 보였는데 기세가 의젓하여 늠름한 보마와 같았다. 그의 피부는 옥설과 같이 깨끗하고 한 쪽에 앉아 있는 용모가 단정하고 수려하여, 한눈에 봐도 높은 지위와 명예에 이를 수 있을 것으로 점쳐진다. 내가 그를 위해 재삼 사색하여 '斯立'을 자로 하였다. 이는 그의 사람 됨됨이가 대범하고 어색하지 않기 때문이었다. 그리고 호를 博泉이라고 했는데 '재주가 샘처럼 솟기'를 바라는 마음이다. 오 시에 「자호설」을 써서 그한테 주며 그 애가 나를 잊지 말기를 신신 당부했다. 그는 일어나

---

193 小兒字号、急速賜敎、何榮若之哉、願字号說書二三十字而賜之、顧明日旅裝忽忙難
必來見、會向只在今夕、至切惟望、 – 屛山

서 감사의 표를 하고 말하기를 "사명을 완수하지 못할까 두렵나이다." 이
러한 말들도 모두 기록할 수 있었다.[194]

「자호설」을 받은 소년은 "분부(학자로서의 사명)를 완수하지 못할까
두렵나이다." 하며 감사의 인사를 하였고, 부친 야스나오도 "감격을
금할 길 없이 감사합니다." 하며 예를 갖췄다. 위의 「자호설」에서도
알 수 있듯이, 미즈타리 소년의 용모에 대한 묘사는 『항해헌수록』의
여러 곳에 자주 기술된다. 성몽량 서기도 야스카타 소년에게 중국의
퇴지 한유의 시어를 빌어 "옥설가념"이란 표현으로 그의 용모를 칭찬
했다. 즉 「그림같이 수려하고, 백옥같이 흰 피부」를 지닌 미소년으로
그려지고 있다.

4. 미즈타리 씨 부자와 조선 학사들의 창수

이미 언급한 바와 같이, 미즈타리 씨 부자와 조선 학사가 증답한
한시를 합하면 칠언율시 13수, 칠언절구 22수, 오언율시 7수, 오언절
구 5수 모두 합하여 47수의 한시문을 수창하였다.

---

194 己亥重陽、前一日、余留大坂、見水足氏童子、年十三、号出泉、以刺自通曰、某名
　　安方、好讀書、哦詩、行草、願奉君子半日、雛使之、書所爲詩、詩筆昂然如汗血駒、
　　膚瑩々玉雪、隅坐端麗一眸眯而可占雲霄羽毛、余爲撫頂再三、字之曰斯立、以其有立
　　身大方之象、更其号曰博泉、寓思傅時出之義、午書詰之、且告以無相忘、－字号說

그러면 여기에서 미즈타리 씨 부자와 조선 학사가 수창한 내용은 구체적으로 어떠한 것인가에 대하여 고찰하기로 하자.

『항해헌수록』에 기술된 47수의 한시문의 내용을 크게 나누어 정리하면 다음의 여섯 종류로 분류할 수가 있다.

- -. 한시문 교환(交驩)의 가르침을 구하며, 상대의 뛰어난 학문적 기상을 칭송하는 내용.
- -. 선린 우호를 바라는 내용.
- -. 중국의 선현(先賢)에 비유되는 내용.
- -. 어린 소년의 한시문 수창에 대한 극찬의 내용.
- -. 시간적 제약 또는 언어가 다름으로 인한 표현의 한계를 토로하는 내용.
- -. 이국땅에서의 쓸쓸함을 토로하는 내용

1. 한시문 교환(交驩)의 가르침을 구하며, 상대의 뛰어난 학문적 기상을 칭송하는 내용

47수의 한시문 중 13수로 가장 많은 수를 차지하고 있는 것으로, 상대의 학문적 기상을 칭송하며 한시문의 가르침을 구하는 내용을 들 수 있다. 예를 들면 미즈타리 헤이잔의 다음과 같은 수창이 있다.

진사 성 선생에게 드림   헤이잔

오신 손님들은 모두 영웅호걸들이며, 친구들은 일찌감치 객관에 모였다네.
말은 성시의 북쪽에서 울부짖고, 별은 해천 동쪽을 가리키는구나.
필을 휘두르자 문기가 살아나고, 한 수의 시에서 교묘한 구상이 보이는구나.
용문은 대체 얼마나 높을까, 용문을 오르는 건 하늘 오르기보다 더욱 어려운 일인 것 같구나.
嘉客盡豪雄, 盍簪[195]舍館中, 馬嘶城市北, 星指海天東, 揮筆氣機活, 賦詩心匠工, 龍門[196]高幾許, 欲上似蒼穹. (9번 시)

미즈타리 헤이잔은 조선 학사의 서기 성몽량에게 오언율시 한 수를 지어 수창을 구한다. 이것에 대해서 성몽량도 한시의 뛰어남을 칭찬하며, 오언율시를 지어 다음과 같이 화운한다.

헤이잔의 시에 화운함

재주가 단지 팔 장 높이밖에 안 된단 말인가, 당신의 품행은 고결하기로 蓮幕[197]에서 나온 것 같구나.

---

195 주 22) 참조.
196 주 23) 참조.
197 주 26) 참조.

한수 북에서 고향과 이별하고, 석교 동에서 일출을 보는구나.

봉래섬에서 금이 화하니, 이백[198]의 시에 공력이 실려 있듯이 巴陵[199]에서 재능 있는 사람이 오도다.

당신의 귀한 발걸음(玉趾)을 기쁘게 생각하고, 이슬 맺힌 잔디를 헤쳐서 푸르른 하늘이 보이는구나.

大豈八丈雄, 猥來蓮幕中, 辭家漢水北, 觀日石橋東, 蓬島琴將化, 巴陵句未工, 喜君勞玉趾, 披露見靑穹. (11번 시)

조선 학사를 찾아온 미즈타리 야스나오를 중국의 시인 이백을 찾아온 위만에 비유하여 수창한 것이다. 위의 (9), (11) 두 수 이외에도 창화 형태의 표로 확인할 수 있는 (1), (2), (5), (13), (17), (19), (21), (29), (31), (35), (40)의 13수가 여기에 속한다. 그러나 여섯 개의 분류의 내용은 그 의미가 서로 중복되는 경우도 있어, 어느 한 내용에만 속하지 않는 경우도 있다.

2) 선린 우호를 돈독히 하는 내용

다음으로 다수를 차지하는 내용의 창수는 12수로, 선린 우호를 바라는 내용의 한시문을 들 수 있다.

---

198 주 27) 참조.
199 주 28) 참조.

헤이잔께서 주신 시에 화운하다.   청천 신유한

사절들에 성대한 예의로 빈객을 영접하고 있으니, 글재주가 뛰어난 영웅들은 모두 나의 선생일세.

모두 함께 태평성세를 경축하고 있는 모습이 꼭 마치 또 하나의 주 왕조가 시작한 것 같으니, 서로 마음을 터놓고 대하고 백년간 우애롭길 바라며 절대 의심은 없을 것일세.

皇華[200]正樂盛賓儀, 文采風流是我師, 共賀太平周道[201]始, 百年肝瞻莫相疑. (4번 시)

헤이잔의 시에 화운하는 칠언절구를 수창하였다. 끝으로 헤이잔은 창화의 자리에 임석한 대마도의 마쓰우라 가쇼(松浦霞沼)에게도 창수하며 화운을 바라는 마음을 전한다.

임석하신 대마도 마쓰우라(松浦詞伯)[202]에게 드림   헤이잔

오사카 진(浪速津)에서 연맹을 맺고, 훌륭한 회합을 하니 가을 하늘을 바라보며 감개무량하구나.

이미 조선 사절을 접대했고, 또 대마도 사람과도 만나게 되었나이다.

공약으로 돈독한 우정을 맺고, 서로 시를 증정하며 우호 관계를 깊이

하였나이다.

당신의 글재주에 인색함이 없이, 저를 위해 당신 주머니 속의 보물을
보여 주소서.

結盟浪速津, 勝會[203]感秋旻, 已接鷄林[204]客, 又逢馬府人, 金蘭応共約,
詞賦欲相親, 玉唾君無吝, 秘爲囊袒臻. (22번 시)

이외에도 창화 표의 (8), (23), (24), (25), (27), (33), (37), (43), (46),
(47)의 12수가 선린 우호를 바라며, 소중한 만남을 감사하는 마음을
표현하는 내용으로 분류할 수가 있다.

3) 중국의 선현(先賢)에 비유되는 내용

『항해헌수록』에는 일본과 조선 학사의 대 중국인식을 엿볼 수 있는
한시문 수창이 자주 나타난다. 즉 중국의 선현에 대한 비유가 양국
문인의 창화에 자주 등장한다. 예를 들면 다음과 같다.

미즈타리 헤이잔에게 차운하여 드리며 화운을 요구함 비목자 권도

부자 둘이서 같이 여기에 왔는데, 오래전의 사천(중국 사천성) 眉洲의
소 씨[205] 부자와 닮았구나.

---

203 주 41) 참조.
204 주 42) 참조.

내가 요금이 있어 받침대에 올려놓았으니, 군자를 위해 "鳳將雛"[206]를 연주하리라.

同來父子甚問都, 宛似眉洲大小蘇, 我有瑤琴方拂撞, 爲君彈出鳳將雛.

(20번 시)

미즈타리 씨 부자를 중국의 소순 소동파 부자가 구양수를 찾아 상경한 것에 비유하여 읊은 수창이다. 이것도 강백 서기의 중국 선현에게서 배우고 싶다는 강한 갈망에 따른 비유일 것이다. 이어서 성몽량은 다음과 같은 창화를 통하여 중국 선현을 비유한다.

출천의 시에 화운함

사절을 방문하기 위하여 천 리 여행을 하고, 어린 나이에 벌써 시서 문장이 출중하구나.

왕발의 「滕王閣序」[207]처럼, 천백 년이 지났지만, 등왕각은 여전히 오사카 강 위에 우뚝 서 있으며 "秋水共長天一色"[208]이라는 佳句는 여전히 유행하도다.

爲訪皇華[209]千里遊, 鬢齡翰墨亦風流, 浪花江上滕王閣, 水色長天一樣秋.

(36번 시)

---

205 주 27) 참조.
206 주 13) 참조.
207 주 115) 참조.
208 주 116) 참조.
209 주 117) 참조.

구마모토에서 찾아온 오사카에도 중국의 소년 왕발과 견줄 만한 일본의 소년 미즈타리 동자가 있어, 등왕각서문의 뛰어난 시구와 비교되어 칭송되는 것이다. "秋水共長天一色"은 왕발의 시구로 성몽량 서기는 이것을 모방하여 "水色長天一樣秋"라 표현하였다. 이것은 같은 의미로 "장강에 비친 모습이 가을 하늘의 색과 서로 같다"는 유명한 시구이다.

중국 선현에 비유되는 내용의 한시는 이외에도 (6), (11), (12) 등이 있다.

이상 미즈타리 야스나오에 비유된 선현은, 동해에 은거한 노연, 이백을 만나기 위하여 수 천리의 여행을 한 위만, 소식, 소철 두 아들을 데리고 구양수를 찾아 상경한 소순, 장녕 사절을 만나기 위하여 아들 정여창을 데리고 자호를 구한 정육 등이 해당된다.

또 미즈타리 야스카타에 비유된 선현은 소동파, 정여창, 육손, 사영운, 우왕, 왕발 등이다. 13세의 소년 미즈타리 야스카타는 조선 학사와 한시문 교환을 통해서 자신의 재능을 유감없이 발휘하였다. 이에 화운한 조선 학사는 중국의 선현들에 비유하며, 그 재능을 격찬했다. 그 중 소년 왕발의 비유가 가장 많았는데, 공교롭게도 조선 학사로부터 일본의 소년 왕발로 비유된 미즈타리 하쿠센은 왕발이 젊은 나이에 요절한 것처럼 불행하게도 26세의 젊은 나이로 자살해 버렸다.

4) 어린 소년의 한시문 수창에 대한 극찬의 내용

부친의 후원에 힘입어 신유한으로부터 「자호설」을 받은 미즈타리 야스카타는 적극적으로 조선 학사와의 수창을 구한다. 이것에 화운하는 조선 학사는 그의 풍채와 재능에 끌려 적극적으로 교환한다. 서기 성몽량은 다음과 같이 야스카타를 칭찬한다.

> 재차 수족동자에게 화운함   소헌
>
> 자네는 「등왕각서」를 쓴 왕발과 같은 나이로, 단산에는 봉황의 발자취가 남아있듯이 너에게도 봉황의 깃털이 보이는구나.
> 청홍색의 전을 몇 폭 주니, 글 연습에 사용하도록 하라.
> 滕閣[210]王[211]生歲, 丹山[212]端鳳毛, 靑紅牋[213]數幅, 資爾弄柔毫.
>
> (39번 시)
>
> 끝으로 「옥설가념[214]」 네 자와 함께 지필묵을 출천에게 주노라.

이미 언급한 듯이 등왕각 서문을 쓴 왕발은 13세의 어린 나이로 세상을 놀라게 하였다. 성몽량도 이것을 비유로 소년 미즈타리 야스

---

210 주 125) 참조.
211 주 126) 참조.
212 주 127) 참조.
213 주 128) 참조.
214 주 129) 참조.

카타를 극찬한 것이다. 또한 소년의 총명함뿐만 아니라 용모에 대해
서도 칭찬하며 "옥설가념"(백옥과 같이 희고 용모가 수려하다는 뜻)이란
퇴지 한유의 시어를 빌어 전달하였다. 이어서 강백도 다음과 같은 창
화로 소년을 극찬한다.

　　출천 시에 화운함　경목자

　　글재주가 아주 뛰어나 진심이 표현되고, 하늘이 방금 개어왔을 때 친구
들은 함께 객관에서 新晴의 시서를 담론하네.
　　당신의 시의 운율은 얼마나 교묘하고 풍격 또한 얼마나 뛰어난가, 아마
도 문장을 배우려면 大瀛[215]에 배워야 하나 보다.
　　나이가 어린 아이가 이렇듯 기묘한 재주가 있으니, 소년 왕발[216]처럼
명성이 높구나.
　　언제쯤 南斗星 옆에서 멀리 보려나, 서서 奎花[217]의 작은 빛이 보이는
도다.
　　鐵硯工夫有至誠, 論詩宝館屬新晴[218], 已看韻格多奇骨, 欲學文章法大瀛,
早歲童鳥多妙芸, 韶年王勃有高名, 何時南斗星邊望, 儜見奎花一点明.

　　　　　　　　　　　　　　　　　　　　　　　　　　　　　　(26번 시)

215　주 92) 참조.
216　주 93) 참조.
217　주 34) 참조.
218　주 95) 참조.

한시의 뛰어남이 중국의 소년 왕발을 보는 듯하고, 앞으로 학문적
으로 대성할 것으로 기대된다는 극찬의 의미가 담겨있는 증답이다.

소년 야스카타의 학문에 대한 칭송은 이외에도, (28), (32), (34), (38),
(39), (41), (42), (44)로 이어져, 모든 조선 학사들로부터 학문의 뛰어남
을 인정받은 것이다. 특히 중국의 소년 왕발에 비유되었다는 점은 주
목할 만하다.

5) 시간적 제약 또는 언어가 다름으로 인한 표현의 한계를 토로하는 내용

미즈타리 헤이잔의 수창에 제술관 신유한은 다음과 같은 칠언율시
로 화운한다. 인용하면 다음과 같다.

헤이잔께서 주신 시에 화운하다.   청천 신유한

강가에서 우연히 만나 군자의 시를 들으니, 나도 몰래 고전곡 한 수
읊어 신선으로 화하도다.

약초는 백운심처 삼산지경에서 자라며, 해는 부상(중국 고대 신화에서
바다 밖에 있다는 커다란 나무로, 여기에서 해가 뜬다고 믿어졌음, 일본을
지칭함)에서 떠올라 만리 천공을 붉히노라.

자고로 청편 위에는 많은 묘책이 있다고 여겼으나, 붉은 솥(丹竈, 도
학[219])에만 진수가 있다고는 말하지 마라.

가벼운 담소 중에도 가을 시간이 너무 빠름을 애석하게 여겨져, 내일
아침 말을 타고 출발해야 하니 채찍 들기가 안타깝구나.

邂逅鳴琴落水邊, 將雛[220]一曲亦神仙, 雲生藥艸三山経、日出榑桑万里天, 自道青編多妙契[221], 休言丹竈[222]有眞詮[223], 清談共惜秋曦短, 明發征驅懶攀鞭. (3번 시)

조선 학사 신유한에게 있어서 미즈타리 씨 부자와의 만남은 일본의 사행처에서 만나는 문인들과는 다른 뜻깊은 인상으로 남아있었던 듯하다. 그만큼 학문적 교류는 진지하고 시간의 흐름을 아쉬워하는 부분이 자주 눈에 띈다. 이어서 장응두도 같은 마음을 한시로 화운한다.

헤이잔의 시에 차운하여 보냄

검푸른 바다가 일본과 조선을 연결해 주며, 그 거리가 만 리가 되는구나. 험한 파도치는 바닷고기 집을 경유하고, 영경의 용궁을 넘어왔도다. 당신의 新編[224]이 얼마나 고상하고 우아한가를 감탄하며, 나의 교만했던 옛 모습이 부끄럽구나.

아직 마음껏 얘기를 못 나누었고, 흥도 아직 극치에 달하지 못하였는데, 날이 어두워짐이 고민이 되는구나.

滄海接韓桑, 修程万里長, 險波経鮮窟, 靈境歷龍堂, 歎子新編雅, 慙吾旧

---

219 주 12) 참조.
220 주 18) 참조.
221 주 14) 참조.
222 주 15) 참조.
223 주 16) 참조.
224 주 33) 참조.

態枉, 論襟猶未了, 愁絶暮山蒼.　　　　　　　　　　　　　(15번 시)

　서리가 내린 뒤 단풍잎이 몇 곳 붉어졌고, 9월의 가을바람 속에서 슬퍼하는구나.
　군자를 늦게 만남을 한탄하니, 언어는 다르지만 뜻은 같구나.
　霜後楓林幾處紅, 各懷惝慄九秋風, 逢君却恨相知晚, 言語雖殊志則同.
　　　　　　　　　　　　　　　　　　　　　　　　　　(16번 시)

　또 필담이나 시문 증답은 한문으로 표현되나, 언어가 달라 충분히 마음속 깊은 의미를 전달할 수 없음[225]을 토로한 부분도 자주 나타난다. 즉 조선 학사들의 미즈타리 씨 부자와의 만남은, 조선 학사들과의 접촉을 바라는 일본의 일반 서생들과의 임무 수행을 위한 의무적인 만남과는 다른 특별한 기억으로 남아있었던 듯하다.
　이외에도 (14), (30), (45)의 수창을 통하여 교린의 아쉬움을 표출한 내용을 읽을 수 있다.

6) 이국땅에서의 쓸쓸함을 토로하는 내용

　조선 사절의 고충을 표현한 수창으로 명절을 이국땅에서 보내야 하는 쓸쓸함을 토로한 내용이 눈에 띈다.

---

[225] 단지 언어가 달라 글로밖에 교류할 수 없으니 마음껏 감흥을 토로 못함이 아쉽도다. (但恨語言不同、只憑筆舌而相通不盡所懷耳)

헤이잔의 시에 차운하여 보냄   경목자

조선 사절의 배는 천 리를 항행하여 여기까지 왔으며, 잠시 배는 섭진(攝津, 지금의 오사카)항에 정박하는구나.

소중한 손님을 맞이하고 있으며 가을의 국화도 예쁘게 동산에 피어나니 이는 하늘의 뜻이로다.

해외의 일을 다 담론하고 시가로서 흥을 돋우니 거울(鐘) 속의 꽃이 감동하는구나.

고국은 중양절(음력 9월 9일)인데, 몸은 이국타향에 있으니 아쉬움을 금할 길 없구나.

迢迢上漢槎, 久繫攝津涯, 客意鴻賓日, 天時菊有花, 談窮海外事, 詩動鐘中花, 故國登高節[226], 他鄕恨轉加.　　　　　　　　　　(7번 시)

창랑(滄瀛)을 지나온 배는 정박하고, 사신은 잠시 오사카성에 머무르는구나.

이 지역은 자고로 세 개의 강이 모여서 형성된 곳이니, 멀리 여행을 와서 이국 타향에 온 정서를 갖지 말기를.

牙檣[227]錦纜涉滄瀛、玉節[228]暫留大坂城. 此地由來三水合, 遠遊莫做異鄕情.　　　　　　　　　　(10번 시)

이외에도 (18)의 수창이 여기에 속한다.

---

226 주 21) 참조.
227 주 24) 참조.
228 주 25) 참조.

5. 맺음말

조선통신사의 방일 중 오사카에서 체재한 9월 8일, 구마모토에서 찾아온 미즈타리 씨 부자와 제술관 신유한을 비롯한 삼사신의 서기 강백, 성몽량, 장응두 등이 교환한 한시문 증답과 필담이 미즈타리 야스나오에 의하여 『항해헌수록』에 필사되었다.

그 중 한시문 47수가 수창되었는데, 그 가운데에는 (1) 한시문 교환(交驩)의 가르침을 구하며, 상대의 뛰어난 학문적 기상을 칭송하는 내용, (2) 선린 우호를 바라는 내용, (3) 중국의 선현(先賢)에 비유되는 내용, (4) 소년 하쿠센의 한시문 창수에 대한 극찬의 내용, (5) 창수 시간의 제약 또는 언어가 다름으로 인한 표현의 한계를 토로하는 내용, (6) 이국땅에서의 쓸쓸함을 토로하는 내용 등이 포함되어 있다.

이외에도 신유한의 「자고로 청편 위에는 많은 묘책이 있다고 여겼으나, 도학[229]에만 진수가 있다고 말하지 마라.[230]」는 한시를 통해서, 주자학의 학문적 한계를 토로한 부분도 읽을 수 있다.

그러나 역시 가장 많은 수를 차지하는 것은 상대의 학문적 기상을 칭송하는 내용과 선린 우호를 바라는 내용, 선현에 비유되는 내용 등이 주류를 이루고 있다.

또 어린 나이로 부친과 함께 조선 학사를 찾아온 미즈타리 야스카

---

[229] 유학의 한 분파로서 중국의 송대에 발달한 정주학 또는 주자학의 다른 이름. 중국 남송의 주희가 집대성하여 조선시대에 크게 번성한 유교 철학을 말함.

[230] 自道靑編多妙契、休言丹竈有眞詮、

타의 창수 모습은 높이 평가되고, 그 증답 시간이 부족함[231]을 아쉬워하는 표현이 자주 나타난다. 그리고 필담이나 시문 증답은 한문으로 표현되나, 언어가 달라 충분히 마음속 깊은 의미를 전달할 수 없음[232]을 토로한 부분도 자주 나타난다.

후일「히고 제일의 학자」로 그 재능을 인정받은 미즈타리 야스카타는, 안타깝게 단명하기는 했지만 많은 제자를 양성하고 저작 활동을 통해서 뛰어난 학문적 업적을 남겼다. 이와 같은 일련의 경위는 하쿠센이 13세 때인 1719년 조선 학사들과의 만남에서 출발한 것이고, 그 학문적 성과를 통해서 이름을 널리 알리게 된 것이다. 즉 미즈타리 하쿠센의 호가 조선 사절의 제술관 신유한으로부터 그 학문적 재능을 인정받은 것에서 더욱 높이 평가되고,「하쿠센(博泉)」이라는 호칭도 이것에 연유하여 명명되었다는 점이 관심을 끈다.

---

231 而日暮行忙, 未得作積, 可恨.

232 但恨語言不同、只憑筆舌而相通不盡所懷耳.

『항해헌수록』에 나타난
일본과 조선 학사의 선현 인식

1. 들어가며

조선 후기(일본의 에도시대)에 있어서 조선통신사의 방일은 12회에 이르고 있다. 조선통신사의 방일 중에는 조선과 일본의 다양한 형태의 교류의 모습을 볼 수 있는데, 그 중 특징적인 것으로 조선과 일본 학사의 한시문 교류와 필담을 통한 교환(交驩)을 들 수 있다. 일본의 유학자들이 조선 학사들을 맞이하여 한시의 창화를 구하고, 필담을 통해서 학문적 의문점을 문답하고, 상대국의 국정을 묻고 답하는 일은 수차에 걸친 조선통신사의 방일 때에 자주 일어나는 일이었다.

조선통신사와 일본 학사의 필담 창화에 대해서는 『통항일람(通航一覽)』 권108에 「조선 사절이 내빙할 때마다 반드시 필담·창화가 있어, 1682~1711년 무렵부터 그러한 일이 왕성하여, 까닭에 그 서책이 백 수십 권에 이른다」[233]는 기술처럼 1719년 방일 때에도 많은 필담창화집이 남아있다.

  1719년 제9회째의 사행에도 조선 사절의 제술관 및 서기와 일본 학사들의 교류가 각 지역의 사행처에서 다양한 형태로 이루어지는데, 이것을 기술한 미즈타리 헤이잔(水足屛山)의 『항해헌수록』(1719년)도 그 중 하나의 창수, 필담집으로 다양한 교류의 모습을 우리들에게 전해 주고 있다.

  『항해헌수록』에 나타난 신유한과 미즈타리 씨 부자와의 필담 창수에 관한 연구로는 마쓰다 고(松田甲, 1976년)[234]에 의한 논고가 있다. 이것은 미즈타리 하쿠센과 신유한과의 필담을 통하여 미즈타리 하쿠센의 학문적 성취와 후일 히고 학계 제 일인자로 성장하는 과정을 구체적으로 논증하고 있다. 그러나 구체적인 한시문 창수의 내용에 대해서는 거의 언급하고 있지 않다. 또 필자(1999)[235]의 논고도 미즈타리 헤이잔과 신유한, 미즈타리 하쿠센과 신유한과의 관계에 대하여 언급하고 있으나, 서기 강백, 성몽량, 장응두와의 창수 필담의 구체적인 내용이나, 중국과 조선의 선현 인식에 대한 연구는 거의 이루어지지 않았다.

  이 논문에서는 1719년에 성립된 『항해헌수록』에 나타난 서기 강백, 성몽량, 장응두와 미즈타리 씨 부자와의 필담, 한시문 창수에 초점을

---

233 林復齋 編(1967년 복각), 『通航一覽』 第三冊, 淸文堂出版, p.263.

234 松田甲(1976), 「水足博泉と申維翰」, 『日鮮史話』(三)原書房 참조.

235 박찬기(1999), 「18세기 초 大阪에서의 申維翰과 水足屛山―『航海獻酬錄』을 중심으로」, 『일본어문학』 제6집, 한국일본어문학회 참조.

맞춰, 그 구체적인 교환의 모습을 고찰하려고 한다. 특히 한시문 창수의 번역과 역주를 통하여 조선과 일본 학사의 선현 인식[236]을 살펴보려고 한다.

이어서 필자의 선행 연구와 일부 중복되는 점이 있기는 하나, 일본 학사의 조선 주자학에 관한 관심과 주자학 관련 서적에 관한 관심의 정도를 구체적으로 제시하려고 한다.

2. 미즈타리 야스나오와 조선 학사의 한시문 창수에 나타 난 선현 인식

이미 언급하였듯이, 일본의 학사들이 일본을 방문한 조선의 학사들과 한시문 창수를 나누고, 서화의 휘호를 구하고, 한문 필담을 통하여 학문적 의문점을 묻고, 상대국의 국정을 논하는 일은 수차례에 걸친 조선통신사 방일 때에 자주 일어나는 일이었다. 특히 오사카를 비롯한 교토, 에도에서는 비교적 체재기간도 길고, 일본 전국 각지로부터의 교통편도 편리하여 조선 학사들과의 접촉을 원하는 많은 일본 학사들이 찾아왔다.

1719년 통신사의 제술관으로 방일한 신유한은 에도로 가는 도중,

---

236 이 논문에서는 양국 학사의 한문 필담·한시문 창수 중에 나타나는 조선과 중국 그리고 일본의 선현들이 어떠한 형태로 비유되어 표현되고 있는가에 관심을 둔다.

오사카에서 체재한 9월 4일부터 5일간과 돌아오는 길에 체재한 11월
4일부터 5일간 오사카의 문인들과 한시문 증답의 환담을 나눈다. 그
중 신유한은 규슈의 구마모토에서 찾아온 미즈타리 야스나오, 야스카
타 부자와 만나 환담한다. 이것에 대하여 신유한은 『해유록』에서 다
음과 같이 기술한다.[237]

> 오사카에 머문 5일간은 서생 십수 명과 함께 저녁 늦게까지 시간을 보냈
> 다. 동자에게 먹을 갈도록 준비시켜 매일 조금도 쉴 여유가 없었다. 서생들
> 이 찾아와서 각각 성명, 자, 호를 써 내보이는데 눈을 의심하게 하는 것이
> 많고, 그 한시문 또한 졸렬해서 읽을 수가 없다. 단 강약수[238]와 지남명[239]
> 의 한시는 약간 운치가 있다. 한 동자가 있었다. 나이는 14세[240]로 용모가
> 그림과 같았다. 지필을 다루어 앞으로 나아가 필담을 하면서 시어가 완성
> 된다. 스스로 말하기를 성은 미즈타리, 이름은 야스카타라 하며 집은 북륙
> 도[241] 천 리 먼 곳이라 한다. 그 아비 헤이잔과 함께 왔다고 한다. 이 기회에
> 사절의 객관에서 재주를 평가받고 싶었을 것이다. 내가 그의 머리를 쓰다

---

237 이것에 대해서는 이미 필자에 의하여 인용된 부분이어서 중복되나 미즈타리씨 부자와
   의 만남을 강조하기 위하여 재차 인용한다.
238 이리에 가네미치(入江兼通, 1671~1729)에도 중기의 시인. 자는 자철(子徹), 호는 약수
   (若水)이다.
239 주 153) 참조.
240 『항해헌수록』에 의하면 당시 미즈타리 야스카타의 나이는 13세였던 것으로 기술되어
   있다. 이것은 신유한이 후년 기억을 되살려 편찬한 것이므로 이러한 오류가 나타난
   것으로 판단된다.
241 『항해헌수록』에 의하면 미즈타리 씨 부자는 히고(肥後) 구마모토에서 온 사람이어서
   이것도 신유한의 오류이다.

듣으며 "신동, 신동"이라 하자 그의 아비는 크게 기뻐하며 아들의 자호를
청했다. 나는 "미즈타리 씨란 「부박연천(溥博淵泉)」의 뜻에 상응하는 것이
므로 호를 박연(博淵)[242]이라 하고, 야스카타(安方)란 「족도대방(足蹈大
方)」의 모습이 있으므로 자를 사립(斯立)이라 하면 어떠한가?"라 했다. 그
리고 그 내용을 초기하여 주었다. 그 부자는 함께 머리 숙여 사례했다.[243]

신유한은 오사카 체재 중 많은 일본 학사들과 한시문 창수와 증답
을 하였지만, 위의 인용문으로부터도 알 수 있듯이, 미즈타리 씨 부자
와의 만남에는 특별히 인상 깊은 것이 있었던 듯하다.

그런데 조선 학사들과 미즈타리 씨 부자와의 창수 필담 중에는 중
국과 조선의 선현에 대한 내용이 다수 포함된다. 그러면 우선 오사카
에서 행해진 조선 학사들과 미즈타리 야스나오와의 한시문 증답 내용
은 무엇인가? 또 한시문 중에는 어떠한 선현이 등장하는가? 이에 대
하여 알아보기로 하자.

『항해헌수록』에 의하면, 미즈타리 야스나오는 자기소개를 한 후,
칠언율시 1수와 칠언절구 1수의 시문을 신유한에게 보이며 시의 첨삭

---

242 『항해헌수록』의 신유한이 초기하여 준 「자호설」의 기술에 의하면, 실제로는 호를 박천
(博泉)이라 하였다.

243 留大阪五日, 与書生十數人, 竟夕至夜, 令童子磨墨以待, 日不暇給, 其人至則各各書姓名
号, 雜然而進者, 多駭眼, 其詩又蹇拙不可讀, 江若水池南溟兩人詩, 差有小致, 一童子, 面目
如畵, 操紙筆而前, 手談及韻語, 咄嗟而成, 自言水足氏安方名, 家在北陸道千里, 其父 屏山
者偕來, 盖欲鳴芸於使館, 余爲撫頂而呼曰, 神童神童, 其父大驩, 請命字号, 余謂水足氏,
応溥博淵泉之義, 号曰博淵, 安方者, 有足蹈大方之像, 字曰斯立可矣, 別艸記以給, 其父子
俱稽謝.

을 구하는데, 특히 선현 인식을 포함하는 칠언절구 한 수를 포함한다.
인용하면 다음과 같다.

서툰 시 두 수를 조선 학사 청천(靑泉) 신 선생님께 드리니 부디 첨삭을
바라나이다.   헤이잔

규격이 있는 걸음걸이는 위엄이 있고, 은태사 가르침의 감화가 멀리까
지 전해져 알려졌나이다.
여러 빈객 중 당신들의 명성이 특히 높으며 뛰어난 재주도 갖고 있으니,
두루두루 미덕을 갖춘 것이 무슨 의심할 바가 있으리까.
矩行規步有威儀, 風化遠伝殷太師, 列位賓中名特重, 太才實德又奚疑.

헤이잔의 시에 등장하는 은태사(殷太師)는 비간(比干)을 말하는 것
으로, 제신(帝辛)의 숙부로, 은상(殷商) 왕실의 대신으로 승상을 지냈던
인물이다. 이러한 선현 가르침의 감화가 멀리까지 전해져 인식하고
있다는 내용이다. 이 한시에 대하여 신유한도 같은 칠언율시, 칠언절
구 1수씩을 지어 증답하는데, 후의 칠언절구 한 수도 주 왕조의 태평
성세를 감화하여 닮기를 바라는 내용이 포함되어 있다.

헤이잔께서 주신 시에 수창하다   청천 신유한

사절들에 성대한 예의로 빈객을 영접하고 있으니, 글재주가 뛰어난 영
웅들은 모두 나의 선생일세.
모두 함께 태평성세를 경축하고 있는 모습이 꼭 마치 또 하나의 주 왕조

가 시작한 것 같으니, 서로 마음을 터놓고 대하고 백년간 우애롭길 바라
며 절대 의심은 없을 것일세.

　皇華[244]正樂盛賓儀, 文采風流是我師, 共賀太平周道[245]始, 百年肝瞻莫
相疑.

일본과 조선 학사의 한시문 증답의 형태를 읽을 수 있는 부분이다.
미즈타리 야스나오는 신유한과의 한시문을 교환한 후, 이어서 조선
학사의 서기들과도 차례차례로 한시문 수창의 교환을 나눈다. 그 한
시문 수창 중에도 다수의 중국 선현을 의식한 내용이 포함된다. 우선
서기 강백에게 수창한 한시문을 인용하면 다음과 같다.

　진사 강 선생에게 올림　헤이잔

　노련(齊나라 魯連은 선비의 지조)도 당년에 동명 천만 리 땅을 답사했다
고 하지요.
　선지자를 만나니 그의 재능이 출중하여 그의 마음속의 문채가 하늘의
별만큼 많아지고 걸작이 수없이 많이 나타나는군요.
　魯連千古氣離群, 踏破東瀛万里雲, 邂逅先知才調別, 胸中星斗吐成文.

오언율시와 칠언절구를 1수씩을 창화하였는데, 그 한시문 중에 중
국의 선현 노연을 예로 들고 있다. 노연[246]은 노중연을 말하는 것으로

중국 전국시대의 뛰어난 학자이다. 노연은 말년에 관직을 사양하고
중국의 동해에서 은거하며 학문을 즐겼다고 전해진다.

이외에도 조선 학사 성몽량은 미즈타리 야스나오와 수창하여 다음
과 같은 오언율시와 칠언절구 1수씩을 지어 화답한다.

헤이잔의 시운에 화답하다

재주가 단지 팔장 높이밖에 안 된단 말인가, 당신의 품행은 고결하기로
蓮幕[247]에서 나온 것 같구나.

한수 북에서 고향과 이별하고, 석교 동에서 일출을 보는구나.

봉래섬에서 금이 화하니, 이백[248]의 시에 공력이 실려 있듯이 巴陵[249]에
서 재능 있는 사람이 오도다.

당신의 귀한 발걸음(玉趾)을 기쁘게 생각하고, 이슬 맺힌 잔디를 헤쳐서
푸르른 하늘이 보이는구나.

大豈八丈雄, 猥來蓮幕中, 辭家漢水北, 觀日石橋東, 蓬島琴將化, 巴陵
句未工, 喜君勞玉趾, 披露見靑穹.

---

246 魯連이 趙나라에 살고 있을 때, 진나라가 조나라의 수도인 邯鄲을 공략하여 포위했다.
이 때 魏나라의 장군 新垣衍을 파견하여, 진나라 왕을 황제로 칭하면 포위를 풀겠다고
하였다. 이 말에 노중연은 진나라가 교만하게 천제를 참칭한다면 나는 "踏東海而死(동해
바다에 빠져 죽겠다)"라 하자, 진나라 장군은 이 말을 듣고 군대를 물렸다고 전해진다.
《史記卷83 魯仲連鄒陽列傳》

247 주 26) 참조.

248 주 27) 참조.

249 주 28) 참조.

산을 넘고 바다를 건너 천리 길을 왔음에, 군자의 위만[250](魏万, 당나라의 젊은 시인)과 같은 정의에 감격하노라.

꿈속에서 이미 본래의 江郎[251]으로 돌아갔다 한들, 어찌 당신의 멀리서 온 정의를 저버릴 수 있으랴.

千里踰山又涉瀛, 感君高義魏聊城, 夢中已返江郎錦, 曷副殷勤遠訪情.

조선 사절을 찾아온 미즈타리 야스나오를 중국의 시인 이백을 찾아온 위만에 비유하여 수창한 것이다. 여기에 성서기의 중국 선현 인식의 한 단면을 읽을 수 있는 것이다. 이어서 미즈타리 야스나오의 한시문에 대한 강백의 화운시를 소개한다.

미즈타리 헤이잔에게 차운하여 드리며 화운을 요구함 비목자 권도

부자 둘이서 같이 여기에 왔는데, 오래전의 사천(중국 사천성)眉洲의 소씨[252] 부자와 닮았구나.

내가 요금이 있어 받침대에 올려놓았으니, 군자를 위해 "鳳將雛"[253]를 연주하리라.

同來父子甚問都, 宛似眉洲大小蘇, 我有瑤琴方拂擡, 爲君彈出鳳將雛.

250 주 29) 참조.

251 주 30) 참조.

252 주 38) 참조.

253 주 13) 참조.

미즈타리 씨 부자를 중국의 소순 소식 부자가 구양수를 찾아 상경
한 것에 비유하여 읊은 수창이다. 이것도 강서기의 중국 선현에게서
배우고 싶다는 강한 갈망에 따른 비유일 것이다. 이어서 미즈타리 야
스나오가 신유한에게 아들 야스카타의 「자호」를 구하는 문장에도, 중
국 선현의 예가 비유되어 진다. 인용하면 다음과 같다.

　　아룀　헤이잔

　　제 아들 이름은 야스카타이며 깊은 사랑을 받아 감사의 마음을 금할
길 없나이다. 왕년 귀국의 선유 정여창(鄭汝昌)[254]은 8세 때, 아버지 정육
을(鄭六乙)[255]이 아들을 데리고 중국 사절 절강성 출신 장녕(張寧)[256]을
만나 이름을 빌었더니 장녕은 여창이란 이름을 지어 주었다고 했나이다.
오늘 당신도 저의 아들에게 이름 혹은 별호를 지어 주기 바라나이다. 이는
아들의 영광일 뿐만 아니라 우리 일가의 영광일 것입니다. 아들과 정가네
아들은 재주가 많이 차이나지만 당신은 오늘날의 장녕 사절이니 간절히
부탁하니, 승낙하시기 바랍니다.[257]

254　주 72) 참조.

255　주 73) 참조.

256　주 74) 참조.

257　小兒安方、厚蒙寵眷、不勝感謝、昔年貴國儒先鄭汝昌、八歲其父鄭六乙携之、見天使
　　　浙江張寧、請求兒名、張寧名之以汝昌、且作說贈之、今公爲此兒、賜名或別号、則匪啻
　　　小兒之榮、而又僕一家之幸也 豚犬小兒、固與鄭家之兒、才質懸絶、然公則今日之張天使
　　　也、切望一諾。 - 稟 屛山

조선 사절의 제술관 신유한을 중국 절강성 출신으로 1460년 중국 명나라 황제의 사절로 조선을 방문한 장녕 천사에 비유하고 있다. 이 것도 선현 인식의 한 예로 설명될 수 있을 것이다.

이상 미즈타리 야스나오에 비유된 선현은, 정승 은태사, 동해에 은 거한 노연, 이백을 만나기 위하여 수천 리의 여행을 한 위만, 소식, 소철 두 아들을 데리고 구양수를 찾아 상경한 소순, 장녕 사절을 만나 기 위하여 아들 정여창을 데리고 자호를 구한 정육을 등으로 정리해 볼 수 있다. 양국 학사의 선현 인식을 엿볼 수 있는 창수의 장면이다.

3. 미즈타리 야스나오와 신유한의 조선 선현에 대한 문답

신유한이 본 도시 문화의 하나로 오사카의 서점에 관한 기술이 자 주 언급된다. 오사카는 서적의 출판, 판매가 활발히 이루어지는 곳으 로, 중국이나 조선의 서적이 보급되고 다수의 독자층을 이루고 있었 던 듯하다. 『해유록』에 의하면, '많은 서점이 늘어서 있고, 고금백가의 서적을 두루 갖추고 있고, 또 복각하여 판매하고, 중국의 문헌, 조선 의 여러 선현들의 선집도 없는 것이 없다.'[258]고 기술된다. 이어서 오 사카 서점에서 많이 판매되는 조선 선현의 문집 중 일본인에게 존중

---

258 ⋯⋯ 其中有書林書屋, 勝曰柳枝軒·玉樹堂之屬, 貯古今百家文籍, 剞?貿販, 轉貨而畜之, 中國之書, 与我朝諸賢撰集, 莫不在焉.

되는 것은 반드시 이황의 『퇴계집』의 어의를 제일 우선시 한다고 기
술된다. 또 이것은 독자층도 많고 존중되며, 일본의 학자가 조선 사절
을 방문하여 필담을 나눌 때는 『퇴계집』의 내용에 관한 질문이나, 그
후손의 안부에 대한 질문이 우선한다고 기술된다. 이 『해유록』의 기
술이 확인되는 구체적인 예로서 미즈타리 야스나오의 『항해헌수록』
에는 다음과 같은 문답이 있다

물음   헤이잔

저는 예전에 이미 퇴계 이씨의 『도산기』를 읽어 도산이 산수의 흐름이
나 산세가 범상치 않은 지역임을 알고 있나이다. 듣자하니 도산은 영지의
한 지류라 하는데, 지금은 팔도 중에 어떤 주군에 속하는지요? 도산서당,
농운정사 등의 유적이 아직도 남아있는지요?[259]

라는 질문을 하자, 신유한은 "도산은 경상도 예안현에 있나이다. 서당
과 정사는 아직 있으며, 그 옆에 묘당을 세워 춘추로 제사합니다."라
고 답하였다. 다시금 미즈타리의 질문은 이어진다.

물음   헤이잔

이퇴계가 저작한 『陶山八絶』 중에는 소강절이 설파한 「靑天在眼前, 零

---

259 僕嘗讀退溪李氏陶山記已知陶山山水之流峙不凡之境也聞陶山卽靈芝之一支也, 今八道
中屬何川郡陶山書堂隴雲精舍等尙有遺蹤耶. ― 問 屛山

金朱笑覓爐邊」이라는 구절이 있는데, 여기에서 「零金朱笑」는 무슨 뜻인 가요?[260]

즉 이황이 말하는 『陶山八絶』 중에 소강절의 이상적, 낭만적, 도교 적인 세계관으로 보여지는 「靑天在眼前」과 비교해서, 주자의 현세적, 유교적 세계관을 풍자한 「零金朱笑覓爐邊」이라는 시구 중에 '「零金 朱笑」란 어떤 의미인가요?'라는 질문이다.

「零金朱笑」란 중국 금나라의 멸망을 남송인인 주자가 비웃는다는 의미이고, 「覓爐邊」이란 몽골의 칭기즈 칸의 군대에 의하여 공격받아 멸망된 금나라를, 그 금나라에 의하여 남쪽으로 쫓겨난 남송 사람 주 자가 비웃는 것은, 곧 남송에게도 닥쳐올 몽골의 침략을 생각하지 않 고 금나라의 멸망만을 기뻐하는 것을 풍자적으로 표현한 시구이다.

이 시어의 내용에 대한 질문에 신유한은 「零金朱笑未及詳, 或詩家 別語」라 답한다. 즉 이황의 「零金朱笑」란 의미를 신유한은 정확하게 파악하고 있지 못했던 것이다.

어떻든, 이와 같은 한시문 증답을 통해서 일본 학사의 이황에 대한 관심의 정도와 조선 서적의 보급 상황을 읽을 수 있는 것이다. 또 조 선 학사를 통해서 중국과 조선 학문의 동향을 파악하려고 한 일면도 엿볼 수 있는 것이다. 특히 이황의 저서가 일본 유학자들에게 애독되 고, 큰 영향을 미쳤던 것은 일본 주자학사의 하나의 특징적 모습이기

---

260 李退溪所作, 陶山八絶中, 有邵說靑天在眼前, 零金朱笑覓爐邊之句, 零金朱笑何言耶.

도 하고, 그 학문적 호기심을 부여했다는 점에 있어서 조선통신사의
역할을 간과할 수 없다.

이어서 미즈타리 야스나오의 질문은 이어진다.

> 물음   헤이잔
>
> 들은 바에 의하면 『朱子小學』은 본래 귀국에서 통용하였다는데 부러움
> 을 금할 수 없나이다. 우리나라에서 유행한 것은 이미 돌아가신 학자 야마
> 자키씨(山崎氏)가 필사한 『小學集成』에 기록된 『朱子本注』를 확정한 판
> 본이나이다. 귀국의 원본과 『小學集成』에 기록된 내용이 증감이나 다른
> 점은 있는지요?[261]

일본의 주자학은 야마자키 안사이(山崎闇齊)에 의하여 대성되었다.
야마자키 안사이는 중국의 유교와 일본 신도의 근본을 구성하는 명합
(冥合)일치를 확신하고, 순정(純正)주자학의 제창과 함께 일본이 나아
가야 할 방향으로 신도 관련 서적의 통합을 이루고, 감춰진 비전을
조직하여 신도설을 제창했다. 야마자키가 주장한 주자학을 안사이(闇
齊)학이라고도 한다. 바꾸어 말하면 야마자키 안사이는 일본의 주자
학을 이루고 주자학 관련 서적을 정리하여 주자학의 본의로 돌아갈
것을 주장하였다.

---

261 聞朱子小學原本行于貴國、不勝敬羡、弊邦所行、則我先儒閣有山崎氏、抄取小學集成所
    載朱子本注、而所定之本也、貴國原本與集成、所載本註有增減異同之處耶、 - 問 屛山

위의 질문에 대하여 신유한은 다음과 같이 답한다.

    답   청천

    『朱子小學』은 우리나라에 본래 있던 책이며 사람마다 모두 읽고 학습하지만, 단지 『朱子本注』를 중시할 뿐이오. 귀국의 야마자키 씨가 필사한 『小學集成』은 아직 읽어본 적이 없으므로 그 가운데의 다른 점이 있는지는 대답하기 어렵습니다.[262]

다시 조선의 주자학에 관한 헤이잔의 질문은 이어진다.

    물음   헤이잔

    듣자 하니 이퇴계 후로 한강 정 씨, 율곡 이 씨, 우계 성 씨, 사계 김 씨 등 인재가 배출되었다고 하며 또한 도학의 학문에서 귀국을 초월할 나라가 없으니 이는 참으로 귀국의 영광입니다. 단지 많은 사람들이 도학에 관한 진술이 있는데, 그러한 남겨진 경서의 저작들은 무엇으로 서명하나이까?[263]

미즈타리 야스나오는 신유한에게 9건의 질문을 하는데, 그 대부분

---

[262] 朱子小學、則我國固有刊本、人皆誦習、而專尙朱子本註耳、貴國山崎氏所抄書未及得見、不知其異同之如何耳 － 答 靑泉

[263] 聞退溪後、有寒岡鄭氏、栗谷李氏、牛溪成氏、沙溪金氏等、蔚々輩出、而道學世不令其人、實貴國榮也、顧諸氏皆有所述、其經解遺書以何等題名耶、 － 問 屛山

은 주자학 관련 질문이 많다. 그 중『朱子小學』,『近思錄』등 주자학
관련 서적에 관한 질문이 가장 많고, 다음으로「零金朱笑」등 주자학
관련 서적에 기술된 어의를 묻는 질문이 3건이고, 나머지는 이이, 이언
적, 김굉필, 성혼, 김장생 등 조선 유학자의 안부를 묻는 질문이 2건이
다. 이것 중 가장 큰 관심을 보인 것은 역시『퇴계집』이어서, 그 문답의
내용도『퇴계집』의 어의를 논하는 것이 많았던 것을 알 수 있다.

　도쿠가와 막부는 정권을 유지하기 위한 통치 이념으로 주자학에
큰 비중을 두었다. 이것은 임진왜란 후 조선 전역으로부터 귀환한 무
사들의 견문담과 서적 및 주자학을 정리한 이황의 학문의 깊이를 알
았기 때문이기도 하다. 또한 이황이 저술한 서적은 도쿠가와 막부에
있어서 문치의 기본이 되어 일본 주자학의 진흥에 기여한 바가 적지
않았다.[264]

　그러나 이러한 양국의 필담을 통한 교류의 이면에는 예를 들면, 오
규 소라이와 같이, 통신사와 일본 문사의 교류를 전투로 비유하여 '문

---

[264] 일본의 德川 幕府 시대에 간행된 李退溪 저술의 일본판을 시대순으로 나열하면 다음과
　같다.
　　①『天命圖說』, 1651년 간행, 記林羅山跋이 있음.
　　②『聖學十圖附戊辰封事』, 1655년 3월 西村五郎兵衛開板本.
　　④『朱子書節要』, 1656년 간행.
　　⑤『自省錄』, 1665년 간행.
　　⑥『朱子行狀輯注』, 1665년 村上平樂寺開板本.
　　⑦『西銘考證講義』, 1667년 谷一齊附識語 간행.
　　⑧『七先生遺像贊』, 1669년 간행.
　　⑨『李退溪書抄』, 村士玉水 編 1811년 간행, 岡田寒泉跋, 古賀精里序.

장으로 조선사절을 굴복시켰다'는「오독」으로 해석한 굴절된 시각도 보이는 예가 있기도 하다.[265]

4. 미즈타리 야스카타와 조선 학사의 선현 인식

부친의 후원에 힘입어「자호설」을 받은 야스카타는 적극적으로 조선 학사와의 수창을 구한다. 이것에 화운하는 조선 학사는 그의 풍채와 재능에 끌려 적극적으로 교환한다. 서기 성몽량은 다음과 같이 야스카타를 칭찬한다.

소헌

이 아이를 보니 귀엽고 풍채나 재주가 뛰어나다. 이미 陸家의 宝馬[266]와 謝家의 宝樹[267]와 같은 존재가 되었으니 장래에 반드시 이름을 떨칠 것일세. 종이 위에 필묵으로 감사의 뜻을 표하나 자네의 재삼 감사함에 오히려 부끄러울 따름이다.[268]

---

265 李曉源(2019),「意図された「誤讀」- 荻生徂徠の「水足氏父子詩卷序」の矛盾、そして朝鮮」(『國際日本文學硏究集會會議錄』42輯, 國文學硏究資料館.) 참조.

266 陸孫(183~245). 자는 伯言. 중국 삼국시대의 정치가를 지칭하는가?

267 謝靈運, 원명은 公義. 남북조시대의 뛰어난 시인을 지칭하는가?

268 即見寧馨、豊姿異材迥出凡兒、可謂陸家之駒、謝宅之樹 珍重曷已、若于紙筆以寓眷意、而返荷勒謝、慚恧慚恧、- 嘯軒

여기에서 중국의 선현 육씨 집안의 보마, 謝씨 집안의 보수로 비유되
어 극찬되어 진다. 이어서 미즈타리 하쿠센(야스카타)이 칠언율시 1수
를 수창한 것에 대하여 신유한은 다음과 같은 칠언율시로 화운한다.

출천수재의 시에 화운함   청천

해륙으로 하는 먼 여정도 어려운 줄 몰랐고, 바다의 안전을 관장하는
媽祖의 보살핌으로 바다가 맺어준 인연일세.
문헌에 보이는 당년의 禹穴南山[269]의 풍경, 검을 빼고 성을 공략하는
모습은 북두성도 두려움에 차가운 빛을 띤다네.[270]
손으로 뜬구름을 잡으니 시원한 느낌이 더하고, 마음으로 석양을 맺으
니 파도가 용솟음치는구나.
태평 세상에서 당년의 일을 되새기니, 난간에 기대어 젊은 너의 시낭송
을 보는 것 같구나.
海陸追遊未覺難, 婆婆[271]衣帶結秋蘭, 書探禹穴南山色, 劍拔豊城北斗
寒, 握手浮雲添爽氣, 離心落日滿警瀾, 淸平起草它年事, 綠髮看君咏玉欄.

신유한은 야스카타를 중국 우왕에 비유하여 화운하였다. 한시문 수
창은 이어져 야스카타의 칠언절구에 화답하여 신유한은 다음과 같이
증답한다.

269 주 87) 참조.
270 주 88) 참조.
271 주 89) 참조.

청천

扶桑(일본)은 매일 신선한 일이 있으며, 그리하여 조선 사절의 배가 바닷가에 머무르노라.

그 위에는 피부가 백설 같은 선동이 있어, 입으로는 王母의 백운편[272]을 읊고 있구나.

扶桑俗日日華鮮, 漢使孤槎逗海邊, 上有仙童顔似雪, 口吟王母白雲篇.

왕모의 「백운편」도 중국의 문헌에서 찾을 수 있는 표현이다. 또 서기 장응두는 미즈타리 야스카타를 다음과 같은 시로 유천과 반강에 비유하여 칭송한다.

출천에게 화운함

어린 나이에 고상하고 우아한 뜻이 있어 전대 성현을 흠모하여, 柳川에 이르고 潘江을 따르며 학문을 하였구나.

자네 부친을 만나니 옛 친구를 만난 듯하고, 자네에게는 봉황의 깃털과 같은 뛰어난 재주가 보이며 한시의 문장도 선명하구나.

髫齡[273]雅志慕前賢, 涉獵[274]潘江[275]及柳川,[276] 正與阿翁[277]傾盖[278]地, 鳳

272 주 107) 참조.
273 주 118) 참조.
274 주 119) 참조.
275 주 120) 참조.
276 주 121) 참조.

毛[279]兼睹五章鮮,

그러나 가장 흥미로운 것은 미즈타리 야스카타를 중국의 소년 시인 왕발에 비유한 표현이다. 이하 강서기의 칠언율시를 인용한다.

출천 시에 화운함   경목자

글재주가 아주 뛰어나 진심이 표현되고, 하늘이 방금 개어왔을 때 친구들은 함께 객관에서 新晴의 시서를 담론하네.

당신 시의 운율은 얼마나 교묘하고 풍격 또한 얼마나 뛰어난가, 아마도 문장을 배우려면 大瀛[280]에 배워야 하나 보다.

나이가 어린 아이가 이렇듯 기묘한 재주가 있으니, 소년 왕발[281]처럼 명성이 높구나.

언제쯤 南斗星 옆에서 멀리 보려나, 서서 奎花[282]의 작은 빛이 보이는도다.

鐵硯工夫有至誠, 論詩宝館屬新晴[283], 已看韻格多奇骨, 欲學文章法大瀛, 早歲童烏多妙芸, 韶年王勃有高名, 何時南斗星邊望, 儜見奎花一点明.

---

277 주 122) 참조.

278 주 123) 참조.

279 주 124) 참조.

280 주 92) 참조.

281 주 93) 참조.

282 주 34) 참조.

283 주 95) 참조.

한시의 뛰어남이 중국의 소년 왕발을 보는 듯하고, 앞으로 학문적
으로 대성할 것으로 기대된다는 극찬의 의미가 담겨있는 증답이다.
이어서 성몽량도 칠언절구를 읊어 미즈타리 동자를 칭송한다.

　　출천의 시에 화운함

　　사절을 방문하기 위하여 천리 여행을 하고, 어린 나이에 벌써 시서 문장
　이 출중하구나.
　　왕발의 「滕王閣序」[284]처럼, 천백 년이 지났지만, 등왕각은 여전히 오사
　카 강 위에 우뚝 서 있으며 "秋水共長天一色"[285]이라는 佳句는 여전히
　유행하도다.
　　爲訪皇華千里遊, 鬖齡翰墨亦風流, 浪花江上滕王閣, 水色長天一樣秋.

구마모토에서 찾아온 오사카에도, 중국의 소년 왕발과 견줄 만한
일본의 소년 왕발, 미즈타리 야스카타가 있어, 등왕각서문의 뛰어난
시구와 비교되어 칭송되는 것이다. "秋水共長天一色"은 왕발의 시구
로 성몽량은 이것을 모방하여 "水色長天一樣秋"라 표현하였다. 이것
은 같은 의미로 "장강에 비친 가을 하늘의 색이 서로 같다"는 뛰어난
구이다. 거듭해서 성몽량은 왕발을 소재로 한 오언절구를 화운한다.

284　주 115) 참조.
285　주 115) 참조.

재차 수족동자에게 화운함 소헌

　자네는 「등왕각서」를 쓴 왕발과 같은 나이로, 단산에는 봉황의 발자취
가 남아 있듯이 너에게도 봉황의 깃털이 보이는구나.
　청홍색의 전을 몇 폭 주니, 글 연습에 사용하도록 하라.
　滕閣[286]王[287]生歲, 丹山[288]端鳳毛, 靑紅牋[289]數幅, 資爾弄柔毫,

　끝으로 「옥설가념[290]」 네 자와 함께 지필묵을 출천에게 주노라.

　조선통신사의 삼서기 강백, 성몽량, 장응두 모두 미즈타리 야스카
타를 중국의 소년 왕발에 비유하여 시를 읊고 있다. 또한 성몽량은
「옥설가념」이라는 퇴지 한유의 시어를 주며, 한유와도 비유하고 있
다. 이상 미즈타리 야스카타에 비유된 선현은 소식, 정여창, 육손, 사
영운, 우왕, 유천, 반강, 한유, 왕발 등이다. 13세의 소년 미즈타리 야
스카타는 조선 학사와 한시문 교환을 통해서 자신의 재능을 유감없이
발휘하였다. 이에 화운한 조선 학사는 중국의 선현들에 비유하며, 그
재능을 격찬했다. 그 중 소년 왕발의 비유가 가장 많았는데, 공교롭게
도 조선 학사로부터 일본의 소년 왕발로 비유된 미즈타리 야스카타

286　주 54) 참조.
287　주 55) 참조.
288　주 127) 참조.
289　주 128) 참조
290　주 129) 참조

는, 왕발이 젊은 나이에 요절한 것처럼 불행하게도 26세의 젊은 나이로 자살해 버렸다.

5. 맺음말

조선통신사의 방일 중 오사카에서 체재한 9월 8일, 구마모토에서 찾아온 미즈타리 씨 부자와 제술관 신유한을 비롯한 삼사신의 서기 강백, 성몽량, 장응두 등이 교환한 한시문 증답과 필담이 미즈타리 야스나오에 의하여 『항해헌수록』에 필사되었다.

조선 주자학에 관한 필담 중에는 이황, 이이, 김굉필, 이언적, 정구, 성혼, 김장생 등의 선현이 문답되며, 일본의 선현으로는 야마자키 안사이가 언급된다.

또한 한시문 47수가 창수되었는데, 그 가운데에는 다수의 중국 선현을 비유한 표현들이 자주 등장한다. 『항해헌수록』에 등장하는 선현은 비견, 노중연, 이백을 만나기 위하여 수천 리의 여행을 한 위만, 소식(동파), 소철 두 아들을 데리고 구양수를 찾아 상경한 소순, 조선을 찾아온 장녕 천사와 천사를 만나기 위하여 아들 정여창을 데리고 방문한 정육을, 육손, 사영운, 우왕, 유천, 반강, 퇴지 한유, 왕발 등이다.

그 중 가장 두드러진 비유는 역시 소년 왕발의 비유가 주목된다. 이것을 통하여 당시의 일본과 조선 학사들의 선현 인식의 단면을 읽을 수도 있는 것이다.

특히 어린 나이로 부친과 함께 조선 학사를 찾아온 미즈타리 하쿠센의 창수 모습은 높이 평가되고, 그 한시문 증답에 시간이 부족함[291]을 아쉬워하는 표현이 자주 나타난다. 또 필담이나 시문 증답은 한문으로 표현되나, 언어가 달라 충분히 마음속 깊은 의미를 전달할 수 없음[292]을 토로한 부분도 자주 나타난다.

『항해헌수록』, 『해유록』에는 모두 일본과 조선 학사들의 한시문 창수와 필담의 기술이 두드러진다. 그것은 조선 사절에 대한 관심의 정도를 나타내는 것이기도 하고, 단순히 이국인을 접하는 것뿐만이 아니라 문화적, 학술적 교류를 통하여 외국 학문의 흐름을 파악하려고 하는 강한 학문적 호기심에 의한 것이기도 하였다. 또한 이러한 교류는 자유롭게, 자연 발생적으로 조선 사절의 숙소에서 행하여진 것이다. 즉 조선통신사가 이룬 역할은 물론 정치적인 요소도 있었지만, 그것보다는 오히려 문화적, 학술적 교류의 측면이 보다 활발하게 행해진 것이고, 그것이 일본 각지에 남아있는 창수, 필담집 등을 통하여 엿보여지는 것이다.

---

291 而日暮行忙, 未得作積, 可恨.
292 但恨語言不同、只憑筆舌而相通不盡所懷耳.

제3장

조선통신사 문학 연구

중국과 일본의 '원숭이 퇴치 전설'의 유포와 수용

1. 머리말

일본 고전 문학 작품 중에는 중국 문학과의 영향 관계를 인정할 수 있는 작품이 다수 있다. 그 중, 일본 근세 문학의 '괴이소설'로 분류되는 작품 중에는, 중국의 '백화소설'로부터의 영향이 지적되고 있는 작품이 다수 존재한다. 예를 들면 아사이 료이『오토기보코(伽婢子)』(1666년), 쓰가 데이쇼『하나부사조시(英草紙)』(1749년), 『시게시게야와(繁野話)』(1766년), 우에다 아키나리『우게쓰모노가타리(雨月物語)』(1776년), 『하루사메모노가타리(春雨物語)』(1808년), 산토 교덴『아케보노조시(曙草紙)』(1805년) 등의 작품들을 들 수 있는데, 이들 작품에 대한 선행 연구자에 의한 지적을 확인할 수 있다.[293]

이 논문에서 언급하려고 하는 아사이 료이의『오토기보코』권 11의 1

---

293 中村幸彦(1983), 『近世比較文學攷』中央公論社; 太刀川淸(1982), 『近世怪異小說硏究』笠間書院; 森山重雄(1982), 『幻妖の文學上田秋成』三一書房 등에 의함.

「가쿠레자토(隱里)」도 중국의 『전등신화』(1378년) 권3 「신양동기(申陽洞記)」로부터 영향을 받아 번안된 작품이다. 이것에 대해서는 이미 에모토 유타카[294] 씨에 의한 지적을 통해 그 사실 관계를 확인할 수 있다.

그러나 중국의 구유(瞿佑)에 의한 『전등신화』(1378년) 권3 「신양동기(申陽洞記)」도, 시대를 거슬러 올라가 당대의 소설 『보강총백원전』(작자, 간행년도 미상)으로부터의 영향 관계를 추정할 수 있고, 또 이 작품이 주거비(周去非)에 의한 『영외대답(嶺外代答)』(1178년)의 기술에 영향을 주었을 것으로 추찰된다.

또 중국의 「신양동기」를 출전으로 번안되었다고 생각되는 일본의 『오토기보코』 권 11의 1 「가쿠레자토(隱里)」도, 다시 후대에 영향을 끼쳐 고조루리 『조선태평기』(1713년) 권 4의 2 「고니시 셋쓰노 가미 삼도에 진을 치는 일 및 부하 쓰마키 야시치 가쿠레자토에 이르는 일」로 받아들여져 계승되었다[295]고 생각된다.

여기에서 필자는 이미 언급한 에모토 씨의 출전 지적 외에, 추가로 중국 당대의 소설 『보강총백원전』으로부터 송대의 「진순검매령실처기」(간행년도 미상)로, 또 『영외대답』(1178년)의 「계림후요」로, 또 여기에서 「신양동기」(1378년), 「염관읍노마미색회해산대사주사」(1632년)로 계승되어 가는 유포의 과정을 실증적으로 조사하고, 그 스토리의 유사

---

294 江本裕校訂(1988), 『伽婢子』 2(1666), 東洋文庫480, 平凡社 참조.

295 이것에 대해서는 이미, 박찬기(2003), 「「가쿠레자토」의 세계」, 『일본문화학보』 18집, 한국일본문화학회, pp.215~229에서 언급하였으나, 이 논문에서는 주로 출전으로 생각되는 중국 작품의 유포 상황과, 그 영향관계를 명백히 하기 위해 계보를 더듬어 본다.

성과 차이점을 통하여 영향 관계를 명백히 하려고 한다.

특히 『영외대답』(1178년)의 「계림후요」에 기술된 중국 계림의 소위 '첩채산 전설'에 주목하여, 그 유포의 과정과 일본 근세 문학으로 계승되어 가는 계보를 더듬어 보려고 한다.

2. '첩채산 전설'이란 무엇인가?

그러면 우선 계림의 '첩채산 전설'이란 무엇인가? 중국 계림의 첩채산이 명기된 문헌으로는 주거비에 의한 『영외대답』(1178년)의 「계림후요」가 있다. 이하 그 기술을 인용한다.

> 294 桂林猴妖
> 靜江府疊彩巖下、昔日有猴、壽數百年、有神力、変化不可得制、多窃美婦人、歐陽都護之妻亦與焉。歐陽設方略殺之、取妻以歸、餘婦人悉爲尼。猴骨葬洞中、猶能爲妖。向城北民居、每人至、必飛石、惟姓歐陽人來、則寂然、是知爲猴也。張安國改爲仰山廟。相傳洞內猴骨宛然、人或見、眼急微動、遂驚去矣。[296] (밑줄은 필자에 의함. 이하 같음.)

위 인용문의 줄거리를 번역하면「옛날 계림 첩채암[297] 아래 원숭이

---

296 周去非(1178),『嶺外代答』楊武泉校注『中外交通史籍叢刊 嶺外代答校注』中華書局、1997, p.453.

가 살고 있었다. 나이는 수백 살이고 신통력을 갖추고 있었으므로 잡
을 수가 없었다. 게다가 많은 미녀들을 잡아와 희롱하며 살았다. 그
부녀 중에는 군사장관인 구양도호의 처도 포함되어 있었다. 그래서
구양도호는 백방으로 손을 써 원숭이를 퇴치하고 처를 구해 돌아왔
다. 그 외에도 원숭이에게 인질로 붙잡혀있던 부녀들은 구출된 후 출
가하여 비구니가 되었다. 원숭이의 뼈를 동굴에 매장했는데 요괴가
되었다. 산의 북쪽 민가 사람들은 반드시 여기에 와서 돌을 던졌다.
단, 구양이라는 성을 가진 사람들은 산 앞에 와도 숙연했다. 많은 사
람들은 그것이 요괴(원숭이)의 저주였던 것이라고 했다. 장안국은 이
곳을 앙산묘라 개칭했다. 사람들이 전하기를 동굴 안 원숭이 뼈는 마
치 살아있는 듯해서 사람이 와서 보면 눈이 미동하고 그것을 본 사람
은 놀라 도망쳐버린다고 한다」는 의미일 것이다.

즉 소위 '첩채산 전설'이란, 계림 첩채산에 살고 있던 원숭이가 아름
다운 부녀를 납치하여 희롱하고 있던 것을 군사 장관인 구양도호가
퇴치하고 처와 부녀들을 구출하였다는 기본적인 모티브가 성립되는
것이다.[298]

---

297 계림 첩채암에 대한 기술로 다음과 같은 것이 있다.
　007桂林巖洞(前略)巖穴有名可紀者三十餘所、今述于後：巖則曰讀書、曰疊彩、曰伏
　波、曰龍隱、曰劉仙、曰屛風、曰佛子(中略)峯則曰立魚、曰獨秀。其他不可枚數矣。앞
　의 책, pp.16~17.
298 원숭이에게 납치되었던 부녀들이 구출된 후 출가하여 비구니가 되었다는 전개는 다른
　작품에서는 볼 수 없는 취향이다.

그러나 이 모티브는 『영외대답』(1178년)의 「계림후요」로부터 시작된 것이 아니고, 이전의 한나라 焦延壽 『易林·坤之剝』에도 "남산에서 나의 처첩을 납치하여"[299]라는 기록이 있고, 또 '첩채산 전설'의 골격을 이루는 구양도호의 원숭이 퇴치와 납치된 처를 구출하여 돌아온다는 모티브는 당대의 소설 『보강총백원전』에도 유사한 이야기가 있어 찾아볼 수 있다. 이하 계림 첩채산을 무대로 전개되고 있다고 생각되는 일련의 작품군을 '첩채산 전설'이라 칭하고, 이것을 계승하고 있는 일본 근세의 작품도 시야에 넣고 고찰하기로 한다.(사진 1, 2, 3 참조)

〈사진 1〉

----

[299] 王琦(2014), 「唐代文學硏究」199, 『語文敎學与硏究』 華東師范大學對外漢語學院, 2014年 2期.

〈사진 2〉   〈사진 3〉

1)『보강총백원전』의 전개

'첩채산 전설'의 시초로 생각되는 당대의 소설『보강총백원전』(간행
년도 미상)이 있다. 이하 이 작품의 첫 부분을 인용하면 다음과 같다.

梁大同末, 遣平南將軍藺欽南征, 至桂林, 破李師古·陳徹。別將歐陽
紇略地至長樂, 悉平諸洞, 罙入深阻。紇妻纖白, 甚美。其部人曰: "將軍何
爲挈麗入經此? 地有神, 善竊少女, 而美者尤所難免。宜謹護之。"紇甚疑
懼, 夜勒兵环其廬, 匿婦密室中, 謹閉甚固, 而以女奴十余伺守之。爾夕,
陰風晦黑, 至五更, 寂然无聞。守者怠而假寐, 忽若有物惊悟者, 卽已失妻
矣。關扃如故, 莫知所出。出門山險, 咫尺迷悶, 不可尋逐。迫明, 絶无其迹。
紇大憤痛, 誓不徒還。因辭疾, 駐其軍, 日往四遐, 卽深凌險以索之。[300]

발단의 내용은 '양조 대동 말년(546년), 조정에서는 평남장군 린흠을 파견하고 남방에 세력을 확장한다. 이후 군대가 계림에 이르러 이사고, 진철 군을 정벌했다. 부장관 구양흘은 성을 공략하고 영토를 빼앗아 장락에 도달하게 되고, 더 많은 지역을 평정하러 험하고 깊은 산으로 들어갔다. 구양흘의 처는 피부가 곱고 아름다웠다. 부하가 말하기를 "어째서 장군은 부인과 함께 이곳에 왔습니까? 이곳에는 젊은 부녀를 납치하는 괴상한 신이 있습니다. 장군은 부인을 잘 지켜야 할 것입니다."하고 진언했다. 그 말을 들은 구양흘은 반신반의하면서도 두려워하며 병사를 배치하여 숙소를 호위하게 하고, 처를 밀실로 이동시켜 창문을 닫고 십수 명의 하녀들로 하여금 지키도록 하였다.'는 것이다.

그럼에도 불구하고 구양흘의 처는 원숭이에게 납치되어 행방불명이 되었고, 그는 처의 행방을 수소문하며 찾아다녔다. 여기에 구양흘이 도착한 곳이 다음과 같이 묘사된다.

> 既逾月, 忽于百里之外叢筱上, 得其妻綉履一只。雖浸雨濡, 犹可辨識。紇尤凄悼, 求之益堅。選壯士三十人, 持兵負粮, 岩栖野食。又旬余, <u>遠所舍約二百里, 南望一山, 葱秀迥出, 至其下, 有深溪环之, 乃編木以度。絶岩翠竹之間, 時見紅彩, 聞笑語音, 捫蘿引絙, 而涉其上, 則嘉樹列植, 間以名花, 其下綠芙, 丰軟如毯。清遇岑寂, 杳然殊境。</u>[301]

300 作者·年代未詳,「補江總白猿伝」,魯迅輯泉『唐宋傳奇集全譯』貴州人民出版社、2009, pp.16~17.
301 위의 책, p.17.

위의 인용문은, 원숭이에게 납치된 부녀들이 살고 있는 장면의 묘사로, 그 장소의 지명은 명기되어 있지 않다. 그러면 어디가 이미 언급한 첩채산과 관계가 있다는 것인가? 우선 첫째는 원숭이가 미녀들을 납치하여 희롱하고 있었고, 게다가 부장인 구양흘의 처까지 납치한다. 이에 구양흘은 원숭이를 퇴치하고 부녀들을 구출하여 돌아온다. 이 기본적인 모티브가 「계림후요」와 중복되는 것이어서 그 영향 관계를 인정할 수 있다.

두 번째는 구양흘의 이동 경로에 주목하고 싶다. 앞부분에 명기된 지명에서 "계림"에서 "장락"으로 이동하고, 다시 거기에서 "백리 밖 숲 속으로" 이동하고, 또 그곳으로부터 "멀리 약 이백 리"로 이동하는 경로를 염두에 둔다면 계림의 첩채산으로 돌아오는 경로를 추정하는 것도 무리는 아닐 것이다.

여기에서 다음의 묘사에 주목하고 싶다.

> 東向石門有婦人數十, 帔服鮮澤, 嬉游歌笑, 出入其中。見人皆慢視遲立, 至則問曰: "何因來此?" 紇具以對。相視嘆曰: "賢妻至此月余矣。今病在床, 宜遣視之。" 入其門, 以木爲扉。中寬辟若堂者三。四壁設床, 悉施錦荐。[302]

'굴의 문은 목재이고, 중간에 거실 정도의 넓은 동굴이 세 개가 있

---

302 위의 책, p.17.

었으며, 사방 벽으로 이어진 마루 위에 실크 융단이 깔려있었다.'라는 묘사로부터 첩채암의 동굴이 연상되는 것은 억측일까? 덧붙여 계림에는 이미 인용한 「계림암동」에서 보았듯이, 많은 동굴이 존재했던 것에서 이것을 추인할 수 있는 것이다.

이어서 위의 장면을 연상시키는 기술이 있다. 당나라 원회의 『첩채산기』에는, 다음과 같은 기술이 있다.

> 按圖經, 山以石文橫布、彩翠相間、若疊彩然、故以爲名。東亘二里許、枕壓桂水、其西、岩有石門、中有石像、故曰福庭。又門陰構齋雲亭、迥在西北, 曠視天表、想來望歸途、北人此游、多軫鄕思。會昌三年六月蔵功(以下略)[303]

첩채산에 대하여 '산의 돌 모양이 횡으로 몇 층인가 겹쳐져 있고, 녹음방초와 어울려 산색을 물들이고, 마치 융단이 여러 겹으로 펼쳐진 듯해서 붙여진 이름이다. 동으로 2킬로 뻗어있고, 계수(이강)로 흘러들어 간다. 그 서쪽의 암벽 안에는 남북을 관통하는 돌문과 같은 동굴이 있고, 돌문 안에는 석상이 새겨져 "복정"[304]이라 불린다.'라고

---

303   元晦(844), 『桂海碑林』, 七星公園博物館.

304   謝偉健의 "복정은 신이나 부처가 살고 있는 장소를 가리키며, 봉래의 신비한 지역 등의 의미가 있다."라는 기술과 「申陽洞記」의 「虛星의 精靈(鼠)」의 등장도 복정과의 관련성을 설명한다는 지적은 설득력이 있다고 생각된다. 이것에 대해서는 飯塚朗의 '虛星의 정령: 쥐는 허성의 정령이므로 밤에도 눈이 보인다.'라는 지적도 있다.

   瞿佑 『剪灯新話』(1378年)(飯塚朗譯, 『剪燈新話』 東洋文庫 48, 平凡社, 1965年.), p.150

설명하고 있다.

즉 『보강총백원전』에는 첩채산의 표기는 없으나, 그 스토리가 중복되고 있다는 점에서 『보강총백원전』에서 『영외대답』의 「294 계림후요」로 받아들여져 기술된 것으로 추정할 수가 있다.

그러나 『보강총백원전』에는 『영외대답』의 「294 계림후요」에는 기술되어 있지 않은 취향으로 다음과 같은 줄거리가 첨가되어 있다.

(1) 구양흘의 처는 후에 흰 원숭이(白遠)와의 사이에서 임신한 아이를 출산하는데, 그 아이 순(詢)의 용모는 마치 원숭이와 같았고, 대단히 똑똑했다.

(2) 그 후 구양흘은 진의 무황제에게 살해당하지만, 순은 구양흘의 친구인 강총(江總)의 비호 아래 난을 피할 수가 있었다.

(3) 순은 성장하여 박학하였으며, 서도도 뛰어나 세상에 알려지게 되었다.

이와 같은 상이점은 있으나, 위의 두 문헌은 서로 영향 관계에 있다고 말하지 않을 수 없다.

2) 「신양동기」로의 유포

구유(瞿佑)에 의한 『전등신화』(1378년) 권3 「신양동기(申陽洞記)」는 『보강총백원전』으로부터 모티브를 계승하고 있는 작품으로, 그 영향 관계

참조.

를 추정할 수 있다. 그러면 우선 「신양동기」의 첫 부분을 인용한다.

隴西郡有个姓李的書生, 名收德逢, 年紀二十五歲, 擅長于騎馬射箭, 平日里馳騁馬上, 援臂開弓, 以有胆有勇聞名, 但是從不理生計, 因此被鄕親們鄙弃。元天歷年間, 父親的老朋友中有一个人被委任爲桂州監司, 于是李生就前去投靠他。到了那里才知道, 此人已經亡故, 只好流落当地而无法再回故鄕。這个郡名山很多, 李生每天以打獵爲生, 出沒在大山里, 從未休息過, 自己認爲這樣很快樂。[305]

그 내용은 '감숙성 농서 출신의 이덕봉은 이십오 세의 나이로 말타기에 능하며 궁도의 명인이었다. 매일 말을 타고 활을 쏘고 지내니 용맹한 사람이기는 하나, 생업에 종사하지 않았으므로 사람들과 친척들에게 멸시를 당하고 있었다. 원나라 천력 연중에 부친의 친구이자 광서성 계림의 감찰관이었던 사람을 의지해서 계림으로 찾아갔지만, 부친의 친구는 이미 사망한 후였다. 결국 고향으로 돌아갈 수도 없어 유랑의 신세가 되어 버렸다. 계림 근처에는 산이 많았으므로 매일 사냥을 하는 즐거움이 생겼다며 기뻐하고 있었다.'는 줄거리이다.

한편 계림 근처의 마을에 살고 있었던 귀한 집 아가씨들이 원숭이에게 납치되어 인질로 잡혀 있었는데 이덕봉이 원숭이를 퇴치하고 아가씨들을 구출하고 돌아왔다는 소위 계림의 '첩채산 전설'이 전개되

---

305 瞿佑(1378), 「申陽洞記」, 『剪灯新話』卷三所收、(『明淸小說精選百部』三, 時代文藝出版社, 2003年.), p.59.

는 것이다.

그러나 「신양동기」에는, 『보강총백원전』에 묘사된 소위 '첩채산 전설' 외에도 다음과 같은 취향이 추가되어 있다.

(1) 쥐의 동굴을 연상시키는 장소를 설정하고 있다. 「신양동기」에 설정된 이덕봉의 고향 농서는, 중국의 백과사전 『태평어람』에 의하면, 「晉太康地記日鳥鼠之山在隴西首陽縣 穴入三四尺鼠在內鳥在外」라 기술되어 있듯이, 쥐와 관련된 장소로 설정된 것이고, 그 취향이 추가되어 있다.

(2) 「신양동기」의 이덕봉은 부친의 친구를 의지하여 계림을 방문했지만 그 사람은 이미 죽어버려 어찌할 바를 몰라 하던 중 사슴을 잡으러 뒤쫓는다. 사냥이라도 해서 주린 배를 채우려고 사슴의 뒤를 쫓지만 해가 저물어 버린다. 당집에서 하루 밤을 보내려하는데 그곳에서 원숭이들과 조우한다는 전개이다.

(3) 이덕봉은 독약을 불로장생의 약이라 속여 나누어 주고 36마리의 원숭이를 퇴치한다.

(4) 이덕봉의 원숭이 퇴치 후, 쥐들이 나타나 원숭이의 악행을 설명하고 「쥐는 500살이지만 원숭이는 800살이어서」 대적할 수 없었다고 설명한다.

(5) 인질이 되었던 여성들을 구출하고 쥐의 안내를 받아 동굴에서 탈출한 이덕봉은 구출된 3명의 여인을 처로 맞이한다.

(6) 부자가 된 이덕봉이 후일 신양의 동굴을 찾아가 보았지만 이전의 모습을 찾을 수 없었다는 전언의 형태로 문장을 맺는다.

『보강총백원전』에는 묘사되어 있지 않은 이상의 취향이 추가된 상이점을 보이고 있기는 하지만 '계림'이라는 지명이 명기되어 있고, 부

녀 납치에 의한 행방불명, 동굴에서 벌어지는 원숭이의 악행과 이덕
봉에 의한 원숭이 퇴치 등 주된 골격을 이루는 모티브를 취하고 있다
는 점에서 역시 '첩채산 전설'을 여실히 계승하고 있다고 생각된다.
즉 『보강총백원전』에서 「신양동기」로 이어지는 계보를 이루고 있다
고 볼 수 있다.

3. 중국 고전 소설의 '원숭이 퇴치 전설'

이미 언급한 『보강총백원전』, 「신양동기」 이외에도, 중국 고전 소
설에는 직접적으로는 '첩채산 전설'의 계열에는 속한다고 할 수 없지
만, '원숭이에게 납치된 부녀를 구출한다'는 유사한 이야기가 존재한
다. 송대의 소설 「진순검매령실처기」(간행년도 미상)에는 다음과 같은
스토리가 전개된다.

> 那陣風過處, 吹得灯半滅則夏明, 陳巡檢大惊, 急穿衣起來看時, 就房中
> 不見了孺人張如春. 開房門叫得王吉, 那王吉睡中叫將起來, 不知頭由,
> (荒)[慌]張失勢, 陳巡檢說与王吉: "房中起一陣狂風, 不見了孺人張氏." 主
> 仆二人急叫店主人時, 叫不應了, 仔細看時, 和店房都不見了, (和)[連]王吉
> 也(乞)[吃]一惊, 看時, 二人立在荒郊野地上, 止有書箱, 行李并馬在面前,
> 并无灯火; 客店, 店主人, 皆无踪迹.[306]

---

306 洪楩(刊年未詳), 「陳巡檢梅嶺失妻記」(『淸平山堂話本』, 岳麓書社出版, 2014.), p.74.

1121년 봄에 치러진 과거에 급제하여, 진사가 된 진신(陳辛)은 광동 남웅 사각진 순찰사의 직무를 임명받았다. 임지로 향하는 진신과 처 장여춘(張如春)은 도중에 매령(梅嶺)에서 숙박하는데 여기서 처 여춘이 행방불명된다.

그 후 신양공에 의하여 매령의 북쪽 신양의 동굴로 납치된 여춘은 신양공의 유혹과 협박에도 굴하지 않고 정조를 지키고 있었지만, 그 처벌로 매일 맨발로 물을 길어 나르는 일이 부과됐다.

한편 3년간의 임기를 마치고 사각진을 떠나게 된 진신은 홍연사라는 절에 유숙하게 되는데, 그곳에서 주지승의 주선으로 자양진인(紫陽眞人)을 만나 처 여춘을 구할 방법을 가르침 받는다. 자양진인의 도움으로 진신·여춘 부부는 재회하여 백 살까지 행복하게 살았다는 스토리 전개이다.

이것은 '첩채산 전설' 계열과 직접적으로 영향 관계가 있다는 근거는 없으나, 진신의 처가 흰 원숭이(白猿)에게 납치된 장소를 '신양동'으로 표기하고 있다든가, 무장의 처 여춘이 원숭이에게 납치된 모티브가 『보강총백원전』의 구양흘의 처가 흰 원숭이에게 납치된 스토리나 「계림후요」의 구양도호의 처가 원숭이에게 납치된 이야기와 유사하다.

이어서 원숭이에게 납치된 여성을 구출하고, 그 아가씨를 처로 맞이한다는 이야기로 능몽초(凌濛初)의 「염관읍로마매색회해산대사주사」(1632년)라는 작품이 있다. 이하 동굴에 납치된 구 씨의 딸 야주(夜珠)가 행방불명되는 장면 묘사를 인용한다.

過得兩日, 夜珠靠在窗上綉鞋, 忽見大碟一双飛來, 紅翅黃身, 黑須紫足,
且是好看。旋繞夜珠左右不舍, 恰象眷戀他這身子芳香的意思。夜珠又喜
又异, 輕以羅帕扑他, 扑个不着, 略略飛將開去。夜珠忍耐不定, 笑呼丫鬟
同來扑他, 看看飛得遠了, 夜珠一同丫鬟隨他飛去處, 赶將來。直到后園
牡丹花側, 二碟漸大如鷹。說時遲, 那時快, 飛近夜珠身邊來, 各將翅攢定
夜珠兩腋, 就如兩个大窄笠一般, 扶挾夜珠從空而起。夜珠口里大喊, 丫鬟
惊報, 大姓夫妻急忙赶至園中, 已見夜珠同兩碟在空中向墙外飛去了。大
姓惊喊号叫, 沒法救得。老夫妻兩个放聲大哭道:"不知是何妖術, 攝將去
了。"却沒个頭路猜得出, 從此各處探訪, 不在話下。[307]

부잣집 구 씨 부부는 40세가 지나도록 자녀가 생기지 않았으나, 부
처에게 기도한 바람이 이루어져 3년 후 여자 아이를 얻을 수 있었다.
그 후 성장하여 19세가 된 야주는 재색을 겸비한 예의 바른 여성이
된다. 그 귀한 딸이 어느 날 돌연 행방불명이 되었다는 전개이다.

　나비의 매력에 이끌리어 따라가 보니, 나비가 갑자기 매로 둔갑하여
야주에게 다가와 양 옆구리를 잡고 하늘 높이 날아가 버렸다. 도착한
곳은 동굴로, 그곳에는 원숭이가 20마리, 부녀가 4,5명, 하인도 6,7명
있었다. 그곳에는 도인 같은 노인이 있었는데, 모두들 「동주(洞主)」라
불렀다. 도인은 야주를 범하려 하였으나 야주는 이에 응하지 않았다.
부인들의 설득에도 하인들의 협박에도 전혀 굽히지 않았다.

307　凌濛初編著(1632), 「塩官邑老魔魅色會骸山大士誅邪」『初刻拍案驚奇』 岳麓書社, 2010年,
　　p.297.

한편 딸의 행방불명을 슬퍼하고 있던 구 씨 부부는 방을 붙여 "딸의 소식을 알려주는 자에게는 모든 재산과 딸까지 주겠다"고 약속하였으나 아직 아무런 보람도 없었다.

그러던 어느 날 박학다식하고 수재인 유덕원(劉德遠)이라는 서생이 후이케이산(會骸山)에 깃대가 걸려 있는 것을 발견하고 산으로 기어 올라가 원숭이들을 베어 죽이고 야주를 구하여 그 사실을 관청에 고했다. 관세음보살의 덕분에 유덕원, 야주 두 사람은 부부가 되어 행복하게 살았다는 줄거리이다.

이 작품은 '딸의 소식을 알려주는 자에게는 모든 재산과 딸을 주겠다'는 취향의 유형으로, 「신양동기」의 유형과 유사한 점이 있다. 즉 불교적 색채가 강한 취향을 혼합한 형태이지만, 역시 골격을 이루는 모티브는 「신양동기」와의 유사성을 인정할 수 있다.

이와 같이 중국 고전 문학에 나타난 '원숭이 퇴치 전설'[308]은 크게 두 개의 유형으로 나눌 수가 있다. 첫 번째는 『보강총백원전』, 「진순 검매령실처기」, 「계림후요」에서 볼 수 있듯이, 무장의 처가 원숭이에게 납치되고, 그 남편인 무장의 노력에 의하여 원숭이를 퇴치하고 처를 구출한다는 유형이고, 두 번째는 「신양동기」, 「염관읍로마매색회 해산대사주사」에서 볼 수 있는, 부잣집 딸이 원숭이에게 납치되어 인

---

308 중국과 일본의 '원숭이 퇴치 전설'은 실로 다양한 형태로 전개되고 있다. 여기서는 계림의 '첩채산 전설'의 계열에 속하는 협의의 작품과 구별하기 위하여 광의의 의미로 '원숭이 퇴치 전설'이라 칭한다.

질로 잡힌 것을 용맹한 남자가 원숭이를 퇴치하고, 그 보은으로 딸을 구하고 돌아온 남성과 부부가 된다는 전설적 유형의 스토리이다.

이후 일본 고전 문학에 수용되어 묘사되는 '원숭이 퇴치 전설'의 스토리는 모두 후자의 유형을 취하고 있다.

4. 일본 근세 문학으로의 수용

1)『오토기보코』권11의 1「가쿠레자토」로의 수용

중국 명대의 소설「신양동기」(1378년)를 출전으로 번안되었다고 지적되는「가쿠레자토」(1666년)라는 작품이 있다. 이것에 대해서는 이미 언급한대로 에모토 유타카 씨에 의한 지적처럼 그 영향 관계를 확인할 수 있다.

단, 아사이 료이의「가쿠레자토」는 중국의「신양동기」로부터 '원숭이를 퇴치하고 인질로 잡혀있던 아가씨를 구출하여, 그 아가씨를 신부로 맞이한다'는 모티브와 쥐의 서식처인 '이향 가쿠레자토를 방문한다'는 기본적인 스토리는 출전으로부터 수용하면서도 중국 작품을 일본 풍으로 번안함에 있어서는 지명이나, 인명 등의 창작적 요소가 필요했을 것이다. 그러면 여기에서 이 두 작품의 공통점과 상이점을 스토리 전개에 따라 기술하려고 한다. 우선 공통점을 서술하면 다음과 같다.

(1) 두 작품은 쥐의 동굴(서식처)을 연상시키는 장소를 설정하고 있다. 즉 「신양동기」에 묘사되는 이덕봉의 고향 농서는, 이미 언급한 듯이, 쥐와 관련된 지명의 설정이고, 이것이 일본을 무대 배경으로 하는 지명으로 바뀌면 '고하타야마의 구루스노'로 설정되는 것이다.

(2) 「신양동기」에 등장하는 원숭이 퇴치의 주인공 이덕봉, 「가쿠레자토」의 주인공 우쓰미노 마다고로는 모두 '무예가 뛰어나고 용맹하며, 특히 활쏘기와 기마에 능숙한' 인물로 그려진다.

(3) 부친의 친구를 의지하여 방문하였지만 지인은 이미 사망하여 곤경에 처한다.

(4) 독약을 불로장생의 약이라 속이고 나누어줘서 36마리의 원숭이를 퇴치한다.

(5) 납치되어 인질로 잡힌 여성들을 구출하고, 쥐의 안내를 받아 동굴에서 탈출한 주인공은 구출된 복수의 여성들과 혼인한다.

(6) 그 후 납치되었던 동굴을 찾아가보지만 그 흔적을 찾을 수 없었다는 전언의 문장으로 끝을 맺는다.

이와 같은 공통점은 「가쿠레자토」의 골격을 이루는 원숭이 퇴치와 인질로 잡혀있던 여성들을 구출하고 그 여성들과 혼인 관계를 맺는다는 이야기, 쥐가 서식하는 별세계를 방문한다는 이야기가 혼합된 것으로, 그 대부분이 출전인 「신양동기」로부터 충실히 받아들여진 취향이다.

그러나 「가쿠레자토」에는 「신양동기」와는 다른 다음의 상이점도 지적할 수 있다.

(1) 원숭이 퇴치의 주인공 인물 묘사에 있어서 「가쿠레자토」 우쓰미노 마타고로는 '심지가 굳고 대적할 자가 없는' 이라고 묘사되지만, 「신양동기」 이덕봉은 '용맹하기는 하나 생업을 거들떠보지 않아 마을 사람들로부터 손가락질 당하는' 인물로 그려진다.

(2) 「신양동기」의 이덕봉은 지인을 의지하여 도시로 갔으나 이미 지인은 사망하였고 난처해 하고 있던 중 산에서 사슴을 발견한다. 사냥이라도 해서 허기를 면하려고 사슴의 뒤를 쫓아가던 중, 해가 저물어 버린다. 어쩔 수 없이 하룻밤을 지내려고 당집을 발견하고 들어가, 거기에서 원숭이를 만난다는 전개이다. 「가쿠레자토」의 우쓰미노 마다고로는 스스로 자신의 입신출세를 위하여 도시로 가던 중, 해가 저물어 태원당의 툇마루에 앉아 있다가 원숭이를 만난다는 설정이다.

(3) 「신양동기」에서는 전옹(錢翁)이라는 부잣집 딸이 원숭이에게 납치되었고, 모두 3명의 부녀가 인질로 잡혀 있었지만, 「가쿠레자토」에는 2명의 부녀가 원숭이에게 시중들고 있었다.

(4) 「신양동기」에서의 전옹의 딸이 납치된 기간은 반년이 지났다고 기술되지만, 「가쿠레자토」에서는 '60일 정도'이다.

(5) 「신양동기」에서는 쥐가 나타나 원숭이의 악행을 설명하고, 그들을 대적할 수 없었던 이유가 '쥐는 500살이지만 원숭이는 800살이어서'라고 한다. 「가쿠레자토」에서는 '쥐는 500살이 되어 한 번 둔갑하고, 원숭이는 800살이 되어 둔갑한다'고 묘사된다.

(6) 「신양동기」는 원숭이(申)와 관련된 제명이지만, 「가쿠레자토」는 쥐와 관련된 제명을 취하고 있다.

(7) 「신양동기」 끝부분의 묘사는 '이전의 흔적도 없었다'는 전언의 형태로 문장을 맺고 있지만, 「가쿠레자토」에는 추가로 '우쓰미노 마다고로는 후에 자식도 없고 행방도 알 수 없다'는 문체로, 가쿠레자토라는 동굴에서

의 경험이 우쓰미노 마타고로 일대로 끝나버렸다는 전설적 패턴으로 문장
을 맺는다. 이것은 설화의 전승성을 계승하고 있는 작품의 문체로 설명할
수 있을 것이다.

　이상과 같이 『오토기보코』 「가쿠레자토」는 중국의 명대 소설 『전
등신화』 「신양동기」로부터 주된 줄거리를 취하고 있으면서 인명, 지
명 등의 세밀한 부분에서는 일본풍으로 번안된 작품이라 할 수 있다.
환언하면 중국 계림의 '첩채산 전설'의 일본 근세적 수용의 한 단면을
엿볼 수 있는 것이다.

2) 고조루리 『조선태평기』 4권 제2 「고니시 셋쓰노가미 삼도에 진을 치는 일 및 가쿠레자토에 이르는 일」로의 수용

　고조루리 『조선태평기』(1713년)는 아직 활자화되지 않은 작품(자료
1 참조)이므로 이 논문의 중심이 되는 4권 제2 「고니시 셋쓰노가미
삼도에 진을 치는 일 및 가쿠레자토에 이르는 일」(이하 「가쿠레자토에
이르는 일」로 약칭한다.)의 개요를 간단히 요약한다.

　고니시 유키나가의 군대는 부산 앞바다 삼도에 진을 치고 대기하고
있었다. 고니시는 부하 쓰마키 야시치에게 "가토 기요마사의 진영에
가서 태합(도요토미 히데요시)으로부터의 전령이 도착했는지 확인하고
오도록" 명한다.

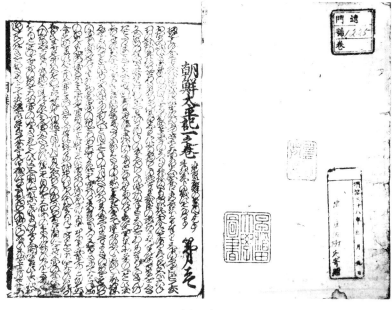

〈자료 1〉

명에 따라 길을 떠난 야시치는 길을 재촉하지만 해가 저물어 저녁이 되었다. 어둠을 헤치고 길을 찾아 앞으로 나아가지만, 가야 할 행방을 알 수 없어 작은 언덕을 지나 「시쓰탄」이라는 들판으로 나왔다.

비구름과 안개가 끼어 있고 빗방울도 내리고 있다. 인기척도 없는 곳에 원숭이 울음소리와 여우의 눈빛만이 눈에 띈다. 아무 생각 없이 옆을 보니 금방이라도 무너질 것 같은 건물이 있다. 잘됐다 생각하고 툇마루에 앉아 밤을 지새우려 하지만 밤 10시경 산기슭에서부터 횃불을 든 무리가 다가온다. 야시치가 생각하길 "밤늦게 이런 곳에 오는 자는 귀신이든가, 도둑놈일 것이다"라고 판단하고 천장에 몸을 숨긴다.

20명 정도가 당(堂)에 들어와 불을 피운다. 대장 같은 자가 먼저 자리에 앉자 모두 자리를 잡는다. 창, 칼, 활 등을 손에 들고 주위를 경계하고 있는데 모습이 원숭이를 닮았다. 야시치는 활을 잡고 첫 번째 화살을 겨누어 상석에 앉아 있는 원숭이를 향해 쏜다. 대장 원숭이의 팔꿈치에 맞아 소리를 지르니 모두 놀라 허둥지둥 흩어져 버렸다.

날이 밝아 전날의 일을 생각하던 야시치는 큰 동굴을 발견한다. 이상하게 생각하여 동굴을 살펴보고 있는데, 어젯밤의 비로 발이 미끄러져 동굴 아래로 빠져 버린다. 동굴은 깊고 암벽으로 이루어져 올라갈 방법이 없다. 체념하고 주위를 둘러보니 옆에 또 다른 굴이 있었다. 다가가 보니 넓은 공간으로 충분히 생활이 가능한 곳이었다. 하나의 바위로 이루어진 방도 있었는데 여러 사람이 보초를 서고 있었다. 자세히 살펴보니 어젯밤의 원숭이들이었다. 보초들이 누구냐고 묻는다. 야시치는 "조선의 삼도에 사는 사람으로 약초를 찾으러 산속에 들어왔다가 길을 잃고 방황하다가 발을 헛디뎌 이곳에 빠졌다."고 하며 직업은 약사라고 자기소개를 한다. 보초들은 모두 기뻐하며 어제의 일을 설명하고는 치료를 부탁한다. 야시치가 보니 어젯밤 자신이 쏜 화살에 맞은 대장 원숭이의 양 옆에는 두 명의 미녀가 시중들고 있었다. 야시치는 대장 원숭이를 진맥한 후 품속에서 불로장생의 약이라 속이고 그것을 나누어 준다. 원숭이들은 불로장생의 약이라는 말에 다투어 약을 받으려 한다. 이것은 본래 화살 끝에 발라 맹수를 잡을 때 사용하는 맹독성의 약이다. 약을 먹은 원숭이들이 피를 토하며 쓰러지자 야시치는 칼을 뽑아 36마리의 원숭이를 퇴치하고, 시중들고 있던 두 명의

미녀도 죽이려 한다. 한 미녀가 울면서 말하기를 "한 사람은 마루야마
의 유녀이고, 또 한 명은 부산 구창 사람으로 이곳에 납치되어 온 지
60일이 지났다."고 하며 다시 인간 세상으로 돌아가고 싶다고 한다.

　야시치가 동굴에서 빠져나올 궁리를 하고 있는 중에 흰옷에 갓(일
본식 에보시)을 쓴 십 여 명의 쥐가 나타나 신상을 밝힌다. 그들은 '이
곳은 본래 쥐의 서식처였는데 원숭이들에게 빼앗겨 난처해하고 있던
중 이와 같이 당신이 원숭이를 퇴치해 주니 그 은혜를 다 갚을 길이
없다.'는 것이었다. 쥐들은 야시치에게 감사의 뜻을 표하며 황금을 전
달한다. 쥐들의 모습은 눈은 둥글고 입은 뾰족하다. 야시치가 "이곳은
어딘가?"하고 묻자, 쥐가 대답하여 말하기를, "우리는 다이코쿠텐진
(大黑天神)의 사자로 500살이 되어 한 번 둔갑하고, 원숭이는 800살이
되어 둔갑하는 까닭에 대적할 수 없었다"고 대답한다.

　쥐의 신통력에 힘입어 가쿠레자토의 동굴에서 빠져나온 야시치는
두 명의 아가씨를 부인으로 맞이하여 농사를 지으며 여생을 보낸다.

　이 개요는, 이미 언급한 듯이, 『오토기보코』 11권의 1 「가쿠레자토」
로부터 충실히 그 스토리를 수용한 것이고, 또 삽화(자료(2)는 자료(3),
(4)를 합성한 형태)도 서로 대응되는 부분이 있어 그 영향 관계를 인정
할 수 있다.

〈자료 2〉『조선태평기』

〈자료 3〉『오토기보코』의 「가쿠레자토」

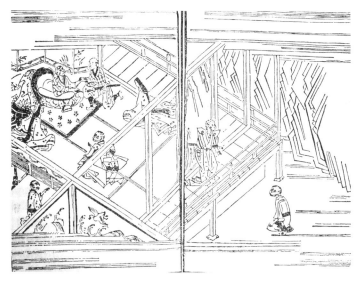

〈자료 4〉「가쿠레자토」

그러난『조선태평기』4권 제2「가쿠레자토에 이르는 일」에는 출전
과 다른 몇 개의 상이점이 있다.

(1)「가쿠레자토」에서의 우쓰미노 마다고로는 자신의 입신출세를 위
하여 도시로 가던 중 쥐의 동굴 가쿠레자토에 빠졌다는 설정이지만,
「가쿠레자토에 이르는 일」에서는 "가토 기요마사의 진영에 가서 태합
(도요토미 히데요시)으로부터의 전령이 도착했는지 확인하고 오도록"이
라 묘사되어, 임진왜란 당시 고니시 유키나가의 사자로 명을 받고 이
동 중 동굴에 빠졌다는 설정이다.

(2)「가쿠레자토」에서는 지명이 일본의 고하타야마 근처 '구루스노'

이지만, 「가쿠레자토에 이르는 일」에서는 조선의 '시쓰탄'(불명)으로 설정되어 있다.

(3) 원숭이들에게 납치되어 시중들고 있던 두 명의 여성이 「가쿠레자토」에서는 일본의 여염집 아가씨였던 것에 대해서, 「가쿠레자토에 이르는 일」에서는 한 사람은 '나가사키 마루야마의 유녀', 또 한 사람은 부산 '구창' 출신의 아가씨로 묘사된다.

(4) 「가쿠레자토」에서의 우쓰미노 마타고로는 후일 쥐의 동굴 가쿠레자토가 있었던 장소를 찾아가지만 아무 흔적도 발견할 수 없었다는 묘사이고, 또 마타고로는 자식도 없고 그의 행방을 찾을 방법이 없었다는 전기적 문체로 문장을 맺고 있는데, 「가쿠레자토에 이르는 일」에서는 이것이 생략되어 있다.

(1), (2), (3)의 차이는 일본을 무대 배경으로 하고 있는 「가쿠레자토」의 공간 설정에서, 조선을 무대 배경으로 하는 「가쿠레자토에 이르는 일」로 이행되는 과정에서 필연적으로 나타나는 상이점이다.

단, 일본의 '고하타야마 근처의 구루스노'가 조선을 무대로 하는 '시쓰탄'이란 지명으로 바뀌는 근거에 대해서는 아직 확인할 수가 없다. 또 '원숭이들에게 인질로 잡힌 미녀를 구출하고, 그 여성들을 처로 맞이한다.'는 이야기는 일찍부터 중국이나 일본에서는 전승되는 설화이지만, 조선에서는 원숭이가 서식하지 않았던 까닭에, 원숭이가 등장하는 전승은 그다지 찾을 수가 없다. 그러나 「가쿠레자토에 이르는 일」에서는 조선을 무대 배경으로 하면서 원숭이를 등장시킨 것은, 약간 부자연스럽기는 하지만, 출전으로부터의 영향일 것이다.

또 (4)의 상이점에 대해서는 고조루리 작자의 창작 의도의 단면을 엿볼 수 있는 부분이기도 하다. 예를 들면『오토기보코』11권의 1「가쿠레자토」의 마지막 부분의 묘사, 두 명의 미녀를 처로 맞이한 우쓰미노 마타고로는 '무사의 길을 떠나 부유한 몸이 되었다'는 문장 다음에 '후일 쥐의 동굴 가쿠레자토가 있었던 장소를 찾아갔지만 아무 흔적도 발견할 수 없었다. (중략) 마타고로는 자식도 없고 그의 행방을 찾을 방법이 없었다.'라는 문체로 종결된다. 즉 이 부분은 출전인 중국의 「신양동기」에서는 묘사되지 않은 아사이 료이의 창작이다. 이 문체는 전승성을 강조하는 것이고, 그 후의 행방을 알 수 없다고 하는 묘사로, 그 사실 관계를 확인할 수가 없게 된다. 이에 비해「가쿠레자토에 이르는 일」에서는 두 명의 아가씨를 처로 맞이한 쓰마키 야시치는 '무사의 길을 떠나 농부가 되어 여생을 편안하게 보냈다.'는 결말로, 출전과는 다른 사실성을 중시한 문체로 맺고 있어 요미혼 조루리 작자의 창작 의도의 일단을 엿볼 수 있는 것이다. 즉, 고조루리『조선태평기』가 요미혼 조루리로서 '군기물'의 요소를 띤 작품이라는 것을 생각하면, 4권 제2의「가쿠레자토에 이르는 일」은「가쿠레자토」로부터 이향방문담을 수용하면서도 의도적으로 전승성의 문체를 배제하고 사실성을 높이려고 한 고조루리 작자의 창작 의도를 읽을 수 있는 것이다.

5. 일본 고전 문학에 나타난 '원숭이 퇴치 전설'

인간계와 이계를 왕래하는 세계를 그리고 있는 '첩채산 전설'의 흐름은 크게는 '원숭이를 퇴치하고 인질로 잡혀있던 부녀를 구출하여 돌아온다.'는 모티브와 「신양동기」에 추가된 쥐가 서식하는 별천지인 '쥐의 동굴' 세계를 혼합한 구성으로 이루어져 있다. 이것은 이미 언급하였듯이, 중국의 당대소설 『보강총백원전』으로 시작하여 「계림후요」로 전해지고, 이어서 「신양동기」로 이어지는 유포의 흐름으로 파악할 수 있었다. 이것이 일본의 근세기에 「가쿠레자토」로 수용되어 「가쿠레자토에 이르는 일」로 계승 발전해 가는 하나의 계보를 이루고 있다고 할 수 있다.

그러나 일본 고전 문학 중에도 「가쿠레자토」에 묘사된 '원숭이를 퇴치하고 인질로 납치되었던 아가씨를 구출하여 그 여인과 혼인한다.'는 기본적 패턴의 이야기가 전해진다. 헤이안 후기의 『곤자쿠모노가타리슈』 권26 제7의 「美作國神依獵師謀止生贄語」 제8 「飛彈國猿神止生贄語」, 『우지슈이모노가타리』 119화 「吾妻人生贄をとどむる事」 등이 바로 그것이다.

그러면 우선 『곤자쿠모노가타리슈』 권26 제7의 「美作國神依獵師謀止生贄語」의 첫 부분을 인용한다.

今昔, 美作國二中參, 高野ト申神在マス. 其神ノ體ハ, 中參ハ猿, 高野ハ蛇ニテゾ在マシケル. 毎年ニ一度其祭ケルニ, 生贄ヲゾ備ヘケル. 其生贄ニハ國人ノ娘ノ未ダ不嫁ヲゾ立ケル. 此ハ昔ヨリ近フ成マデ, 不怠シテ

久ク成ニケリ.[309]

아즈마 출신의 용맹한 자가 원숭이의 제물로 지명된 아가씨 대신에 키우고 있던 개를 이용하여 미마사카국의 추잔이라는 원숭이를 물어 죽이게 한다는 스토리이다. 원숭이를 퇴치한 용사는 그 아가씨와 부부의 연을 맺고 그곳에 정착하여 행복하게 살았다는 전형적인 '원숭이 퇴치 전설'이 묘사되는 것이다. 이것은 같은 작품집 제8「飛彈國猿神止生贄語」에도, 다음과 같이 묘사된다.

今昔, 佛ノ道ヲ行ヒ行僧有ケリ. 何クトモ無行ヒ行ケル程ニ, 飛彈國マデ行ニケリ. (中略)其後, 夜ニ入テ, 年二十許ナル女ノ, 形有様美麗ナルが, 能裝束キタルヲ, 家主押出シテ,「此奉ル. 今日ヨリハ我思フニ不替, 哀レニ可思也. 只一人侍ル娘ナレバ, 其志ノ程ヲ押量リ可給」トテ, 返入タレバ, 僧云甲斐無テ近付ヌ. (中略)

妻泣云ク「此國ニハ絲ユシキ事ノ有也. 此國ニ驗ジ給フ神ノ御スルガ, 人ヲ生贄ニ食也. 其御シ着タリシ時,『我モ得ムヘ』ト愁ヘシハ, 此料ニセントテ云シ也. 年ニ一人ノ人ヲ廻リ合ツ, 生贄ヲ出スニ, 其生贄ヲ求不得時ニハ, 悲シト思フ子ナレドモ, 其ヲ生贄ニ出ス也.」(中略)『生贄ヲバ裸ニ成テ, 俎ノ上ニ直ク臥テ, 瑞籬ノ內ニ搔入テ, 人ハ皆去ヌレバ, 神ノ造テ食』トナン聞. (中略)

此ノ生贄ノ男ハ其後, 其鄕ノ長者トシテ, 人ヲ皆進退シ仕ヒテ, 彼妻ト棲テゾ有ケル[310]

---

309 日本の古典31『今昔物語』小學館, p.121.

이 설화도 원숭이 퇴치담의 하나로, 무대를 히다국 가쿠레자토로
설정하고 있다. 일본 전국을 순례하고 있던 스님이 가쿠레자토를 방문
한다는 것과 「가쿠레자토」 전설이 혼합된 형태의 설화이다. 제7 「美作
國神依獵師謀止生贄語」의 이야기보다 한층 복잡한 구조로 전개되고
있지만, 용맹한 남성이 원숭이의 재물로 바쳐지는 아가씨 대신에 원숭
이를 퇴치한다는 기본적 모티브는 변하지 않는다. 원숭이 퇴치의 무대
를 가쿠레자토로 설정한 예가 자주 나타나는 것은 인간의 신체를 재물
로 바쳐지는 행위가 일반 서민 사회와는 단절된 특수한 공간에서 행해
지는 사회적 풍습에서 생겨난 것 때문이라는 해석도 가능할 것이다.
또 이와 같은 설화의 예가 다양한 형태로 각 지역에서 나타나는 것은
순례하는 수행승에 의한 부분적 개작과 설화 전파의 한 단면이라고도
할 수 있을 것이다.

『우지슈이모노가타리』 제 119화도 '원숭이 퇴치 전설'의 하나이다.
이하 그 일부를 인용한다.

> (一一九 吾妻人止生贄事 卷一○ノ六)
> 今は昔, 山陽道美作國に中山, 高野と申神おはします. 高野はくちな
> わ, 中山は猿丸にてなんおはす. その神, 年ごとの祭に, かならず生贄を
> 奉る. 人の女のかたちよく, 髪長く, 色白く, 身なりおかしげに, 姿らうた
> げなるをぞ, えらびもとめて奉りける. 昔より今にいたるまで, その祭お
> こたり侍らず.[311]

한 여인이 원숭이의 제물로 정해져 슬퍼하고 있는 중에, 아즈마 지역 출신의 용사가 제물로 지명된 여인을 대신하여, 평소 키우고 있던 개를 훈련시켜 개로 하여금 미마사카국의 추산이라는 원숭이를 물어 죽여 퇴치한다는 내용이다. 원숭이를 퇴치한 용사는 여인과 부부의 연을 맺고, 그 지역에 정착하여 행복하게 살았다는 설화이다. 이것도 이미 인용한 『곤자쿠모노가타리슈』 권26 제7의 「美作國神依獵師謀止生贄語」와 유사한 전개로, '원숭이 퇴치 전설'의 기본적 골격을 그대로 이용하고 있다.

즉 이 전설은 원숭이 퇴치담의 골격을 그대로 유지하면서, 전승자의 전승 과정과 지역의 상황에 따라 다양한 형태로 전해져 계승되고 발전해 갔던 것을 알 수 있다.

또 가쿠레자토의 동굴에 빠진 마타고로가 원숭이에게 독약을 속여서 나누어 주고 살해한 후 납치된 인질을 구출해서 귀향한다는 모티브는 '슈텐도지' 계통의 작품에도 나타나는 유형으로 유사한 설화의 전승성을 추정할 수 있다.

「가쿠레자토」의 또 하나의 특징으로서 쥐의 등장을 들 수 있다. 쥐는 『오토기보코』「가쿠레자토」에 묘사되듯이 '허성(虛星)의 정령으로, 다이코쿠텐진의 사자'로 묘사된다. '허성'은 중국, 인도의 천문설에 의한 것으로, 달의 운행권을 28개로 나눈 것의 하나이며, 이날은 신월에서 만월에 이르는 과정 중에 신월에 속한다. 따라서 '허성의 정령'인 쥐는

---

311 新日本古典文學大系, 『宇治拾遺物語』, 岩波書店. p.249.

어두운 곳에서도 잘 볼 수 있다는 것이다. 이것은 「신양동기」로부터 받아들여진 동양 철학적 사고에 의한 설정이기 때문에 일본의 「다이코쿠텐진의 사자」라는 지위가 추가되었다고 분석해 볼 수 있을 것이다. 쥐와 다이코쿠텐진의 연상어의 관계는 『近古小說新纂』, 『和漢三才圖會』 등에서도 간단히 그 예를 찾을 수 있다. 즉 다이코쿠텐진의 사자인 쥐가 서식하는 장소는 어두운 동굴(이계, 이상향)[312]의 「가쿠레자토」로, 일본의 작품에서는 '고하타야마의 구루스노'로 설정되는 것이다.

쥐의 동굴 '고하타야마의 구루스노'는 오토기조시 「가쿠레자토」에도 다음과 같이 묘사된다.

紅葉色濃き稲荷山, 松に懸れる藤の森, 木幡の野に出でたりけり. (中略) 若しは日頃聞き傳へしこの野には, 鼠の棲む隱れ里のありといふ.[313]

고하타야마의 들판에 나오니, 큰 동굴 안에서 인기척이 난다. 이곳이 소문에 듣던 쥐가 산다는 가쿠레자토인가 하고 다가가 보니 그곳에는 멋진 별천지가 펼쳐져 있었고, 쥐들이 활동하고 있었다는 묘사이다. 즉 고하타야마 근처에 「가쿠레자토」 전승이 존재했는지 어떤지는 확실하지 않지만, '평소 전해 듣기로 이 들에는 쥐가 사는 가쿠레지토가 있었다 한다.'는 전문체의 문장을 통하여, 적어도 『오토기보코』「가

---

312 출전인 중국의 「신양동기」에서는 계림의 동굴(첨채산으로 추정)로 설정되어 있다.
313 島津久基, 『お伽草子』, 岩波文庫. p.330.

쿠레자토」의 작자 아사이 료이는 쥐가 사는 가쿠레자토의 지명으로서 '고하타야마'를 알고 있었을 것으로 추정된다.

6. 맺음말

전설에서는 인간 세상과 다른 별세계를 그리는 일이 많다. 원숭이 퇴치의 공간인 '첩채산 전설'의 세계도 그러하다. 원숭이를 등장시켜 인간 세계와 이계를 넘나드는 별천지를 전개시킨 것이다. 전설의 무대인 첩채산의 동굴은 인간들에게 알려지지 않은 장소, 또는 왕래할 수 없는 격리된 공간으로 생각되어, 그 안에는 금은보화가 가득한 별천지의 세계로 묘사된다. 이와 같이 동경의 대상이 되는 장소로 알려진 이상향에서 원숭이들은 아름다운 여인까지 납치하여 희롱하며 자유롭게 즐기고 있었다. 여기에 용맹한 무사에 의하여 이류인 원숭이들은 퇴치되고 미녀들은 구출된다는 전설적 패턴의 이야기가 성립되어 유포되고 계승되어 간 것이다.

이러한 '첩채산 전설'의 시작은, 직접적으로는 중국의 당대 소설『보강총백원전』으로 거슬러 올라가, 이것이『영외대답』「계림후요」에 기술되어지고 다시금『전등신화』의「신양동기」로 유포되었다. 이것을 바탕으로 일본의『오토기보코』「가쿠레자토」가 아사이 료이에 의하여 번안되고, 이어서 이것을 출전으로『조선태평기』「가쿠레자토에 이르는 일」로 계승되는 하나의 계보를 이루고 있다.

그러나 원숭이 퇴치를 묘사하고 있는 소위 '원숭이 퇴치 전설'은 더욱 널리 전승되어 이미 중국에서는 한나라 초연수의 『역림·곤지박』, 송대의 소설「진순검매령실처기」, 이어서「염관읍로마매색회해산대사주사」에도 유사한 계열의 전승이 이루어지고 있었던 것이고, 한편 일본에서도『곤자쿠모노가타리슈』권26 제7「美作國神依獵師謀止生贄語」제8「飛彈國猿神止生贄語」,『우지슈이모노가타리』제119화「吾妻人生贄をとどむる事」에도 유사한 전개가 전승되었던 것이다.

이러한 넓은 범위의 '원숭이 퇴치 전설'의 줄거리는 크게 '원숭이에게 납치된 부인을 그 부인의 남편인 무장이 구출한다.'는 유형과 '미혼녀가 원숭이에게 납치되어 인질로 잡혀있던 중, 용맹한 총각이 구출하고, 구출한 여인과 혼인한다.'는 유형의 두 종류 이야기가 성립되어 그 토양 위에 일련의 '첩채산 전설'의 작품군이 계승·변모되어 갔던 것이다.

즉 '첩채산 전설'의 초기에 해당하는 중국의 당, 송대의 소설과 지리지『보강총백원전』과「계림후요」에 나타난 줄거리는 무장이 임지로 향하던 중 부인이 원숭이에게 납치되어, 그 남편이 계략을 세워 원숭이를 퇴치하고 부인을 구출한다는 것이고, 이 작품의 영향을 받아 유포된 명대의「신양동기」의 줄거리는 전용이라는 부자의 딸이 원숭이에게 납치되었는데, 이것을 전해들은 용맹한 남자가 원숭이를 퇴치하고 전용의 딸을 구출하여, 그 보답으로 딸과 결혼한다는 것으로 변모해 버렸다.

일본의『오토기보코』(1666년)「가쿠레자토」도「신양동기」로부터의 취향을 계승하고 있고, 이것을 출전으로 하는 『조선태평기』(1713년) 「가쿠레자토에 이르는 일」도 이 계통의 작품이다.

　이미 언급한 중국과 일본의 '첩채산 전설' 계통의 작품과 이것들과는 직접적으로 영향 관계는 없으나, 원숭이 퇴치 이야기를 수용하고 있는 「진순검매령실처기」(간행 년도 미상), 「염관읍로마매색회해산대사주사」(1632년)와 또 일본의 『곤자쿠모노가타리슈』권26 제7 「美作國神依獵師謀止生贄語」, 제8 「飛彈國猿神止生贄語」, 『우지슈이모노가타리』 제119화 「吾妻人生贄をとどむる事」 등에 대해서도 더욱 구체적인 비교 고찰이 필요하지만, 이것에 대해서는 금후의 과제로 한다.

　이하 중국과 일본의 '첩채산 전설', '원숭이 퇴치 전설'의 계보 및 영향 관계를 표로 정리하면 다음과 같다.

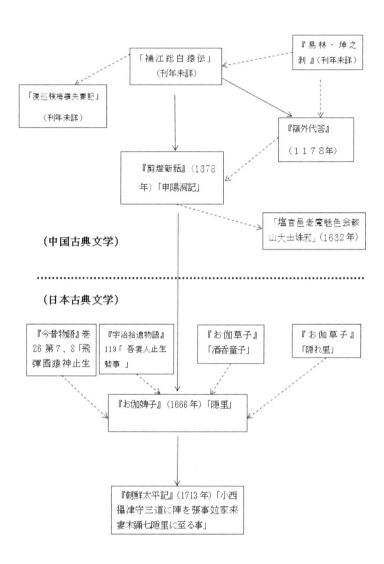

외국 정보의 매체로서 조선통신사 문학 연구

1. 머리말

일본의 에도시대(1603~1868, 조선 후기)에 있어서 조선통신사의 방일은 12회에 달하고 있다. 그 주된 목적은, 최초의 1607년을 시작으로 3회까지의 방일은 도쿠가와 장군으로부터 조선 국왕 앞으로 보내진 국서에 대한 답서를 지참한 회답사이기도 하고, 또한 도요토미 히데요시의 조선 침략 전쟁 중 끌려간 포로의 귀환을 목적으로 하는 쇄환사이기도 했다. 그 후 4회(1636년)부터의 방일은 주로 도쿠가와 집안의 새로운 장군 취임을 축하하기 위한, 친선 사절로서 행해진 것이었다. 그러나 친선 사절로서의 역할의 이면에는 많은 문제가 감춰져 있었다.[314]

조선통신사의 방일은 에도시대의 조선과 일본 양국의 교류사를 생

---

314 예를 들면 대마번주가 조선 국왕의 국서를 개찬한 문제, 막부의 내밀한 지시에 의하여 조선 사절을 닛코 도쇼구에 참배시킨 문제, 도요토미 히데요시가 창건한 교토 호코지의 의식에 조선 사절을 참석시킨 문제 등이 있었다.

각함에 있어서 시사하는 바가 매우 크다. 조선통신사 일행의 일본 방문과 체재 중의 체험에 대한 연구는 역사, 사회, 정치, 문화, 문학, 미술 등 다방면에 걸쳐 이루어졌지만, 역시 그 중심은 역사학이 주류를 이루고 있다.[315]

따라서 에도시대의 조선통신사와 일본 문학과의 관계에 대한 연구는 杉下元明(1993), 堀川貴司(1996)가 있는 정도로 연구 성과가 그다지 눈에 띄지 않는다. 단 18세기 후반에 발생한 조선 사절의 도훈도 최천종이 대마도의 통역관 스즈키 덴조라는 자에게 살해당한 사건과 이것을 소재로 한 가부키와의 관계에 대해서는 角田豊正(1979)이 사건과 가부키화의 흐름을 계통적으로 설명하고 있다. 또 池內敏(1999)는 이 '최천종 살해 사건'의 진상에 대해서 실증적으로 서술하고, 사건을 소재로 한 문학 작품을 들어 에도시대 일본 민중의 대조선관의 일면을 고찰하였다. 그러나 이것은 역사학적 연구 방법에 의한 접근으로, 각 작품의 문예화의 과정과 영향 관계에 대한 고찰은 거의 이루어지지 않았다.

이 논문에서 필자는 에도시대의 조선통신사와 일본 문학과의 관계

---

315 조사한 바에 따른, 역사학에서의 최근까지 연구는 中村榮孝(1966), 松田甲(1976) 등이 있어 조선 학사와 일본 문인들의 필담, 한시문 증답 등의 교환을 논하고 있다. 또 김의환(1885), 소재영(1988) 등을 통하여 1764년 조선 사절의 방일과 일본에서의 모습을 파악할 수 있다. 또 이원식(1991), (1997), 이진희(1987) 등의 저서가 출판되어 조선통신사 연구에 크게 공헌하였다. 이 외에도 田代和生(1983), 上垣外憲(1989), 신기수(1999), 仲尾宏(2000), 高正晴子(2001) 등의 저서 및 연구 논문을 통하여 조선후기의 조선통신사가 이룬 역할과 조선과 일본 양국의 교류의 모습을 엿볼 수 있다.

에 대하여, 문예화의 과정, 각 작품의 상호 영향 관계 등을 실증적으로 고찰하려고 한다.

게다가 조선통신사가 이룬 역할로서 주목되는 것은, 정치적인 역할보다는, 오히려 사행처에서의 일본 문인들과의 필담, 창수 및 일반 민중들과의 교류라고 하는 문화적, 학술적 측면이다. 그것은 조선통신사의 방일의 기록, 예를 들면,『해사일기』,『일동장유가』,『해유록』등에 자주 서술되는 필담, 창수의 모습에서도 유추되는 것이고, 또 일본과 한국 각지에 다수 남아있는 창화집 등으로부터도 그 역할은 인정되는 것이다.

또 에도시대 12회에 달하는 조선 사절의 방일의 때에는 많은 사건 및 양국의 문화·예능·한시문 증답 등의 교류의 모습을 볼 수 있는데, 그것을 소재로 한 많은 문학 작품이 성립되어, 계승·변모해 갔다. 특히 1764년 오사카에서 발생한 '최천종 살해 사건'을 각색한 소위 「도진고로시(唐人殺し)」라 불리는 일련의 작품군 등은 사건에 관한 기록과 이 사건의 문예화의 과정이 다양한 형태로 이루어져 계승되고 변모하여 간 것을 뚜렷하게 보여 준다.

이 논문에서는 조선통신사를 외국 정보의 매체로 간주하고 이것을 수용한 문학 작품이 초기에는 어떠한 형태로 성립되어, 후에 계승·변모해 가는가에 대하여 조사 고찰한다.

이어서 조선통신사를 소재로 한 다양한 출판 매체에도 주목하여 논술한다.

2. 일본 근세 문학에 나타난 조선통신사

조선 사절의 방일은, 쇄국하의 일본 학사에게 있어서 외국의 학문과 정보를 접할 수 있는 절호의 기회이기도 하였다. 조선 사절의 방일의 모습은 다양한 매체를 통하여 그 정보가 발신되는데, 그 중 사절의 행렬을 취재한 다수의 행렬기가 출판되었다. 예를 들면,『天和二年朝鮮人來朝之圖』(1682년),『朝鮮人行列』(1711년),『朝鮮人大行列記』(1748년),『朝鮮人來朝物語』(1748년),『朝鮮人之記』(1748년),『朝鮮人來朝御馳走御馬附』(1748년),『朝鮮人來聘行列』(1763년),『寶曆 十四年朝鮮使記』(1764년),『朝鮮人來朝行列之記』(1811년) 등 다수의 행렬기를 통해서 정보를 얻을 수 있었다.

그 중『朝鮮人大行列記』(1748년)와『朝鮮人來聘行列』(1763년)은 구로혼『朝鮮人行列』(1764년 간행 추정)과 공통점이 많아, 영향관계를 추정할 수 있다. 즉, 행렬기로부터 구로혼 작품으로 이행되는 과정을 엿볼 수 있는 매체로 주목된다.(그림1, 2, 3 참조)[316]

또 일본 근세의 연극으로도 지카마쓰 몬자에몬『南大門秋彼岸』(1699년 초연), 조선통신사의 방일을 예상하고 각색된 기와모노(際物)『大織冠』(1711년 초연)[317]『本朝三國志』(1719년 초연)가 있고, 박려옥(2011)의 지적에 의한 기노카이온의『神功皇后三韓責』[318](1719년 초연)이 각색

---

316 朴贊基(2006), 「黑本『朝鮮人行烈』に見る朝鮮通信使」,『江戸時代の朝鮮通信使と日本文學』, 臨川書店, p.46 참조.

317 原道生(1993),『大織冠』(『近松淨瑠璃集』岩波書店) 해설 참조.

상연되었다. 특히 박려옥(2011)이 "지카마쓰 몬자에몬의 『日本西王母』 (1703년 초연)의 원작으로 추정되는 『南大門秋彼岸』의 삽화는 당시 무대 연출의 모습을 엿볼 수 있는 것으로, 조루리사에 있어서 중요한 자료"이고, "『南大門秋彼岸』의 「邯鄲之枕」는 요쿄쿠(謠曲)의 연출을 수용하면서, 「玉の輿」의 이미지 표현에 조선통신사 행렬을 삽입하고 있다"319라고 한 지적대로 조선통신사와의 관계를 추정할 수 있다.

이 외에도 1711년 사행의 행렬 모습과 「마상재」의 삽화(그림 4-1, 4-2, 4-3, 4-4 참조)를 삽입한, 곤도 기요노부의 고조루리 『朝鮮太平記』320(1713년 간행), 1764년의 방일을 예상하고 간행되었다(그림 5 참조)고 생각되는 구로혼 『朝鮮人行烈』(1764년 간행 추정)이 있고, 1711년 사절의 제술관 이동곽을 괴담의 서술자로 등장시켜 괴담을 전개한 落月堂操巵의 『怪談乘合船』(1713년 간행)도 조선 사절을 등장시키고 있다. 또 神澤貞幹의 「翁草」(1776년), 上田秋成 『胆大小心錄』(1808년), 中井積善 「草茅危言」(1789년), 「明和雜記」, 「後見草」, 浜松歌國 「攝陽奇觀」, 橫山良助 「見聞隨筆」, 草間直方 『籠耳集』, 五弓久文편 『事實文編』 등 다수의 수필도 많든 적든 조선통신사의 정보를 발신하고 있다.

---

318 박려옥(2011), 「近松の作品と朝鮮通信使 -『大織冠』の場合」(『國語國文』 第80卷 3号) 참조.

319 박려옥(2011), 「『南大門秋彼岸』の「邯鄲之枕」考 -「行列のからくり」を中心に」, 『日語日文學硏究』 第77輯, 한국일어일문학회.

320 朴贊基(2006), 「古淨瑠璃 『『朝鮮太平記』に見る朝鮮通信使」, 『江戸時代の朝鮮通信使と日本文學』, 臨川書店, pp.83~84 참조.

그리고 조선 사절과 일본 학사의 필담 창화의 모습을 기술한 다수의 필담, 창수집이 존재한다. 그 중 제 9회의 조선 사절의 방일 중의 필담 창화집만 하더라도, 1719년의 조선 학사, 특히 제술관 신유한을 비롯한 서기들과의 필담과 창수·교환의 모습을 기술한 한시문 水足屏山의 『航海獻酬錄』(1719년), 朝比奈文淵의 한시문 『客館璀璨集』(1720년), 性湛의 한시문 『星槎答響』, 『星槎餘響』(1719년), 松井河樂의 창화집 『桑朝唱酬集』(1720년), 古野梅峰의 『藍島唱酬』(1719년) 등 다수의 한시문 창화집이 있어 친선 사절로서의 필담 창수 교환의 모습을 엿볼 수 있다.

3. 「唐人殺し」 작품군에 나타난 조선통신사

1764년 4월 7일, 오사카에서 스즈키 덴조가 최천종을 살해한 사건[321]은 일본 문학에 다양한 형태로 받아들여져 계승·변모해 갔다. 『世話料理鱸庖丁』(1767년 초연)을 비롯한 가부키·조루리가 차례로 각색·상연되었고, 그 외에도 실록체 소설로도 성립·유포되어 갔다. 이 '최천종 살해 사건'을 소재로 한 일련의 작품군을 소위 「唐人殺し」라 한다.

---

[321] 사건의 사실관계에 대해서는 이케우치 사토시(池內敏)(1999), 『「唐人殺し」の世界』,臨川書店을 참조 바람.

1) 근세 연극에 나타난 「唐人殺し」

'최천종 살해 사건'을 소재로 한「唐人殺し」가부키의 최초 공연은 사건 3년 후, 1767년 상연된 『世話料理鱸庖丁』이 있다.

이하『歌舞伎年表』,『歌舞伎繪盡し年表』및「唐人殺し」계열 작품의 대본, 에혼반즈케(繪本番付)에 의한, 가부키「唐人殺し」작품을 연도순으로 나열하면 다음과 같다.

一,『世話料理鱸庖丁』(작자: 並木正三) 1767년 2월, 1회 상연. (그림 6 참조)

一,『今織蝦夷錦』(작자: 並木正三) 1767년 2월, 1회 상연. (그림 7 참조)

一,『韓人漢文手管始』(작자: 並木五瓶・近松德三) 1789년 7월, 8월, 1803년 6월 3회 공연.

一,『けいせい花の大湊』(작자: 万作・近松德三) 1795년 정월, 1회 상연. (그림 8 참조)

一,『拳褌廓大通』(작자: 中山來助・近松德三) 1802년 2월 초연. 모두 33회 상연. (그림 9 참조)

一,『韓人漢文手管始』(에도에서 상연. 가미가타에서 상연된『拳褌廓大通』와 같은 대본으로 문체만 조금 다르다. 1809년 4월 초연. 5회 상연. (그림 10 참조)

『世話料理鱸庖丁』로 시작된 가부키「唐人殺し」작품군은『けいせい花の大湊』까지의 상연은 1회 또는 3회의 상연으로 막을 내렸다.『世話料理鱸庖丁』의『歌舞伎年表』에 의한 상연 기록을 보면 "첫째, 둘째

날은 만원사례를 이루었지만, 사정이 있어 상연 중지"라는 기술이 있고, 이어서 상연된 『今織蝦夷錦』에 대해서는 "唐人을 모두 삭제하고, 에조인(홋가이도 원주민)으로 바꾸고, 奧州의 세계로 역할 명을 모두 바꾸어서 우선 상연은 할 수가 있었다."라는 기술에서, 그 스토리를 추찰할 수 있다. 이것은 작품의 내용이 실제로 발생한 '최천종 살해 사건'을 나타내는 줄거리로 상연되었으므로, 막부의 압력에 의하여 상연이 금지되어, 그 압력에 대처하여 각색이 변모한 것이라 생각된다. 그래서 『拳禪廓大通』에 이르러서는 종래의 「唐人殺し」 작품군의 계보에는 속하지만, '외국인 살해'의 장면 묘사가 없고, 사절의 인명[오재관(吳才官), 진화경(珍花慶)]의 대신에 통역관 고사이 덴조(香齊傳藏)가 살해되는 '통역관 살해'로 변해 버렸다. 게다가 등장인물도 다르고, 살해의 동기도 종래의 작품군과는 큰 차이를 보인다.

또 『義太夫年表』, 『近世邦樂年表』 및 각 작품의 대본에 의한 조루리 작품은,

　　一, 『世話仕立唐縫針』(작자: 불명) 1792년 4월, 5월, 2회 상연. (그림 11
　　　　참조)
　　一, 『唐士織日本手利』(작자: 並木千柳・中村魚眼) 1799년 9월, 1818년
　　　　12월, 2회 상연. (그림 12 참조)

등이 있다. 『唐士織日本手利』에는 다른 가부키, 조루리 「唐人殺し」 작품 군에는 보이지 않는 「어머니는 마루야마의 유녀, 아버지는 이국

의 브렌데이코」라는 혼혈아의 취향이 삽입된다. 이 혼혈아의 요소는
『國性爺合戰』(1715년 초연) 이후의 시류를 계승한 취향이다. 즉 혼혈아
의 요소는 『國性爺合戰』이래, 이국에 대한 구체적 이미지를 만들어
내는 수단으로 사용된 것은 아닐까? 이것을 통해서 에도시대 일본 민
중의 대조선의식을 포함한 대외국관의 한 단면을 엿볼 수가 있다. 또
실제로 발생한 '최천종 살해 사건'을 소재로 한「唐人殺し」라 불리는
실록 사본 『珍說難波夢』, 『朝鮮人難波之夢』, 『朝鮮人難波の夢』, 『朝
鮮人難波酒夢 鈴木伝藏韓人刺殺一件』, 『朝鮮難波夢』, 『朝鮮難波の
夢』등에도 혼혈아의 요소가 포함되어 있다.

2) 실록체 소설에 나타난「唐人殺し」

실록체 소설[322]에 대해서는 종래에 "근세에 발생한 소설의 일체 (중
략) 실제의 사건을 주제 또는 배경으로 주요 인물은 실명으로 등장한
다. 그러나 그 인물의 행동이나 사고는 꼭 실제가 아니라, 허구 즉
소설적인 부분이 많다"[323]라는 中村幸彦 씨의 지적이 있고, 최근에는
小仁田誠二 씨의 논고[324] 등도 있어, 점차로 실록체 소설에 대한 조사
연구가 행해져, 근세 문예의 자료로서의 가치가 인식되고 있다.

---

[322] 실록체 소설은 그 유포 상태나 성립상황으로 볼 때, 실록 사본 또는 실록이라고도
한다. 여기서는 상황에 따라 병용한다.

[323] 『일본고전문학대사전』(1984) 제3권, 이와나미(岩波) 서점.

[324] 小仁田誠二(1988), 「實錄體小說の生成」, 『近世文藝』48, 日本近世文學會.

그렇지만 아직도 실록체 소설의 유포가 사본의 형태를 취하고 있고, 역사적 사실을 바탕으로 묘사되었다는 점에서, 문학적 가치를 인정받지 못한 것도 또한 사실이다.

조사한 바에 따르면 '최천종 살해 사건'에서 취재한 실록체 소설은 두 종류의 계열로 나누어 생각할 수 있다. 우선 하나는 혼혈아의 요소를 받아들이고 있는 여러 종류의 『朝鮮人難波の夢』 계열이 있고, 또 다른 하나는, 『宝暦十四年朝鮮人來聘 騒動始末』, 『金令記』[325], 『倭韓拾遺』, 『倭漢拾遺』, 『倭韓拾遺朝鮮人來聘』, 『朝鮮來聘宝暦物語』, 『和漢鱸庖丁蜜記』 등의 계열이 존재한다.(이 계열의 작품을 여기서는 편의상 『和韓拾遺』 계열이라 칭한다.)

(1) 『朝鮮人難波の夢』 계열

혼혈아의 요소를 수용하고 있는 실록체 소설 중 가장 이른 시기의 것으로 『珍說難波夢』(1765년)가 있고, 그 후 성장, 장편화한 것으로 추정되는 『朝鮮人難波の夢』(성립연대 미상)이 필사되어 유포되었다고 생각된다. 이하 조사에 따른 여러 종류의 『朝鮮人難波の夢』 계열의 작품군을 기술한다.

---

[325] 『金令記』에 대해서는, 김현정(2007), 『「唐人殺し」事件の再檢討 −『宝暦物語』と『金令記』を中心に』, 東京學芸大學大學院 修士學位論文과 箕輪吉次(2009), 「『韓客來聘金令記』について」, 『日本學論集』 第24号, 慶熙大學大學院日本學研究會의 논고를 참조 바람.

一, 『珍說難波夢』(1765년 서문, 일본 국립 국회도서관 소장)

一, 『朝鮮人難波之夢』(성립연대 미상, 한국 국립 중앙도서관 소장)

一, 『朝鮮人難波夢』(성립연대 미상, 서울대 규장각 한국학 연구원 소장)

一, 『朝鮮人難波酒夢 鈴木伝藏韓人刺殺一件』(성립연대 미상, 도쿄대
　　학 南葵 문고 소장)

一, 『朝鮮難波夢』(성립연대 미상, 弘前 시립 도서관 岩見문고 소장)

一, 『朝鮮難波の夢』(성립연대 미상, 東京都立 중앙도서관 소장)

一, 『朝鮮人難波之夢』(성립연대 미상, 한국 경상대학 남명 학관 문천각
　　고서실 소장)

一, 강담 속기본 『朝鮮人難波の夢』(1893년, 한국 경상대학 중앙도서관
　　소장)

一, 강담 속기본 『朝鮮人難波の夢』(1893年, 會津若松 시립 會津 도서관
　　소장)

　　그러면 여기에서 『朝鮮人難波の夢』 계열의 최초의 작품으로 보여
지는 『珍說難波夢』의 스토리를 요약하면 다음과 같다.

　　조선의 상인 '佳彦'이 나가사키 마루야마의 유녀옥 지토세야의 지토세
와 깊은 관계를 맺어 지토세는 회임한다. 이윽고 '佳彦'은 재회를 약속하고
귀국하지만, 고향의 처는 남편의 부재 중 남편의 조카인 '萬麗'와 밀통하고
있어서, 남편을 방해물로 여기고 있던 중, 결국 어느 날 남편이 외출했을
때 '種子島'에서 살해한다. 조카 '萬麗'는 '佳彦'의 재산을 횡령하고 최천종
으로 개명을 하였다.

　　한편 지토세는 꿈속에서 '佳彦'이 나타나 하는 말을 듣고, '佳彦'의 최후
를 인지하고, '佳彦'과의 사이에서 태어난 남자 아이에게 복수를 하도록

마음먹는다. 그렇지만 지토세는 대마도의 통역관 스즈키 덴에몬에게 낙적되어 '佳彦'과의 사이에서 태어난 남자아이를 양자로 입적하고, 덴조라 불렀다. 덴조는 성장하여 어머니로부터 아버지 '佳彦'과 최천종과의 관계를 듣고, 기회가 오면 원수를 갚으려고 기다리고 있었다. 그러던 중 1764년 조선 사절이 방일하고, 스즈키 덴조는 통역관으로 에도를 방문하여 아사쿠사 혼간지에서 숙박하던 중 최천종을 살해하고 뜻을 이루었지만, 덴조는 30세의 나이로 오사카 기즈가와 강가에서 사형에 처해진다.

는 줄거리이다. 이 계열의 작품들은 인명이나 지명 등 세세한 부분의 차이, 예를 들면 「佳彦」을 「佳老」라 하는 등의 차이는 있지만, 작품 전체의 체재나 스토리는 거의 중복되고 있다. 따라서 『珍說難波夢』이 성립되고, 그 후 이 작품을 바탕으로 『朝鮮人難波の夢』 계열의 작품들이 필사되었다고 보는 것이 타당할 것이다.

그것은 실록체 소설이, 다른 근세 문예의 성립 과정과 달리, 복수의 작가에 의하여 성립과 필사의 사이에 성장·발전·변화해 가는 특색을 나타내는 것으로써, 실록체 소설의 특징을 읽을 수 있는 것이다. 이와 같은 실록체 소설의 특징 위에 『朝鮮人難波の夢』 계열의 작품으로 묘사된 혼혈아의 요소는 『國性爺合戰』 이래의 시류를 의식한 착상이고, 또 이것은 일본의 일반 민중의 이국 관념을 도출해 내는 구체적인 이미지를 만드는 수단으로서 사용된 것이다. 이 혼혈아의 묘사의 저변에 나타난 시대의 흐름을 통해서 에도시대 일본 민중의 대조선관의 한 단면을 엿볼 수 있는 것이다.

(2) 『和韓拾遺』 계열의 작품군

『和韓拾遺』 계열[326]의 작품군에는 모두 1764년 조선 사절의 방일 사행처에서 발생한 일들이 묘사되어 있다. 특히 조선 사절이 방일하였을 때, 오사카의 숙소에서 발생한 '최천종 살해 사건'을 암시하는 「니시 혼간지의 비밀」의 문구 「四上載一, 木下点一, 頁橫双原, 士直覆寸」이 기술되어 있다. 그 내용도 인명이나 지명, 날짜의 차이는 있지만 거의 일치하고 있다. 여기에 『和韓拾遺』 계열의 작품과 소장처를 기술한다.

　一, 『寶曆十四年朝鮮人來聘騷動始末』(일본 궁내청 소장)
　一, 『金令記』(한국 국립 중앙도서관 소장)
　一, 『倭韓拾遺』(도쿄 도립 중앙도서관 中山久四郎舊藏 자료)
　一, 『倭漢拾遺』(도쿄 도립 중앙도서관 中山久四郎旧藏 자료)
　一, 『倭韓拾遺朝鮮人來聘』(한국 국립 중앙도서관 소장)
　一, 『朝鮮來聘宝曆物語』(일본 국립 국회도서관 소장)
　一, 『和漢鱸庖丁蜜記』(도쿄 도립 중앙도서관 中山久四郎旧藏 자료)
　一, 『和漢鱸庖丁蜜記』(일본 국문학연구자료관 소장)
　一, 『和漢鱸庖丁蜜記』(도쿄대학 자료편찬소 소장)

실록물 초기의 문예화가 실제로 발생한 사건의 취재 범위 안에서 행

---

326 『和韓拾遺』 계열의 작품에 대해서는 안대수(2013), 「최천종 살해 사건을 소재로 한 실록체 소설의 연구」(경희대학교 대학원 동양어문학과 박사학위논문)가 있어, 각 작품의 서지학적 사항이나 구체적 상이함의 지적이 있어 이 계통의 작품군을 정리하는데 도움이 되었다.

해지고, 이것이 본격적인 변화를 거쳐 창작되어지면 실록체 소설로서의
특질을 갖추게 되는 것과 같이 『和韓拾遺』계열의 작품은 1764년 조선
사절의 방일을 취재한 것으로, 실제로 발생한 '최천종 살해 사건'의 범위
를 넘어 과장·변용되어 성립된 작품군이다. 여기에 실록체 소설로서의
특질을 인정할 수가 있다. 바꾸어 말하면, 실제의 최천종, 스즈키 덴조의
관계가 본래의 사건 경위와 다르게 장편화의 과정을 거쳐, 다수의 전사
자에 의하여 필사되는 중에 각색·변용되어, 재생되는 것이다.

(3) 「唐人殺し」작품군의 유형 분류
「唐人殺し」작품군의 문예화 과정을 추적해 보면, 스토리 전개상에
있어서 몇 개의 유형으로 분류할 수가 있다.

① 「이국인 살해」의 유형 – 『世話料理鱸庖丁』, 『今織蝦夷錦』, 『韓人漢
文手管始』, 『けいせい花の大湊』, 『世話仕立唐縫針』

② 「통역관 살해」의 유형 – 『拳禪廓大通』, 『漢人韓文手管始』

③ 「혼혈아의 원수갚기」 유형 – 『珍說難波夢』, 『唐士織日本手利』, 『朝
鮮人難波之夢』, 『朝鮮人難波夢』, 『朝鮮人難波酒夢 鈴木伝藏韓人
刺殺一件』, 『朝鮮難波夢』, 『朝鮮難波の夢』, 『朝鮮人難波 之夢』,
講談速記本 『朝鮮人難波の夢』

④ 「인삼 밀매를 둘러싼 원한에 의한 살해」 유형 – 『朝鮮來聘宝曆物語』,
『和漢鱸庖丁蜜記』, 『宝曆 十四年朝鮮人來聘騷動始末』, 『金令記』,
『倭韓拾遺』, 『倭漢拾遺』, 『倭韓拾遺朝鮮人來聘』

⑤ ①과 ④의 복합 유형 – 中野光風 「唐人殺し」

①「이국인 살해」의 유형과, ②「통역관 살해」의 유형으로 분류되는 작품은 모두 가부키, 조루리로 상연된 것으로『歌舞伎年表』,『歌舞伎繪盡し年表』,『義太夫年表』,『近世邦樂年表』 및 각 작품의 상연 대장, 에혼반즈케(繪本番付)에 의한 상연 기록을 정리한 〈표 2, 3〉을 참조 바란다.[327] '단행본' 또『朝鮮人難波の夢』계열의 실록체 소설의 영향을 받아 성립된 강담속기본『朝鮮人難波の夢』이 1893년 酒井昇造에 의해 속기되고, 放牛舍桃林에 의하여 강연되었다. 이어서 1984년 中野光風에 의하여 성립된「唐人殺し」도 '최천종 살해 사건'을 취급한 것으로, 그 영향 관계가 인정된다. 에도시대의 조선통신사와 일본 문학과의 관계는 실로 다양한 형태로 성립되었다. 시기도 근세에서 근·현대에 걸쳐 있어, 그것을 조사·연구하는 것도 필요하다.

4. 일본 근·현대 문학에 나타난 조선통신사

에도시대의 조선통신사를 소재로 한 문학 작품은 근세에서 근·현대로 이어져 있고, 그 수도 많아 일련의 「조선통신사물」의 문예를 형성하고 있다. 이하 근·현대에 성립된 「조선통신사물」의 작품을 연대순으로 정리하고, 그 개요를 간단히 서술한다.

---

327 박찬기(2006),『江戸時代の朝鮮通信使と日本文學』, 臨川書店, pp.224~227.

(1) 사카이 쇼조(酒井昇造) 속기, 호규샤 도린(放牛舍 桃林) 강연의 『朝鮮人難波の夢』(1893년)

근세기에 성립한 실록체 소설 『朝鮮人難波の夢』 계열의 작품을 계승하고 있고, 조선의 상인(桂美), 蒼才天(万慶) 등 인명에 약간의 차이를 보이고 있다.

(2) 모리 오가이(森鷗外), 「佐橋甚五郎」(1913년)

도요토미 히데요시(豊臣秀吉)의 조선 침략 전쟁 후 대마번의 소 요시토시(宗義智)의 노력에 의하여 조선통신사의 방일이 실현되는 과정으로 시작한다. 그 후 1607년 4월부터 행해진 조선 사절 방일의 모습과 사하시 진고로(佐橋甚五郎)의 인물 묘사에 초점이 맞춰져 있다. 그 내용은 일본의 봉건시대 절대 권력에 저항해서 조선으로 망명하여, 1607년 조선 사절의 수행원으로 방일한 한 젊은 무사의 모습이 그려지고 있다.[328]

(3) 나카노 고후(中野光風), 「唐人殺し」(1984년)

'최천종 살해 사건'을 소재로 한 작품으로, 소위 「唐人殺し」 작품군 중, 실록체 소설 『宝暦物語』, 『和韓鱸包丁蜜記』 등의 『和韓拾遺』 계열로부터 영향을 받아 성립되었다고 생각된다. 이 작품에는 근세기에 성립된 「唐人殺し」 작품군에서 볼 수 없는 다음의 요소가 주목된다.

---

[328] 박찬기(2006), 「모리 오가이 「佐橋甚五郎」에 나타난 조선 사절 속의 일본인」, 『江戶時代の朝鮮通信使と日本文學』, 臨川書店 참조.

－ 스즈키 신키치(鈴木信吉, 덴조의 남동생), 다마(한국명 김옥희, 덴조의 연인) 등 스즈키 덴조 주위의 인물 등장

－ 아이지마(藍島)와 반슈 무로쓰(播州室津)에서의 할복 사건

스즈키 덴조의 연인 다마의 등장과 그녀의 쇄환을 둘러싼 트러블이 하나의 원인으로 살해 사건이 발생한다는 새로운 취향의 스토리 전개는 초기의 조선통신사 방일의 목적이 쇄환사를 겸하고 있었다는 점을 수용한 착상이고, 도요토미 히데요시의 조선 침략 전쟁 중 포로가 되어 일본에서 정착한 사람들이 쇄환을 거부한 일본 정주화의 과정을 수용한 묘사로 생각된다.

또 아이지마와 반슈 무로쓰에서의 할복 사건의 묘사는『宝曆物語』의 묘사와 중복되는 것이어서, 이것을 받아들인 취향일 것으로 추정된다.

(4) 가타노 쓰기오(片野次雄),『德川吉宗と朝鮮通信使』(1985년)

제9회째 1719년에 행해진 조선통신사 방일의 사행로, 조선의 한성에서 부산, 대마도, 아이지마, 세토내해 지역, 교토, 하코네, 에도 등의 일정과 사행처에서 발생한 다양한 사건·사고를 모노가다리 풍으로 기술한 것이다. 또한 조선통신사의 제술관 신유한과 조선 담당 외교관 대마번의 유학자 아메노모리 호슈(雨森芳洲)와의 교류를 중심으로, 일본 문인들과의 필담·창화의 모습이 그려져 있다.

(5) 시노다 다쓰아키(篠田達明) 『馬上才異聞』(1988년)

제4회째, 1636년 조선 사절 방일 때, 말의 개량에 정열을 불태우는 대마번의 수의사 이노마다 호세이(猪又方正)는 조선 사절 일행의 「마상재」 단장 최경래와 여성 단원 명진, 貞珠 등과 함께 에도로 향한다. 사행 중 12년 전에 발생한 대마번의 존망이 걸린 '국서개찬사건'이 발각되어, 에도 막부는 사건 처리에 고심하고 있다. 사건 처리 결과에 민감한 반응을 보이는 대마번 내의(번주 소 요시나리와 가로 야나가와 시게오키) 알력이 생생하게 그려져 있다. '국서개찬사건'의 전모를 그리고 있다는 점과 '마상재'를 결부시키고 있다는 점이 흥미롭다.

(6) 후지사와 슈헤(藤澤周平), 『市塵』(1991년)

가난한 낭인 생활에서 유학자, 역사가로 인정받은 아라이 하쿠세키(新井白石)는 도쿠가와 쓰나요시(德川綱吉)의 사후, 6대 정이대장군이 된 번주 이에노부의 가신으로, 이에노부와 함께 천하를 경영하는 일선에 서게 된다. 일본과 중국의 학문에 정통하고, 막부 개혁의 이상에 불타는 하쿠세키는 외교, 내정의 양면에서 난제에 도전해 간다. 특히 조선 사절의 접대를 둘러싸고 동문인 아메노모리 호슈와의 논쟁 등이 묘사되고 있다.

(7) 가토 겐지(賈島憲次), 『雨森芳洲の涙』(1997년)

1698년 7월 19일 대마번주 소 요시자네(宗義眞)로부터 조선 담당 외교관 역할을 명받은 아메노모리 호슈의 고뇌를 그린 작품이다. 조선과 일본과의 관계 속에서 살아갈 길을 찾아나가는 대마번의 갈등과 그것을 받치고 있는 아메노모리 호슈의 유학자로서의 고뇌가 고독, 우울, 눈물, 고뇌라는 소제목으로 나뉘어 묘사된다. 특히 부산 왜관에서의 파견 생활이 사실적으로 그려지고 있다.

(8) 아라야마 도루(荒山徹), 『魔岩伝説』(2002년)

조선통신사 방일 직전, 대마번의 에도 야시키에 수상한 자가 침입한다. 젊은 무사 도야마 가게모토(遠山景元)는 막부 소속 무사 야규 만베의 손으로부터, 조선의 여성 닌자를 구출해 낸다. 그녀가 암시하는 도쿠가와 막부 200년간의 태평성대를 뒤집을 만한, 조선과 도쿠가와 막부와의 밀약이란 무엇인가? 막부의 규칙을 어기고 조선으로 건너간 가게모토와 그를 쫓는 체포조와의 긴박한 추격전이 펼쳐진다. 역사적 사실 뒤에 감춰진 비밀을 둘러싸고 펼쳐지는 역사 전기 소설이다.

(9) 아시베 다쿠(芦辺拓), 「五瓶力謎緘」(『からくり灯籠五瓶劇場』 2007년)
나미키 고헤이(並木五瓶)의 대표작 『五大力戀緘』이 성립되는 과정을 서술하고 있다. 20 수년 전, 고헤이의 스승 나미키 쇼조가 각색한 「唐人殺し」의 작품 『世話料理鱸庖丁』의 성립 과정의 비밀이 서술된다.

(10) 아라야마 도루(荒山徹) 『朝鮮通信使いま肇まる』(2011년) 「朝鮮通信使いま肇まる」로부터 시작하여, 「わが愛は海の彼方に」 「葵上」 「虎か鼠か」 「日本國王豊臣秀吉」 「仏罰、海を渡る」 「朝鮮通信使いよいよ

畢わる」「朝鮮通信使大いに笑ふ」로 맺고 있다.

일본의 근·현대에 성립된 '조선통신사물'의 문학 작품은 크게는 조선 사절의 사행, 양국 관계자의 교류 혹은 트러블, 사행 중에 발생한 사건 및 사고 등 다양한 교류의 상태로부터 취재한 것과, 1764년 4월 7일 오사카에서 발생한 '최천종 살해 사건'으로부터 취재한 소위 「唐人殺し」라 불리는 작품군으로 나눌 수가 있다. 이 논문에서는 전자를 '통신사물'이라 하고, 후자를 '唐人殺し물'이라 칭한다.

또 '통신사물'도 1404년 조선시대 전기에 시작한 조선 사절의 방일이 세종조에 이르러, 1429년에 '통신사'라 칭하게 된다. 그 후 도요토미 히데요시(豊臣秀吉)의 조선 침략에 의해 양국의 국교가 단절될 때까지의 시기의 교류를 소재로 한 「조선 전기의 통신사물(무로마치(室町)시대의 통신사물)」과 도요토미 히데요시 사후, 일본을 통일한 도쿠가와 이에야스에 의하여 재개된 양국 관계의 회복을 위하여 행해진, 에도시대의 조선 통신사 방일을 취재한 「조선 후기의 통신사물(에도시대의 통신사물)」로 분류할 수가 있다. 그러나 아라야마 도루의 『朝鮮通信使いま肇まる』를 제외한, 모든 작품은 '에도시대의 통신사물'에 해당되고 있으며, 조선에 대한 인식과 그 재고를 통하여 조선통신사 문화 소통의 다양한 면을 재생산하고 있다. 또 '唐人殺し물'에는 사카이 쇼조 속기, 호규샤 도린 강연의 『朝鮮人難波の夢』(1893년), 나카노 고후 「唐人殺し」(1984년), 아시베 다쿠 『五瓶力謎織』(2007년)가 성립되어, 에도시대의 「唐人殺し」 작품군의 계보를 계승하고 있다.

5. 맺음말

　18세기 후반에 발생한 조선 사절 일행의 살해 사건과 가부키·조루리, 실록체 소설, 강담 속기본, 역사 소설과의 관계는 한·일 양국의 교류사를 생각함에 있어서, 일반 민중의 의식에 따르고 있다는 점에서도 시사하는 바가 매우 크다. 또 당시의 일본 민중의 대조선 의식을 엿볼 수 있다는 점에 있어서도 일본 문학과 일본 문화에 미친 영향은 대단히 크다고 말하지 않을 수 없다.

　이하「唐人殺し」작품군의 계보 및 영향 관계를 정리하면 〈표 1〉과 같다.

　일본의 에도시대에 발생한 역사적 사건이 후에 근세 문학 작품으로 유포, 성립될 때는 거의 대부분의 작품이 「세태거리(世話物)」로 각색된다. 즉 조선 사절의 일행 도훈도 '최천종 살해 사건'이 후에 가부키, 조루리, 실록체 소설 등의 작품으로 성립될 때는 거의 대부분의 작품이 「세태거리」혹은 세태 거리적 요소를 띤 작품으로 성립 계승되는 것이다. 여기에 일본 근세 문학, 근세 문화의 특징적 모습의 한 단면을 엿볼 수 있는 것이다.

　근·현대 작품으로 성립된 모리 오가이 「사하시 진고로(佐橋甚五郎)」(1913년)와 나카노 고후의 「唐人殺し」(1984년)는, 시기는 다르지만 도요토미 히데요시의 조선 침략 전쟁과 관계가 있는 시점을 수용하고 있다는 점이 공통점이다. 즉 모리 오가이 「사하시 진고로」에는, 도요토미 히데요시의 조선 침략 전쟁에 동원된 일본인 중, 살벌한 전란의 시대의 일본에 혐오감을 느낀 무사가, 조선에 투항하여 전투에 참여했다는 구체적인 예를 수용한 잔류 일본인의 조선 거주에서 착안하여 묘사된 작품이라고 생각된다. 봉건시대 절대 권력에 저항하여 조선으로 망명하여 1607년 조선 사절의 수행원으로 방일한 한 젊은 무사가 그려져 있다. 또 나카노 고후의 「唐人殺し」는 침략 전쟁 중 포로가 된 조선 여성의 쇄환을 둘러싼 트러블이 묘사되고 있다는 점에 있어서, 두 작품은 시대적 상황에 의한 역사 인식과 『通行一覽』을 출전으로 얻어진 착상이라는 점이 주목된다. 즉 히데요시의 조선 침략 전쟁에 동원된 무사가 조선에 귀화하여 조선 사절의 통역관으로 일본을 방문한다는 스토리와 조선 침략 전쟁 중 포로가 된 조선인의 일본 정주화의 예가 묘사된다는 점이 대비되어 흥미롭다.

한편 '조선통신사를 소재로 한 작품이 20세기 후반에 들어서 다수 성립된 것은 무엇 때문일까?'라는 의문이 생긴다. 1980년 이래, 조선통신사에 대한 관심과 함께 활발한 연구가 행해져 자료의 번각과 다수의 연구서가 발간되었다. 이리하여 조선통신사에 관한 정보가 공유되고, 창작의 소재로 제공된 것도 하나의 큰 원인이었을 것으로 추정된다.

〈표 1〉「唐人殺し」 작품군의 계보(필자에 의하여 작성됨)

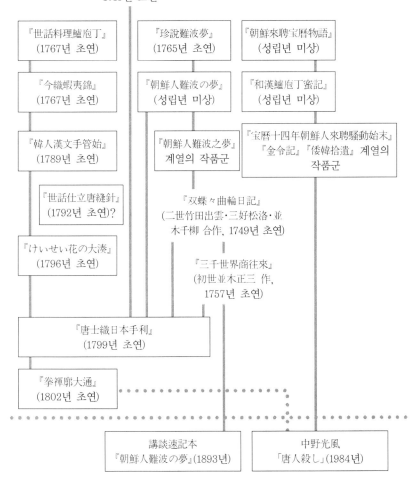

- 사각형 안의 작품은 「唐人殺し」 계통의 작품 군을 나타내고 있고, 선의 표시는 상호 영향관계를 나타냄.
- 실선은 에도시대를 경계로 한 시기를 구분함.

〈표 2〉상방상연기록(上方上演記錄)

上演 日時	座本	名題	作者	登場人物 (役者名)
1767.2.17.	嵐ひな助座	世話料理鱸庖丁	並木正三	天敬宋, つづき伝七, 高尾 (新九郎) (八藏) (ひな助)
1767.2.26.	嵐ひな助座	今織蝦夷錦	上同	髮結仁兵衛, 勘介, 傾城だった (新九郎) (八藏) (ひな助)
1789.7.17.	中山福藏座	韓人漢文手管始	並木五瓶, 近松德三	西天の宗九郎, 伝七, 高尾 (次郎三) (他藏) (いろは)
1789.8.13.	上同	上同	上同	上同
1792.4.26.	竹本榮次郎座	世話仕立唐縫針	?	宗七, 通詞弥藤次, 傾城三芳野 (吉田新吾) (豊松正五郎) (才治)
1792.5.15.	上同	上同	?	上同
1796.1.16.	藤川八藏座	けいせい花の大湊	万作 近松德三	唐使案上鄉, つるきの伝七, 高尾 (友右衛門) (文七) (いろは)
1799.9.17.	大坂北の新地	唐士織日本手利	並木千柳 中村魚眼	カビタン庭金, 十木伝七, 高尾 (岩五郎) (桐竹門蔵) (吉田冠十郎)
1802.2.20.	嵐三吉座	拳揮廓大通	中山來助 近松德三	香齊典藏 今木伝七 高尾 (來助) (鯉三郎) (友吉)
1802.10.3.	姉川座	上同	市岡和七 芝屋勝助 九二助	上同 高尾 (一徳)
1803.6.6.	吾妻富次郎座	漢人韓文手管始	?	千嶋大領 うつかり兵六 (団藏) (吉三郎)
1805.3.3.	藤川友三郎座	拳揮廓大通	奈川くに助 近松德三 並木さんし助	香才典藏 今木伝七 高尾 (新九郎) (歌右衛門) (よしお)
1805.6.10.	龜谷粂之丞座	上同		典藏 伝七 高尾 (新九郎) (鯉三郎) (団の助)
1806.9.	松島松三郎座	上同		
1806.9.	上同	上同		
1807.3.	谷村市松座	上同		
1807.4.	上同	上同		

上演 日時	座本	名題	作者	登場人物 (役者名)
1808.5.4.	嵐座	上同		
1810.9.7.	淺尾座	上同		典藏 伝七 高尾 (新九郎) (吉三郎) (大吉)
1810.11.8.	大阪北の新地	上同		
1811.2.5.	藤川房吉	上同		
1815.2.	澤村常次郎	上同		
1818.12.2.	大坂北の新地	唐士織日本手利	並木千柳 中村魚眼	庭金 伝七 高尾 (?) (?) (?)
1821.7.	嵐市三郎	拳揮廓大通		
1824.10.	若宮芝居	上同		典藏 伝七 高尾 (仁左衛門) (額十郎) (か六)
1827.2.	京北側芝居	上同		典藏 伝七 高尾 (えび十郎) (橘三郎) (友吉)
1827.4.5.	嵐吉之助	上同		
1831.7.	淺尾座	上同		
1833.8.	板東彦之助	上同		
1835.7.19.	中村鶴之助	上同		典藏 伝七 高尾 歌右衛門) (芝翫) (なんし)
1838.3.	嵐佶太郎	上同		
1839.6.	京北側芝居	上同		典藏 伝七 (与六) (りかく)
1842.10.	市川來藏	上同		
1848.8.27.	市川巴之助	上同		典藏 伝七 (与六) (りかく)
1849.11.	竹田芝居	上同		
1852.5.	中村玉三郎	上同		
1845.4.	市川助太郎	上同		
1847.5.	市川高麗猿	上同		典藏 伝七 高尾 (吉三郎) (瑠寬) (三右衛門)

上演 日時	座本	名題	作者	登場人物 (役者名)
1857.5.	若太夫芝居	上同		典藏 (梅舍)
1862.10.	堀江芝居	上同		典藏 伝七 高尾 (吉三郎) (多見藏) (友吉)
1865.11.	三枡梅太郎	上同		典藏 伝七 (大五郎) (瀧十郎)
1868.4.	稻荷芝居	上同		
1883.5.	末廣座	上同		

<표 3> 강호상연기록(江戶上演記錄)

年月	座本	名題	作者	登場人物 (役者名)
1804.9.9.	市村座	漢人韓文手管始		典藏 伝七 高尾 (幸四郎) (源之助) (路之助)
1811.8.8.	森田座	上同		典藏 伝七 高尾 (男女藏) (三十郎) (三右衛門)
1835.5.20.	市村座	上同		典藏 伝七 高尾 (源之助) (羽左衛門) (玉三郎)
1864.10.28.	市村座	上同		
1864.11.3.	市村座	上同		韓高才 伝七 高尾 (權十郎) (彦三郎) (紫若)

〈그림 1〉

〈그림 2〉

〈그림 3〉

〈그림 4-1〉

〈그림 4-2〉

〈그림 4-3〉

〈그림 4-4〉

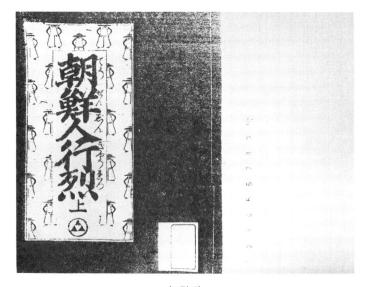

〈그림 5〉

〈그림 6〉   〈그림 7〉

〈그림 8〉   〈그림 9〉

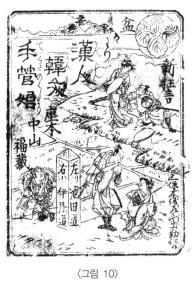 

〈그림 10〉 〈그림 11〉

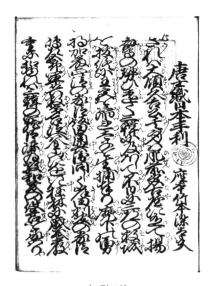

〈그림 12〉

日本語

1章

訳注と影印

.

『航海獻酬録』の訳注

享保己亥(1719)年、秋9月8日、大坂客館西本願寺で朝鮮学士申維翰[1]及び書記姜栢[2]、成夢良[3]、張應斗[4]、等に出会い唱酬並びに筆語を交わす。

水足安直[5]

1　申維翰(1681~1752) 本貫は寧海、字は周伯、号は青泉であり、1713年文科に及第した。1719年朝鮮通信使の製述官として訪日し、『海游録』を著述した。他にも詩文集『青泉集』を残している。

2　姜栢(1690~1777) 本貫は晋州、字は子青、号は愚谷で、観察使姜弘重の曽孫である。著書に『家訓』、『海槎録』がある。

3　成夢良(1718~1795) 朝鮮後期の文士である。字は汝弼、号は嘯軒である。1702年に科挙に及第した。1719年朝鮮通信使の書記として訪日した。

4　張應斗(1670~1729) 字は弼文、号は菊渓である。1719年通信使として訪日した。

5　水足安直(1671~1732)は江戸時代中期の儒学者である。肥後熊本藩の学士で、浅見絅斎の門下で修学し、後徂徠学を主張した。字は仲敬、自號は屏山、通称半助と呼ばれた。

通刺,

　私は姓が　水足、名は安直、字は仲敬、自號は屏山、または號を成章堂といいます。

　日本西側の肥後(今の熊本県)州の候源拾遺[6]の文人です。 前から貴国との交流を好み、心より使節団(星軺)[7]の訪問を望んでおり、交流を願っていました。そして山を越え、川を渡って数千里の険しい道程を過ぎてきました。 夏に先に此処へ来て、西の方から文士の旗を飾った皆さんの御来任を待って、今日に至りました。 今三使信及び多くの官員の貨物も恙なく、皆健康で舟も川沿いに停泊させており、客館で一服するようになったので、これはすべて天人合一であります。 これで朝廷と民が一緒に楽しむことができ、これは両国の喜びであり、萬福の願いであります。

　この子の名は安方[8]、号は出泉で私の子供(豚犬)[9]であります。

　今年十三才で少し経書を読んでおり、文学に関する知識も備えております。前から通信使がやって来るという話を聞いて、多くの君子が衣冠を整え、輿や馬に乗った姿を見物し、文章の優麗さを確かめるため、遠く険しい海の怒涛を乗り越えながら、肥後州からここへやって来ました。

　謹んで私の漢詩二首を朝鮮学士青泉申公館下に奉呈します。 切実に詩

6　歴史民俗用語で歌や説話などの漏れたのを補うこと、それを担当する人をいう。「宇治拾遺」。
7　行列の御輿。
8　水足安方(1707〜1732)は江戸時代中期の儒学者である。水足安直の長男で、肥後熊本の藩士、号は出泉、後日申維翰から博泉という号をもらう。
9　自分の息子を謙遜していう語。

の添削を求めますので、宜しくお願い致します。

屏山

　使節団が暫く滞在する大坂の城下町の辺りに、衣冠を整えて神仙が海からやってきたよ。

　優れた才能はまるで虎が泣き叫ぶようで、千里の遠くまで感心させる。度量の広さは鵬が一度に九千里の雲を飛ぶようで、早くもその名声を聞き、その名を慕い、その行動をみて教えを願うのである。

　昔から立派な馬は優れていて、愚か者に鞭撻を望む。

　規格のある歩き方は威厳があって、殷太師の教えの感化が遠くまで伝わって、

　群衆の中にその名が抜きん出ていて才能と充実した徳をまた疑うことができるか。

　星使暫留城市邊, 衣冠濟々自潮仙, 奇才虎嘯風千里, 大風鵬飛雲九天, 早聽佳名思德范, 今看手采慕言詮, 古來金馬最豪逸, 須爲駑駘[10]着一鞭. 矩行規步有威儀, 風化遠伝殷太師[11], 列位賓中名特重, 太才實德又奚疑.

10　鈍い馬、愚かな者。
11　殷太師は比干を示す語。帝辛の叔父で殷商王室の大臣の丞相を務めた。

　屛山の詩に和韻する。　　　　　　　　　　　　　　　青泉　申維翰

　琴を鳴す落水の邊りで偶然に出会い君子の詩を聞くと、古典曲将雛の一曲を諳んじ、まるで神仙のようである。

　薬艸は白雲三山の徑に生じ、日は榑桑から出、万里の天空を赤染める。

　昔から青編の上に妙契が多いと言われるが、丹竈(道学)[12]にのみ真詮があるとは言うことなかれ。

　共に清談の中、秋のひかりの短きことを惜しみ、明日出発の駒の鞭を挙るのがものうし。

　使節に正楽賓儀が盛んであること、文采の秀でた風流人は皆我の師である。

　太平の世を共に賀のは周王朝の始まりのようで、百年の肝胆(真実の心)相疑ふことなかれ。

　邂逅鳴琴落水邊, 將雛[13]一曲亦神仙, 雲生薬艸三山経, 日出榑桑[14]万里天,
自道青編多妙契[15], 休言丹竈[16]有眞詮[17], 清談共惜秋曦短, 明發征驅懶舉鞭.
皇華[18]正樂盛賓儀, 文采風流是我師, 共賀太平周道[19]始, 百年肝瞻莫相疑.

12　儒学の一つの文派で、中国宋代に盛んであった程朱学、或いは朱子学の名である。南宋の朱熹が集大成した。朝鮮時代に大きく繁盛した儒教哲学をいう。

13　鳳将雛は中国の古典曲名で、鳳凰が雛を抱く様子を表している。

14　中国古代の神話に出る大木で、ここから日が昇るといわれた。日本の異称。

15　妙策、巧妙に当て嵌まる。

16　方法と技術を会得した専門家が霊薬を煎じる釜。または道学を示すか。

17　真理を悟ること。

18　天使の使節、勅使をいう。ここでは朝鮮王の使節を意味する。

進士姜先生に奉呈する　　　　　　　　　　　　　　　　　　屏山

　友好の隣国から朝鮮使節の船が衣装を整え、千山万水を渡り、ここへ辿り着いた。

　貴様の風采と文才を仰ぎみて、詩を奉呈し、貴国の風采をみたいよ。

　松竹は千年の歳月を過ごしてきたが、桂菊はただ一年の秋にしか咲かない花であるよ。

　偶然に出会い知合いになったので、一緒に楽しむのはいかがでしょう。

　文士の志操である趙国の魯連も官職を離れ、東瀛千万里の地を訪れたのである。

　先知の人に出会い、その才能が格別である。胸中にある星のような優れた、多くの文章が唱和されるであろう。

　善隣漢使槎, 冠盖[20]渉雲涯, 連揚仰風采, 寄詩觀國華, 松篁千歳月、桂菊一秋花 萍水偶相遇、寄遊又曷如、魯連[21]千古氣離群、踏破東瀛万里雲、邂逅先知才調別、胸中星斗吐成文、

19　中国周王朝の名である。武王が殷の国を滅ぼして37代867年間の王朝を築いた。鎬京を都としたが、後には洛邑に移った。

20　官吏とその服装、行列をいう。使節の意味もあろう。

21　魯連が趙国に住んでいた時、秦国が趙国の首都邯鄲を攻略して囲んだ。この際、魏国の将軍新垣衍を派遣して秦国の王を皇帝と称するなら包囲を解くといった。この言葉に魯連(魯仲連)は秦国が傲慢にも天帝を僭称するならない。私は"踏東海而死"と言った。この言葉を受けて秦国の将軍は軍を退けたと伝えられている。後日、魯連は官職を離れて東海で隠居生活を送ったといわれる。《史記卷83 魯仲連鄒陽列傳》

屛山の詩に次韻して送る   耕牧子

朝鮮使節の船は千里を航海してここへ着き、舟を暫く攝津(大阪)に留める。

　良い日に賓客を迎えており、見事な秋の菊花が咲いているのを見ると、これみな天の志である。

　海外のことを語り合い、詩歌で盛り上がると、まるで鏡の中の花が感動するようである。

　故国は重陽の節句なのに、身は異国他郷にいて、哀惜の念を禁じ得ない。

　貴方の詩学の水準が優れていることは知っているが、筆下の才能はただ東溟の中の数輪の雲にしかすぎないであろう。

　万里の外にある扶桑で偶然に出会い、菊花を見ながら酒を飲むと自ずから詩文が論じられる。

　迢迢上漢槎、久繋攝津涯、客意鴻賓日、天時菊有花、談窮海外事、詩動鐘中花、故國登高節[22]、他郷恨轉加、知君詩學獨無群、筆下東溟幾朶雲、邂逅扶桑万里外、黄花白酒細論文。

進士成先生に奉呈する   屛山

賓客はみな英雄豪傑であり、交隣の友は早くから客館に集まっている。

馬は城下町の北で嘶き、星は海天の東を指すのである。

筆を揮うと文の気運が活かされ、一首の詩から巧妙な詩心が見える。

22　重陽の節句をいう。

　いったい竜門はどれ程高いのだろう、竜門に登るのは蒼空に昇るより難しいようだ、

　滄瀛を渡って来た船は停泊させておき、使節は暫く大坂城に留まる。

　この地の由来は三つの川が合流したことであるが、遠い旅であるからといって異国他郷の情緒を持たないように、

　嘉客盡豪雄、盍簪舎館中、馬嘶城市北、星指海天東、揮筆氣機活、賦詩心匠工、龍門²³高幾許、欲上似蒼穹、牙檣²⁴錦纜渉滄瀛、玉節²⁵暫留大坂城、此地由來三水合、遠遊莫做異郷情、

　聞くことによれば、貴国の湿洲汕も三つの川が合流したことから名付けられたというが、ここも高津、敷津、難波津の三つの川が合わさったので三津浦といわれるのである。そういうわけで、詩の三、四句をこのように詠んだのであります。

23　中国黄河流域にある峡谷の名で、激流のため鯉や亀が遡り難いことから、遡った鯉は竜になったという伝説がある。後日、唐代に科挙に及第したことに譬えられ、次第に出世の関門という意味でつかわれるようになった。

24　帆の別称。ここでは船をいう。

25　本来は珠で作った符節をいう。また、符節を所持して赴任する官員をいう。昔は使が所持したもので、二つに分け、一つは朝廷に置き、もう一つは本人が所持して印にし、後日、それを合わせることによって真偽を確認することができた。使節または高尚な節操を比喩した。

屏山の詩に和韻する

才能はたかが八丈にしか過ぎないのか？あなたは品があり、まるで蓮幕
(官府の美称)からきたようである。

漢水の北で故郷を離れ、石橋の東で日の出を見る。

蓬莱の島で琴が鳴り、李白[26]の漢詩に功力があったからか、巴陵で巧
みな詩句を詠むようだ。

貴方の貴重な一歩を喜び、多くの人が共に文書を広げ青空をみる。

遠路はるばる山を踰え、海を渉って来た、貴方の魏万(唐の詩人)のよう
な高い意志に感激する次第である。

夢の中で既に江郎錦になったことを知り、どうして貴方が遠くから訪ねて
きた情を忘れることができるか？

大豈八丈雄、猥來蓮幕[27]中、辭家漢水北、觀日石橋東、蓬島琴將化、巴
陵[28]句未工、喜君勞玉趾、披露見青穹、千里踰山又渉瀛、感君高義魏[29]聊
城、夢中巳返江郎錦[30]、曷副殷勤遠訪情

26　李白(701~762)は、中国の唐の時代の詩人である。字は太白(たいはく)。号は青蓮居士。
　　唐代のみならず中国詩歌史上において、同時代の杜甫とともに最高の存在とされる。奔放
　　で変幻自在な詩風から、後世に『詩仙』と称される。

27　官府の美称。

28　湖南省岳陽県の西南にある山の名。

29　魏万(生没年不詳)、号は王屋山人、後に魏顥と改名した。魏万は李白を尊び、李白と共
　　に『李翰林集』を編纂した。 魏万は全国を旅してでも李白に会いたくて浙江まで追っていっ
　　た。彼は石門に行っても李白に会えなかった。そして広陵に戻ってやっと李白に会うことが
　　できた。李白も彼の熱情に感服して子弟関係を結んだといわれる。

30　江郎は中国南朝の江淹を指す。江郎が幼い時、夢の中で自ら郭璞という人から五色の硯

　　唐の <u>魏万</u>は三千里を歩き渡り、<u>李白</u>に会ったが、<u>聊城</u>は魏万の故郷であった。

　　進士張先生に奉呈する　　　　　　　　　　　　　　　　　　屏山
　　朝鮮使節が日本を訪れたが、両国の交隣関係は百代に長く続いたのである。
　　文才が海外にまで知られ、江堂には喜びが満ち溢れる。
　　臨席するのは難しいが、貴方を慕い敬う心は他に比べることができない。
　　貴方の高い文才の境地(段階)までには及び難く、只空を仰ぎ見るようである。
　　桐の葉が落ち夕日が赤く染まり、鴻臚館で秋風の寂しさを感じるのである。
　　私もまた情の多い旅人なので、国が異なると言って別人のように見ないでください。

　　韓使入扶桑、隣盟百代長、文華聞海外、喜氣満江堂、臨席如堵、慕風心欲狂、高儀階不及、翅首仰蒼蒼、梧葉瓢零夕日紅、鴻臚館[31]裏感秋風、多情我亦天涯客、莫以桑韓作異同、

　　をもらい、文章が上達したのであるが、晩年に冶亭というところで寝ていると郭璞が再び夢の中に現れ、硯を持って帰った後は、いい　詩句が詠めないといわれた。　そこで、世間の人々は彼に"才能が尽きた。"といったそうである。《南史 巻59 江淹列傳》
31　外国の来賓を接待する所。

屏山の詩に次韻する

滄海が朝鮮と日本を繋ぎ、その距離が万里を超えるのである。

険しく怒涛なる鮮窟(魚の棲息する所)を経て、霊境の竜宮を渡ってきた。

貴方の新編(新しく詠んだ詩)がどんなに優雅で高尚なのかを知り、私の傲慢だった昔の態度が恥ずかしく思われる。

まだ充分に語り合いもできず、興が湧いてもいないのに、日が暮れるのが残念である。

霜が降りた後、少し紅葉が赤くなり、九月の秋風の中で悲しく思うのである。

君子との出会いが遅れたのを嘆き、言語は異なるといえども志は同じである。

滄海接韓桑、修程万里長、險波経鮮窟、靈境歴龍堂、歎子新編雅、慙吾旧態尪、論襟猶未了、愁絶暮山蒼、霜後楓林幾處紅、各懷憀慓九秋風、逢君却恨相知晩、言語雖殊志則同、

私が調子に乗って、下手な詩を申、姜、成、張の四先生に奉呈しましたが、四人揃って夫々唱酬してくれたので、有難く幸せな限りであります。諸先生の奇抜な歌語と泉のように湧き出る優れた詩文の創作に感激の意を表します。こんな私が敢えて詩国の域に入れるかどうか恥ずかしい限りです。 旅立つ前に詩を一首詠みますので、四先生のご指導のほどよろしくお願いします。

屏山

　季節は重陽節に近付いており、秋の空高く爽やかで、文奎星は雲の端に集まっている。

　筆を揮うのが、まるで紙から煙が飛び上がるようであり、百余編の詩からは流れる水さえ冷たさが感じられる。

　学問を磨くのに時間を費やしたので視野も広がり、船に乗り海を渡って来たので、当然見識も拡がったであろう。

　泰然として世俗に拘らない態度が神仙を酔わせ、またこのような態度が人をさらに感嘆させる。

　節近重陽秋氣爽、文奎星[32]集五雲端、筆飛千紙風煙起、詩就百篇流水寒、執卷眼究天地大、乘槎身渉海瀛寬、泰然物外神仙醉、態度令人增感嘆、

　屏山の詩に和韻して贈る　　　　　　　　　　　　　　　　**青泉**

　はっきりして目に見えるような疎らな星は樹の枝に掛かっており、鳴いている雁も軒下で休んでいる。

　少年は千秋曲を演奏し、旅人に愁いを感じさせ、九月なのにことに寒さが感じられる。

　永い夜長閑な声は情がこもっているようで、明日の朝一杯の酒で心を慰めよう。

32　学問を司る星。

　別れる前に重ねて仙童の手を握り、こうして滄海を隔てて離れることを考えると、自ずと嘆かわしく思われる。

　歴歴疎星懸樹抄、嗈嗈鳴雁亦簷端、少年解奏千秋曲、客子長愁九月寒、永夜閑聲如有意、明晨盃酒若爲寬、臨分重把仙童臂、滄海思君幾發嘆、

別れる屏山に次韻する　　　　　　　　　　　　　　　　嘯軒

　色とりどりの鳳凰の雛はとても綺麗である。緑豊かな梧桐の枝端にふわりふわりと飛んで来た。

　容貌が秀麗で清い霊気を帯びており、素晴らしい佳句も白雪のように混じりっ気がなく清貧であるよ。

　菊花が黄金のように咲いており、季節も重陽に近付いたのに、客の愁いは海のように多いのである。

　道が険しくて出かけるのを躊躇したが、外出を決心して僕に命じ馬車を用意させることに、真に深い意味が含まれているのではないか？新しい詩編が詠まれるたびに驚くばかりであるよ。

　彩鳳將雛雛更好、翩然來自碧梧[33]端、秀眉宛帶青嵐氣、佳句俱含白雪寒、時菊散金重九近、客愁如海十分寬、間關[34]命駕眞高義、一唱新篇又一嘆、

33　中国の伝説によると、鳳凰は梧桐の枝にとまるといわれる。
34　道が険しくて出かけるのを躊躇する。

水足屏山に次韻して奉呈し、和韻を求める　　　　　　　　卑牧子 権道

　親子二人で一緒に此処へ来たが、昔の中国四川省眉洲の蘇氏父子のようである。

　私に瑶琴があって台の上に擡げてあるので、君子のために〝鳳将雛〟を弾いてあげる。

同來父子甚問都、宛似眉洲大小蘇[35]、我有瑶琴方拂擡、爲君彈出鳳將雛、

離れる時　卑牧子の詩に次韻する　　　　　　　　　　　　　　屏山

　使節は浪華の旧帝都に泊まり、新編の詩は蘇氏のように私の心を癒すのである。

　空を仰ぐと鳳凰は飛び上がるが、籠の中の雛は空を飛ぶことができない。

信宿浪華旧帝都、新詩療我意如蘇、仰看雲際大鵬擧、翹企難攀籠下雛、

35　北宋時代の作家蘇軾と弟の蘇轍は、それぞれ独自の名声を持っていた。人々に「大蘇」や「小蘇」と呼ばれていた。字は子瞻、号は東坡で、北宋の時代、眉山今の四川で生まれた。八歳から張易簡の門下で学問に接し、ことに荘子の齊物哲学に影響される。1056年父蘇洵は蘇軾、蘇轍の兄弟を連れて開封に上京し、欧陽修に会い、詩を作って激賞されたといわれる。

臨席した対馬の松浦詞伯[36]に奉呈する　　　　　　　　　　　屏山

　浪速津で付き合いを結び、素晴らしい会合をした。秋の空を仰ぎ見ると感無量であるよ。

　既に朝鮮使節に接し、また対馬の人とも逢いました。

　共に篤い金蘭の友情を交わし、互いに詩の贈呈を通して友好関係を結んだのである。

　貴方の文才を惜しむことなく、私のために隠さず懐にある宝袋を見せてください。

　結盟浪速津、勝會[37]感秋旻、巳接鶏林[38]客、又逢馬府人、金蘭応共約、詞賦欲相親、玉唾君無吝、秘爲囊袒臻、

筆語

問う　　　　　　　　　　　　　　　　　　　　　　　　　　屏山

　聞いたことによると、『朱子[39]小学』は本来貴国で通用していたという

36　松浦霞沼(1676~1728)は江戸時代の儒学者である。木下順庵の門下で学問した。同門の雨森芳洲の推薦で対馬藩の藩士になった。芳洲と共に朝鮮使節の応接役を担い「朝鮮通交大紀」を編んだ。兵庫県出身で名は儀、允任、字は禎卿である。著作に「霞沼詩集」を残している。

37　良い出会い。素晴らしい会合。

38　新羅時代の旧名である。後には朝鮮を示す言葉で使われた。

39　朱熹(1130~1200)は南宋の儒学者である。字は元晦、または仲晦、号は晦庵・晦翁・雲

が、それは羨ましい限りであります。我が国で流布するのは、既に亡くなった山崎[40]氏が筆写した『小学集成』[41] に記録された「朱子本注」を取り入れた版本であります。貴国の原本と山崎氏が筆写した『小学集成』に記録された内容の相違はありますか?

答え　　　　　　　　　　　　　　　　　　　　　　　　　　青泉

『朱子小学』は朝鮮では昔から刊行本がありました。人はみなこれを覚え諳じており、ことに「朱子本注」を大事に扱う。貴国の山崎氏が抄録した本をまだ読んでいないので、その異同の如何は答え難いのです。

問う　　　　　　　　　　　　　　　　　　　　　　　　　　屛山

貴国に『近思録』[42]の原本があり、通用していますか? 葉采[43]が注釈した

谷老人・滄洲病叟・遯翁等と呼ばれた。また、別号として考亭・紫陽がある。諡は文公、朱子と尊称された。南剣州尤渓県(今の福建省)で生まれた。儒教の精神・本質を明らかにし、体系化に努力した。「新儒教」の朱子学の創始者である。

40　山崎闇斎(1619〜1682)は日本の江戸時代初期の神道思想の伝播者である。彼は子供のころには僧であったが、25歳になってから朱子の学問に接し朱子学に向かった。還俗してから儒教の学者になり、京都で学校を開いた。晩年に、日本の神道を信じ、朱子理学によって神道の教義を説明した。垂加神道という流派を開始した。著作に「垂加文集」、「文会筆録」がある。

41　朝鮮時代の初期に流布した『小学』の注釈書の註解がとても簡略で学習用としては、適当ではないという意見に基づき、朱熹編纂の『小学』に関する多くの学者の注釈を集めた明代の学者何士信が編纂した文献を輸入して数回にわたって刊行した。『世宗実録』によると1427年初めて木版本が刊行され、続いて1428年に活字本が刊行された。後に英祖が『小學訓義』を刊行する作業に参加した朴弼周の意見を受入れ、世宗朝の刊行本『小学集成』の誤字、脱字を直して 1744年刊行されたりもした。

本を貴国の書生たちは読んで、また講義したり習ったりしますか?

答え　　　　　　　　　　　　　　　　　　　　青泉

『近思録』も刊行本があり、葉采の注釈本を多くの書生が講習します。

問う　　　　　　　　　　　　　　　　　　　　屛山

貴国の儒学者寒暄堂金宏弼[44]は佔畢斎金氏[45]の下で勉強したという
が、佔畢斎はどんな人ですか、名前は何ですか?

答え　　　　　　　　　　　　　　　　　　　　青泉

佔畢斎金氏の名前は宗直と言います。

問う　　　　　　　　　　　　　　　　　　　　屛山

貴国の儒学者李晦斎[46]が記載した『答忘機堂書』[47]はその言語が精妙

---

42 『近思録』(きんしろく)は、朱熹と呂祖謙が周濂渓、張横渠、程明道、程伊川の著作か
　ら編纂した、1176年に刊行された朱子学の入門書である。

43 葉采、字は仲圭、号は平巌。南宋時期の官員で、建陽(今の福建)人で、葉味道の子で
　ある。注釈書『近思録集解』がある。

44 金宏弼(1454~1504)は朝鮮王朝の成宗年間の学者である。字は大猷、号は寒暄堂、
　簑翁、おくり名は文敬である。原籍は瑞興で、金宗直の門人である。彼は六経の研究に集
　中しており、理学に堪能である。彼の門の下に、趙光祖、李長坤、金安国などの嶺南学
　派の儒学者がいる。

45 出身で字は孝盥、季温、号は佔畢斎である。著書に『佔畢斎集』、『青丘風雅』などがある。

46 李彦迪(1491~1553)は朝鮮中期の学者である。慶尚北道の慶州出身で本貫は驪州、
　最初は迪という名で呼ばれたが、中宗の命で彦を加えた。字は復古、号は晦齋・紫溪翁

で造詣が深い。実に道学において君子であります。我国の多くの学者がかれを仰慕しています。晦斎の著書『大学章句補遺』[48]の続篇或は『求仁録』[49]はまだ未見で遺憾であります。その書物と他のものとは主題の言語や意味が異なることもあろうが、私にその大略を示してくれませんか。

答え　　　　　　　　　　　　　　　　　　　　　　　　青泉

　晦斎の著書『大学章句補遺』には大体「至善章」、「本末章」に間違いが疑われ、書き直した跡が見える。先生も自ら謙遜した態度を取り、そして広く流布されていなかったので後学の人が見ることができなくなりました。それで、今それを一々例を挙げて説明することができません。

である。朝鮮時代の性理学の成立に先駆的な役割をはたしており、朱熹の主理論的な立場を受取り、それを李滉に伝えた。

47　李彦迪が27才の時、1517年に慶州地方の学者である母方の叔父の忘斎孫叔暾と忘機堂曺漢輔の間に往来した書簡「無極太極論辨」を読んで、正統の儒者の観点から批判した著述である。これをきっかけにして28歳に忘機堂曺漢輔を相手にして「無極太極論辨」を展開した。

48　李彦迪は晩年に流配地で生活しながら、『求仁録』(1550)・『大學章句補遺』(1549)・『中庸九經衍義』(1553)・『奉先雜儀』(1550)等の著書を残した。
　『大學章句補遺』(1巻)と『続大學或問』(1巻)は朱熹の『大學章句』と『大學或問』の範囲を超えようとする彼に独自的な学問の世界を見せている。彼は朱熹が『大學章句』で提示した体制を改編し、ことに朱熹が力点をおいた格物致知補亡章を認めなかった。

49　『求仁録』(1550)(4巻)は、儒教の経典の核心概念である仁に関する李彦迪の関心を垣間見ることができる。つまり、多くの儒教経典と宋代道学者の説を通して、仁の本体と実現方法に関する儒学の根本精神を確認しようとした。

問う　　　　　　　　　　　　　　　　　　　　　　　　　　　　屛山

　私は嘗て退渓李氏[50]の『陶山記』[51]を読み、陶山の山水の流れや山の形が平凡ではないことを知っています。陶山は靈地の一支流であるといわれるが、今は朝鮮八道の中、何の州郡に属しますか? 陶山書堂、隴雲精舎等の遺跡はいまだに残っていますか?

答え　　　　　　　　　　　　　　　　　　　　　　　　　　　　青泉

　陶山は慶尚道の禮安懸に在り、陶山書堂、隴雲精舎も在ります。後にその傍に宗廟を立て、毎年春秋に祀っています。

問う　　　　　　　　　　　　　　　　　　　　　　　　　　　　屛山

　李退渓の著作『陶山八絶』中には邵康節[52]が説いた「青天在眼前、零金朱笑覓爐邊」という句節があるが、ここでの「零金朱笑」[53]とはどういう意

50　李滉(1501~1570)は、朝鮮中期の儒学者である。本貫は眞寶、字は景浩、号は退溪・退陶・陶叟である。慶尚道禮安縣溫溪里に生まれた。朝鮮時代の唯心主義の哲学者、朝鮮朱子学の主要な代表者である。

51　李滉は1561年に弟子の教育のために安東の陶山兎溪里に陶山書堂を築くが、この際の感慨を書いた書である。

52　邵康節(1011~1077)は北宋時代の儒学者である。名は雍、字は、堯夫、贈り名は康節である。投吳走越覓青天，殊不知天在眼前。呉と越に行って青い空を見つけ、空が目の前にあることを知らなかった。

53　「零金朱笑」とは、金国の滅亡を南宋人である朱子が嘲笑うという意味であり、「覓炉邊」とは元(モンゴル)の成吉思汗(ジンギス-カン)の軍隊によって攻撃され滅亡した金の国を、その金の国によって南の方に追い出された南宋の人朱子が嘲笑うのは、間もなく南宋にも攻めてくるはずのモンゴルの侵略を考えないで、金の滅亡だけを喜んでいるということを諷刺的に表現した詩句である。

味ですか

答え　　　　　　　　　　　　　　　　　　　　　　　青泉

「零金朱笑」については詳しく分からないが、おそらく詩の歌語かもしれません。

問う　　　　　　　　　　　　　　　　　　　　　　　屛山

嘗て貴国の石州の書物を見ましたが、多くの文が欠けており、僅か半行ぐらいしか残っていなかったが、題は『宋季元明学通録』[54]と記されており、奥書には「退渓李氏所著」と記されていました。この本の全書が存在しますか？ もしあるなら、大体の意味と巻数を教えてください。

答え　　　　　　　　　　　　　　　　　　　　　　　青泉

『理学通録』は現在我が国でも稀に伝えられております。

問う　　　　　　　　　　　　　　　　　　　　　　　屛山

聞いたことによると、退渓の後、寒岡鄭氏[55]、栗谷李氏[56]、牛渓成

54　『宋季元明理学通録』(1576)は朝鮮の李退渓によって著された。 十一巻・外集一巻で、朱子学に関する著作である。

55　寒岡鄭氏は鄭逑(1543〜1620)であり、字は道可、可父、号は寒岡、桧渊野人、諡は文穆である。慶尚北道出身。韓国の朝鮮王朝の性理学者や礼学者、哲学者、歴史家、医学者、詩人である。韓国の儒学者は李滉、南冥曹植の二人の門人である。

56　栗谷李氏は李珥(1537〜1584)であり、朝鮮李朝の哲学家、政治家、教育家である。字は叔献、号は栗谷、石潭、愚斎、人々には栗谷先生と呼ばれている。 貴族の出身で、

氏[57]、沙渓金氏[58]等の人材が輩出されたというが、これは道学の学問の世界において貴国を超えることができないことからして、実に貴国の栄でありましょう。ただ多くの人の道学に関する著述があるが、その著作の経書の題名は何でありますか。

答え　　　　　　　　　　　　　　　　　　　　　　　　　青泉

寒岡鄭氏には『五服図』[59]が有り、栗谷李氏には『聖学輯要』[60]、『撃蒙要訣』[61]等が有り、牛渓成氏には『本集』[62]が有り、沙渓金氏には『喪禮備要』[63]

母親の姓は申、号は师任堂であり、経書、詩、書道に堪能な女性文学者である。儒学者の李滉の弟子である。後に李滉と一緒に朝鮮思想界の二壁、二大儒としても知られた。

57　牛渓成氏は成渾(1535〜1598)で、朝鮮王朝の中宗、宣祖年間の学者である。字は浩原、号は牛渓、黙庵である。李珥と6年間に四端七情の論争を展開し、性理学の理論では、畿湖学派の理論的基礎を築いた。

58　沙渓金氏は金長生(1548〜1631)で、字は希元であり、号は沙渓であり、諡は文元である。原籍は光山金氏である。朝鮮王朝の儒学者、政治家、哲学者、詩人、思想家である。韓国礼学の宗匠として知られる。礼学研究と後進養成に努め、沙渓先生として親しまれた。他に「經書辨疑」、「近思録釋疑」、「典禮問答」、「家禮輯覽」、「疑禮問解」等の著述がある。

59　朝鮮時代の学士鄭述が五種類の喪服に関する沿革図を作成して、1629年に刊行した服飾書である。喪服沿革図。

60　1575年(宣祖8)に李珥が帝王の學を教えるため、宣祖に捧げた著書である。序文によると『聖学輯要』は四書と六経に書かれている道の概略を抽出し、簡略に整理したものである。

61　李珥が学問を始める人のために書いた本である。学問の姿勢と方法について書かれている。

62　本集は成渾の子文濬，文人金集，安邦俊等が家に伝わる草稿を編集して1621年に刊行した。

63　「喪禮備要」は、朝鮮中期の礼学者「申義慶」が朱熹の「家礼」を基に編集した葬儀祭礼、死後祭礼の手引書である。同書は、不分巻の一冊であったと言われる。現伝は、申の友人、金長生(号：沙渓、1548〜1631)が、一般人に分かりやすく校正し直したもので、萬

が有ります。

　　問う　　　　　　　　　　　　　　　　　　　　　屏山

『東国通鑑』[64]は貴国で刊行されたはずですが、聞いたことによるとこの
書がないというが、どういうことでしょうか?

　　答え　　　　　　　　　　　　　　　　　　　　　青泉

『東国通鑑』は世に流布した刊行本が有ります。

　　右の青泉が答えた九件について、張書記がこれを記録する。、

　　稟(申し上げる)　　　　　　　　　　　　　　　　屏山

　わが子の名は安方であり、厚い寵愛を受け感謝に堪えません。昔年貴国
の儒者鄭汝昌[65]が八歳の時、父鄭六乙[66]は子供と共に中国の使節浙江

暦48年(1620年)の金長生の序、天啓元年(1621年)申欽の跋を付し、順治5年(1648年)
の金集(金長生の孫)の識を付して刊行された。一冊本と二冊本があるが、構成は、上巻・
下巻の二巻から成る。

64　『東国通鑑』は朝鮮の歴史書である。1484年に成立しており、外紀1巻・本文56巻で、檀
　　君にはじまり、箕子、衛満ら、漢四郡、三国時代、新羅を経て高麗末期までを対象とす
　　る編年体の史書である。

65　鄭汝昌(1450~1504)は贈漢城府左尹鄭六乙の息子で、1450年に慶尚南道咸陽で生ま
　　れ、1467(世祖13)年に父親の鄭六乙が李施愛の乱で兵馬虞候として戦いに出て戦死し
　　たのだが、鄭汝昌は自ら父親の亡骸を捜して葬儀を行った。その後、朝鮮前期の新進士
　　林の巨頭金宗直の門下に入り、金宏弼等と共に性理学を研究した。22歳の頃から成均館
　　に入学し、成均館の儒学者となった。著書に「庸学註疏」「主客問答設」「進修雑著」などがあっ

省出身の張寧[67]に会い、息子の名前を求めたところ、張寧天使は名を汝昌と付けてやったそうです。今此児の為に、名前或いは別号を賜ればと願います。これは息子の光栄であるばかりでなく、またわが一家の幸でもあります。我が息子と鄭家の児とは才能の質が違うけれども、貴方は今日の張天使であるので、切に承諾を望むのであります。

青泉

名は安方、字は斯立、号は博泉にしましょう。名は甚だ佳く、字も'立'の意を以ているので良い。号を'出泉'にするのは適合しなく、「普博淵泉時出」[68]の意味に依ったがどうですか？ 今夜は已に夜が深いので、もし息子のための「字号説」を求めるなら、明日早く再び来て言ってください。ここで秀才に出会ったのも幸であります。甚だ忙しいと雖もどうして記念の書を残さずにいられましょうよ。

たが、戊午士禍の際にすべて焼失し、現在は鄭述の「文献公実記」にその遺集が伝えられている。

66　鄭六乙(－：1467)は鄭汝昌の父で、漢城府左尹を経て、1467年李施愛の乱で兵馬虞候として戦いに出て戦死した。

67　張寧(1426~1496)、字は靖之であり、号は方洲、また芳洲とも言い、浙江海塩の出身で、明代の大臣である。景泰5年に進士なり、礼科給事中として働いた。張寧は後に「奉使録」という書を執筆し、朝鮮に行ったことを記録し、「四庫全書」と明代海塩地方誌「塩邑志林」に含められている。

68　「普博淵泉時出」は『中庸』の「溥博淵泉，而時出之，溥博如天，淵泉如淵淵」を出典としており、知恵が泉のように湧き出ることと、深い蓮池のように、広い空のようにという意味であろう。

屏山

　息子の字号をこのように早く教えていただき、誠に光栄であります。願う
のは「字号説」の書を二三十字ほど賜ればと思います。ただ明日の旅装が
忙しく、また来てお会いできるかどうか分かりません。おそらく今夜が最後に
なると思いますので、切にお願い申し上げます。

字号説

　己亥年重陽節の一日前、私は大坂に留まり、水足氏童子に逢った。年
は十三才、号は出泉で、自ら名刺を以って言うには、"その名は安方で、
読書と詩を好み、行草が読める。願いは君子に半日仕えたいので、喜んで
お使いください"といった。彼が書いた詩を見たが、詩筆が昂然として汗血
の駒[69]の如く、肌は玉雪のように白く、隅に坐っている容貌は一目で見ても
端麗で高い地位と名誉に至ることが占われる(雲霄羽毛)[70]。私は再三彼の
頭を撫でながら、字を斯立と言いやった。これは彼の立身大方の象が有る

69　宋の蘇軾《徐大正閑軒》には「君如汗血駒、転盻略燕楚、」とある。また清の孫枝蔚《飲
　　酒廿首和陶韵》の中の「気若汗血駒、恥蒙駑馬名、」との出典である。これは世界にお
　　いて最も古い珍しい神秘的な馬の一種である。ここでは詩の貴重さと素晴らしさを強調し
　　ている。
70　杜甫の《咏懐古迹五首》の五の中に「三分割据紆籌策、万古云霄一羽毛。」を出典とした
　　のであろう。この句は詩人が諸葛亮への敬慕を表し、即ち群衆の上に雲の中に立っている人
　　は一人しかいない、その人は諸葛亮であるという意味である。
　　また《成都武侯祠匾額対連注釈》の注によると：「羽毛，比喩人的声望。諸葛亮的名
　　望高人云天，独一无二，万古莫及。」があり、以降はそれは才能や道徳の優れた人の比
　　喩である。

からで、更に其の号を博泉としたが、それは才能が泉のように湧き出ること
を願う義があるからだ。午の刻から書いたのを贈り、かつまた互いに忘れるこ
とのないようにと告げた。彼は起きて感謝の意を表してから言うには、"使命
を全うすることができるかどうか恐れ多いのであります"と言った。このようなこ
とも具に書くことができた。

　朝鮮国の宜務郎秘書著作兼直太常寺申維翰が大坂城の使館西本願
寺において題する。

屏山

謹んで此をいただくことになり、誠に感謝に堪えません。 有難うござい
ます。

菊渓

　私の姓は張、名は応斗、字は弼文、号は菊渓です。今従事官書記の身
分で此に来て、接することができ幸です。貴方たちは肥後の遠くから、千余
里の道程にも憚らず跋渉して、閑寂な旅館に枉顧[71]してくれたこと、真に
感激です。況や阿戎[72](子供)が可愛く聡明であるが、但し言語が異なり筆

---

71 相手が自分を訪問してくれた時に使われる敬語。

72 《世説新語・簡傲》の「王戎弱冠詣阮籍」があり、また南朝梁の劉孝標注引の《竹林七賢
　論》には「初, 籍与戎父渾倶為尚書郎, 毎造渾, 坐未安, 輒曰:'与卿語, 不如与阿戎語.'
　就戎, 必日夕而返。」もある。ここの阿戎は晋人の王戎(234年−305年7月11日)のことで、
　字が濬沖である。琅邪臨沂(今の山東省臨沂市白沙埠鎮の諸葛村)の人である。彼は西晋
　の名士、官員であり、「竹林七賢」の一人でもある。阿戎が幼い時優れた才能を持っていた
　ことから、以降は才能のある可愛い子を阿戎と称する。

語で相通じ、充分に感興を表すことができないのは残念である。

屏山

息子が学士たちの寵愛を受け、かつまた書までいただいたこと感激に堪えなく、光栄に思います。

嘯軒

この優れた子(寧馨)[73]を見ると、容姿が秀麗で才能も非凡な子のようで、まるで陸家の駒[74]、謝宅の樹[75]のように珍重されるだろう。紙の上に筆を以て感謝の意を表するに、却って感謝することが恥ずかしく思われる。

屏山

諸先生は三大使に従い東行し、私は息子を連れて出発して西に帰らなければなりません。今後は再び会うことが難しく、別れに臨んで悲しさを禁じえません。

　唐の王維《送李員外賢郎》に「借問阿戎父、知為童子郎」があり、また杜甫の《答楊梓州》には「却向青溪不相見、回船応載阿戎游」とある。

73　《晋書・王衍伝》に「何物老姫、生寧馨儿!」とあり、寧馨は子供あるいは弟子に対する褒める意味の言葉である。

74　陸孫(183~245)、字は伯言、中国三国時代の政治家を示すか?

75　南朝の宋の詩人である謝霊運の庭園のことで、常に貴族の庭園を比喩するであろう。出典の《宋書》巻六十七の《謝霊運伝》の原文は「灵运父祖并葬始宁县、并有故宅及墅、遂移籍会稽、修营别业、傍山带江、尽幽居之美。与隐士王弘之、孔淳之等纵放為娯、有終馬之志。……」と記されている。

　享保已亥年重陽節の一日前、浪華の客館において朝鮮学士及び書記
等に会い、唱和並びに筆語を交わす。　水足安方

　謹んで朝鮮学士申先生に奉呈する　　　　　　　　　　　　　出泉
　朝鮮使節が東に向かう路は困難でなく、我々は　互いに偶然に出会い金
蘭の契りを結んだ。
　秋風は千里に旗を翻し、夜月は三山を照らし、剣と佩は黒く冷たい色を
帯びている。
　煙の外の山の峰は遠近によって高さが違い、天空の端の大海には波瀾
が湧く。
　どうして異国の玉堂客(翰林学士)と思うのか、今我々は青空の下に共
に欄干に凭れているのに。

　韓使東臨路不難、相逢萍水約金蘭[76]、秋風千里旌旗動、夜月三山剣佩
寒、煙外數峯分遠近、天邊大海湧波瀾、何思殊城玉堂客、[77] 晴鳳如今共倚欄、

　洪水でも錦の帆は破れないように、先生の立ちい振るまいは壮徒で、使
節(玉節)[78]が暫く此処に泊まるので百福を祝います。今幸に階段の前の狭

---

76 《世説新語・賢媛》には「山公与嵆、阮一面，契若金蘭。」という言葉がある。即ち山涛と
　嵆康、阮籍と初対面なのに、心が通じるような感じがするという意味である。後には義理の
　兄弟になるという意味もある。
77 宋の梅尭臣の《寄維揚許待制》には「欧阳始是玉堂客，批章草詔伝星流。」とある。翰林
　学士を指す。

い土地(不惜階前盈尺の地)[79]に立っている私であるが、今日このように私を憚らずに可愛がってくれて、羽を伸ばして青雲を仰ぎ見ることができ、誠に嬉しく慰められるのです。

特に何の栄がありますでしょうか?ただ奉呈する詩に添削を願い、それに和韻をいただければ、黄鐘大呂の大鼎[80]のように、それを珍重なものとして持ちたいのです。

出泉秀才の詩に和韻する　　　　　　　　　　　　　　　青泉

海陸の遠い旅の道程も難なく覚え、海の安全を司る妈祖の助けにより、海が結んでくれた縁である。

文献に見る昔年の禹穴南山の風景、剣を抜いて城を攻略する姿は北斗星も恐れて冷たい色を帯びている。

手で浮雲を握ると爽やかな感じが添えられ、心で夕日を思い出し、波瀾が湧きだす。

太平の世に、昔年のことを顧みると、欄干に凭れ若い貴方の詩の朗誦をみるようである。

78　注25と同じ。

79　唐代李白の『與韓荊州書』に「而君候何惜階前盈尺之地, 不使白揚眉吐氣, 激昂青云耶」という記述による。

80　「九鼎大呂」とあり、「九鼎」は古い伝説によると、夏禹は九鼎を作って九州を象徴とし、これは夏商周三代の国の宝である。また「大呂」は周廟の大鐘である。ここでは人の言葉に力があり、重要な権利があるという意味であろう。『史記・平原君列傳』による。

海陸追遊未覺難、婆婆[81]衣帶結秋蘭、書探禹穴南山[82]色、劍拔豊城北斗
寒、握手浮雲添爽氣、離心落日滿警瀾、清平起草它年事、綠髮看君咏玉欄、

謹んで書記姜先生に奉呈する　　　　　　　　　　　　　　　出泉

隣国の遠くから東に向かって友好の誠意を表すためにきた。時は秋風が
道を清くして、雨が降った後晴れたのであるよ。

錦の帆に赤い太陽が輝かしく映り、天地を潤し、使節は波瀾を起しなが
ら東の海を渡ってきた。

一杯の酒の後、筆を執り多彩な色を写し、五千里の外に英明を発する。

異郷なので知人がいないと言わないでください。夜には雲のほとりに月の
光が明るく迎えてくれるよ。

隣好東正遠致誠、秋風清道雨初晴、錦帆映日來天地、玉節輝波涉海瀛、
一斗杯中捐彩筆、五千里外發英明、勿言異城無相識、夜夜雲涯月色明、

出泉の詩に和韻する　　　　　　　　　　　　　　　　　　耕牧子

文才が優れていて真心が含まれており、相共に客館で　新晴の詩論を論
じる。

君の詩の韻律は巧妙で風格も備えている。　多分文章を学ぶためには大

---

81 婆婆は「媽祖」のことである。これは中国の沿海を中心とする海神信仰であり、この信仰は真
実のことによって発展された物である。この信仰は最初は民間伝説で、そして歴史化また神
化されて、最後には一般的は「媽祖信仰」となった。

82 今の浙江の会稽山を表す。

瀛(日本、出泉を示すか?)で学ぶべきであろうか。

　若年の少年がこんなにも妙芸があるなんて、当年の王勃のように名声が高くなるだろう。

　いつ頃南斗星の傍で見ることができるだろうか，佇んで 奎花の一点の明かりが見えるようだ。

　鐵硯工夫有至誠、論詩宝館屬新晴[83]、巳看韻格多奇骨、欲學文章法大瀛、早歳童鳥多妙芸、韶年王勃[84]有高名、何時南斗星邊望、儜見奎花[85]一点明、

謹んで書記成先生に奉呈する　　　　　　　　　　　出泉

　靄や雲の中の波濤の旅を只風に任せながら、同盟を尋ねて千里の旅をして東に向かってきた。

　暁の日の光は三島の外にまで映り、秋の帆はいまだに大洋の中の月に掛かっている。

　ひたすら潮の声がする海は瑠璃色を帯び、万山の楓樹は錦に刺繍をし

83　『新晴』は 宋代の詩人刘颁创の七言絶句「青苔満地初晴后，緑樹无人昼梦余。唯有南風舊相識，偸開門戶又翻書，」による。

84　王勃(650~676)は字が子安で唐時代の文学家である。绛州竜門(山西省河津市)の出身で、祖父の王通は隋末の高名な儒学者で、祖父の弟・王績も詩人として知られた。《旧唐書》の記録によると、六歳の時文章も作れ、「神童」と賞賛された。著に『王子安集』16巻のほか、民国・羅振玉が編集した『王子安集佚文』1巻と、日本に伝わる佚文として、正倉院の『王勃集残』2巻がある。

85　学問を司る星。

たように赤みを帯びている。

　国が違うからと言って言語も異なると言わないでください。幸いに芸術の世界では筆頭を通して付合うことができるから。

　尋盟千里向天東、煙浪雲濤只任風、曉日射汲三島外、秋帆挂月大洋中、潮聲一向琉璃碧、楓樹万山錦繡紅、勿謂殊邦言語別、芸園更有筆頭通、

出泉童子の和韻する　　　　　　　　　　　　　　　嘯軒

　一つの明珠(きれいな光を帯びている珠)が東の海から出て、幼いのに詩を習い既に自ら家風を成している。

　いつも光る灯の下で多くの詩書を諳んじ、月の光の下で舟を浮かべ旅をするのに慣れている。

　この子は資質が妙であり天性が秀でて、必ず春の日の芝草と蘭草の花が赤みを帯びるように晴れる日がくるだろう。

　私は彼を喜んで迎えており、ちっとも忙しいとは思わない、むしろ一枚の名刺をもらって知ることができ甚だ嬉しい。

　一箇明珠出海東、稚齡詩學自家風、等身書誦淸灯下、貫月槎[86]尋暮色中、

86　東晉の王嘉の《拾遺記》に「尭登位三十年, 有巨槎浮于西海, 槎上有光, 夜明昼滅, 海人望其光, 乍大乍小, 若星月之出入矣。槎常浮繞四海, 十二年一周天, 周而复始, 名曰貫月槎, 亦謂挂星槎。羽人栖息其上, 群仙含露以漱, 日月之光則如暝矣。廣夏之季, 不复記其出没, 游海之人, 犹伝其神偉也。」とある。即ち尭が皇帝になってからの三十年目の年、西海で巨大な飛船が出現し、日が暮れると、船から柔らかい光が放出され、まるで星月から出てきたようであった。この船は毎年海の周りに沿って漂って、十二年目になっ

妙質芳春芝秀紫、花篇晴日蜃浮紅、笑迎不覺忙吾履、喜甚王門孔刺通、

謹んで書記張先生に奉呈する　　　　　　　　　　　出泉

遠路はるばる蒼い海から神仙の舟がやってきた。既に千年前の高句麗、新羅時代から友好関係を修めた。

使節が来られた時意気揚々としており、舟の渡る所は靄が立ち込めて波が拡がる。

貴方たちの衣冠を見て礼儀と容貌が重々しく文明の国からやってきたのが分かり、文才が優れていることがわかりました。

此の日北風が吹き、鴻雁(書簡の譬え)が飛び過ぎる。貴方の書簡が万里を渡るといったらどうなるんだろう?

渺茫碧海泛仙槎[87]、脩好千年自麗羅[87]、玉節來時高意氣、牙檣過處浩煙波、已看冠盖[88]禮容重、定識江山[89]詩思多、此日北風鴻雁[90]過、郷書万里意如何、

て天地に沿って一回りをして、これを繰り返した。だから人々に貫月槎また挂星槎と呼ばれた。伝説によると、飛び船には仙人がいて、仙人たちは露を口に含んで、また吐いてしまうと天地が暗くなって、日月も光がなくなったという。ここでは未知の知識を求めることを表す。

87　高句麗と新羅を指す。広くは朝鮮半島をいう。

88　使節の冠と御輿の蓋をいう。

89　山と江、国体、国をいう。

90　手紙、書簡の比喩であろう。

別れる水足童子に次韻する　　　　　　　　　　　　菊渓

　朝鮮使節の舟は停泊したばかりなのに、また離れなければならない。大坂の秋の景色は秀麗で風情がある。

　水の上の風は刺繍をした錦のように吹き過ぎ、島の上には靄が立ち込めており、月の光は波に従い揺れ動く。

　我等が帰る日は何時になるだろうかと歎き、君の神妙な思想が豊かであることを羨ましく思う。

　東には伯労、西には燕が送迎するのに忙しく、離別の岐路に臨んで何を考えているのだろう?

　漢使初停上漢槎、浪華秋景政森羅、水風吹過霞披錦、島靄收來月漾波、歎我歸期何日定、美君奇思此時多，東勞西燕[91]忙迎送、摻袂[92]臨岐意若何、

申先生に奉呈する　　　　　　　　　　　　　　　　出泉

　遠い昔から朝鮮とは友好関係を修めており、帆掛け船は風に任せて日本に至ったのである。

91　労は伯労という鳥の名前であり、ここではカップルあるいは友人との別れを比喩する。《楽府詩集・雑曲歌辞八・東飛伯労歌》からの出典で、「東飛伯労西飛燕，黄姑織女時相見」とある。よそから来た旅行者の比喩表現でもある。

92　相手の袂を取ること。握手して別れるという意味である。唐の皇甫枚の《三水小牘・王知古》には「今旦有友人将帰於 崆峒 旧隠者，僕餞之 伊水浜，不勝離觴; 既摻袂，馬逸，復不能止，失道至此耳。」とある。

　それは海と山にどんな詩の材料があるかを問うためである、袋に満ちているのは幾つかの珠玉のような詩篇であるよ。

　修隣千古自朝鮮、帆影隨風到日邊、爲問海山好詩料、滿嚢珠玉幾詞篇、

　　　　　　　　　　　　　　　　　　　　　　　　　　　青泉

　扶桑は日本の俗称であり、日の光が鮮やかに照り輝くおり、朝鮮使節の船は海の辺りに逗留する。
　その上に顔が白雪のような仙童がいて、口では王母の白雲篇を吟ずる。

　扶桑俗曰日華鮮、漢使孤槎逗海邊、上有仙童顔似雪、口吟王母白雲篇[93]、

　姜先生に奉呈する　　　　　　　　　　　　　　　　　　出泉

　万里も離れた遠い所から東の海に来たのであり、空を飛ぶ鷁のように使節の船は暫く大坂の水中に留まる。
　幸い雞林客に付き合うことができ、寂しい秋風も却って春風を迎えたような感じがする。

　遠來万里海雲東、飛鷁[94]暫留攝水中、逢接雞林[95]和氣客、秋風却似坐春風、

93　西王母が周穆王のために歌った白雲の歌がある。その原文は《穆天子伝》の巻三には「天子觴西王母于瑤池之上、西王母為天子謠曰:"白云在天、山陵自出。道里悠遠、山川間之。将子无死、尚能復来。"天子答之曰:"予帰東土、和治諸夏、万民平均、吾顧見汝。比及三年、将復爾野。"とある。これによると「白雲篇」による帝王の詩を比喩した説がある。
94　水鳥の名、または水鳥を彫刻した船のこと。

青泉

　君に会い始めて詩道は東にあることを知り、まるで蓮の花が緑池の中から出るようである。

　後で出逢った所を思い出したいなら、九月の秋風が吹く頃川岸に咲いた菊の花を見よう。

　見爾深知詩道東、芙蓉秀出96緑池中、他時欲記相逢地、岸菊鳴九月風、

成先生に奉呈する　　　　　　　　　　　　　　　　　　　　出泉

　朝鮮の優れた文才は遠くまで伝えられており、人に出会う前に、先に芳名を聞き、日東に流れるでしょう。

　江南明月の色とりどりの光と金剛秋の楓樹はどちらが良いか分からないように、

　韓國豪才作遠遊、芳名先入日東流、江南明月天涯色、孰與金剛97楓樹秋、

95　雞林は新羅の古い名で、今の朝鮮である。「詩入鶏林」は詩文の盛名が天下に伝わっていることを指す。その出典である《新唐書》の卷119の《白居易伝》には「居易于文章精切，然最工詩。初，頗以規諷得失，及其多，更下偶俗好，至数千篇，当時士人争伝。鶏林行賈售其国相，率篇易一金，甚偽者，相辄能辨之。」とある。即ち白居易は何千篇の詩を作って知られた。その詩が国に伝わるだけでなく、世界中にも盛名が高かった。雞林から来た商人が貿易をする時、その詩を多く集めて、国に戻って一篇一金の価値で首相に売った。商人がいう、もし偽物があったら、首相が見分けられるといったことからこれを「詩入鶏林」といった。

96　南朝の梁鐘嶸《诗品・宋光禄大夫顔延之》に「謝詩如芙蓉出水，顔如错彩镂金」とある。ここでの芙蓉は蓮を指し、新しい蓮は水から出て咲いているということである。「芙蓉出水」は作品のスタイルが清新で秀麗である。また「出水芙蓉」とも呼ばれる。

出泉の詩に和韻する

使節を訪ねるために千里の旅をして、それに若い年なのに文章に風流が感じられる。

王勃の「滕王閣序」のように千年経っても滕王閣は依然として大坂の江の上に佇んでおり、“秋水共長天一色”の佳句も流行っている。

爲訪皇華[98]千里遊、鬢齡翰墨[99]亦風流、浪花江上滕王閣[100]、水色長天一樣秋、

張先生に奉呈する　　　　　　　　　　　　　　　　　　　　　　　出泉

朝鮮国王の命を捧げて遠くから来た賢者は東に向かって幾何の山を越え、川を渡ったのだろう。

両国は互いに善隣関係の盟約を結び、客館の外は空が晴れており、秋の空気も新鮮である。

97　朝鮮の金剛山観光地区を指し、朝鮮の第二の高山で、歴史のある山でもある。季節によって異なる名前があり、秋には紅葉に満ちて赤くなるため、楓岳山とも呼ばれる。

98　《詩・小雅》中の篇名である。《序》の中には「《皇皇者華》·君遣使臣也。送之以礼楽·言遠而有光華也。」とある。また《国語·魯語下》に「《皇皇者華》·君教使臣曰: 毎懐靡及·諏·謀·度詢·必咨于周。」以降は「華」を使命を持つ者のことを賛美していう語。 ここでは使者をいう。

99　詩を作ることをいう。

100　滕王閣は中国の江南の三大名楼の一つである。江西省南昌市の西北部沿江路の贛江東岸に位置し、唐太宗李世民の弟である滕王の李元嬰の建築によることから名付けられた。また初唐の詩人である王勃の《滕王閣序》中の名句「落霞与孤鶩斎飛, 秋水共長天一色」によって後世に広く伝えられた。

奉使遠來韓國賢、東行跋渉幾山川、兩邦相約善隣宝、館外晴雲秋氣鮮、

出泉に和韻する

幼い年なのに高尚で優雅な志があって先賢を慕い、柳川や潘江の学問を習ったのである。

君の父親に会うと旧友に会ったような気がし、君には鳳凰の毛のような秀でた才能が見え、漢詩の文章も鮮やかである。

鬢齡雅志慕前賢、渉獵[101]潘江[102]及柳川[103]、正與阿翁傾盖地[104]、鳳毛[105]兼睹五章鮮、

風采が端正で、文才も優雅である。但し日が暮れて行く道は忙しいのに、成し遂げた業績がなくて恨めしいばかりである。

---

101 山水を渡り、獣の猟をすること、広くは本を読むこと。「謝靈運 山居賦」野有蔓草,獵涉蔾藋という記述がある。ここでは学問をすることを指しているか?

102 潘江は中国の清の文学者で、字は菊藻、号は木崖である。十歳の時、詩を作り、「神童」と呼ばれた。同郷の戴名世に学問を教えたので、戴名世は彼を師と尊敬した。主な作品は『龍眠風雅』92巻、『蜀藻集』などが ある。

103 柳川は明代の儒学者である。安成の人で名は王釗、字は柳川である。王守仁の門下で書生になったが、離れてから専ら心身性命の学問に没頭した。後、朱舜水に諭され、陽明学を学んだ。主な作品に『省庵文集』『恥斎漫録』などがある。

104 「傾盖地」は途中で出会った人が車を止めて話をして、両方の車の盖が傾いて地まで着くということである。一般的には初対面なのに旧知のような気がする友達のことを指す。例えば清の周容『芋老人伝』に「于傾盖不意作縁相国。」とある。

105 鳳凰の毛のように、素晴らしい才能を持つ人材を指す。

再び水足童子に和韻する　　　　　　　　　　　　　　　　　嘯軒

　君は「滕王閣序」を詠んだ時の王勃と同じ歳で、丹山には鳳凰の足跡が
残っているように、君には鳳凰の毛が見える。

　青紅の紙を数枚あげるから、詩筆の練習に使うように。

　滕閣王生歳、丹山端鳳毛[106]、青紅牋數幅、資爾弄柔毫、

　最後に「玉雪可念」[107]の四大字と併せて筆、墨、紙を出泉にあげる。

　謹んで成先生に次韻し、兼て申、成、兩先生に感謝の和韻を奉呈する。

　鳳鳴曲の一曲の詩律を詠むと、鳳凰が彩色の羽を伸ばして踊るようで
ある。

　松炯の墨で綴った文章が玉版になれるか？賜った詩文は風格があり、
立派である。

　詞律鳳鳴曲、却疑舞彩毛、松炯[108]將玉版[109]、賜及似椽豪[110]、

106　《山海経・南山経》に「(梼過之山)又東五百里、曰丹穴之山、其上多金玉。丹水出焉、而南
　　流注于渤海。有鳥焉、其状如鶏、五采而文、名曰鳳皇、首文曰德、翼文曰義、背文曰礼、膺
　　文曰仁、腹文曰信。是鳥也、飲食自然、自歌自舞、見則天下安宁。」とある。即ち、中国の古
　　い伝説によると、丹穴山には鳥があり、鳳凰と呼ばれ、その毛が五種類の色に光り、その紋
　　は德、義、礼、仁、信の五字を組み合わせるから、鳳凰が出現すると、天下平和を象徴す
　　るということである。ここでは出泉を鳳凰の毛に比喩したであろう。
107　「玉雪可念」は退之韓愈の詩語で「とても可愛い」という意味であろう。
　　韓愈(768～824)字退之、河南河陽(今の河南省孟州市)人。唐代の文学家、思想家、哲学
　　者、政治家。《殿中少監馬君墓志》に"眉眼如画、髮漆黒、肌肉玉雪可念"とある。

嘯軒の詩に次韻した水足秀才に再び贈る

鳳凰の雛は間も無く羽を伸ばして高く飛び上がるだろうが、

この子は真に可愛い、今灯の前で揮毫洒墨している。

鵷雛[111]將奮翮、霧豹[112]已班毛、夙惠[113]眞堪愛、灯前弄彩毫、

出泉童子に書を贈る　　　　　　　　　　　　　　　　　　　早牧子

この子はとても聡明である。十三の歳年に詩が詠めるなんて。

陶家の子はどうして品がないのか？　只棗や梨をたべることしか知らないなんて。

此子甚聰慧、十三能作詩、陋矣陶家[114]賈、唯知否棗梨、

108　松炯は墨の一種である。中国の南北朝時代、易水流域(今は北福地遺跡と呼ばれ、河北省保定市易県県高村鎮)に位置し、そこで作った松炯の墨は天下一で、当時は「剝紙易墨」という美称がある。

109　玉版箋。画紙よりも厚く、紙質がこまかく、光沢のある紙。中国産で書画用に使われる。

110　「大笔如椽」は品格のある文章また有名な作家を指す。《晋書・王珣伝》には「珣梦人以大笔如椽与之，既覚，語人曰：'此当有大手笔事。」とある。

111　鵷鶵は伝説中の鳥で鳳凰と同種類である。賢才あるいは身分の高い人を比喩する。

112　《列女伝》卷二の〈賢明伝・陶荅子妻〉に、「妾聞南山有玄豹，霧雨七日而不下食者，何也？欲以澤其毛而成文章也。故藏而遠害。犬彘不択食以肥其身，坐而須死耳。」とある。南山には黒い豹があり、紋のために霧がかかっている雨の日に七日間も食べなくても、敵を退けることができる。後、「霧豹」はある所に隠れて生活する人を指すようになった。

113　優れた才能のある大人しい子供をいう。

114　「陶家」は陶器や農業に従事する人で、ここでは農家を指している。

良医権先生に次韻を贈る　　　　　　　　　　　　　　　　出泉

諸君子と同席したのも幸いなのに、私に五言詩まで賜りました。

私こそ何の才能もない客に過ぎなく、只栗や梨を食べることしか知りません。

幸倍君子席、賜我五言詩、自媿樗才[115]客、只知飫栗梨、

出泉童子に別れの詩一首を贈る　　　　　　　　　　　　　菊渓

幼い子が優れて神妙な才能があり、その優れた才能は既に立派で成熟

している。

遠路からの労苦に感心し、是を以て深い情を表す。

算歯方英妙、観才已老成、愛其將遠到、持此表深情、

黄筆一枚、黒い笏一丁、色紙二張、詩作に使うように提供する。惰る

ことなく励むように。

出泉秀才に起草して贈る　　　　　　　　　　　　　　　　菊塘

灯の前で笑っている仙童の姿は、まるで炯々と水中に咲いている蓮花に

似ている。

---

115 《庄子集釈》卷二中の〈内篇・人間世〉には「惠子謂庄子曰：“吾有大樹，人謂之樗。其大本
擁腫而不中繩墨，其小枝巻曲而不中規矩，立之涂，匠人不顧。今子之言大而无用，衆所同
去也。”」即ち惠子は樗は質がよくない、木材にならないと言った。「樗才」が無用、才能のない
人を比喩した謙遜語である。

　客船は明日の朝出発する。名残惜しいと思って振り返ってみるとすでに海
の雲は東にきているよ。

　灯前一笑對仙童、炯似蓮花出水[116]中、客帆明朝朝將發、怊然回首海
雲東、

菊楼彦文に贈って和韻する　　　　　　　　　　　　　　　　　出泉
　西の海から来た一人の少年が満堂中の豪傑たちと知合いになるなん
て、どんなに幸いであろうか?
　秋の夜の月を素材にして新編を諳んずると、併せて菊花が籬の東に落
ちるのも見える。

　何幸海西一小童、結盟豪傑満堂中、新詩薫誦秋宵月、併見菊花籬落東、

席上の奉呈松浦霞沼先生に奉呈する　　　　　　　　　　　　　　出泉
　後学の中にも海内の才能のある英雄豪傑が輩出され、僻地から来た児
童も名が記されますよ。
　今日先生に会ったので沈黙なさらずに、詩学が玉や金のように秋の果実
になって林に満ちることができますように願います。

　後才海内發豪英、僻地児童亦記名、今日相逢君勿默、満林秋蔕玉金鳴、

筆語

出泉

忝くも申、成、張の三先生に筆、墨、紙までいただき、誠に有難うございます。

霞沼

「玉雪可念」は退之(韓愈)の詩語であるが、先生が出泉に贈ったのは何かの意味がありますか?

嘯軒

可愛い童子の才能が穎秀で、故に退之の詩語を贈ったのです。

嘯軒

小児の文筆がとても佳く、私のために詩作をしてくれたので、当然私も詩を贈り感謝しなければなりません。詩を前に出す。

出泉 [嘯軒]

作詩がとても佳く、人物も詩も玉のようである。可愛い。

姓名は?　　　　　[卑牧子]

姓は水足、名は安方、別号は出泉といいます。　　　　[出泉]

年は?　　　　　[卑牧子]

丁亥に生まれて、十三才です。　　[出泉]

作詩を贈るから、しばらく待ってくれ。詩を前に出す。　　［卑牧子］

申、成、張、三先生に旅に使うように日本制の筆数本を奉呈する。[出泉]

当然私が土産を渡すべきなのに、どうして却って君が私に贈ったのか?
［青泉］

つまらない物であるが、可愛い人なので贈る。　[嘯軒]

出泉

私の別号は菊塘であるが、君の姓名と住所を書いてくれる? [菊塘]

童子の姓は水足、名は安方、西海路の肥後州の人で屏山の息子です。

西肥　由庚写焉

平橋蔵

航海献酬録

『航海獻酬録』の影印本

　享保、己亥、秋、九月八日、会朝鮮学士申維翰、及書記姜柏、成
夢良、張應斗、等于大阪、客館、西本願寺、

　唱酬幷筆語

水足安直

　通刺

　僕姓水足氏、名安直、字仲敬、自號屏山、又號成章堂、弊邦西藩
肥後州、候源拾遺之文學也、前聞貴國修隣之好好、星軺既向、我日
東切、有儀封請見之意、於是跋涉水陆一百数十里(以我国里数儀)之
艱險、季夏先来于此、西望走、企待文斾贲臨有日矣、今也、

　三大使君及諸官員行李無恙、動止安泰繫錦纜於河口、弭玉節於館
頭、天人孚眷、朝野交歡、是両國之慶也、萬福至祝、

　此兒名安方、號出泉、僕之所生之豚犬也、今年十有三、略誦經
史、聊知文字、前聞有通信之、願一觀諸君子輿馬衣冠之装、威儀文

章之美、於是遠陵海山風濤之險、自我肥後州携來耳、

　　鄙詩二章謹奉呈朝鮮學士青泉申公館下伏蘄郢玫、　　　　　　　屛山
　　星使暫留城市邊、衣冠済々自潮仙、奇才虎嘯風千里、大風鵬飛雲
九天、
　　早聽佳名思徳范、今看手采慕言詮、古来金馬最豪逸、須為駑駘着
一鞭、
　　矩行規步有威儀、風化遠伝殷太師、列位賓中名特重、太才実徳又
奚疑、

　　奉酬屛山恵贈　　　　　　　　　　　　　　　　　　青泉　申維翰
　　邂逅鳴琴落水邊、将雛一曲亦神仙、雲生薬艸三山経、日出榑桑万
里天、
　　自道青編多妙契、休言丹竃有真詮、清談共惜秋曦短、明発征駆懶
挙鞭、
　　皇華正樂盛賓儀、文采風流是我師、共賀太平周道始、百年肝瞻莫
相疑、

　　奉呈進士姜公　　　　　　　　　　　　　　　　　　　　　　屛山
　　善隣漢使槎、冠盖渉雲涯、連揚仰風采、寄詩観国華、
　　松篁千歳月、桂菊一秋花、萍水偶相遇、寄遊又曷如、
　　魯連千古気離群、踏破東溟万里雲、邂逅先知才調別、胸中星斗吐
成文、

次贈屏山詞案、　　　　　　　　　　　　　　　　　　耕牧子

迢迢上漢槎、久繫摂津涯、客意鴻賓日、天時菊有花、

談窮海外事、詩動鐘中花、故国登高節、他郷恨転加、

知君詩学独無群、筆下東溟幾朶雲、邂逅扶桑万里外、黄花白酒細

論文、

奉呈進士成公　　　　　　　　　　　　　　　　　　　屏山

嘉客尽豪雄、盍簪舎館中、馬嘶城市北、星指海天東、

揮筆気機活、賦詩心匠工、龍門高幾許、欲上似蒼穹、

牙檣錦纜渉滄瀛、玉節暫留大坂城、此地由来三水合、遠遊莫做異

郷情、

聞貴国旧湿洲汕三水合而得名、此地亦高津、敷津、難波津合而名

三津浦、故後詩三四句云爾、

奉和屏山恵示韻

大豈八丈雄、猥来蓮幕中、辞家漢水北、観日石橋東、

蓬島琴将化、巴陵句未工、喜君労玉趾、披露見青穹、

千里踰山又渉瀛、感君高義魏聊城、夢中巳返江郎錦、曷副殷勤遠

訪情、

唐魏万行三千里、遠訪李白、聊城乃魏万故郷云之、

奉呈進士張公　　　　　　　　　　　　　　　　　　　　　　　　屏山
韓使入扶桑、隣盟百代長、文華聞海外、喜気満江堂、
臨席如堵、慕風心欲狂、高儀階不及、翹首仰蒼々、
梧葉瓢零夕日紅、鴻臚館裏感秋風、多情我亦天涯客、莫以桑韓作
異同、

奉次屏山恵示韻
滄海接韓桑、修程万里長、険波経鮮窟、霊境歴龍堂、
歎子新編雅、慙吾旧態枉、論襟猶未了、愁絶暮山蒼、
霜後楓林幾処紅、各懐惨懍九秋風、逢君却恨相知晩、言語雖殊志
則同

僕不自揣、奉呈俚詩於申、姜、成、張四公旅次、四公各賜和章、不
勝感喜奉謝々々、公等造語之妙、神出鬼没速如射注然矣、吾輩何敢
闖其藩籬耶、走賦一律、謹供四公之電矚、

　　　　　　　　　　　　　　　　　　　　　　　　　　　　　　屏山
節近重陽秋気爽、文奎星集五雲端、筆飛千紙風煙起、詩就百篇流
水寒
執巻眼究天地大、乗槎身渉海瀛寛、泰然物外神仙酔、態度令人増
感嘆、

走和屏山草贈韻　　　　　　　　　　　　　　　　　　　青泉

　歴々疎星懸樹抄、噌々鳴雁亦簷端、少年解奏千秋曲、客子長愁九月寒、

　永夜閑声如有意、明晨盃酒若為寛、臨分重把仙童臂、滄海思君幾発嘆、

走次屏山韻　　　　　　　　　　　　　　　　　　　　　嘯軒

　彩鳳将雛雛更好、翩然来自碧梧端、秀眉宛帯青嵐気、佳句倶含白雪寒、

　時菊散金重九近、客愁如海十分寛、間関命駕真高義、一唱新篇又一嘆、

奉呈水足屏山座次要和　　　　　　　　　　　　　　卑牧子　権道

　同来父子甚問都、宛似眉洲大小蘇、我有瑶琴方払擡、為君弾出鳳将雛、

走次卑牧有辱示韻　　　　　　　　　　　　　　　　　　屏山

　信宿浪華旧帝都、新詩療我意如蘇、仰看雲際大鵬挙、翹企難攀籬下雛、

席上奉呈対州松浦詞伯　　　　　　　　　　　　　　　　屏山

　結盟浪速津、勝会感秋旻、已接鶏林客、又逢馬府人、

　金蘭応共約、詞賦欲相親、玉唾君無吝、秘為囊祖臻、

筆語

問　　　　　　　　　　　　　　　　　　　　　　　　　　屏山

聞朱子小学原本行于貴国、不勝敬羨、弊邦所行、則我先儒閣有山崎氏、抄取小学集成所載朱子本注、而所定之本也、貴国原本興集成、所載本註有増減異同之処耶、

答　　　　　　　　　　　　　　　　　　　　　　　　　　青泉

朱子小学、則我国固有刊本、人皆誦習、而専尚朱子本註耳、貴国山崎氏所抄書未及得見、不知其異同之如何耳、

問　　　　　　　　　　　　　　　　　　　　　　　　　　屏山

近思録、亦貴国有原本而行耶、葉采之所解、貴国書生読以資其講習否、

答　　　　　　　　　　　　　　　　　　　　　　　　　　青泉

近思録、亦有刊本、而葉氏註、諸生皆講習耳、

問　　　　　　　　　　　　　　　　　　　　　　　　　　屏山

貴国儒先寒喧堂金宏弼、従佔畢斎金氏而学、佔畢何人耶、名字如何、

答　　　　　　　　　　　　　　　　　　　　　　　　　　青泉

佔畢斎金氏、諱、宗直、

問　　　　　　　　　　　　　　　　　　　　　　　屏山

貴国儒先録、所載李晦斎答忘機堂書、其言精微深詣、實道学君
子、我国学者仰慕者多、晦斎所著、大学章句補遺続或、求仁録、未
見其書、以為感、顧必其書各々有立言命意之別、願示大略、

答　　　　　　　　　　　　　　　　　　　　　　　青泉

晦斎所著、大学章句補遺、則大意在止於、至善章、本末章、有所
疑錯而為之然、先生亦以僭妄自謙、不広其布、後生得見者盖寡、今
不可一々枚挙、

問　　　　　　　　　　　　　　　　　　　　　　　屏山

僕嘗、読退渓李氏陶山記、已知陶山山水之流峙不几之境也、聞陶
山即靈芝之一支也、今八道中、属何州郡、陶山書堂隴雲精舎等尚有
遺蹤
（踪）耶、

答　　　　　　　　　　　　　　　　　　　　　　　青泉

陶山在慶尚道禮安懸、書堂精舎宛然猶在、後立廟宗於其傍春、春
秋享祀、

問　　　　　　　　　　　　　　　　　　　　　　　屏山

李退渓所作、陶山八絶中、有邵説青天在眼前、零金朱笑覓燼邊、
之句、零金朱笑何言耶、

答　　　　　　　　　　　　　　　　　　　　　　　青泉

零金朱笑未及詳、或詩寡別語、

問　　　　　　　　　　　　　　　　　　　　　　　屏山

嘗看貴国石州書残欠僅存紙半行者、題曰宋季元明学通録、其下記
為退渓李氏所著、不知有全書否、有則願教大意及巻数、

答　　　　　　　　　　　　　　　　　　　　　　　青泉

“理学通録”、我国即今之所罕伝関之、

問　　　　　　　　　　　　　　　　　　　　　　　屏山

聞退渓後、有寒岡鄭氏、栗谷李氏、牛渓成氏、沙渓金氏等、蔚々
輩出、而道学世不令其人、実貴国栄也、顧諸氏皆有所述、其経解遺
書以何等題名耶、

答　　　　　　　　　　　　　　　　　　　　　　　青泉

寒岡有五服図、栗谷有聖学輯要、撃蒙要訣等書、牛渓有本集、沙
渓有喪禮備要、

問　　　　　　　　　　　　　　　　　　　　　　　屏山

“東国通鑑”、貴国必当梓行之書也、聞無此書、不知然否、

答　　　　　　　　　　　　　　　　　　　　　　　　　　　青泉

“東国通鑑”、尚有刊本、行世、

右青泉所答九件、張書記録之、

稟　　　　　　　　　　　　　　　　　　　　　　　　　　　屏山

小児安方、厚蒙寵眷、不勝感謝、昔年貴国儒先鄭汝昌、八歳其父

鄭六乙携之、見天使浙江張寧、請求児名、張寧名之以汝昌、且作説

贈之、今公為此児、賜名或別号、則匪啻小児之栄、而又僕一家之幸

也　豚犬小児、固興鄭家之児、才質懸絶、然公則今日之張天使也、切

望一諾、

　　　　　　　　　　　　　　　　　　　　　　　　　　　　青泉

名安方、字斯立、号博泉、名則甚佳、字之以立之義、出泉以、未

協、故以“普博淵泉時出”之義、未知如何、今夜已向深、若欲別求小

説、期以明早後命、秀才而来見、亦一相逢之幸、雖甚忙忽、豈可不

為着念書贈乎、

　　　　　　　　　　　　　　　　　　　　　　　　　　　　屏山

小児字号、急速賜教、何栄若之哉、願字号説書二三十字而賜之、

顧明日旅装忽忙　難必来見、会向只在今夕、至切惟望、

　　　　　　　　　　　　　　　　　　　　　　　　　　　字号説

己亥重陽、前一日、余留大坂、見水足氏童子、年十三、号出泉、

以刺自通曰、某名安方、好読書、哦詩、行草、願奉君子半日、驪使
之、書所為詩、詩筆昂然如汗血駒、膚瑩々玉雪、隅坐端麗一眄睞而
可占雲霄羽毛、余為撫頂再三、字之曰斯立、以其有立身大方之象、
更其号曰博泉、寓思傅時出之義、手書誂之、且告以無相忘、即起拝
謝曰、庶幾夙夜不敢辱命、是言倶可書、

　朝鮮国宜務郎秘書著作兼直太常寺申維翰題于大坂城使館西本願寺、

　　　　　　　　　　　　　　　　　　　　　　　　　　屏山
　字号説、謹此領得、感佩曷極、多謝々々、

　　　　　　　　　　　　　　　　　　　　　　　　　　菊渓

　僕姓張、名応斗、字弼文、号菊渓、今以従事官記室来此、而獲接雅
儀、遠自肥後、不憚千余里跋渉之労、枉顧於旅館廖寂中、既極感幸、
況対阿戎、寧馨可愛、但恨語言不同、只憑筆舌而相通不尽所懐耳、

　　　　　　　　　　　　　　　　　　　　　　　　　　屏山
　小児飽荷種愛、且紙筆之恵不勝感幸荷々、

　　　　　　　　　　　　　　　　　　　　　　　　　　嘯軒

　即見寧馨、豊姿異材迴出平凡児、可謂陸家之駒、謝宅之樹　珍重曷
巳、若千紙筆以寓眷意、而返荷勒謝、慚恧慚恧、

屛山

諸公従三大使君発軔東行、則僕乃携一小童児鮮纜西帰、此会難
再、臨別甚帳帳焉耳、

享保已亥重陽前一日、会朝鮮学士及書記等于浪華宝館、唱和并筆
語、水足安方

謹奉呈朝鮮学士申先生　　　　　　　　　　　　　　　　出泉

韓使東臨路不難、相逢萍水約金蘭、秋風千里旌旆動、夜月三山剣
佩寒、

煙外数峯分遠近、天邊大海湧波瀾、何思殊城玉堂客、晴鳳如今共
倚欄、

積水万錦帆無恙、先生動止壮徤、暫弭玉節于此、百福至祝、今幸
不惜階前盈尺之地、使小子得吐気揚眉徽仰青雲、甚慰所望、　何栄、
如之奉呈之詩、謹祈郢斤、若賜高和、大呂九鼎、以為至珍耳、

奉訓出泉秀才恵贈韻　　　　　　　　　　　　　　　　　青泉

海陸追遊未覚難、婆々衣帯結秋蘭、書探禹穴南山色、剣抜豊城北
斗寒、握手浮雲添爽気、離心落日満警瀾、清平起草它年事、緑髪看
君詠王欄

謹奉呈書記姜先生　　　　　　　　　　　　　　　　　出泉

隣好東正遠致誠、秋風清道雨初晴、錦帆映日来天地、玉節輝波渉

海瀛、

　一斗杯中揮彩筆、五千里外発英明、勿言異城無相識、夜々雲涯月
色明、

　　和出泉韻　　　　　　　　　　　　　　　　　　　　　　耕牧子
　鉄硯工夫有至誠、論詩賓館属新晴、巳看韻格多奇骨、欲学文章法
大瀛、
　早歳童鳥多妙芸、弱年王勃有高名、何時南斗星邊望、佇見奎花一
点明、

　　謹奉呈書記成先生　　　　　　　　　　　　　　　　　　出泉
　尋盟千里向天東、煙浪雲涛只任風、暁日射汲三島外、秋帆挂月大
洋中、
　潮声一向琉璃碧、楓樹万山錦繍紅、勿謂殊邦言語別、芸園更有筆
頭通、

　　和贈出泉童子嘯軒
　一箇明珠出海東、稚齢詩学自家風、等身書誦清灯下、貫月槎尋暮
色中、
　妙質芳春芝秀紫、花篇晴日蜃浮紅、咲迎不覚忙吾屐、喜甚王門孔
刺通、

謹奉呈書記張先　　　　　　　　　　　　　　　　　　出泉

渺茫碧海泛仙槎、脩好千年自麗羅、玉節来時高意気、牙檣過処浩
煙波、

已看冠盖禮容重、定識江山詩思多、此日北風鴻雁過、郷書万里意
如何、

走次水足童子清韻　　　　　　　　　　　　　　　　　　菊渓

漢使初停上漢槎、浪華秋景政森羅、水風吹過霞披錦、島靄収来月
漾波、

歎我帰期何日定、羨君奇思此時多、東労西燕忙迎送、摻袂臨岐意
若何、

奉呈申先生　　　　　　　　　　　　　　　　　　　　　出泉

修隣千古自朝鮮、帆影随風到日邊、為問海山好詩料、満嚢珠玉幾
詞篇、

　　　　　　　　　　　　　　　　　　　　　　　　　　青泉

扶桑俗日日華鮮、漢使孤槎逞海邊、上有仙童顔似雪、口吟王母白
雲篇、

奉呈姜先生　　　　　　　　　　　　　　　　　　　　　出泉

遠来万里海雲東、飛鵠暫留摂水中、逢接雞林和気客、秋風却似坐
春風、

　　　　　　　　　　　　　　　　　　　　　　　　　　　　　　青泉

見爾深知詩道東、芙蓉秀出緑池中、他時欲記相逢地、岸菊鳴九月風、

奉呈成先生　　　　　　　　　　　　　　　　　　　　　　　　出泉

韓国豪才作遠遊、芳名先入日東流、江南明月天涯色、孰興金剛楓
樹秋、

　　　　　　　　　　　　　　　　　　　　　　　　　　　　　和出泉

為訪皇華千里遊、鬢齡翰墨亦風流、浪花江上滕王閣、水色長天一
様秋、

奉呈張先生　　　　　　　　　　　　　　　　　　　　　　　　出泉

奉使遠来韓国賢、東行跋渉幾山川、兩邦相約善隣宝、館外晴雲秋
気鮮、

奉訓出泉

鬢齡雅志慕前賢、渉獵潘江及柳川、正與阿翁傾盖地、鳳毛兼堵五
章鮮　儀采端雅可念、而日暮行忙、未得作積、可恨、

又贈水足童子　　　　　　　　　　　　　　　　　　　　　　　嘯軒

滕閣王生歳、丹山端鳳毛、青紅箋数幅、資爾弄柔毫、
尾書　玉雪可念、四大字併筆墨紙、而賜之出泉、

謹次成先生辱賜韻兼奉謝申成兩公恵貺

詞律鳳鳴曲、却疑舞彩毛、松炯将玉版、賜及似椽豪、

次嘯軒韻復賜水足秀才

鵷雛将奮翮、露豹已班毛、凤恵真堪愛、灯前弄彩毫、

書贈出泉童子　　　　　　　　　　　　　　　　早牧子

此子甚聡慧、十三能作詩、陌矣陶家賈、唯知否棗梨、

奉次良医権公辱賜韻　　　　　　　　　　　　　　出泉

幸倍君子席、賜我五言詩、自媿樗才客、只知飫栗梨、

崒吟一絶賜別出泉童子　　　　　　　　　　　　　菊渓

算歯方英妙、観才已老成、愛其将遠到、持此表深情、

黄筆一枚、玄笏一丁、色紙二張、以資吟弄孳々、懈則必将遠到勉

旃々々、

走草贈出泉秀才　　　　　　　　　　　　　　　　菊塘

燈前一笑対仙童、炯似蓮花出水中、客帆明朝々将発　怊然回首海雲東、

奉和菊楼彦文思贈韻　　　　　　　　　　　　　　出泉

何幸海西一小童、結盟豪杰満堂中、新詩薫誦無宵月、併見菊花籬

落東、

席上奉呈松浦霞沼先生　　　　　　　　　　　　　　　　　　　　出泉

後才海内発豪英、僻地児童亦記名、今日相逢君勿黙、満林秋蔕玉
金鳴、

筆語

　　　　　　　　　　　　　　　　　　　　　　　　　　　　　　出泉

申、成、張三先生、辱賜貴国筆墨紙、荷思甚多、奉謝々々、

　　　　　　　　　　　　　　　　　　　　　　　　　　　　　　霞沼

玉雪可念、退之語、公書贈之出泉,果何意、

　　　　　　　　　　　　　　　　　　　　　　　　　　　　　　嘯軒

愛童子穎秀、故書退之語贈之、

　　　　　　　　　　　　　　　　　　　　　　　　　　　　　　嘯軒

小児文筆可佳、作謝詩贈我為望、便当和呈、詩出于前

　　　　　　　　　　　　　　　　　　　　　　　　　　　　　　出泉

所作詩佳、甚如玉人、如玉詩、可愛々々、　嘯軒

姓名　　　　　　　　　　　　　　　　　　　　卑牧子

姓水足、名安方、別号出泉　出泉

年 ［卑牧子］

丁亥に生まれて、十有三　出泉

作詩贈之、姑待之　詩出于前　卑牧子

和筆数秋、奉呈申、成、張、三公旅次　出泉

物吾当贈、君豈贈我　青泉

眖非物為美、人之貽　嘯軒

出泉

僑別号菊塘、足下姓名興所、

書示．菊塘

童姓水足、名安方、西海路肥後州人、即屏山之男、

西肥　由庚写焉

平橋蔵

2章

『航海獻酬録』の研究

18世紀初め大坂での朝鮮学士と水足父子

　1719年に行われた第9回目の朝鮮通信使は正使洪致中、副使黄璿、従事官李明彦を初めとした総人数475人の使節団であった。訪日の目的は8代将軍徳川吉宗の襲職を祝うためのいわば親善使節であった。

　第9回目の訪日の朝鮮側の記録としては正使洪致中の『海槎日録』、製述官として随行した申維翰の『海游録』、鄭后僑の『扶桑紀行』などがあり、日本側の記録は尾張の漢詩人木下蘭皐の『客館璀粲集』(日本国会図書館所蔵),佐佐木平太夫等の『兩関唱和集』(日本国会図書館所蔵)、水足安直の『航海献酬録』(日本国立中央図書館所蔵) 等多くの資料が散見しており、当時の日本人の朝鮮に対する関心と唱和・詩文贈答の様子を垣間見ることができる。

　本稿では、朝鮮通信使の一行が大阪の宿舎西本願寺で五日間滞在した時に行われた、製述官申維翰を初め通信使の書記として随行した姜栢、成夢良、張応斗と九州の熊本からやってきた水足安直父子との筆談・漢詩贈答の具体的な様子を水足安直の『航海献酬録』と申維翰の『海游録』との比較・検討を通してその交流の状態を考察してみる。

　また、『航海献酬録』にみる日本の儒学者の李退渓、李栗谷に対する
関心の程度と朝鮮の朱子学への関心の深さ、日本儒学者たちの朱子学
関係の書籍に関する関心のほどを具体的に探ってみたい。

　最後に、両国の文人たちの漢詩問答を通して、当時の朝鮮と日本の関
係及び日本の一般民衆の対朝鮮観の特徴的様子の一段面を見ることもで
きよう。それに、両国文人たちの　漢詩贈答と筆談の交歓は両国の交流を
深める一つの特徴的在り方でもあり、また日本の地方の学者にとっては自
分の学問の程度を試す絶好の機会でもあったのである。これに対する具体
的な交流の状態を実証的に考察する。

1．1719年の朝鮮通信使の旅

　1718年正月に日本国関白徳川吉宗が新将軍の職位につくと、日本の朝
廷は使者として対馬島太守宗方誠を朝鮮の東莱に派遣し、新将軍の襲
職を伝達し前例に従って祝賀の使節団を派遣してくれるようにと要請する。

　朝鮮の朝廷ではこれを受入れ戸曹参議洪致中を正使とし、侍講院輔
徳黄璿を副使、兵曹正郎李明彦を従事官と各々任命して三使臣以下の
堂上官三人、上通事三人、製述官1人を初め上官、次官、中官、下官
合わせて475人規模の使節団を編成した。

　1719年4月11日に朝鮮国王に謁見して使節の出発を告げた通信使一
行は5月13日　釜山に到着する。釜山から日本へ向かう吉日を決めた通信
使一行は、6月20日対馬島主宗氏が送った案内役の案内を受けながら対
馬島に向って出航する。この時の朝鮮の船団は、通信使の日本渡航のた

めに水軍統制使営が大船二艘、中・小船各一艘、慶尚左水使営が中・小船各一艘を作らせ合わせて六艘の船団で出発した。これはまた、騎船・貨物船各三艘に分けられ、騎船の第一号船には国書を持参した正使団が乗船し、第二号船には副使団、第三号船には従事官とその随行員が各々分乗し、貨物船三艘にもまた各々貨物を分けて載せ、堂下訳官二人とその他の随行員を配当するのが通例である。また、六艘の船に通訳官二名、禁徒倭(監視する役割)二名を一緒に分乗させるのが通例である。

　朝鮮を離れてから、通信使一行は使節団としての服装を整える。三使臣はみな官帽をかぶり、錦織の服装を着用する。随行する一員は堂上官以下画家、書記にいたるまでみな道袍・官帽をかぶる。軍官は戎服,曲馬(馬上才)の演技者及び騎手、その他の臨時に採用された随行員はみな彩服が配給された。

　1719年の朝鮮通信使の旅の日程については申維翰の『海游録』が詳しく記す。以下、その旅の日程を簡単にまとめる。

　四月十一日にソウルを出発した使節団一行は陸行路で五月十三日釜山に着く。六月二十日釜山浦を出港し同日夕方対馬島の西北端佐須浦に到着。二十三日佐須浦を立ち鰐浦、豊浦、西泊浦、金浦を経由して二十七日対馬島の府中厳原に着く。ここで、数日間滞在した使節は対馬島守の案内を受けながら七月十九日出航して壱岐、藍島、地島を経て八月十八日に赤間関(下関)に着く。ここから船は瀬戸内海の航路に入って上関、鎌刈、鞆浦、牛窓、室津を経て九月三日兵庫着、九月四日大阪着、大阪で数日間留った三使は九月十日ここからは陸路を利用して行列を作って出発して京都を経て琵琶湖畔の大津、守山、彦根を経て東海道

の行路大垣を経て九月十六日に名古屋に着いた。東海道の行路は続き岡崎、浜松、駿府、富士山、箱根、小田原、神奈川、品川を経て九月二十七日に江戸に到着して浅草東本願寺を宿舎とした。十月朔日、朝鮮国王の国書を徳川将軍に伝達する。同じ十一日、徳川新将軍の回答書を受けた通信使一行は十五日江戸を立ち帰路につき水陸五千五百里余りの旅を終え、年明け1720年正月七日釜山に帰着する。正月二十四日入京して復命するまるまる九ヶ月に及ぶ長途の旅であった。

　ここで、注目すべきことは釜山を出発した通信使は日本の大阪までは水路を利用して移動し、大阪から江戸までは陸路を利用したということである。通信使の「水陸路程」の経路については『通文館志』(巻6, 交隣下, 通信使行, 渡海船条)にも詳しく記されている。このように、大阪は通信使の旅の路程の経路中、水陸路の接続地点として、その意味が強調されるのであり、ことに、ここで行われた朝鮮学士と日本の文人たちとの筆談及び漢詩文贈答の内容は当時の朝鮮と日本の交流の関心事を特徴的に顕すもので興味深い。これについての具体的な内容は後述する。

2. 大阪での申維翰と水足屏山

　日本の文人たちが朝鮮通信使を迎えて漢詩の唱和を求め、書画の揮毫を請い、筆談を通して学問的な疑問を話し合い、相手国の国情を語り合うことは日本の江戸時代の数次にわたる通信使の訪日の時には度々行われたのである。特に大阪を初め京都、江戸では、比較的滞在期間も長

く、日本全国各地からの交通便も便利で、通信使との接触を願う文人た
ちが集まってきた。

　1719年通信使の製述官として随行した申維翰は江戸へ向う途中、大
阪で滞在した五日間と、帰路に戻った十一月四日から五日間大阪の文人
たちと詩文贈答の歓談を交す。その中、申維翰はここで九州の熊本から訪
ねて来た水足安直父子に出会う。これについて、申維翰の『海游録』は次
のように記す。

　留大阪五日, 与書生十数人, 竟夕至夜, 令童子磨墨以待, 日不暇給,
其人至則各各書姓名号, 雑然而進者, 多駭眼, 其詩又蹇拙不可読, 江
若水池南溟両人詩, 差有小致, 一童子年十四[117], 面目如画, 操紙筆而
前, 手談及韻語, 咄嗟而成, 自言水足氏安方名, 家在北陸道千里外[118],
其父 屛山者偕来, 盖欲鳴芸於使館, 余為撫頂而呼曰, 神童神童, 其父
大驤, 請命字号, 余謂水足氏, 応溥博淵泉之義, 号曰博淵[119], 安方者,
有足蹈大方之像, 字曰斯立可矣, 別艸記以給, 其父子倶稽謝,

　申維翰は大阪滞在中熊本からやってきた細川家の儒者水足安直・安
方の父子に会う。安方は十三歳の年で、朝鮮学士に自己紹介をし、漢詩
の文を作り、漢文の才能を発揮する。申維翰はこれを誉め「神童」といい頭

117　『航海献酬録』によるとその時の水足安方の年は13歳であったと記す。これは申維翰が後年
　　記憶を思い起こして編纂したものなので、このような誤記が現われたものと思われる。

118　水足氏父子は肥後熊本からやってきた人で『海游録』の「北陸道」としたのは註117)と同様
　　の間違いであろう。

119　号を「溥博淵泉」の意味にもとづいて博淵としたというが、これも書き間違いで実際は博泉
　　とつけた。

をなでながら、字を「斯立」、号を「博泉」と命名してやった。申維翰はその
他にも大勢の文人たちと漢詩文の贈答と唱和をするのであるが、上の引用
文からもわかるように、水足氏父子との出会いには特別に印象深いものが
あったようだ。

　それでは、大阪で行われた申維翰と水足博泉との漢詩文贈答の内容
は具体的にどのようなものであったか。これについて、水足安直は『航海献
酬録』(日本国立中央図書館所蔵)で詳しく記す。ここで、その内容を引用
する。

　享保已亥, 秋九月八日朝鮮学士申維翰及び書記姜栢, 成夢良, 張応
斗等大阪客館西本願寺にて会す。
　唱酬并筆語　　　　　　　水足安直

　九月四日、大阪に着いた製述官申維翰と書記姜栢一行は九月八日、
水足父子にあい学問、国情、朱子学の書籍などについて漢詩文を交えた
贈答をする。朝鮮学士に面会を頼んだ水足安直は、次のように自己紹介
をする。

　通刺(名前をいい面会を請う)
　僕の姓は水足氏, 名は安直字は仲敬, 自ずから屏山と号す, 又成章堂
と号す. 弊邦西藩肥後州, 候源拾遺之文学也, 前に貴国隣好 好みを脩
て星既我日東に向ふことを, 切に儀封請見之芯有り是に於て渉し水陸一
百数十里の(我国之里数以)艱険を跋 (句読点及び濁点は筆者による。以

下同じ。)

　九州の熊本から息子をつれて訪ねて来た水足父子は自己紹介の後、次の漢詩を製述官申維翰に見せ、詩の添削を求める。

都鄙詩二章謹で朝鮮学士青泉申公館下に奉呈す、伏て郢玫をもとむ。

屏山

　使節団が暫く滞在する大坂の城下町の辺りに、衣冠を整えて神仙が海からやってきたよ。

　優れた才能はまるで虎が泣き叫ぶようで、千里の遠くまで感心させる。度量の広さは鵬が一度に九千里の雲を飛ぶようで、

　早くもその名声を聞き、その名を慕い、その行動をみて教えを願うのである。

　昔から立派な馬は優れていて、愚か者に鞭撻を望む。

　星使暫留城市邊, 衣冠濟々自潮仙, 奇才虎嘯風千里, 大風鵬飛雲九天, 早聽佳名思德范, 今看手采慕言詮, 古來金馬最豪逸, 須爲駑駘[120]着一鞭.

　規格のある歩き方は威厳があって、殷太師の教えの感化が遠くまで伝わって、

　群衆の中にその名が抜きん出ていて才能と充実した徳をまた疑うことができるか

120　鈍い馬、愚かな者。

矩行規歩有威儀, 風化遠伝殷太師[121], 列位賓中名特重, 太才實徳又奚疑.

「屛山」は水足安直の号を自称していうのであり、「朝鮮学士青泉申公」の青泉は製述官申維翰の号をいう。ここで、水足安直が申維翰に漢詩の添削を求めるのであるが、これについて、申維翰はつぎのように贈答する。

　　屛山の詩に和韻する。　　　　　　　　　　　　　　　　　青泉　申維翰

　琴を鳴す落水の邊りで偶然に出会い君子の詩を聞くと、 古典曲将雛の一曲を諳んじ、まるで神仙のようである。

　薬艸は白雲三山の徑に生じ、日は榑桑から出、万里の天空を赤染める。

　昔から青編の上に妙契が多いと言われるが、丹竈(道学)[122]にのみ真詮があるとは言うことなかれ。

　共に清談の中、秋のひかりの短きことを惜しみ、明日出発の駒の鞭を挙るのがものうし。

　使節に正楽賓儀が盛んであること、文采の秀でた風流人は皆我の師である。

　太平の世を共に賀すのは周王朝の始まりのようで、百年の肝胆(真実の心)相疑ふことなかれ。

121　殷太師は比干を示す語。帝辛の叔父で殷商王室の大臣の丞相を務めた。

122　儒学の一つの文派で、中国宋代に盛んであった程朱学、或いは朱子学の名である。 南宋の朱熹が集大成した。朝鮮時代に大きく繁盛した儒教哲学をいう。

邂逅鳴琴落水邊, 將雛[123]一曲亦神仙, 雲生藥岬三山経、日出槫桑[124]万里
天, 自道青編多妙契[125], 休言丹竈[126]有眞詮[127], 清談共惜秋曦短, 明發征驅懶
舉鞭. 皇華[128]正樂盛賓儀, 文采風流是我師, 共賀太平周道[129]始, 百年肝瞻莫
相疑.

　　大阪の客官西本願寺での申維翰と水足氏父子との出会いは、水足氏
にとっても格別なことであり、製述官申維翰にとってもその任務を為し遂げ
るにあたって特別な責任を感じたようである。ここで、『海游録』に見る製述
官の日本文人との出会いを表現した部分を引用してみよう。

　　倭人文字之癖, 輓近益盛, 艷慕成群, 呼以學士大人, 乞詩求文, 塡街塞門,
所以接応彼人言語, 宜耀我國文華者, 必責於製述官, 是其事繁而責大, 且在
使臣幕下, 越万里層溟, 与譯舌輩出入周旋, 莫非若海人, 皆畏避如鋒矢.

　　製述官の任務の大切さと製述官としての苦衷を打ち明けるのである。即
ち、日本文人たちの朝鮮学問に対する関心の程度と熱意を垣間見ること

123　鳳将雛は中国の古典曲名で、鳳凰が雛を抱く様子を表している。

124　中国古代の神話に出る大木で、ここから日が昇るといわれた。日本の異称。

125　妙策、巧妙に当て嵌まる。

126　方法と技術を会得した専門家が霊薬を煎じる釜。または道学を示すか。

127　真理を悟ること。

128　天使の使節、勅使をいう。ここでは朝鮮王の使節を意味する。

129　中国周王朝の名である。武王が殷の国を滅ぼして37代867年間の王朝を築いた。鎬京を都
　　としたが、後には洛邑に移った。

ができる。

　しかし、このような両国の漢詩文贈答と筆談に対する肯定的な反響の裏面には日本知識人による批判的な指摘もある。時期はすこし後のものであるが、中井積善の『草茅危言』は次のように記す。

　韓使は文事を主張する故、隋分、才に秀でたるを撰み差越すと見えたり、故沿道各館にて、候國の儒臣と詩文贈答筆談の事多し、此方の儒臣多き中に、文才の長ぜぬも有て、我國の出色とならぬも、まま見えて殘念也、夫はさておき、又三都(京都, 大阪, 江戶)にては、平人迄も手寄さへあれば、館中に入て贈答するに、官禁もなけれは、浮華の徒、先を爭て出ることになり、館中雜沓して市の如く、辣文・惡詩を以て、漢客に冒触し、其甚しきは、一向未熟の輩、百日も前より、七律一首ようやく荷ひ出し、夫を懷中し、膝行頓首して出し、一篇の和韻を得て、終身の榮として人に誇る杯、笑ふ可、斯る事なれば漢客は諸人を蔑視し.[130]

　当時の筆談・唱酬の様子が詳しく書かれるのであるが、このような日本文人の朝鮮学問に対する熱意、つまり、学問に対する日本文人の積極的な態度がかえって朝鮮使節に侮られ、それをみているのがとても恥ずかしかったという中井積善のやや批判的な内容が記述されている。

　このように、朝鮮使節の宿泊客官で行われる両国の筆談・唱和の様子は両国の交流を深める一つの特徴的在り方でもあり、また日本の各地から

---

130 『日本經濟大典』二十三卷所收.

やってきた学者にとっては自分の学問の程度を試す絶好の機会でもあったのである。しかし、詩文贈答や揮毫の要請は通信使の訪日の折には、常に行なわれたのであるが、その盛況は使節団の担当者である製述官や書記らには、その応答に耐えるにはたいへん苦しいものがあり、誠心誠意の学問交歓ができなかったであろうことも容易に推測される。

3. 朝鮮学士と水足博泉

　　徳川時代において学問の全盛期とも言える享保(1726~1735)年間から肥後には大きく二つの学派があった。一つは、陽明学[131]に満足しないで程朱学[132]に変え思索を通して心身を鍛えようとする独特な哲学を徹底的に崇拝する大塚退野の学問を継ぐ純朱子学派であり、もう一つは古学派としての菊池文学を復興した水足博泉の学風を継承した系統であった。

　　朝鮮学士申維翰と水足博泉との出会いについては、松田甲(「水足博泉と申維翰」)[133]による調査・研究があり、本書を書くに当たって多くの参考

131　中國明國の王陽明が主唱した儒學で初めては朱子學の性卽理說に對して心卽理說、後には致良知說、晚年には無善無惡說を主唱した。朱子學が明代には形骸化したことを批判しながら明代の社會的な現實にあう理屈を標榜しようと日語とか、まもなく經典權威の相對化、欲望の肯定的な理屈を定立するなど新思潮ができあった。

132　經典の字句　解析だけを追求した漢・唐の學風に對して思索を深くして体を修練しようとする独特な哲学を主唱した。程朱の程は程顥、程頤の二程子を話して、朱は朱子を言い、この人たちが主唱した学問を言う。

133　松田甲「水足博泉と申維翰」(『日鮮史話』(三)、原書房、1976。)

となった。

　ここで、菊池文学復興の祖とも言える水足博泉と朝鮮学士との出会いについて述べてみよう。水足博泉は、既に言及したように朝鮮使節の随行員一行と会い、筆談を交わし、その才学が認められ、朝鮮学士を感動させた。また、申維翰は博泉の号と斯立の字を命名して与えた。博泉は十三歳の若さで父親に連れられ百数十里の海陸路を渡って大阪に着き、朝鮮学士と出会うのである。松田甲の「水足博泉と申維翰」によると、この時の学問の交歓の様子について、「肥後の大学者」と称賛された秋山玉山の遺稿を引用して、次のように記述する。

　享保四年己亥、朝鮮の使來たる。先師屛山先生及び斯立(博泉)、往いて青泉學士・張書記等と大阪の本願寺に會し、詩卷を囊に滿たして歸る。余時に年十七、之れに從ふを得ず、志氣勃々、常に以て恨と爲す。[134]

　上の引用文からもわかるように、日本の学者を迎え応対できるのは朝鮮通信使の製述官及び三使臣所属の書記に決っていた。従って、朝鮮通信使の書記及び製述官を選ぶ時には、あらかじめ朝鮮国内を網羅して学識が優れた漢詩に才能のある学者を選抜したのである。

　では、ここで申維翰と水足博泉との出会いと「博泉」の号を使うようになった経緯を『航海献酬録』を通して考察してみよう。『航海献酬録』には「字号説」という副題で、次のように記される。

134　松田甲「水足博泉と申維翰」(『日鮮史話』(三)、原書房、1967)参照。

　己亥重陽前一日, 余留大阪, 見水足氏童子, 年十三, 号出泉, 以剌自通曰, 其名安方, 好讀書, 哦詩行草, 願奉君子牛日驪, 使書所爲詩, 詩筆昂然如汗血駒, 膚瑩瑩玉雪, 隅坐端麗, 一眸睐而可占雲霄羽毛, 余爲撫頂再三, 字之曰斯立, 以其有立身大方之像, 更其号曰博泉, 寓思溥博時出之義, 手書貽之, 且告以無相忘, 卽起拜謝曰, 幾夙夜不敢辱命, 是信俱可書.
　朝鮮國宣務郞秘書著作兼直大常寺申維翰題于大阪使館西本願寺

　上の引用文は申維翰の記文で、博泉という号は申維翰から命名されたのである。最初に出会った当時は出泉と呼ばれたのがわかる。若年の十三の歳で漢詩を詠み申維翰に差し出すと、申は驚歎して「神童」と賞賛したのであった。以下、博泉(水足安方)の韻語中申維翰に送られた漢詩だけを載せる。

謹んで朝鮮学士申先生に奉呈する　　　　　　　　　　　　　出泉

　朝鮮使節が東に向かう路は困難でなく、我々は 互いに偶然に出会い金蘭の契りを結んだ。

　秋風は千里に旗を翻し、夜月は三山を照らし、剣と佩は黒く冷たい色を帯びている。

　煙の外の山の峰は遠近によって高さが違い、天空の端の大海には波瀾が湧く。

　どうして異国の玉堂客(翰林学士)と思うのか、今我々は青空の下に共に欄干に凭れているのに。

韓使東臨路不難、相逢萍水約金蘭[135]、秋風千里旌旄動、夜月三山劍佩寒、煙外數峯分遠近、天邊大海湧波瀾、何思殊城玉堂客、[136] 晴鳳如今共倚欄、

申先生に奉呈する   出泉

　遠い昔から朝鮮とは友好関係を修めており、帆掛け船は風に任せて日本に至ったのである。

　それは海と山にどんな詩の材料があるかを問うためである、袋に満ちているのは幾つかの珠玉のような詩篇であるよ。

修隣千古自朝鮮、帆影隨風到日邊、爲問海山好詩料、滿囊珠玉幾詞篇、

　博泉はまた朝鮮学士たちとの唱酬ばかりでなく、自分を紹介した松浦霞沼にも漢詩を作って交流を願うなど、学問に対する積極的な態度が窺われる。

　このように、朝鮮学士との学問的交流は水足氏父子にとって有意義なものであり、肥後に帰ってその名が広く知られるようになったのもこれが一つのきっかけであったと言えよう。かつまた、朝鮮使節の一行が江戸での政治的目的を果した後、帰路に再び大阪によるのであるが、この時水足屛山の

---

135 《世説新語・賢媛》には「山公与嵆、阮一面，契若金蘭。」という言葉がある。即ち山涛と嵆康、阮籍と初対面なのに、心が通じるような感じがするという意味である。後には義理の兄弟になるという意味もある。

136 宋の梅尭臣の《寄維揚許待制》には「欧阳始是玉堂客，批章草詔伝星流。」とある。翰林学士を指す。

兄で博泉の伯父である習軒は朝鮮使節の宿舎西本願寺を訪ね、先日甥
博泉に対する配慮と教えに感謝の意をこめて筆談・唱酬したのである。 以
下、『菊池風土記』によるとする松田甲氏の「水足博泉と申維翰」[137]から来
た唱酬の様子を引用する。

　謹禀．朝鮮申姜成張四公館下．僕姓水足．名益至．字有龍．号習軒．即屏山之
兄也．累世仕于 肥後州侯細川家．今幸拝勘定頭．往歳秋奉職．自州府來．居于大
阪城西邸舎．言審重陽前一日．屏山及博泉．相見諸君(中略)
　奉呈朝鮮學士申公館下
　風轉帆檣臨海州．波程不日向西流．來時炎暑去時雪．料識天涯万里愁．

　まず、水足博泉の伯父習軒の自己紹介と弟と甥に施してくれた教えに
感謝の意を表し、その後、漢詩を詠み次韻を請うのである。これに対して朝
鮮学士一行は大阪を離れた後、船上で習軒の詩に次韻をし、対馬島の
連絡船に頼んでそれを送った。また、博泉にも幾首かの漢詩を送るのであ
るが、これについての具体的な例は『菊池風土記』巻一がその状況を詳し
く記す。

　水足博泉の名は朝鮮通信使だけではなく、日本の学者たちにも広く知
られ、その学問的才能が認められた。 京都の碩学伊藤東涯も博泉の才能
を「肥後学界第一」と賞賛した。しかし、不幸にも博泉は若い年で死去した

137　前掲の松田甲氏の「水足博泉と申維翰」では『菊池風土記』によると記されているが、管
　　見の限り『菊池風土記』による漢詩の交歓は確認することができない。『肥後文獻叢書』第三
　　卷 所收．

のである。その不運を記したもので『菊池風土記』には「博泉水足先生書院」
という題で、次のように記す。

　隈府町、西照寺門前、井手端橋より東に当り、寺の境内に在り、水足平
之進、實名安方、又業元とも有り強記敏捷世に並なし、名天下に振ふ、十
三歳の時、父半助屏山先生に随ひ大坂に行き、朝鮮聘使に出合、唱和有り
航海唱酬集是也,韓客其秀才に服して、字を斯立、号は博泉と付たり、物徂
徠・伊藤二先生に書を贈る、徂徠の返書は世に行はる、後不幸にして浪人し
たまふ、然共其罪にはあらず、浪人の後に隈府の西照寺住僧招て境内に書
院をたて博泉をかくまふ、時に伊藤仁齊先生の門人、鶴崎の木破杢平次木
正範なり博泉に心安き故に、東涯先生、博泉を京に呼登すべしと杢平次に
相談し、尺牘を贈らる、杢平次も同前書を贈る、時に享保十七年壬子の年
也,其後博泉傷寒をやみて書院に日を送りしに、快氣の上は上京すべしと申
されしか共,病日々に重く成、同年十月十四日終に死去云々.

　二十六歳の若年の年、不幸にも病死した水足博泉のことが述べられる。
しかし、その存命中の学問の評価は肥後学界第一流と知られており、著
書も多数残してある。その中に、「太平策」[138]十二巻は、その当時の学者が
政治に関する議論は殆んど幕府を中心として行っているのに対して、博泉
は政治は皇室を中心とするのが「国泰民安」の方策だと主張しているのが
注目される。その他、荻生徂徠の『南留別志』に倣って著した『なるべし』[139]な

138　『肥後文献叢書』第二巻　所收.

どがある。これらの著書を通して博泉の優れた才能が遺憾なく発揮されるのである。また、豊後の碩学広瀬淡窓も『儒林評』[140]で「水斯立は極めて英才なり。短折惜むべし。即村井琴山の話に聞けり。水斯立璀秋玉山璀滝鶴台璀西依成斉皆同年にて有りしとなり、斯立をして歳を得ること、三子と同じからしめは、其の造る処測るべからず、惜いかな。」と言い、博泉の博学ぶりを高く評価している。

　「肥後第一の学者」とその才能が認められた水足博泉は、惜しくも短命はしたものの、多くの門弟を養成し、著作活動を通して優れた学問的業績を残した。このような一連の経緯は十三歳の1719年、朝鮮学士との出会いから出発したのであり、その学問的成果を通して名を広く知られるようになったのである。即ち、水足博泉の名は朝鮮通信使の製述官申維翰から学問的才能が認められたことからさらに高く評価されたのであり、博泉が後に得られた「博泉」という称号も朝鮮学士から命名されたことからつけられたというところが興味深い。

139　『なるべし拾遺』一巻, 近世漢學者著述目録大成の 記録により。
140　『日本儒林叢書』三 所収.

『航海献酬録』にみる朝鮮と
日本学士の筆談・唱酬の研究

　江戸時代における朝鮮通信使の訪日は12回行われた。その間には朝鮮と日本の様々な形での交流の状態が窺われるが、その中、特徴的なのは朝鮮と日本学士の漢詩文贈答と筆談の交歓の様子が挙げられる。日本の文人が朝鮮の学士を迎え、漢詩の唱和を求め、筆談を通して学問的疑問点を問答し、相手国の国情を探ることは数次にわたる朝鮮通信使の訪日には度々行われたのであった。

　1719年に行われた第9回目の朝鮮通信使の訪日は正使洪致中、副使黄璿、従事官李明彦を初めとした総人数475人の使節団であった。訪日の目的は8代将軍徳川吉宗の襲職を祝うためのいわば親善使節であった。

　そして、この折には朝鮮通信使の製述官及び書記と日本の文人たちとの交流が各地域の旅先で行われたのであり、後日、これを記した漢詩文水足屏山の『航海献酬録』(1719年)、朝比奈文淵『蓬島遺珠』(1720年)、木下蘭皐『客館璀璨集』(1720年)、性湛の『星槎答響』、『星槎餘響』(1719年)、松井可楽の唱和集『桑朝唱酬集』(1720年)　等があり、様々な

交流の様子を我々に知らせてくれている。

　その中、ここでは、朝鮮通信使の製述官申維翰を初め書記として随行した姜栢、成夢良、張応斗等が大坂の宿舎西本願寺で五日間滞在した時、九州の熊本からやってきた水足安直、安方父子と交わした筆談・漢詩文贈答の具体的な様子を水足安直の『航海献酬録』を通してその交流の状態を探ってみたい。

　『航海献酬録』にみる申維翰と水足氏父子との筆談・唱酬に関する研究は、松田甲(1976)による論考[141]があり、両国学士の筆談を通して水足博泉の学問的成就と後日「肥後学会第一流」として成長する過程を実証的に述べている。しかし、具体的な漢詩文贈答の内容に関する言及は殆ど述べられていない。さらに、両国学士の相互認識に関する研究は未見である。

　そこで、本発表では『航海献酬録』にみる漢詩文贈答と筆談を通して、その具体的な交歓の様子を考察したい。ことに、漢詩文唱酬の訳注を通して朝鮮と日本学士の相互認識について考えてみたい。

　加えて、水足安方の博泉という号をもらうようになった「字号説」について具体的に提示したい。

　最後に、両国の学士が交わした47首の漢詩文の意味を把握し、その内容の分類を通して相互認識を明らかにしたい。

141　松田甲(1976)、「水足博泉と申維翰」、『日鮮史話』(三)原書房.

1．漢詩文唱酬と筆談集としての『航海献酬録』について

『航海献酬録』について、『国書総目録』には次のように記す。

　　航海献酬録(こうかいけんしゅうろく)一冊、(類)漢詩文(著)水足屛山、水
　足博泉(寫)中山久四郎

とある。 つまり、朝鮮使節との漢詩文唱酬と筆談集であることがわかる。
しかし、所蔵先についての言及がない。私はここで、東京都立日比谷図書
館蔵の写本をテキストにして触れていく。
　1719年に筆写され、成立した『航海献酬録』には、水足安直自ら次のよ
うに記している。

　　享保、己亥、秋、九月八日、会朝鮮学士申維翰、及書記姜栢、成
　夢良、張應斗、等于大阪、客館、西本願寺、
　　唱酬幷筆語　　　　　　　　　　　　　　　　　　　　　水足安直

　1719年9月4日、大坂に着いた使節の製述官申維翰と書記姜栢、成夢
良，張応斗等一行は9月8日、水足安直、安方父子に会い学問、儒学の
書籍などについて漢詩文を交えた贈答をする。朝鮮学士に面会を求める水
足安直は、次のように自己紹介をする。

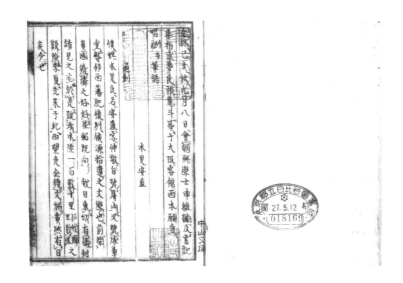

通刺

僕姓水足氏、名安直、字仲敬、自號屛山、又號成章堂、弊邦西藩肥後
州、候源拾遺之文學也、前聞貴國修隣之好好、星輶旣向、我日東切、有儀
封請見之意、於是跋涉水陸一百數十里(以我國里數儀)之艱險、

とあり、九州の熊本から息子安方(出泉)をつれて訪ねて来た水足父子
は自己紹介の後、二首の漢詩を製述官申維翰に見せ、詩の添削を求め
る等積極的な交流の態度を見せる。

ここに掲げる『航海献酬録』は、日本の学士水足安直、安方父子が朝
鮮の学士申維翰及び書記姜栢，成夢良，張応斗等と交わした漢詩文唱
酬及び問答を書写したものである。『航海献酬録』にみる日本と朝鮮学士の
相互認識について考察するため、まず、書写の内容から大きく分けて、次

の三つに分けることができる。

1. 水足安直の自己紹介と朝鮮学士との漢詩文交歓.
2. 水足安直と申維翰との間に交わした9件の学問に関する問答.
3. 水足安方に対する朝鮮学士からの「字號説」の授与とその後、行われた漢詩文唱酬.

　まず、水足安直は朝鮮学士に七言律詩2首、七言絶句5首、五言律詩4首を作り、唱和を求める。これに応じて、申維翰は七言律詩2首、七言絶句1首、姜栢は七言絶句2首、五言律詩1首、成夢良は七言律詩1首、七言絶句1首、五言律詩1首を、張応斗も七言絶句1首、五言律詩1首を各々唱和する。

　次に、水足安直は9件の朱子学関連の学問と古典籍について質問をし、製述官申維翰はそれに答える。

　また、父水足安直に同行した少年水足安方も父の後援で、朝鮮学士から「字號説」を書いてもらった後、積極的に漢詩の唱和を求め、七言律詩4首、七言絶句6首、五言絶句2首を残している。　これに対して、朝鮮学士も各々答えて、申維翰が七言律詩1首、七言絶句2首、姜栢が七言律詩1首、七言絶句1首、五言絶句1首を、さらに、成夢良が七言律詩1首、五言絶句2首を、張応斗が七言律詩1首、七言絶句1首、五言絶句1首を作って贈答する。それに、水足父子は朝鮮学士に同席した松浦霞沼にも唱和を求める等積極的な態度を見せている。

　水足父子と朝鮮学士との漢詩を合わせると、七言律詩13首、七言絶

句22首、五言律詩5首、五言絶句7首、都合47首の漢詩文が詠まれたのである。

　加えて、唱和の形として特徴的なのは、例えば、水足安直が先に七言律詩、七言絶句1首ずつを唱和すると、それに答えて、申維翰が同じく七言律詩、七言絶句1首ずつを作って答える形である。他の朝鮮学士の書記にも同じ形を取り、また、水足安方も同様の形式で唱和している。

　これを詳しく表しているのが次の表である。

〈表 1〉

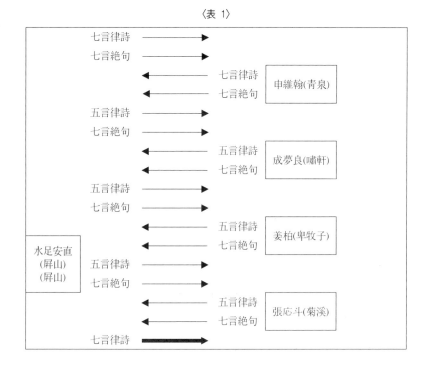

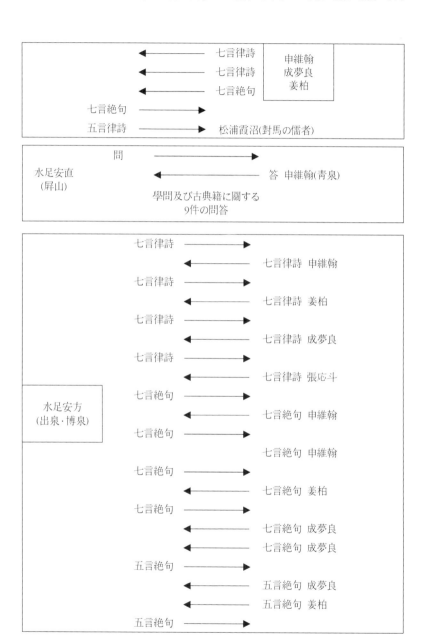

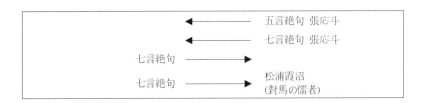

2. 水足安方の「字号説」について

1719年 9月 8日重陽節の前日、朝鮮学士を訪ねてきた水足安直は、昔年の鄭六乙が8歳の息子汝昌を連れて中国浙江省出身の張寧使節に会い、汝昌という名をもらったように、息子安方を挨拶させ字号を求める。ここに、『航海献酬録』の記述を引用する。

稟(申し上げる)   屏山

　わが子の名は安方であり、厚い寵愛を受け感謝に堪えません。 昔年貴国の儒者鄭汝昌[142]が八歳の時、父鄭六乙[143]は子供と共に中国の使節浙江省出身の張寧[144]に会い、息子の名前を求めたところ、張寧天使は名を

142　鄭汝昌(1450~1504)は贈漢城府左尹鄭六乙の息子で、1450年に慶尚南道咸陽で生まれ、1467(世祖13)年に父親の鄭六乙が李施愛の乱で兵馬虞候として戦いに出て戦死したのだが、鄭汝昌は自ら父親の亡骸を捜して葬儀を行った。 その後、朝鮮前期の新進士林の巨頭金宗直の門下に入り、金宏弼等と共に性理学を研究した。22歳の頃から成均館に入学し、成均館の儒学者となった。著書に「庸学註疏」「主客問答設」「進修雑著」などがあったが、戊午士禍の際にすべて焼失し、現在は鄭逑の「文献公実記」にその遺集が伝えられている。

143　鄭六乙(-:1467)は鄭汝昌の父で、漢城府左尹を経て、1467年李施愛の乱で兵馬虞候として戦いに出て戦死した。

汝昌と付けてやったそうです。今此児の為に、名前或いは別号を賜ればと願います。これは息子の光栄であるばかりでなく、またわが一家の幸でもあります。我が息子と鄭家の児とは才能の質が違うけれども、貴方は今日の張天使であるので、切に承諾を望むのであります。

　これについて、朝鮮使節の製述官申青泉は即座で、"名は安方、字は斯立、号は博泉にしましょう。"と言った。そして、前から使っていた出泉という号は相応しくないから変えたほうがいいといった。

青泉

　名は安方、字は斯立、号は博泉にしましょう。名は甚だ佳く、字も'立'の意を以ているので良い。号を'出泉'にするのは適合しなく、「普博淵泉時出」[145]の意味に依ったがどうですか？今夜は已に夜が深いので、もし息子のための「字号説」を求めるなら、明日早く再び来て言ってください。ここで秀才に出会ったのも幸であります。甚だ忙しいと雖もどうして記念の書を残さずにいられましょうよ。

144　張寧(1426~1496)、字は靖之であり、号は方洲、また芳洲とも言い、浙江海塩の出身で、明代の大臣である。景泰5年に進士なり、礼科給事中として働いた。張寧は後に「奉使録」という書を執筆し、朝鮮に行ったことを記録し、「四庫全書」と明代海塩地方誌「塩邑志林」に含められている。

145　「普博淵泉時出」は『中庸』の「溥博淵泉、而時出之．溥博如天、淵泉如淵渊」を出典としており、知恵が泉のように湧き出ることと、深い蓮池のように、広い空のようにという意味であろう。

　夜遅くまで筆談と唱酬をしながら、日本の文人と交歓せざるを得ない製
述官としての重い任務が感じられる場面である。しかし、文才の秀でた日本
文人との出会いは、むしろ時間の制約もなく夜遅くまで漢詩文の贈答が行
われたことが確認できる。つまり、水足氏父子との歓談の出会いは、朝鮮
学士にとっても、とても有益な時間であったようだ。これについて、安直は明
日再び来ることができないので、短くてもいいから、その場所での「字号説」
を頼む。

　　屏山
　　息子の字号をこのように早く教えていただき、誠に光栄であります。願うのは
「字号説」の書を二三十字ほど賜ればと思います。ただ明日の旅装が忙しく、ま
た来てお会いできるかどうか分かりません。おそらく今夜が最後になると思います
ので、切にお願い申し上げます。

　安直の願いに応じた申青泉は即座で「字号説」を書いて贈り、互いに忘
れることのないようにと告げた。また、「字号説」には13歳の少年安方の容貌
に関する記述も含まれる。

　　字号説
　　己亥年重陽節の一日前、私は大坂に留まり、水足氏童子に逢った。年は十三
才、号は出泉で、自ら名刺を以って言うには、“その名は安方で、読書と詩を
好み、行草が読める。願いは君子に半日仕えたいので、喜んでお使いください”
といった。彼が書いた詩を見たが、詩筆が昂然として汗血の駒[146]の如く、肌は
玉雪のように白く、隅に坐っている容貌は一目で見ても端麗で高い地位と名誉
に至ることが占われる(雲霄羽毛)[147]。私は再三彼の頭を撫でながら、字を斯立

と言いやった。これは彼の立身大方の象が有るからで、更に其の号を博泉としたが、それは才能が泉のように湧き出ることを願う義があるからだ。

　「字号説」を受けた少年安方は、後日学士として“使命を全うすることができるかどうか恐れ多いのであります”と感謝の意を表し、父安直も“誠に感謝の意に堪えません。”と挨拶した。引用した「字号説」にもあるように、水足少年の容貌に関する記述は『航海献酬録』のあちこちに散見する。成夢良書記も安方に中国の退之韓愈の詩語“玉雪可念” を借りて賞賛した。つまり、「絵のように秀麗で、白玉のような肌」の持ち主として描写される。

3. 朝鮮学士と水足氏父子との唱酬内容

　既に言及したように、水足氏父子と朝鮮学士が贈答した漢詩は七言律詩13首、七言絶句22首、五言律詩7首、五言絶句5首合わせて47首である。 ではここで、その唱和の具体的な内容はどのようなものなのか？につ

146　宋の蘇軾《徐大正閑軒》には「君如汗血駒、転盼略燕楚、」とある。 また清の孫枝蔚《飲酒廿首和陶韵》の中の「気若汗血駒、耻蒙駑馬名、」との出典である。これは世界において最も古く珍しい神秘的な馬の一種である。ここでは詩の貴重さと素晴らしさを強調している。

147　杜甫の《咏懐古迹五首》の五の中に「三分割据紆籌策, 万古云霄一羽毛。」を出典としたのであろう。 この句は詩人が諸葛亮への敬慕を表し、即ち群衆の上に雲の中に立っている人は一人しかいない、その人は諸葛亮であるという意味である。
　　また《成都武侯祠匾額対連注釈》の注によると：「羽毛, 比喩人的声望。諸葛亮的名望高人云天、独一无二,万古莫及。」があり、以降はそれは才能や道徳の優れた人の比喩である。

いて考察する。

『航海献酬録』に収められた47首の漢詩文をその内容から分類すると、大きく次の六つに分けることができる。

　　－．漢詩文贈答を求めながら、相手の優れた文才を賞賛する内容。
　　－．善隣友好関係を願う内容。
　　－．先賢に比喩される内容
　　－．幼い少年の文才を褒める内容。
　　－．時間的な制約または言語の違いによる表現の限界を吐露する内容。
　　－．異国での寂しさを吐露する内容。

3.1. 漢詩文贈答を求めながら、相手の優れた文才を賞賛する内容。

47首の漢詩の中、13首であり、一番多くの漢詩を占めている。例えば、水足安直の次の漢詩を引用する。

進士成先生に奉呈する　　　屏山
賓客はみな英雄豪傑であり、交隣の友は早くから客館に集まっている。
馬は城下町の北で嘶き、星は海天の東を指すのである。
筆を揮うと文の氣運が活かされ、一首の詩から巧妙な詩心が見える。
いったい龍門はどれ程高いのだろう、龍門に登るのは蒼空に昇るより難しいようだ、

嘉客盡豪雄、盍簪舎館中、馬嘶城市北、星指海天東、揮筆氣機活、賦詩

心匠工、龍門[148]高幾許、欲上似蒼穹、(9番)

　水足屏山の漢詩に対して成夢良書記も屏山の文才を褒め、五言律詩を作り和韻する。

　　屏山の詩に和韻する
　　才能はたかが八丈にしか過ぎないのか？あなたは品があり、まるで蓮幕(官府の美称)からきたようである。.
　　漢水の北で故郷を離れ、石橋の東で日の出を見る。
　　蓬莱の島で琴が鳴り、李白[149]の漢詩に功力があったからか、
　　巴陵で巧みな詩句を詠むようだ。
　　貴方の貴重な一歩を喜び、多くの人が共に文書を広げ青空をみる。(11番)

　　大豈八丈雄、猥来蓮幕[150]中、辞家漢水北、観日石橋東、蓬島琴将化、巴陵[151]句未工、喜君労玉趾、披露見青穹、

　朝鮮学士を訪ねてきた水足安直を中国の詩人李白を訪ねた魏万に譬

148　中国黄河流域にある峡谷の名で、激流のため鯉や亀が遡り難いことから、遡った鯉は竜になったという伝説がある。後日、唐代に科挙に及第したことに譬えられ、次第に出世の関門という意味でつかわれるようになった。

149　李白(701～762)は、中国の唐の時代の詩人である。字は太白(たいはく)。号は青蓮居士。唐代のみならず中国詩歌史上において、同時代の杜甫とともに最高の存在とされる。奔放で変幻自在な詩風から、後世に『詩仙』と称される。

150　官府の美称。

151　湖南省岳陽県の西南にある山の名。

えた漢詩である。上に引用した(9番)、(11番)の他にも、唱和の表から確認
できる (1番)、(2番)、(5番)、(13番)、(17番)、(19番)、(21番)、(29番)、
(31番)、(35番)、(40番)の13首が含まれる。ただ、六つの分類の内容はそ
の意味が重複する場合もあり、ある漢詩の内容が二つに跨る場合もある。

3.2. 善隣友好関係を願う内容。

　次に多数を占めている内容の漢詩は12首で、朝鮮と日本の善隣友好
関係を願う内容である。

　　　屏山の詩に和韻する。　　　青泉　申維翰
　　　使節に正楽賓儀が盛んであること、文采の秀でた風流人は皆我の師である。
　　　太平の世を共に賀のは周王朝の始まりのようで、百年の肝胆(真実の心)相
　　疑ふことなかれ。(4番)

　　　皇華[152]正樂盛賓儀，文采風流是我師，共賀太平周道[153]始，百年肝瞻莫
　　相疑.

　申青泉は屏山の詩に和韻して七言絶句を作り唱酬したのである。また、
朝鮮学士と水足氏父子との席に臨席した対馬の松浦霞沼にも唱和の詩を
捧げ和韻を願うのである。

152　天使の使節、勅使をいう。ここでは朝鮮王の使節を意味する。
153　中国周王朝の名である。武王が殷の国を滅ぼして37代867年間の王朝を築いた。鎬京を都
　　としたが、後には洛邑に移った。

　　臨席した対馬の松浦詞伯[154]に奉呈する　　　　　　屏山

　　浪速津で付き合いを結び、素晴らしい会合をした。秋の空を仰ぎ見ると感無量であるよ。

　　既に朝鮮使節に接し、また対馬の人とも逢いました。

　　共に篤い金蘭の友情を交わし、互いに詩の贈呈を通して友好関係を結んだのである。

　　貴方の文才を惜しむことなく、私のために隠さず懐にある宝袋を見せてください。(22番)

　　結盟浪速津、勝会[155]感秋旻、巳接鶏林[156]客、又逢馬府人、金蘭応共約、詞賦欲相親、玉唾君無吝、秘為嚢袒臻、

　他にも、唱和の表で確認できる(8番)、(23番)、(24番)、(25番)、(27番)、(33番)、(37番)、(43番)、(46番)、(47番)の12首が含まれる。

3.3. 先賢に比喩される内容

　『航海献酬録』には朝鮮と日本学士の対中国認識を垣間見る漢詩文がしばしば表れる。例えば、中国の先賢に譬えられる例がよく唱和される。引

154　松浦霞沼(1676～1728)は江戸時代の儒学者である。木下順庵の門下で学問した。同門の雨森芳洲の推薦で対馬藩の藩士になった。芳洲と共に朝鮮使節の応接役を担い「朝鮮通交大紀」を編んだ。兵庫県出身で名は儀、允任、字は禎卿である。著作に「霞沼詩集」を残している。

155　良い出会い。素晴らしい会合。

156　新羅時代の旧名である。後には朝鮮を示す言葉で使われた。

用すると次の如くである。

　　　水足屏山に次韻して奉呈し、和韻を求める　　　卑牧子　権道
　　　親子二人で一緒に此処へ来たが、昔の中国四川省眉洲の蘇氏父子のようで
ある。
　　　私に瑶琴があって台の上に擡げてあるので、君子のために“鳳将雛”を弾いて
あげる。(20番)

　　　同来父子甚問都、宛似眉洲大小蘇[157]、我有瑶琴方払擡、為君弾出鳳将雛、

　　　水足氏父子を中国の先賢である、父蘇洵と蘇軾、蘇轍の兄弟を連れ
て開封に上京し、欧陽修に会ったことを譬えた漢詩である。これも姜書記の
中国の先賢に習いたいという強い渇望による譬えであろう。続いて、成夢良
書記は次のような唱和を作り、先賢を譬える。

　　　出泉の詩に和韻する
　　　使節を訪ねるために千里の旅をして、それに若い年なのに文章に風流が感じら
れる。
　　　滕王閣は依然として大坂の江の上に佇んでおり、“秋水共長天一色”の佳句
も流行っている。(36番)

157　北宋時代の作家蘇軾と弟の蘇轍は、それぞれ独自の名声を持っていた。人々に「大蘇」や
　　「小蘇」と呼ばれていた。字は子瞻、号は東坡で、北宋の時代、眉山今の四川で生まれた。
　　八歳から張易簡の門下で学問に接し、ことに荘子の斉物哲学に影響される。1056年父蘇洵は
　　蘇軾、蘇轍の兄弟を連れて開封に上京し、欧陽修に会い、詩を作って激賞されたといわれる。

為訪皇華[158]千里遊、鬢齢翰墨[159]亦風流、浪花江上滕王閣[160]、水色長天
一様秋、王勃の「滕王閣序」のように千年経っても

　朝鮮学士に会うために熊本から訪ねてきた大坂にも、往年の少年王勃
に譬えられる日本の少年水足童子があり、「滕王閣序」の優れた詩句と比
較され賞賛されるのである。"秋水共長天一色" は王勃の詩句で、成夢良
書記はこれに習って "水色長天一様秋"と唱和したのである。これは同じ意
味で、"長江に映っている河の色と秋の空の色とが一色である"という有名
な詩句である。
　先賢に譬えられる漢詩は、他にも (6番)、(11番)、(12番)等がある。
　以上、水足安直に譬えられた先賢は殷太師、中国の東海に隠居した
魯連、李白に会うために数千里の旅をしたと言われる魏万、二人の息子
蘇軾, 轍を欧陽修に会わせるために上京したと言われる蘇洵、張寧天使に
会うために息子汝昌を連れて号を求めた鄭六乙などである。さらに、水足安
方に譬えられた先賢は陸孫、謝霊運、禹王、退之韓愈、王勃等である。
その中、一番目立つのは、やはり少年王勃に譬えられたのが注目される。

158　《詩・小雅》中の篇名である。《序》の中には「《皇皇者華》. 君遣使臣也。送之以礼楽. 言遠
　　而有光華也。」とある。また《国語・魯語下》に「《皇皇者華》. 君教使臣曰: 每懐靡及. 諏, 謀, 度,
　　詢. 必咨于周。」以降は「華」を使命を持つ使者のことを賛美していう語。ここでは使者をいう。
159　詩を作ることをいう。
160　滕王閣は中国の江南の三大名楼の一つである。江西省南昌市の西北部沿江路の贛江東岸
　　に位置し、唐太宗李世民の弟である滕王の李元嬰の建築によることから名付けられた。また
　　初唐の詩人である王勃の《滕王閣序》中の名句「落霞与孤鶩斎飛, 秋水共長天一色」によって
　　後世に広く伝えられた。

これを通して、当時の日本と朝鮮学士の先賢認識の一断面を垣間見ることができよう。

3.4. 幼い少年の文才を褒める内容。

　父親の援助により、朝鮮学士申青泉から「字号説」をもらった水足安方は積極的な態度で朝鮮学士に唱和を求める。これに和韻した朝鮮学士は少年の容貌や文才に惹かれて交歓に応じる。成書記は次のように少年の文才を褒める。

　　　再び水足童子に和韻する　　　　　　嘯軒
　　　君は「滕王閣序」を詠んだ時の王勃と同じ歳で、丹山には鳳凰の足跡が残っているように、君には鳳凰の毛が見える。
　　　青紅の紙を数枚あげるから、詩筆の練習に使うように。(36番)

　　　滕閣王生歳、丹山端鳳毛[161]、青紅牋数幅、資爾弄柔毫、

　　　最後に「玉雪可念」[162]の四大字と併せて筆、墨、紙を出泉にあげる。

161　《山海経・南山経》に「(祷過之山)又東五百里、曰丹穴之山、其上多金玉。丹水出焉、而南流注于渤海。有鳥焉、其状如鶏、五采而文、名曰鳳皇、首文曰徳、翼文曰義、背文曰礼、膺文曰仁、腹文曰信。是鳥也、飲食自然、自歌自舞、見則天下安宁。」とある。即ち、中国の古い伝説によると、丹穴山には鳥があり、鳳凰と呼ばれ、その毛が五種類の色に光り、その紋は徳、義、礼、仁、信の五字を組み合わせるから、鳳凰が出現すると、天下平和を象徴するということである。ここでは出泉を鳳凰の毛に比喩したであろう。

162　「玉雪可念」は退之韓愈の詩語で「とても可愛い」という意味であろう。

　「滕王閣序」を書いた王勃は13歳の幼い時世を驚かせた。成書記もこれを比喩して少年水足安方を賞賛したのである。さらに、少年の聡明さだけでなく、容貌にも触れ「玉雪可念」の退之韓愈の詩語を伝えたのである。続いて姜書記も次のような唱和で少年を褒める。

　　　　出泉の詩に和韻する　　　　　　　　　　耕牧子
　　　文才が優れていて真心が含まれており、相共に客館で 新晴の詩論を論じる。
　　　君の詩の韻律は巧妙で風格も備えている。多分文章を学ぶためには大瀛(日本、出泉を示すか?)で学ぶべきであろうか。
　　　若年の少年がこんなにも妙芸があるなんて、当年の王勃のように名声が高くなるだろう。
　　　いつ頃南斗星の傍で見ることができるだろうか，佇んで 奎花の一点の明かりが見えるようだ。(26番)

　　　鉄硯工夫有至誠、論詩宝館属新晴[163]、已看韻格多奇骨、欲学文章法大瀛、
　　　早歳童烏多妙芸、韶年王勃[164]有高名、何時南斗星邊望、寧見奎花[165]一

　　韓愈(768~824)字退之、河南河陽(今の河南省孟州市)人。唐代の文学家、思想家、哲
　　学者、政治家。《殿中少監馬君墓志》に“眉眼如画、髪漆黒、肌肉玉雪可念”とある。

163　『新晴』は 宋代の詩人劉頒創の七言絶句「青苔満地初晴后，緑樹无人昼夢余。唯有南風
　　舊相識，偸開門戸又翻書。」による。

164　王勃(650~676)は字が子安で唐時代の文学家である。 絳州竜門(山西省河津市)の出身
　　で、祖父の王通は隋末の高名な儒学者で、祖父の弟・王績も詩人として知られた。《旧唐書》
　　の記録によると、六歳の時文章も作れ、「神童」と賞賛された。著に『王子安集』16巻のほか、
　　民国・羅振玉が編集した『王子安集佚文』1巻と、日本に伝わる佚文として、正倉院の『王勃
　　集残』2巻がある。

165　学問を司る星。

点明、

　優れた文才の少年中国の王勃をみるようであり、今後学問的に大きく成功することを期待するという賞賛の詩文である。　少年安方の学問に対する賞賛は、他にも（28番）、（32番）、（34番）、（38番）、（39番）、（41番）、（42番）、（44番）があり、朝鮮学士から文才が認められたのである。　特に、少年王勃に譬えられたことが注目される。

3.5. 時間的な制約または言語の違いによる表現の限界を吐露する内容。

水足屏山の漢詩に申青泉は、次の七言律詩で和韻する。

　　屏山の詩に和韻する。　　　　　　　　　　青泉　申維翰
　琴を鳴す落水の邊りで偶然に出会い君子の詩を聞くと、　古典曲将雛の一曲を諳んじ、まるで神仙のようである。
　薬艸は白雲三山の徑に生じ、日は榑桑から出、万里の天空を赤染める。
　昔から青編の上に妙契が多いと言われるが、丹竈（道学）[166]にのみ真詮があるとは言うことなかれ。
　共に清談の中、秋のひかりの短きことを惜しみ、明日出発の駒の鞭を挙るのがものうし。（3番）

　　邂逅鳴琴落水邊，将雛[167]一曲亦神仙，雲生薬艸三山経、日出榑桑[168]万

166　儒学の一つの文派で、中国宋代に盛んであった程朱学、或いは朱子学の名である。　南宋の朱熹が集大成した。朝鮮時代に大きく繁盛した儒教哲学をいう。

里天,自道青編多妙契[169], 休言丹竈[170]有真詮[171],清談共惜秋曦短, 明発征駆懶挙鞭.

　朝鮮学士にとって水足氏父子との出会いは、日本の旅先で会った他の文人たちとは違った、印象深いものがあったようである。その学問的な交流は真摯で、時間的制約を惜しむ場面がしばしば目につく。続いて、張書記もその気持ちを次のように、表現する。

　　屏山の詩に次韻する
　　滄海が朝鮮と日本を繋ぎ、その距離が万里を超えるのである。
　　険しく怒涛なる鮮窟(魚の棲息する所)を経て、霊境の竜宮を渡ってきた。
　　貴方の新編(新しく詠んだ詩)がどんなに優雅で高尚なのかを知り、私の傲慢だった昔の態度が恥ずかしく思われる。
　　まだ充分に語り合いもできず、興が湧いてもいないのに、日が暮れるのが残念である。(15番)

　　滄海接韓桑、修程万里長、険波経鮮窟、霊境歴龍堂歎子新編雅、慙吾旧態枉、論襟猶未了、愁絶暮山蒼、

167　鳳将雛は中国の古典曲名で、鳳凰が雛を抱く様子を表している。
168　中国古代の神話に出る大木で、ここから日が昇るといわれた。日本の異称。
169　妙策、巧妙に当て嵌まる。
170　方法と技術を会得した専門家が霊薬を煎じる釜。または道学を示すか。
171　真理を悟ること。

　　霜が降りた後、少し紅葉が赤くなり、九月の秋風の中で悲しく思うのである。
　　君子との出会いが遅れたのを嘆き、言語は異なるといえども志は同じである。
（16番）

　　霜後楓林幾処紅、各懐慘憬九秋風、逢君却恨相知晚、言語雖殊志則同、

　また、筆談や詩文贈答は漢文で表現されるが、互いに言語が違って、充分に心の中の深い意味を伝えることができないことを吐露する場面も詠まれる。即ち、朝鮮学士と水足氏父子との出会いは、朝鮮学士と接触を願う日本の一般書生とは違った、特別な記憶として残っていたようである。
　他にも、（14番）、（30番）、（45番）の漢詩を通して、時間的な制約または言語の違いによる表現の限界を惜しむ内容が読み取れる。

3.6. 異国での寂しさを吐露する内容。

　朝鮮使節の苦衷を表現した漢詩として、異国での寂しさを表現したのも目につく。

　　屏山の詩に次韻して送る　　　　　　耕牧子
　　朝鮮使節の船は千里を航海してここへ着き、舟を暫く摂津（大阪）に留める。
　　良い日に賓客を迎えており、見事な秋の菊花が咲いているのを見ると、これみな天の志である。
　　海外のことを語り合い、詩歌で盛り上がると、まるで鏡の中の花が感動するようである。
　　故国は重陽の節句なのに、身は異国他郷にいて、哀惜の念を禁じ得ない。

(7番)

　迢迢上漢槎、久繋摂津涯、客意鴻賓日、天時菊有花、談窮海外事、詩
動鐘中花、故国登高節[172]、他郷恨転加、

　　進士成先生に奉呈する　　　　　　　　屛山
　滄瀛を渡って来た船は停泊させておき、使節は暫く大坂城に留まる。
　この地の由来は三つの川が合流したことであるが、遠い旅であるからといって
異国他郷の情緒を持たないように、（10番)

　牙檣[173]錦纜渉滄瀛、玉節[174]暫留大坂城、此地由来三水合、遠遊莫做異
郷情、

他にも（18番)の漢詩が含まれる。

4. 終わりに

　朝鮮使節の訪日中、大坂で滞在した9月8日、熊本から訪ねてきた水
足氏父子と朝鮮学士の製述官を初め、書記姜栢、成夢良、張応斗など

172　重陽の節句をいう。

173　帆の別称。ここでは船をいう。

174　本来は珠で作った符節をいう。また、符節を所持して赴任する官員をいう。昔は使が所持
　　したもので、二つに分け、一つは朝廷に置き、もう一つは本人が所持して印にし、後日、そ
　　れを合わせることによって真偽を確認することができた。使節または高尚な節操を比喩した。

が交歓した漢詩文贈答と筆談が、水足安直によって『航海献酬録』に筆写された。

　その中、47首が唱和されたがその意味は大きく、(1) 漢詩文贈答を求めながら、相手の優れた文才を賞賛する内容、(2)善隣友好関係を願う内容、(3)先賢に比喩される内容、(4)幼い少年の文才を褒める内容、(5)時間的な制約または言語の違いによる表現の限界を吐露する内容、(6)異国での寂しさを吐露する内容として分けることができる。

　その他にも、「昔から青編の上に妙契が多いと言われるが、丹竈(道学)にのみ真詮があるとは言うことなかれ。」という漢詩を通して、儒学の学問的な限界を説明する部分も読み取れる。

　しかし、やはり一番多くの数を占めているのは、漢詩文の贈答を求めながら、相手の優れた文才を賞賛する内容、善隣友好関係を願う内容、先賢に比喩される内容が主流をなしている。また、幼い水足安方少年の唱和は、朝鮮学士によって、高く評価されたのであり、その贈答時間の乏しさを惜しむ内容もしばしば表れる。

『航海献酬録』にみる朝鮮と日本学士の先賢認識

　日本の文人たちが朝鮮通信使を迎えて漢詩の唱和を求め、書画の揮毫を請い、筆談を通して学問的な疑問を話し合い、相手国の国情を語り合うことは日本の江戸時代の数次にわたる通信使の訪日の時には度々行われたのである。特に大坂を初め京都、江戸では、比較的滞在期間も長く、日本全国各地からの交通便も便利で、通信使との接触を願う文人たちが集まってきた。

　朝鮮通信使と日本学士の筆談・唱和については『通航一覧』巻108に「按ずるに、かの使者来聘ごとに、必ず筆談・唱和あり、天和正徳の頃よりして、その事やや盛んなり、故にその書冊をなすもの百有数十巻にいたる。」[175]とあるように、1719年の折にも数多くの筆談・唱和が行われた。

　1719年通信使の製述官として随行した申維翰は江戸へ向う途中、大坂で滞在した五日間と、帰路に戻った十一月四日から五日間大坂の文人たちと詩文贈答の歓談を交す。その中、申維翰はここで九州の熊本から訪

175　林復斎編(1967年)、『通航一覧』第三冊、清文堂出版、p.263.

ねて来た水足安直父子に出会う。これについて、申維翰の『海游録』は次
のように記す。

　　留大阪五日, 与書生十数人, 竟夕至夜, 令童子磨墨以待, 日不暇給, 其人
　　至則各各書姓名号, 雑然而進者, 多駭眼, 其詩又蹇拙不可読,江若水池南溟
　　両人詩, 差有小致, 一童子, 面目如画, 操紙筆而前, 手談及韻語, 咄嗟而成,
　　自言水足氏安方名, 家在北陸道千里, 其父 屏山者偕来, 盖欲鳴芸於使館,
　　余為撫頂而呼曰, 神童神童, 其父大驩,請命字号, 余謂水足氏, 応溥博淵泉
　　之義, 号曰博淵, 安方者, 有足蹈大方之像, 字曰斯立可矣, 別艸記以給, 其
　　父子倶稽謝,

　申維翰は大坂滞在中、熊本からやってきた細川家の儒者水足安直・
安方の父子に出会う。安方は十三歳の年で、朝鮮学士に自己紹介をし、
漢詩文を作り、漢文の才能を発揮する。申維翰はこれを誉め「神童」といい
頭をなでながら、字を「斯立」、号を「博泉」と命名してやった。
　申維翰はその他にも大勢の文人たちと漢詩文の贈答と唱和をするので
あるが、上の引用文からもわかるように、水足氏父子との出会いには特別
に印象深いものがあったようである。

1. 水足安直と朝鮮学士のと唱和にみる先賢認識

　では、朝鮮学士と交わした漢詩文から読み取れる先賢認識とは何であ
ろうか？製述官申維翰との唱酬の後、水足安直は朝鮮学士の書記らと

次々と漢詩文を交歓する。その中、書記姜栢に求めた漢詩に次のようなものがある。

　　　　奉呈進士姜公　　　　　　　屏山
　　　善隣漢使槎、冠盖渉雲涯、連揚仰風采、寄詩観国華、松篁千歳月、桂
　　菊一秋花、萍水偶相遇、寄遊又曷如、
　　　魯連千古気離群、踏破東溟万里雲、邂逅先知才調別、胸中星斗吐成文、

　　五言律詩と七言絶句を1首ずつ唱和したのであるが、その内容は「善隣
友好関係にある朝鮮使節の船が多くの雲涯を渡り辿り着いた。学士の風采
と才能を仰羨して、漢詩を挙げその風采をみたいのである。松竹は長い年
月を過ごしてきたが、桂菊はただ一年の秋にしか咲かない。浮萍のように
出会ったので、一緒に遊んだらどうかな。/ 魯連もその昔、官職を離れ、
東溟千万里の地を訪れたのである。先知の人に出会い、その才能が格別
である。胸中にある星のような優れた、多くの文章が唱和されるであろう。」
という、解釈ができるであろう。ここで、引用される魯連[176]は、魯仲連のこ
とで、中国戦国時代の高士である。魯連は末年官職を離れ、東海で隠居
したと言われている。
　　他に進士成夢良は水足安直の唱酬に応えて、次のような漢詩で和韻

176　魯連が趙の国にいた時、秦の国が趙の国の首都である邯鄲を攻め包囲した。この際、魏の
　　国の将軍新垣衍を派遣し、秦の王を皇帝と称すると包囲を止めると言った。これに応えて、
　　魯仲連がいうには、秦が傲慢で天帝を僭称すれば、“踏東海而死”と言ったら、秦の将軍は
　　これを聞いて軍を退いたと言われる。《史記巻83 魯仲連鄒陽列傳》

する。

　　奉和屏山恵示韻
　　大豈八丈雄、猥来蓮幕中、辞家漢水北、観日石橋東、蓬島琴将化、巴
　陵句未工、喜君労玉趾、披露見青穹、
　　　千里蹜山又渉瀛、感君高義魏聊城、夢中巳返江郎錦、曷副股勤遠訪情、
　　　唐魏万行三千里、遠訪李白、聊城乃魏万故郷云之、

　　成書記の漢詩は、「才能はたかが八丈にしか過ぎないのか？あなたは品
があり、まるで蓮幕(官府の美称)からきたようである。漢水の北で故郷を離
れ、石橋の東で日の出を見る。蓬莱の島で琴が鳴り、李白の漢詩に功力
があったからか、巴陵[177]で巧みな詩句を詠むようだ。貴方の貴重な一歩を
喜び、多くの人が共に文書を広げ青空をみる。遠路はるばる山を蹜え、海
を渉って来たことに、貴方の魏万(唐の詩人)のような高い意志に感激する
次第である。夢の中で既に江郎錦[178]になったことを知り、どうして貴方が遠
くから訪ねてきた情を忘れることができるか?/唐の　魏万は三千里を歩き渡
り、李白に会ったが、聊城は魏万の故郷である。」という内容であろう。つま
り、朝鮮使節を訪ねてきた水足安直と使節との関係を、李白を訪ねてき
た魏万にたとえているのである。ここに、成書記の中国認識を垣間見ること

177　湖南省岳陽県の西南にある山の名。
178　江郎は中国南朝の　江淹を指す。江郎が幼い時、夢の中で自ら郭璞という人から五色の硯
　　をもらい、文章が上達したのであるが、晩年に冶亭というところで寝ていると郭璞が再び夢の
　　中に現れ、硯を持って帰った後は、いい詩句が詠めないといわれた。そこで、世間の人々は
　　彼に"才能が尽きた。"といったそうである。《南史　巻59 江淹列傳》

ができよう。

　更に、水足安直の漢詩に対して姜栢の和韻は次のように続く。

　　　奉呈水足屏山座次要和　　　　　卑牧子　権道
　　　同来父子甚問都、宛似眉洲大小蘇、我有瑶琴方払擡、為君弾出風将雛、

　「父子が一緒に訪れたが甚だ才能があり、宛も眉洲の蘇氏父子[179]に似
ている。私には瑶琴があり、台に載せておいたから、貴方のために「風将雛[180]」
を弾いて奏でる。」という解釈の七言絶句を詠む。水足氏父子を蘇洵、蘇軾
父子が欧陽修を訪ねて上京したことに例えて詠んだ漢詩であろう。これも、
姜書記の先賢を意識した着想であることが読み取れる。つまり、中国の漢学
の先賢の学問に習いたいという強い渇望によって譬えられた場面であろう。

　最後に、水足安直が息子安方の「字號」を申維翰に求める文章にも、
先賢の例が譬えられる。以下、その文章を引用する。

　　　稟　　　　　　　屏山
　　　小児安方、厚蒙寵眷、不勝感謝、昔年貴国儒先鄭汝昌、八歳其父鄭六
　　乙携之、見天使浙江張寧、請求児名、張寧名之以汝昌、且作説贈之、今
　　公為此児、賜名或別号、則匪啻小児之栄、而又僕一家之幸也　豚犬小児、

179　蘇東坡、名は軾、字は子瞻である。北宋の仁宗の時、眉山、今の四川で生まれた。8歳か
　　ら張易簡の門下で勉強し、その影響で道家、特に荘子の斎物哲学に接するようになった。
　　1056年彼の父蘇洵は蘇軾、蘇轍兄弟を連れて、開封に上京した。兄弟は欧陽修に会い漢詩
　　文の唱和をし、欧陽修から激賛されたといわれる。
180　中国の古典曲名で、鳳凰が雛を抱きしめる様子を示している。

　　固與鄭家之児、才質懸絶、然公則今日之張天使也、切望一諾、

　　その内容を簡単に要約すると、「昔、貴国の先賢鄭六乙は、8歳の息子
汝昌を連れて、天使浙江の張寧に会い、息子の名前を請うた。張寧[181]は
汝昌と名付けてやったそうです。今貴方も私の息子のために名前或いは別
號を付けてください。これは息子の光栄だけではなく、我が一家の幸せで
あります。我が息子と先賢の鄭氏の息子とは才能が違うものの、今日貴方
は張天使であるので、切に承諾してくださることを願います。」との解釈であ
ろう。つまり、朝鮮使節の製述官申維翰を浙江省出身の張寧天使に譬えて
いるのである。ここにも、先賢認識の一端を垣間見ることができよう。

　　つまり、水足安直に譬えられたの先賢は、東海に隠居した魯連、李白
に会うために数千里の旅をした魏万、二人の息子蘇軾，轍を欧陽修に会わ
せるために上京したと言われる蘇洵、張寧天使に会うために息子鄭汝昌を
連れて訪れ、字號を求めた鄭六乙が挙げられる。

2.　学問及び古典籍に関する筆語と先賢認識

　　申維翰が見た都市文化の一つとして大阪の本屋に対する記述がある。
大阪は書籍の出版・販売が活発に行われたところで、中国や朝鮮の書籍
が普及し、多数の読者層をなしていたようである。ここで、『海游録』による

181　張寧は海鹽出身で、1460年に明の天使として朝鮮を訪れた。

記録を引用する。

　　其中有書林書屋, 牓曰柳枝軒・玉樹堂之属, 貯古今百家文籍, 剞劂貿販,
　転貨而畜之, 中国之書, 与我朝諸賢撰集, 莫不在焉.[182]

　即ち、「多くの書屋が並んでいて、古今百家の書籍を取り揃えており、
また、復刻して販売し、中国の書、朝鮮の諸賢の撰集もあらざるはない」
と記す。また、大阪の書籍の出版・販売についての関心は続いて帰路にも
似たような形で記される。

　　大坂書籍之盛, 実為天下壮観, 我国諸賢文集中, 倭人之所尊尚者, 無如
　退渓集, 即家誦 而戸誦之, 諸生輩筆談問目,必以退渓集中語為第一義,有問
　陶山書院(慶尚北道安東郡), 地属何郡, 又曰先生後孫, 今有幾人作何官, 又
　問先生生時所嗜好, 其言甚多, 不可侭記,[183]

　大阪の書林や書屋では中国や朝鮮の書籍が多く普及し、その書物の
販売が盛んであること、猶、朝鮮の諸賢の文集のうち、日本人の尊尚する
ところは必ず李黄の『退渓集』中の語をもって第一となすということなどが記
される。また、これは読者層も多く尊重され、日本の学者が使節団を訪ね
て筆談を交わす折には、『退渓集』の内容に関する質問やその後孫の安否
に対する質問が何よりであったと記す。この記述を確かめる具体的な例とし

182　『申青泉海游録』粛宗己亥九月初四日癸酉條。
183　前掲書。同年 11月 4日 壬申條。

て水足安直の『航海献酬録』には、次のようなものがある。

　　　　問　　　　　　　屏山
　　　僕嘗読退渓李氏陶山記已知陶山山水之流峙不凡之境也聞陶山即霊芝之
　　一支也，今八道中属何川郡陶山書堂隴雲精舎等尚有遺蹤耶.

　　水足安直が「私は前に退渓李氏の『陶山記』を読んでおり、陶山が水の
流れがよく山勢が秀麗であることを知っている。聞いたところによると、陶山
は霊地の一支流であるという。今は八道の中何の州郡に属するか。陶山書
堂、隴雲精舎などの遺跡がいまだに残っているか」と問う。これについて、申
青泉は答えて「陶山は慶尚道禮安懸にある。書堂と精舎は依然としてあり、
その傍に廟堂を立て春秋に法事をする」という。水足の問いはまた続く。

　　　李退渓所作，陶山八絶中，有邵説青天在眼前，零金朱笑覓炉邊之句，零
　　金朱笑何言耶，

　　それは、「退渓がいう「陶山八絶」中に邵康節の理想的、浪漫的、道
教的な世界観で見られる「青天在眼前」と比して、朱子の現世的、儒教的
世界観を諷刺した「零金朱笑を爐端で求める」という詩句の中「零金朱笑」
とはどういう意味なのか」という質問である。「零金朱笑」とは、金国の滅亡を
南宋人である朱子が嘲笑うという意味であり、「覓炉邊」とは元(モンゴル)
の成吉思汗(ジンギス-カン)の軍隊によって攻撃され滅亡した金の国を、そ
の金の国によって南の方に追い出された南宋の人朱子が嘲笑うのは、間も
なく南宋にも攻めてくるはずのモンゴルの侵略を考えないで、金の滅亡だ

けを喜んでいるということを諷刺的に表現した詩句である。その詩語の内容
に対する問いに申青泉は「零金朱笑未及詳,或詩家別語」と答える。即ち、
退渓の「零金朱笑」の意味を青泉は正確に把握していなかったようである。

　いずれにしても、このような詩文贈答を通して日本文人の退渓に対す
る関心の程度と朝鮮の書籍の普及の状況が読み取れる。 また、中国と朝
鮮の学問の動向を朝鮮通信使を通して把握しようとした一面も見られる。
ことに李滉の著書が日本の儒学者たちに愛読され、大きな影響を与えたこ
とは日本の朱子学史の一つの特徴的様子であり、その学問的好奇心を与
えたという意味で、朝鮮通信使の役割を見過ごすわけにはいかない。

　さらに、水足安直の質問は続く。

　　問　　　　　屏山
　　聞朱子小学原本行于貴国不勝敬羨,弊邦所行則我先儒閣有山崎氏, 抄取
　小学集成所載朱子本注, 而所定之本也, 貴国原本典集成, 所載本註有増減異
　同之処耶,

　その内容は「『朱子小学』の原本が朝鮮で通用していると聞いているが、
それは敬意を表すべきことである。わが国で使われているのは儒学者山崎
闇斉氏が『小学集成』に載っている『朱子本註』を抄録して作った本である。
貴国の原本と『小学集成』に載っている『朱子本註』とは増減とか異同があ
るのか」ということであった。

　日本の朱子学は山崎闇斉によって大成された。山崎闇斉は中国の儒教
と日本の神道の根本を構成する冥合一致を確信し、純正朱子学の提唱と

共に日本が進むべき方向として神道諸伝の総合を計り、秘伝を組織して神道説を提唱した。山崎が主張した朱子学を闇斉学とも呼ぶ。換言すれば、山崎闇斉は日本の朱子学をなし、朱子学関係の諸文献を整理して朱子学の本義に戻ることを主張した。

　上の質問について、申維翰は次のように答える。

　　答　　　　　青泉
　朱子小学，則我国固有刊本人皆誦習而専尚朱子本註耳，貴国山崎氏所抄書，未及得見，不知其異同之如何耳，

　申維翰は「『朱子小学』は朝鮮では昔から刊行本があった。人はみなこれを覚え諳じており、専ら『朱子本註』を大事に扱う。貴国の山崎氏が抄録した本をまだ読んでいないので、その異同の如何は分からない」と答える。

　さらに、朝鮮の朱子学に対する屏山の質問は続く。

　　聞退渓後，有寒岡鄭氏，栗谷李氏，牛渓成氏，沙渓金氏等，蔚蔚輩出，而道学世不令其人，実貴図栄也，顧諸氏皆有所述，其経解遺書以何等題名耶，

　水足安直は申維翰に九つの項目についての質問をするのであるが、その大部分は朝鮮の朱子学に関するものである。その中『朱子小学』、『近思録』など朱子学関連書籍に関するものが五件で一番多く、次に「零金朱笑」などの朱子学関連書籍に述べられた語義を問う質問が三件、最後に朝鮮の儒学者の安否を問う質問が二件である。この中、一番大きな関心を示したのはやはり『退渓集』であって、その贈答の内容も『退渓集』の語義を論じ

ることが多かったことがわかる。

　徳川幕府は政権を維持するための統治理念として朱子学を取入れた。
これは豊臣秀吉の朝鮮侵略(文禄・慶長の役)後、朝鮮全域から帰還した
武士たちの見聞談と朱子学関連書籍及び朱子学を整理した李退渓の学
問の程度を知ったからであろう。また、退渓が著述した書籍は徳川幕府の
文治の基本的資料となり、日本朱子学の振興に大きく寄与したと言えるで
あろう。[184]

3. 水足安方と朝鮮学士との漢詩文にみる先賢認識

　父水足安直の要請で、「字號説」まで書いてもらった、安方は使節と積
極的に和韻を交わす。ここで、安方に会った朝鮮学士は、その風采と才能
に大変魅かれたようである。書記成夢良は次のような文章で安方を褒める。

184　日本の 徳川 幕府 時代に刊行された李退渓 著述の日本版を時代順に羅列するとつぎのよ
　　うである。
　　　① 『天命圖説』、1651年 刊行. 記 林羅山跋があり。
　　　② 『聖學十圖附戊辰封事』、1655年 3月 西村五郎兵衛開板本.
　　　④ 『朱子書節要』、1656年 刊行.
　　　⑤ 『自省録』、1665年 刊行.
　　　⑥ 『朱子行狀輯注』、1665年 村上平樂寺開板本.
　　　⑦ 『西銘考證講義』、1667年 谷一齊附識語 刊行.
　　　⑧ 『七先生遺像賛』、1669年 刊行.
　　　⑨ 『李退渓書抄』、村土玉水 編 1811年 刊行. 岡田寒泉跋. 古賀精里序.

嘯軒

　即見寧馨、豊姿異材迴出凡児、可謂陸家之駒、謝宅之樹　珍重曷已、若
干紙筆以寓眷意、而返荷勒謝、慚恧慚恧、

　つまり、水足童子に対する「寧馨児(神童)を見ると、可愛く容姿も才能
も優れている。既に陸家[185]の駒、謝家[186]の宝樹のような存在なので、必ず
珍重すべき人材になれるだろう。紙に筆を以て感謝の意を表すのであるが、
寧ろ恥ずかしい限りである。」という称賛の文章が述べられる。ここにも、陸家、
謝宅の中国の先賢が譬えられる。
　さらに、水足出泉が七言律詩1首を詠んで唱和したのに応じて、申維翰
が次のような七言律詩で和韻する。

　　奉訓出泉秀才恵贈韻　　　　　　　　青泉
　　海陸追遊未覚難、婆々衣帯結秋蘭、書探禹穴南山色、剣抜豊城北斗
寒、握手浮雲添爽気、離心落日満警瀾、清平起草它年事、緑髪看君詠玉欄

　「海陸の長い旅程も難なく覚え、海の安全を司る妈祖のおかげで海が結
んでくれた縁である。古書に見る「禹穴南山」[187]の景色、剣を抜き城を攻略
する姿は、北斗星も恐れ寒さを感じさせる。手で浮雲を握ると爽やかな感じ

185　陸孫(183年−245年)、字は伯言、呉郡呉県(今江苏苏州)人。 三国時代呉国の政治家、
　　軍事家を指すのか?
186　謝霊運、原名は公義、字は霊運。南北朝時代の傑出した詩人を指すのか?
187　夏禹の葬地。現在の浙江省紹興の会稽山にあたる。

が添えられ、心の夕日が満ち、波瀾が湧き上がる。太平の世に昔のことを顧みると、若い君の漢詩を見るようである。」という解釈ができよう。ここにも、博泉が禹王に譬えられている。

　さらに、漢詩文の唱和は続き、博泉の七言絶句に応じて申維翰は次のような七言絶句を和韻する。

青泉

　　扶桑俗日日華鮮、漢使孤槎逗海邊、上有仙童顔似雪、口吟王母白雲篇、

「扶桑は日本の俗称であり、日の光が鮮やかに照り輝いており、朝鮮使節の船は海の辺りに逗留する。その上には肌が白雪のような仙童がいて、口からは王母の白雲編[188]を詠むのである。」という解釈の「白雲編」も中国の文献から表れた発想であろう。さらに、興味深いのは、水足童子を少年王勃に譬えたことであろう。以下、姜書記の七言律詩を引用する。

　　和出泉韻　　　　　　耕牧子
　　鉄硯工夫有至誠、論詩賓館属新晴、已看韻格多奇骨、欲学文章法大瀛、早歳童烏多妙芸、弱年王勃有高名、何時南斗星邊望、佇見奎花一点明、

「筆の才能が優れており、誠心が感じられる。空が晴れて来た時、客館

188　《穆天子伝》巻二に「乙丑，天子觴西王母瑶池之上。西王母为天子谣曰：『白云在天、山陸自出。道理悠远，山川间之。将子无死，尚复能来』」とある。また、汉武帝《秋風辞》の中に「秋風起兮白云飞」の句があり、これによって、「白雲編」により帝王の詩を喩える一説がある。

で詩文を論じる。君の漢詩の韻律はどんなに巧妙で、風格も優れているの
か? 恐らく文章を学びたいのであれば、大瀛[189]に学ぶべきであろう。幼い
年頃なのに、才能が大変巧妙であり、まるで弱年の王勃[190]のように名声
が高い。いつ頃南斗星の辺りで見ることができるか。佇んで奎花(学問を司
る星)の明かりが見えるようだ。」という内容であろう。

　さらに、成書記も七言絶句を詠み、水足童子を中国の王勃に譬え激賞
している。

和出泉
為訪皇華千里遊、鬤齡翰墨亦風流、浪花江上滕王閣、水色長天一様秋、

　「使節を訪ねる為に千里の旅をし、幼いのに漢詩文に風流がある。王勃
の「滕王閣序」[191]は、長い時空を隔てているものの、相変わらず大坂の江
の上に立っているのであり、「秋水共長天一色」という佳句は今も流行って
いる。」という解釈であろう。つまり、大坂にも日本の少年王勃、水足童子が
あり、滕王閣の佳句が比較され、思い浮かばれるのである。加えて、成書
記は重ねて、王勃についての次の五言絶句を詠む。

189　大瀛。伝説上の山の名。東海にあり、仙人が住むという。ここでは日本、即ち水足博泉を指
　　　していると思われる。
190　字は子安、唐代の詩人。楊炯、盧照鄰、駱賓王と共に「王楊盧駱」、「初唐四傑」と呼ばれ
　　　た。27歳の若い年で、川に溺れ死にをする。
191　滕王閣は中国江西省の南昌にある楼閣である。岳陽の岳陽楼、武漢の黄鶴楼と並んで、
　　　江南の三大明楼と呼ばれる。唐代の王勃が詠んだ「滕王閣序」が壁に刻まれている。その中
　　　に「秋水共長天一色」も書かれている。

又贈水足童子　　　　　　　　　嘯軒
滕閣王生歳、丹山端鳳毛、青紅牋数幅、資爾弄柔毫、
尾書 玉雪可念、四大字併筆墨紙、而賜之出泉、

　それは、「「滕王閣序」を書いた時の王勃は君と同じ年であった。丹山[192]に鳳凰の足跡があるように、君には鳳凰の毛(大きな人材)が見える。 君に青紅牋数幅をやるから、文章の練習に励むように。尾書に「玉雪可念」[193]の四大字と筆墨紙を併せて、出泉にあげる。」という意味だろう。

　以上、水足安方に譬えられた先賢は、蘇東坡(軾)、鄭汝昌、陸孫、謝霊運、禹王、王勃等である。

　13歳の少年、水足博泉は朝鮮学士との漢詩文交歓を通して、その才能を遺憾なく発揮する。それに答えた、朝鮮学士は中国の先賢に譬えながら、その才能を激賞した。その中、少年王勃が一番多く譬えられたが、あいにくも、朝鮮学士から日本の王勃に譬えられた水足博泉は、王勃が若くして夭折したように、二十六歳の若年の年、不幸にも病死してしまう。しかし、その存命中の学問の評価は肥後学界第一流と知られており、著書も多数残してある。その中に、「太平策」十二巻は、その当時の学者が政治に関する議論は殆んど幕府を中心として行っているのに対して、博泉は政治は

192　古代中国に鳳凰がよく出ると言われる山をいう。
193　後で松浦霞沼も指摘するが、「玉雪可念」は退之韓愈の詩語で「とても可愛い」という意味であろう。
　　韓愈(768~824)字退之、河南河陽(今の河南省孟州市)人。唐代の文学家、思想家、哲学者、政治家。《殿中少監馬君墓志》に "眉眼如画、髪漆黒、肌肉玉雪可念"とある。

皇室を中心とするのが「国泰民安」の方策だと主張しているのが注目される。その他、荻生徂徠の『南留別志』に倣って著した『なるべし』などがある。これらの著書を通して博泉の優れた才能が遺憾なく発揮されるのである。

　朝鮮通信使の訪日の中、大坂で滞在した9月8日、熊本からやってきた水足氏父子と製述官　申維翰を初め三使臣の書記として随行した姜栢、成夢良、張応斗等が交歓した漢詩文贈答と筆談が水足安直によって筆写されたのが『航海献酬録』である。

　『航海献酬録』には、漢詩文47首が唱和されたのであるが、その中、多数の中国先賢に譬えられた表現がしばしば見られる。それは、殷太師、中国の東海に隠居した魯連、李白に会うために数千里の旅をしたと言われる魏万、二人の息子蘇軾，轍を欧陽修に会わせるために上京したと言われる蘇洵、張寧天使、陸孫、謝霊運、禹王、退之韓愈、王勃等である。その中、一番目立つのは、やはり少年王勃に譬えられたのが注目される。これを通して、当時の日本と朝鮮学士の対中国認識の一断面を垣間見ることができよう。

　ことに、幼くして父と共に朝鮮学士に会った、水足博泉の漢詩文唱酬は高く評価されたのであり、その唱和の時間が限られたことを惜しむ表現[194]がしばしば記される。また、筆談、漢詩文は漢文で表記されるが、言語の違いにより、充分に心の中の意味を伝えることができなかったことに対して吐露する場面[195]も少なくない。つまり、朝鮮学士たちの水足氏父子、特に

---

[194]　而日暮行忙，未得作積，可恨。

　博泉との出会いは、朝鮮学士との接触を願う日本の一般書生との役割を果たすための義務的な出会いとは違う、特別な記憶として残っていたようである。

　「肥後第一の学者」とその才能が認められた水足博泉は、惜しくも短命ではあったものの、多くの門弟を養成し、著作活動を通して優れた学問的業績を残した。このような一連の経緯は十三歳の1719年、朝鮮学士との出会いから出発したのであり、その学問的成果を通して名を広く知られるようになったのである。 即ち、水足博泉の名は朝鮮通信使の製述官申維翰から学問的才能が認められたことから高く評価されたのであり、博泉が後に得られた「博泉」という称号も朝鮮学士から命名されたことから名付けられたというところが興味深い。

195　但恨語言不同、只憑筆舌而相通不尽所懐耳。

3章

朝鮮通信使文学研究

日本文学にみる朝鮮通信使

　日本の江戸時代における朝鮮通信使の訪日は12回に及んでいる。その主な役割は、最初の慶長十二年(1607)の訪日は徳川家康より朝鮮国王宛ての、国書に対する答書を持参した回答使であり、さらに豊臣秀吉の朝鮮侵略の際の俘虜の帰還を目的とする刷還使でもあった。その後、4回(1636年)からの訪日は、主に徳川新将軍の襲職を祝賀するための、いわば親善使節として行われたのであった。しかし、親善使節としての役割の裏には様々な問題が秘められていたのであるが、今はおく。

　江戸時代の朝鮮と日本両国の交流史を考える上で朝鮮通信使が果たした役割として注目されるのは、政治的なことよりは、むしろ旅先での日本の文人たちとの筆談・唱和及び一般民衆との交流という文化的、学術的な側面である。それは朝鮮通信使の訪日の記録、例えば『海槎日記』、『日東壮遊歌』、『海游録』等に見られる筆談・唱酬の様子の頻出からも類推されるのであり、また日本各地に数多く残っている唱和集等からも、その大きな役割は認められるのである。

　また、12回に及ぶ朝鮮使節の訪日の間には様々な事件及び両国の文

化・芸能・詩文贈答等の交流の様子を見ることができるが、それを題材とした文学作品が数多く作られ、継承・変貌していった。

ことに1764年大阪で発生した〈崔天宗殺害事件〉を脚色した、いわゆる「唐人殺し」と呼ばれる一連の作品群等は事件に関する記録とその事件の文芸化が多様な形で行われ、さらに継承され、変容していった。

ここでは、朝鮮通信使を異国情報のメディアと看做し、それを取入れた文学作品がどのような形で作られ、継承・展開していったのかを考察する。

さらに、朝鮮通信使を素材とする様々な出版メディアにも着目する。

1. 近世文学に見る朝鮮通信使

朝鮮通信使の訪日の折は、鎖国下の日本にとって異国情報に接する絶好の機会でもあった。そこからまた様々なメディアを通して情報が伝播されるのであるが、そのうち使節の行列を取材した多くの行列記が出された。例えば、『天和二年朝鮮人来朝之図』(1682年)、『朝鮮人行列』(1711年)、『朝鮮人大行列記』(1748年)、『朝鮮人来朝物語』(1748年)、『朝鮮人之記』(1748年)、『朝鮮人来朝御馳走御馬附』(1748年)、『朝鮮人来聘行列』(1763年)、『宝暦十四年朝鮮使記』(1764年)、『朝鮮人来朝行列之記』(1811年)等数多くある。

そのうち『朝鮮人大行列記』(1748年)と『朝鮮人来聘行列』(1763年)とは、共に黒本『朝鮮人行烈』(1764年?)と共通する点が多く、その影響関係が推定される。つまり、行列記から黒本へと移行する過程を垣間見ること

から注目される。(図1、2、3参照)

　さらに、近世の演劇にも近松門左衛門『南大門秋彼岸』(1699年初演)、朝鮮通信使の訪日を当込んで脚色された際物、『大織冠』(1711年初演)[196]、『本朝三国志』(1719年初演)があり、紀海音の『神功皇后三韓責』(1719年初演)[197]が脚色され、上演された。ことに、「近松門左衛門の『日本西王母』(1703年初演)の原作とされる『南大門秋彼岸』の挿絵は当時の舞台演出の様子が窺えるものとして、浄瑠璃史において貴重な資料」であり、「『南大門秋彼岸』の「邯鄲之枕」は謡曲の演出を受け継ぎながら、「玉の輿」のイメージの表現に朝鮮通信使の行列を当てはめている。」[198]との指摘通り、朝鮮通信使との関係が考えられる。

　他に、1711年の行列の様子と「馬上才」の挿絵(図4-①、4-②、4-③、4-④参照)を取りいれた近藤清信画の古浄瑠璃『朝鮮太平記』(1713年刊)、1764年の訪日を当込んで描かれた(図5参照)と推定される黒本『朝鮮人行烈』(1764年か)、1719年の朝鮮使節、ことに申維翰との筆談・交歓の様子を漢詩文で記した水足屏山の『航海献酬録』、1711年の使節の製述官李東郭を怪談の語り手として登場させ、怪談を展開した落月堂操卮の『怪談乗合船』(1713年刊)も朝鮮使節を登場させている。

　また、神沢貞幹の「翁草」(1776年)、上田秋成の『胆大小心録』(1808

196　原道生『大織冠』解説、(『近松浄瑠璃集』、岩波書店，1993)参照.
197　朴麗玉「近松の作品と朝鮮通信使―『大織冠』の場合―」(『国語国文』第80巻3号、2011)参照。
198　朴麗玉『『南大門秋彼岸』の「邯鄲之枕」考―「行列のからくり」を中心に―」(『日語日文学研究』第77輯、韓国日語日文学会、2011)

年)、中井積善「草茅危言」(1789年)、「明和雑記」、「後見草」、浜松歌国「摂陽奇観」、横山良助「見聞随筆」、草間直方『籠耳集』、五弓久文編『事実文編』等の随筆類もあって、多かれ少なかれ朝鮮使節の見聞を記載している。

2. いわゆる「唐人殺し」作品群に見る朝鮮通信使

1764年4月7日、大阪にて鈴木伝蔵が崔天宗を殺害した事件[199]は日本文学に多様な形で取り入れられ継承・変貌していった。『世話料理鱸庖丁』(1767年初演)をはじめ歌舞伎・浄瑠璃が次々と脚色・上演され、その他実録写本も成立・流布していった。この 崔天宗を殺害した事件を素材とする一連の作品群をいわゆる「唐人殺し」と呼ぶ。

2.1. 近世演劇に見る「唐人殺し」

〈崔天宗殺害事件〉 を取り扱った「唐人殺し」歌舞伎狂言の最初は事件の三年後、1767年に上演された『世話料理鱸庖丁』である。以下、『歌舞伎年表』、『歌舞伎絵尽し年表』及び「唐人殺し」各作品の台本、絵本番付により、歌舞伎「唐人殺し」作品群を年代順に記す。

---

199 事件の事実関係については、池内敏『「唐人殺し」の世界』(臨川書店、1999)が詳しい。

一、『世話料理鱸庖丁』(作者：並木正三)1767年2月、一回上演。(図6参照)

一、『今織蝦夷錦』(作者：並木正三)1767年2月、一回上演。(図7参照)

一、『韓人漢文手管始』(作者：並木五瓶・近松徳三)1789年7月、8月、1803年6月の三回上演。

一、『けいせい花の大湊』(作者：万作・近松徳三)1795年正月、一回上演。(図8参照)

一、『拳褌廓大通』(作者：中山来助・近松徳三)1802年2月初演、計三十三回上演。(図9参照)

一、『漢人韓文手管始』(江戸で上演。上方で上演された『拳褌廓大通』と同種のものいで文体だけが少し変わっている)1809年4月初演、五回上演。(図10参照)

『世話料理鱸庖丁』から始まった歌舞伎「唐人殺し」作品群は、『けいせい花の大湊』までの上演が一回から三回の上演で幕を閉じた。これは作品の内容が実際の〈崔天宗殺害事件〉をにおわせる筋で上演されたので、幕府の圧力により上演が禁止されたり、それに対処して脚色が変えられたりしたものと考えられる。

また、『義太夫年表』、『近世邦楽年表』及び作品の台本による浄瑠璃作品は、

一、『世話仕立唐縫針』(作者：不明)1792年4月、5月、二回上演。(図11参照)

一、『唐士織日本手利』(作者：並木千柳・中村魚眼)1799年9月、1818年12月、二回上演、(図12参照)がある。

　『唐士織日本手利』には、他の歌舞伎、浄瑠璃「唐人殺し」作品群には見られない、「母は丸山の傾城父は異国のブレンてい高」という混血児の趣向が挿入されている。この混血児の要素は『国性爺合戦』(1715年初演)以来の時流を継承した趣向であろう。即ち混血児の要素は『国性爺合戦』以来、異国に対する具体的なイメージをつくる手段としても使われたのではないだろうか。これを通して当時の日本民衆の対朝鮮認識を含めた対外国観の一端を垣間見ることができる。また、実際に発生した〈崔天宗殺害事件〉を素材にした、「唐人殺し」といわれる実録写本『珍説難波夢』、『朝鮮人難波之夢』、『朝鮮人難波の夢』、『朝鮮人難波硒夢　鈴木伝蔵韓人刺殺一件』、『朝鮮難波夢』、『朝鮮難波の夢』等にも同じ混血児の要素が取り入れられている。

2.2. 実録写本に見る「唐人殺し」

　実録写本[200]については従来、「近世に発生した小説の一体(中略)実在した事件を主題または背景にし、主要人物は実名で登場する。しかし、その人物の行動や思念は必ずしも実ではなく、虚即ち小説的である部分が多い」[201]という中村幸彦氏の指摘があり、最近では小仁田誠二氏の論考[202]等がみられ、実録写本に関する調査・研究が行われ、次第に近世文

200　実録写本は、その流布状態や成立状況から、実録体小説とも、実録とも称す。ここでは適宜併用する。
201　『日本古典文学大辞典』第三巻(岩波書店、1984)による。
202　小仁田誠二「実録体小説の生成」(『近世文芸』48、日本近世文学会、1988)

芸の資料としての価値が認識されつつある。

　とはいえこれまで、実録写本の流布が写本という形態をとっており、歴史的事実を元にして書かれたという点で、文学的価値が認められてこなかったこともまた事実である。

　管見の限り、〈崔天宗殺害事件〉に取材した実録写本は二種類の系列のものがある。その一つは、混血児の要素を取り入れた数種の『朝鮮人難波の夢』系列がそれであり、『宝暦十四年朝鮮人来聘騒動始末』、『金令記』、『倭韓拾遺』、『倭漢拾遺』、『倭韓拾遺朝鮮人来聘』、『朝鮮来聘宝暦物語』、『和漢鱸庖丁蜜記』等のもう一つの系列が存在する。(この系列をここでは便宜上『和韓拾遺』系列と称する)

（Ⅰ）.『朝鮮人難波の夢』の系列

　混血児の要素を取り入れた実録写本で一番早いのは『珍説難波夢』(1765年自序)で、その後成長・長編化した『朝鮮人難波の夢』(成立年未詳)が筆写され、流布したと考えられる。以下、管見に及んだ数種の『朝鮮人難波の夢』系列の作品群を記す。

　　一、『珍説難波夢』(1765年自序、日本国立国会図書館所蔵)
　　一、『朝鮮人難波之夢』(成立年未詳、韓国国立中央図書館所蔵)
　　一、『朝鮮人難波夢』(成立年未詳、ソウル大学奎章閣韓国学研究院所蔵)
　　一、『朝鮮人難波砠夢　鈴木伝蔵韓人刺殺一件』(成立年未詳、東京大学
　　　　南葵文庫所蔵)
　　一、『朝鮮難波夢』(成立年未詳、弘前市立図書館岩見文庫所蔵)

　　一、『朝鮮難波の夢』(成立年未詳、東京都立中央図書館所蔵)
　　一、『朝鮮人難波之夢』(成立年未詳、韓国慶尚大学南明学館文泉閣古書
　　　　室所蔵)
　　一、講談速記本『朝鮮人難波の夢』〈1893年、韓国慶尚大学中央図書館
　　　　所蔵〉
　　一、講談速記本『朝鮮人難波の夢』〈1893年、会津若松市立会津図書館
　　　　所蔵〉

　　これらの作品群は人名や地名等細かいところの相違、例えば「佳彦」を
「佳老」というような差はあるものの、作品全体の体裁やストーリーは殆ど重
複している。したがって『珍説難波夢』が成立し、その後これを基にして『朝
鮮人難波の夢』の系列のものが筆写されたとみるのが妥当であろう。それは
実録写本が、他の近世文芸の成立過程と違って、複数の作者たちによっ
て形成、転写の間に成長・発展・変化していくという特色を表すもので、
実録写本の特徴が読み取れる。
　　このような実録写本の特質の上に『朝鮮人難波の夢』系列に取り入れら
れた混血児の描写は『国性爺合戦』以来の時流を意識した着想であり、ま
た、これは日本の一般民衆の異国観念を導き出す具体的イメージを作る
手段としても使われたものである。この混血児の描写の底辺に表れた時代
の流れを通して当時の日本民衆の対朝鮮観の一断面を見ることもできよう。

(Ⅱ).『和韓拾遺』の系列
　『和韓拾遺』系列[203]の作品群には共に1764年の朝鮮使節の訪日の旅先
での出来事を中心に描いている。ことに、朝鮮使節の訪日の折、大阪の宿

舎で起こった〈崔天宗殺害事件〉を暗示する「西本願寺の謎」の文句「四上
載一、木下点一、頁横双原、士直覆寸」が記されており、その内容も、
人名や地名、日付の相違はあるものの、殆ど一致している。ここで、『和韓
拾遺』系列の諸本と所蔵先を記す。

　　　一、『宝暦十四年朝鮮人来聘騒動始末』(宮内庁書陸部所蔵)
　　　一、『金令記』(韓国国立中央図書館所蔵)[204]
　　　一、『倭韓拾遺』(東京都立中央図書館中山久四郎旧蔵資料)
　　　一、『倭漢拾遺』(東京都立中央図書館中山久四郎旧蔵資料)
　　　一、『倭韓拾遺朝鮮人来聘』(韓国国立中央図書館所蔵)
　　　一、『朝鮮来聘宝暦物語』(日本国立国会図書館所蔵)
　　　一、『和漢鱸庖丁蜜記』(東京都立中央図書館中山久四郎旧蔵資料)
　　　一、『和漢鱸庖丁蜜記』(日本国文学研究資料館所蔵)
　　　一、『和漢鱸庖丁蜜記』(東京大学資料編纂所所蔵)

　実録物の初期の文学化が実際に起こった事件の取材の範囲の中で行
われ、これが本格的な変化を経て創作されると実録体小説としての特質
を備えるのと同様に、『和韓拾遺』の系列の作品は1764年の朝鮮使節の訪
日を取材したもので、実際に起こった〈崔天宗殺害事件〉の範囲を越えて

203　『和韓拾遺』系列の作品については、安代洗『崔天宗殺害事件を素材にした実録体小説の
　　　研究』(慶熙大大学院東洋語文学科 博士学位論文、2013)があり、各作品の書誌や具体的な
　　　相違が指摘され、各作品の系譜を整理するのに役にたつ。
204　金ヒヨンジョン，『「唐人殺し」事件の再検討 —『宝暦物語』と『金令記』を中心に』(東京学芸
　　　大大学院　修士学位論文、2007)、箕輪吉次『『韓客来聘金令記』について』(『日本学論集』第
　　　24号、慶熙大大学院日本学研究会、2009)参照。

誇張・変容されて、成立した作品群である。 ここに実録体小説としての特質を認めることができる。言い換えれば、実際の崔天宗、鈴木伝蔵の関係が本来の事件の経緯と違って長編化する過程を経て、多数の転写者によって書かれていく中で、脚色・変容され、再生されるのである。

　(Ⅲ). いわゆる「唐人殺し」作品群の類型
　「唐人殺し」といわれる作品群の文芸化の過程を辿ってみると、ストーリー展開上いくつかの類型に分類することができる。

　　①「唐人殺し」の型―『世話料理鱸庖丁』、『今織蝦夷錦』、『韓人漢文手管始』、
　　　『けいせい花の大湊』、『世話仕立唐縫針』
　　②「通詞殺し」の型―『拳褌廓大通』、『漢人韓文手管始』
　　③「混血児の敵討ち」の型―『珍説難波夢』、『唐土織日本手利』、『朝鮮人難
　　　波之夢』、『朝鮮人難波夢』、『朝鮮人難波廼夢 鈴木伝蔵韓人刺殺一件』、
　　　『朝鮮難波夢』『朝鮮難波の夢』、『朝鮮人難波之夢』、講談速記本『朝鮮
　　　人難波の夢』
　　④「人参密売をめぐる恨みによる殺害」の型―『朝鮮来聘宝暦物語』、『和漢鱸
　　　庖丁蜜記』、『宝暦十四年朝鮮人来聘騒動始末』、『金令記』、『倭韓拾
　　　遺』、『倭漢拾遺』、『倭韓拾遺朝鮮人来聘』
　　⑤　1と4の複合型―中野光風「唐人殺し」

　①、「唐人殺し」の型と　②、「通詞殺し」の型に分類される作品は全て歌舞伎、浄瑠璃として上演されたもので、『歌舞伎年表』、『歌舞伎絵尽し年表』、『義太夫年表』、『近世邦楽年表』及び各作品の上演台帳、絵本番付による上演記録を整理すると表(1、2)の如くである。

　さらに、『朝鮮人難波の夢』系列の実録体小説の影響を受けて成立した講談速記本『朝鮮人難波の夢』が1893年に酒井昇造により速記され、放牛舎桃林によって講演された。また、1984年中野光風により成立した「唐人殺し」も、〈崔天宗刺殺事件〉を取り入れたもので、その影響関係が考えられる。

　江戸時代の朝鮮通信使と日本文学との関係は実に多様である。時代も近世から近現代にまでまたがっており、それを調査・研究するのは必要であろう。

3. 近・現代文学に見る朝鮮通信使

　江戸時代の朝鮮通信使を題材にした文学作品は近世から近・現代にまで及んでおり、その数も多く「朝鮮通信使物」の文芸を形成している。以下、近・現代に表れた「朝鮮通信使物」の作品を年代順に挙げ、その概要を簡単に述べる。

（1）酒井昇造速記、放牛舎桃林講演の『朝鮮人難波の夢』〈1893年〉
　近世期に成立した実録体小説『朝鮮人難波の夢』の系列の筋を受け継いでおり、朝鮮の商人(桂美)、蒼才天(万慶)等の人名の差がみられる。

（2）森鴎外「佐橋甚五郎」(1913年)
　豊臣秀吉の朝鮮侵略戦争後対馬藩の宗義智の尽力によって、朝鮮通

信使の訪日が実現する過程の描写で始まる。その後、1607年4月の朝鮮使節の訪日の様子と佐橋甚五郎の人物描写に焦点が当てられている。ここで、森鴎外は佐橋甚五郎という人物設定の根拠を『続武家閑話』によると小説の末尾で記すのであるが、調べたところによると、その出典と事跡について確認することができない。また、鴎外は佐橋甚五郎という人物についての「異説を知っている人があるなら、その事蹟と大要とを投稿して貰いたい」と記す。これについては、尾形仂氏[205]が指摘したとおり、『通航一覧』巻八七の「慶長十二年朝鮮信使来、或曰、先年彼国征伐の時、残り止りし日本人、或は本朝亡命の徒朝鮮に渡海して、彼国に仕官せし族、今度来聘の三使に随て帰国せし云々」という記述からの着想であろうということが推定できる。他にも『通航一覧』巻二七、巻四八、巻六四、巻七六にも影響関係が認められるところがある。

　江戸時代の外交及び朝鮮との通交等に関する記録『通航一覧』の復刻本が1913年国書刊行会から出版された。森鴎外の歴史小説「佐橋甚五郎」の筋は、この記録の記述によるものと推定される。その内容は日本の封建時代絶対権力に抵抗して朝鮮に渡海し、1607年朝鮮使節の随行員として訪日した一人の若武者像が描かれている。ここに描かれる徳川家康の嫡子信康の小姓であった佐橋甚五郎(朝鮮使節として訪日した時の名は喬僉知)は、従来の佐橋甚五郎に関する記録が一貫して「欲張」、「奸邪」、「非情」という言葉で表現した人物像とは異なって、自分の強い意志を貫いて絶対権力に抵抗していく若武者に変貌してしまったのである。

---

[205]　尾形仂「森鴎外「佐橋甚五郎」の典拠と方法」(『文学』32-10、岩波書店、1964)

（3）中野光風の「唐人殺し」(1年)

　1764年4月7日、大阪西本願寺御堂で朝鮮使節の一員崔天宗が対馬
の通詞鈴木伝蔵に殺害された事件に取材して脚色された、いわゆる「唐人
殺し」作品群の中、実録写本『宝暦物語』、『和韓鱸包丁蜜記』等の『和韓
拾遺』系列からの影響を受けて成立したと思われる、中野光風の「唐人殺
し」という作品がある。これは近世期に成立した「唐人殺し」作品群では見
られない次の要素が注目される。

　　－ 鈴木信吉(伝蔵の弟)、たま(韓国名金玉姫、伝蔵の情人)等鈴木伝蔵の
　　　身内の登場
　　－ 藍島と播州室津での割腹事件

　鈴木伝蔵の情人たまの登場と彼女の刷還をめぐるトラブルがもう一つの
原因となって刺殺事件が起こるという新しい趣向のストーリー展開は、初期
の朝鮮通信使の訪日の目的が刷還使をも兼ねていたことから得られた着
想であり、豊臣秀吉の朝鮮侵略時の被虜人の刷還と日本の生活に定着し
ていて、刷還を拒んだ被虜人の定住化の例を取り入れた創作であろう。
　また、藍島と播州室津での割腹事件の描写は『宝暦物語』の描写と重
なるのであり、そこから取り入れられた趣向であろうかと推定される。

（4）片野次雄『徳川吉宗と朝鮮通信使』(1985年)

　　第9回目の1719年に行われた朝鮮使節の訪日の使行路、朝鮮の漢城
から釜山、対馬、藍島、瀬戸内海地域、京都、箱根、江戸等の日程と

旅先で発生した様々な事件・事故を物語風に記したものである。また、朝鮮通信使の製述官申維翰と案内役対馬藩の儒者雨森芳洲との交流を中心に、日本文人たちとの筆談・唱和の様子が描かれている。

(5) 篠田達明『馬上才異聞』(1988年)

第4回目の1636年の朝鮮使節の訪日の時、馬の改良に情熱を燃やす対馬藩の獣医猪又方正は朝鮮使節一行の「馬上才」団長崔景来と女性団員命珍、貞珠らと共に江戸に向かう。 使行中、12年前に発生した対馬藩の存亡が掛かった「国書改竄事件」が発覚し、江戸幕府は事件の処理に悩んでいる。事件処理結果に敏感な反応を示す対馬藩内(藩主宗義成と家老柳川調興)の軋轢が生々しく描かれていく。「国書改竄事件」の全貌を描いている点と「馬上才」を繋げたというところが興味深い。

(6) 藤沢周平『市塵』(1991年)

貧しい浪人生活から儒者、歴史家として認められた新井白石は徳川綱吉の死後、六代将軍となった藩主家宣の家臣で、家宣とともに天下の経営に乗り出していく。日本と中国の学問に精通し、幕府改革の理想に燃える白石は外交、内政の両面で難題に挑んでいく。ことに、朝鮮使節への対応をめぐる同門雨森芳洲との論争等が描かれている。

(7) 賈島憲次『雨森芳洲の涙』(1997年)

1698年7月19日対馬藩主宗義眞から朝鮮御用支配役佐役を命ぜられた雨森芳洲の苦悩を描いた作品である。朝鮮と日本との関係の中で生きる

道を探る対馬藩の葛藤とそれを支える雨森芳洲の儒者、学者としての苦悩が、孤独、憂鬱、涙、苦悩と題された4章に描かれる。ことに、釜山倭舘での派遣生活がリアルに描かれている。

(8) 荒山徹『魔岩伝説』(2002年)

　朝鮮通信使訪日の直前、対馬藩の江戸屋敷に不審な者が侵入する。若武者遠山景元は、幕府の武士柳生卍兵衛の手から、朝鮮の女性忍者を救い出す。彼女が暗示する徳川幕府200年の太平を覆すべき、朝鮮と徳川幕府との密約とは何か? 幕府の掟を破り朝鮮に渡った景元と彼を追う捕り手の緊迫した追撃戦が繰り広げられる。歴史的事実の裏に隠された秘密をめぐって繰り広げられる歴史伝記小説である。

(9) 芦辺拓「五瓶力謎緘」(『からくり灯篭五瓶劇場』、2007年)

　並木五瓶の代表作『五大力恋緘』が成立するまでを述べている。20数年前、五瓶の師並木正三が脚色した「唐人殺し」の作品『世話料理鱸庖丁』の成立に隠された謎が解かれる。

(10) 小西聖一『朝鮮通信使がやってくる』(2009年)

　朝鮮通信使の行路、豊臣秀吉と徳川家康時代の戦乱と国交回復、江戸中期からの活動と中止までの三部からなる歴史書である。朝鮮と日本との間で歴史的背景を意識しながら、朝鮮との交易を重視せざるをえない対馬の立場がリアルに書かれる。

（11）荒山徹『朝鮮通信使いま肇まる』(2011年)

「朝鮮通信使いま肇まる」から始まり、「わが愛は海の彼方に」、「葵上」、「虎か鼠か」、「日本国王豊臣秀吉」、「仏罰、海を渡る」、「朝鮮通信使いよいよ畢わる」、「朝鮮通信使大いに笑ふ」で結ぶ。

近・現代に表れた「朝鮮通信使物」の文芸は、大きくは朝鮮使節の使行、両国関係者の交流ないしトラブル、使行のうち発生した事件及び事故等様々な交流の状態から取材したものと1764年4月7日大阪で発生した〈崔天宗殺害事件〉から取材したいわゆる「唐人殺し」と呼ばれる作品群とで分けられる。前者を〈通信使物〉といい、後者を〈唐人殺し物〉と称する。

さらに、〈通信使物〉も1404年朝鮮時代初期に始まった朝鮮使節の訪日が世宗朝にいたり、1429年「通信使」と称されるようになる。その後、豊臣秀吉の朝鮮侵略により両国の国交が断絶するまでの時期の交流を扱った〈朝鮮前期の通信使物(室町時代の通信使物)〉と豊臣秀吉死後、日本を統一した徳川家康により再開された両国関係の回復のために行われた、即ち、江戸時代の朝鮮通信使の訪日を取材した〈朝鮮後期の通信使物(江戸時代の通信使物)〉とに分類することができる。

しかし、荒山徹『朝鮮通信使いま肇まる』を除いた、殆どの作品は〈江戸時代の通信使物〉に属しており、朝鮮に対する認識とその再考を通して朝鮮通信使の文化疎通の様々な面を再生産している。

また、〈唐人殺し物〉に酒井昇造速記、放牛舎桃林講演の『朝鮮人難波の夢』(1893年)、中野光風「唐人殺し」(1984年)、芦辺拓『五瓶力謎縅』(2007年)が成立し、江戸時代の「唐人殺し」物の系譜を受け継いでいる。

　18世紀後半に起こった朝鮮使節の刺殺事件と歌舞伎・浄瑠璃化や実録体小説、講談速記本、歴史小説との関係は韓・日両国の交流史を考える上で、一般民衆の意識にそったという点でも大きな示唆を与えるのであり、また、当時の日本民衆の対朝鮮認識を探るという面においても、日本文学と日本文化に与えた影響は甚だ大きかったと言わざるをえない。

　森鴎外「佐橋甚五郎」(1913年)と　中野光風の「唐人殺し」(1984年)とは、時期は離れているものの、豊臣秀吉の朝鮮侵略戦争と関係のある視点を取り入れたところが共通している。即ち、森鴎外「佐橋甚五郎」には、豊臣秀吉の朝鮮侵略戦争に動員された日本人のうち、殺伐とした戦国時代の日本に嫌悪感を抱いていた武士たちが、朝鮮に投降し戦乱に協力したという具体例を取り入れた残留日本人の挙動から着想をえたものと思われる。封建時代絶対権力に抵抗して朝鮮に渡海し、1607年朝鮮使節の随行員として訪日した一人の若武者が描かれている。また、中野光風「唐人殺し」は、侵略戦争の最中俘虜になった朝鮮の女性の刷還をめぐるトラブルが描かれている点において、二つの作品は時代的状況による歴史認識と『通行一覧』を出典として取られた着想という点が注目される。即ち、秀吉の朝鮮侵略に動員された武士が朝鮮に帰化し朝鮮通信使の通詞になって日本を訪れるという筋と侵略戦争中、俘虜になった朝鮮人の日本定住化の例が描かれるという点が対比され、興味深い。

　ここで、朝鮮通信使を取り入れた作品が20世紀後半に多く著されるようになったのは何故であろうかという疑問が生じる。

　1980年以来、朝鮮通信使に対する関心と共に活発な研究が行われ、資料の翻刻と研究書が出された。これに伴い、朝鮮通信使に関する情報

が与えられ、創作の素材を提供するようになったのも一つの原因ではない
であろうか。

〈表 1〉上方上演記録

上演 日時	座本	名題	作者	登場人物 (役者名)
1767.2.17.	嵐ひな助座	世話料理鱸庖丁	並木正三	天敬宋, つづき伝七, 高尾 (新九郎) (八藏) (ひな助)
1767.2.26.	嵐ひな助座	今織蝦夷錦	上同	髪結仁兵衛, 勘介, 傾城だった (新九郎) (八藏) (ひな助)
1789.7.17.	中山福藏座	韓人漢文手管始	並木五瓶, 近松德三	西天の宗九郎, 伝七, 高尾 (二郎三) (他藏) (いろは)
1789.8.13.	上同	上同	上同	上同
1792.4.26.	竹本榮次郎座	世話仕立唐縫針	？	宗七, 通詞弥藤次, 傾城三芳野 (吉田新吾) (豊松正五郎) (才治)
1792.5.15.	上同	上同	？	上同
1796.1.16.	藤川八藏座	けいせい花の大湊	万作 近松德三	唐使案上郷, つるきの伝七, 高尾 (友右衛門) (文七) (いろは)
1799.9.17.	大坂北の新地	唐士織日本手利	並木千柳 中村魚眼	カビタン庭金, 十木伝七, 高尾 (岩五郎) (桐竹門藏) (吉田冠十郎)
1802.2.20.	嵐三吉座	拳揮廓大通	中山來助 近松德三	香齊典藏 今木伝七 高尾 (來助) (鯉三郎) (友吉)
1802.10.3.	姉川座	上同	市岡和七 芝屋勝助 九二助	上同 高尾 (一德)
1803.6.6.	吾妻富次郎座	漢人韓文手管始	？	千鳴大領 うつかり兵六 (田藏) (吉三郎)
1805.3.3.	藤川友三郎座	拳揮廓大通	奈川くに助 近松德三 並木さんし助	香才典藏 今木伝七 高尾 (新九郎) (歌右衛門) (よしお)
1805.6.10.	龜谷粂之丞座	上同		典藏 伝七 高尾 (新九郎) (鯉三郎) (田の助)

上演 日時	座本	名題	作者	登場人物 (役者名)
1806.9.	松島松三郎座	上同		
1806.9.	上同	上同		
1807.3.	谷村市松座	上同		
1807.4.	上同	上同		
1808.5.4.	嵐座	上同		
1810.9.7.	淺尾座	上同		典藏 伝七 高尾 (新九郎) (吉三郎) (大吉)
1810.11.8.	大阪北の新地	上同		
1811.2.5.	藤川房吉	上同		
1815.2.	澤村常次郎	上同		
1818.12.2.	大坂北の新地	唐士織日本手利	並木千柳 中村魚眼	庭金 伝七 高尾 (?) (?) (?)
1821.7.	嵐市三郎	拳揮廓大通		
1824.10.	若宮芝居	上同		典藏 伝七 高尾 (仁左衛門) (額十郎) (か六)
1827.2.	京北側芝居	上同		典藏 伝七 高尾 (えび十郎) (橘三郎) (友吉)
1827.4.5.	嵐吉之助	上同		
1831.7.	淺尾座	上同		
1833.8.	板東彦之助	上同		
1835.7.19.	中村鶴之助	上同		典藏 伝七 高尾 歌右衛門) (芝翫) (なんし)
1838.3.	嵐佶太郎	上同		
1839.6.	京北側芝居	上同		典藏 伝七 (与六) (りかく)
1842.10.	市川來藏	上同		
1848.8.27.	市川巴之助	上同		典藏 伝七 (与六) (りかく)

上演 日時	座本	名題	作者	登場人物 (役者名)
1849.11.	竹田芝居	上同		
1852.5.	中村玉三郎	上同		
1845.4.	市川助太郎	上同		
1847.5.	市川高麗猿	上同		典藏 伝七 高尾 (吉三郎) (瑠寬) (三右衛門)
1857.5.	若太夫芝居	上同		典藏 (梅舍)
1862.10.	堀江芝居	上同		典藏 伝七 高尾 (吉三郎) (多見藏) (友吉)
1865.11.	三枡梅太郎	上同		典藏 伝七 (大五郎) (瀧十郎)
1868.4.	稻荷芝居	上同		
1883.5.	末廣座	上同		

〈表 2〉江戸上演記録

年月	座本	名題	作者	登場人物 (役者名)
1804.9.9.	市村座	漢人韓文手管始		典藏 伝七 高尾 (幸四郎) (源之助) (路之助)
1811.8.8.	森田座	上同		典藏 伝七 高尾 (男女藏) (三十郎) (三右衛門)
1835.5.20.	市村座	上同		典藏 伝七 高尾 (源之助) (羽左衛門) (玉三郎)
1864.10.28.	市村座	上同		
1864.11.3.	市村座	上同		韓高才 伝七 高尾 (權十郎) (彦三郎) (紫若)

　以下、「唐人殺し」作品群の系譜及び影響関係を整理すると、表3の如くである。

〈表 3〉

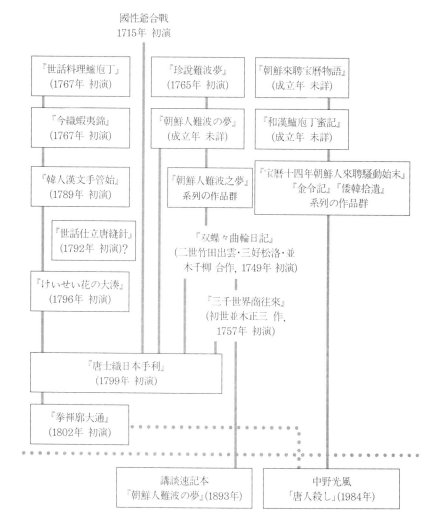

國性爺合戦
1715年 初演

『世話料理鱸庖丁』
(1767年 初演)

『珍説難波夢』
(1765年 初演)

『朝鮮來聘宝曆物語』
(成立年 未詳)

『今織蝦夷錦』
(1767年 初演)

『朝鮮人難波の夢』
(成立年 未詳)

『和漢鱸庖丁蜜記』
(成立年 未詳)

『韓人漢文手管始』
(1789年 初演)

『朝鮮人難波之夢』
系列の作品群

『宝曆十四年朝鮮人來聘騒動始末』
『金令記』『倭韓拾遺』
系列の作品群

『世話仕立唐縫針』
(1792年 初演)?

『双蝶々曲輪日記』
(二世竹田出雲・三好松洛・並
木千柳 合作, 1749年 初演)

『けいせい花の大湊』
(1796年 初演)

『三千世界商往來』
(初世並木正三 作,
1757年 初演)

『唐士織日本手利』
(1799年 初演)

『拳禪廓大通』
(1802年 初演)

講談速記本
『朝鮮人難波の夢』(1893年)

中野光風
「唐人殺し」(1984年)

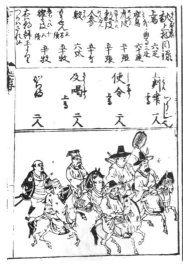

〈図 1〉

〈図 2〉

〈図 3〉

〈図 4-1〉

〈図 4-2〉

〈図 4-3〉

〈図 4-4〉

〈図 5〉

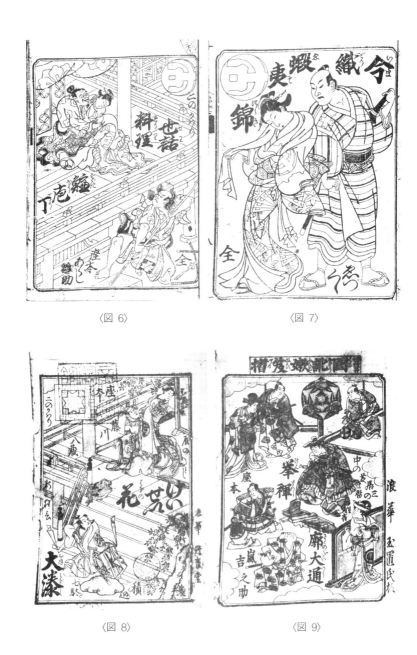

〈図6〉　　　　　　　　〈図7〉

〈図8〉　　　　　　　　〈図9〉

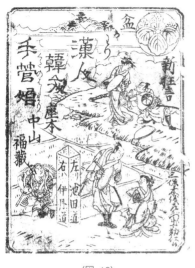

〈図 10〉

〈図 11〉

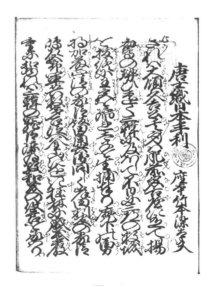

〈図 12〉

「猿退治伝説」の流布と日本近世文学への受容

　日本古典文学の中には中国文学との影響関係が認められる作品が数多くある。その中、日本近世文学の怪異小説に分類される作品の中には、中国の白話小説からの影響が指摘される作品が多く存在する。　例えば、浅井了意の『お伽婢子』(1666年刊)、都賀庭鍾の『英草紙』(1749年刊)、『繁野話』(1766年刊)があり、上田秋成の『雨月物語』(1776年刊)、『春雨物語』(1808年刊)、山東京伝の『曙草紙』(1805年)等がそれである。

　本稿で、取り上げる浅井了意の『お伽婢子』(1666年刊)巻十一の1「隠里」も中国の『剪燈新話』(1378年刊)巻ノ三「申陽洞記」を出典とする作品である。これについては、既に江本裕氏による指摘[206]があり、その影響関係を確認することができた。

　しかし、中国の瞿佑『剪燈新話』(1378年刊)巻ノ三「申陽洞記」も、さらに遡って唐代の小説「補江総白猿伝」(作者・刊年未詳)からの影響関係が推定されるのであり、また、これが周去非による『嶺外代答』(1178年刊)等

206　江本裕校訂『伽婢子』(1666年)2、東洋文庫480、平凡社、1988年．参照。

の記述に影響されたものと考えられる。

　また、中国の「申陽洞記」を出典とすると思われる日本の『お伽婢子』巻十一の1「隠里」も、更に流布し、古浄瑠璃『朝鮮太平記』(1713年刊)巻四の2「小西攝津守三道に陣を張事並家來妻木彌七隠里に至る事」へと受継がれていった。

　そこで私は、中国唐代の小説「補江総白猿伝」から「陳巡検梅嶺失妻記」、『嶺外代答』の「桂林猴妖」、「申陽洞記」、「塩官邑老魔魅色会骸山大士誅邪」へと受継がれる流布の過程を実証的に調べ、そのあらすじの異同を考察したい。特に、『嶺外代答』の「桂林猴妖」に記された桂林の叠彩山伝説に注目したい。さらに日本近世文学へ受容されていく過程を具体的に考察したい。

　最後に、叠彩山伝説と関連する中国と日本の一連の作品群[207]を明らかにし、その影響関係及び系譜を整理する。また、これらの作品群の特色をまとめる。

1. 猿退治伝説(叠彩山伝説)の流布

1)『嶺外代答』による叠彩山伝説とは何か?

　ではまず、桂林の叠彩山伝説とは何か?について考察する。桂林の叠

---

[207]　所謂「猿退治の伝説」を採り入れており、さらに「補江總白猿傳」を初めとして、その影響関係が認められる一連の作品群をまとめて、ここでは「申陽の洞窟物」とも称する。

彩山が明記されている文献としては、周去非による『嶺外代答』(1178年刊)がある。以下、その記述を引用する。

　　294 桂林猴妖

　　静江府畳彩巌下、昔日有猴、壽數百年、有神力、変化不可得制、多窃美婦人、欧陽都護[208]之妻亦與焉。欧陽設方略殺之、取妻以帰、餘婦人悉爲尼。猴骨葬洞中、猶能爲妖。向城北民居、毎人至、必飛石、惟姓欧陽人来、則寂然、是知爲猴也。張安國改爲仰山廟。相傳洞内猴骨宛然、人或見、眼急微動、遂驚去矣。[209]

　　上の引用文の粗筋の概略を述べると、「昔、桂林畳彩岩[210]の下に猿が住んでいた。その歳は数百歳であり、神通力を備えていたので、捕まえることができなかった。それに、数多の美しい婦女を掠め取って弄んでいた。その婦女の中には、欧陽都護の妻も含まれていた。そこで、欧陽都護は四方八方手を尽くして猿を殺し、妻を救って帰ってきた。その他、猿に攫われていた婦女たちは救われた後出家し、尼僧となった。猿の骨を洞窟に埋葬したが、妖怪になった。山の北の民家の人たちはここに来ると、必ず石を投げ

208　軍事長官の名．注4の書にも注釈がある。p.453.

209　周去非『嶺外代答』(1178年刊)、杨武泉校注『中外交通史籍叢刊　嶺外代答校注』中華書局、1997, p.453.

210　因みに、桂林の叠彩巌については、次のような記述がある。
　　007 桂林巌洞
　　(前略)巌穴有名可紀者三十餘所、今述于後：巌則曰讀書、曰叠彩、曰伏波、曰龍隱、曰劉仙、曰屏風、曰佛子(中略)峯則曰立魚、曰獨秀。其他不可枚數矣。
　　前掲書、pp.16〜17.

た。唯欧陽という姓の人は山の前に来て、寂然とした。皆はそれが妖怪(その猿)の祟りだったとわかった。張安國はここを仰山廟と改称した。人々の言い伝えでは、洞窟の中の猴の骨はまるで生きているようで、人が来て見ると眼が微動し、それを見た人は驚いて逃げてしまうと言われる。」という意味で解釈できるであろう。所謂叠彩山伝説とは、叠彩山に住んでいた猿が美しい婦女たちを攫い弄んでいたところ、それを欧陽都護(軍事長官の名)が退治し、妻と婦女たちを救ったという基本的なモチーフが成立する。[211]

　しかし、そのモチーフは『嶺外代答』に始まるのではなく、既に漢の焦延寿『易林・坤之剥』に、"南山大攫盗我媚妾"[212]とあり、さらに、叠彩山伝説の骨格をなす欧陽都護の猿退治と人質になった妻を救い出して帰るというモチーフは、唐代の小説「補江総白猿伝」(作者・刊年未詳)にも、既に描かれていた。(以下、このモチーフを受け継いだ一連の作品群を「申陽の洞窟物」と称する。)

211　猿に攫われていた婦女たちが救われた後、出家し、尼僧となったという記述は他の作品では見られない。

212　王琦「唐代文学研究」199、『語文教学与研究』华东师范大学对外汉语学院, 2014年 2期.

写真(1)　　　　　　　　　　　写真(2)

写真(3)　　　　　　　　　　　写真(4)

2)「補江総白猿伝」の話柄

　叠彩山伝説の始まりと思われる作品に唐代の小説「補江総白猿伝」というのがある。以下、この作品の冒頭部を引用する。

　　　梁大同末, 遣平南将軍藺欽南征, 至桂林, 破李师古、陈彻。別将欧阳纥略地至长乐, 悉平诸洞, 罙入深阻。纥妻纤白、甚美。其部人曰："将军何为挈丽入经此? 地有神, 善窃少女, 而美者尤所难免。宜谨护之。"纥甚疑惧, 夜勒兵环其庐, 匿妇密室中, 谨闭甚固, 而以女奴十余伺守之。尔夕, 阴风晦黑, 至五更, 寂然无闻。守者怠而假寐, 忽若有物惊悟者, 即已失妻矣。关扃如故, 莫知所出。出门山险, 咫尺迷闷, 不可寻逐。迫明, 绝无其迹。纥大愤痛, 誓不徒还。因辞疾, 驻其军, 日往四遐, 即深凌险以索之。[213]

　その発端の内容は、「梁朝大同末年(546年)、朝廷は平南将軍藺欽を派遣し南に転戦し、軍隊が桂林に至って、李師古、陳彻軍を破った。 副将の欧阳纥は城を攻め土地を奪い長楽に至って、各洞府を平定し、険しく深い山に入った。欧阳纥の妻は繊細で肌が白く、非常に美しかった。ある部下は"どうして将軍は妻と一緒にここに来たのですか。ここには若い少女を奪い去る怪しい神がいます。将軍は妻をよく保護するべきです。"と進言した。欧阳纥はそれを聞いて半信半疑ながらも、非常に恐れて夜兵士を配置し家屋を護衛させ、妻を密室に隠し、しっかりと門や窓を閉め、数十人の女中に妻を守らせた。」とのことであった。

213　作者・年代未詳「補江総白猿伝」、魯迅輯録『唐宋传奇集全译』貴州人民出版社、2009,
　　pp.16~17.

にもかかわらず、欧阳纥の妻は猿に攫われ行方不明になったのであり、欧阳纥は妻を探し回る。そこで、欧阳纥が辿り着いたのが次の場面である。

　　既逾月，忽于<u>百里之外</u>丛筱上，得其妻绣履一只。虽浸雨濡，犹可辨识。纥尤凄悼，求之益坚。选壮士三十人，持兵负粮，岩栖野食。又旬余，<u>远所舍约二百里，南望一山，葱秀迥出，至其下，有深溪环之，乃编木以度。绝岩翠竹之间，时见红彩，闻笑语音，们萝引絚，而涉其上，则嘉树列植，间以名花，其下绿芜，丰软如毯。清遇岑寂，杳然殊境。</u>²¹⁴

　これは猿に攫われた婦女たちが住んでいたところの描写で、その場所の地名は記されていない。では、どこが叠彩山と関わりがあるというのか？まず一つは、既に述べたように猿が美麗なる婦女を攫い弄んでおり、それに副将の欧陽纥の妻まで攫われたところ、欧陽纥がそれを退治し、婦女たちを救って帰ったという基本的なモチーフは「桂林猴妖」と重複するのであり、その影響関係が認められる。

　その二は、欧陽纥の移動経路に注目したい。冒頭部の地名からして、"桂林"から"长乐"へ移動し、さらにそこから"百里之外<u>丛</u>筱上"、に移り、またそこから"远所舍约二百里"へと移動する経路を視野に入れると桂林の叠彩山に戻る経路を推定するのも無理ではなかろう。

　そこでまた、次の描写にも注目したい。

214 前掲書，p.17.

　　东向石门有妇人数十, 帔服鲜泽, 嬉游歌笑, 出入其中。见人皆慢视迟立, 至则问曰:"何因来此?"纥具以对。相视叹曰:"贤妻至此月余矣。今病在床, 宜遣视之。"入其门, 以木为扉。中宽辟若堂者三。四壁设床, 悉施锦荐。[215]

　　「穴の扉は木製で、真中に居間程の広い洞窟が三つあり、四方の壁に寄り掛かった床の上に錦の褥が敷かれてあった。」という描写から畳彩巌の洞窟が思い浮かぶのは憶測であろうか。それに、桂林には、注210「桂林巌洞」にも引用したように、数多くの洞窟が存在することから、それが連想されるのである。

　　さらに、注215の畳彩巌の描写を連想させる記述がある。唐の元晦『畳彩山記』には、次のように記されている。

　　按图经, 山以石文横布、彩翠相间、若叠彩然、故以為名。東亙二里許、枕圧桂水、其西、岩有石門、中有石像、故曰福庭。又門陰構齋雲亭、迴在西北, 旷視天表、想来望帰途、北人此游、多軫郷思。会昌三年六月蔵功(以下略)[216]

　　畳彩山は、「山の石の紋様が横に幾重にも層のように重なっており、山の緑と相俟って色とりどりで、まるで幾重にも重なった絨毯のように見えるため、名付けられたと言われる。東へ綿々と約二キロ伸びて、桂水(漓江)に臨んでいる。その西、岩壁の中には南北を貫く石門のような洞窟があり、石

215　前掲書, p.17.
216　元晦『桂海碑林』七星公園博物館、844年.

門の中には石像が刻み込まれてあって、「福庭」[217]と呼ばれる。」との解釈
ができるであろう。

　つまり、「補江総白猿伝」[218]には　叠彩山の表記はないものの、その粗筋
が重なることから、「補江総白猿伝」から『嶺外代答』の 「294 桂林猴妖」へ
と受継がれ、記されたものと推定することができよう。

　さらに、『嶺外代答』の 「294 桂林猴妖」には記されていない話柄として次
のようなものがある。

　　(1) 欧陽紇の妻は、後日猿との間にできた子供を出産するが、その子(詢)の
　　　　容貌がまるで猿のようで、とても賢い人であった。
　　(2) その後、欧陽紇は陳の武皇帝に殺害されるが、詢は欧陽紇の友人である
　　　　江総の庇護の下で難を逃れることができた。
　　(3) 詢は成長して博学で、書道もうまく、世に知られるようになった。

217　謝偉健の"福庭は神様や仏が住んでいる場所を指して、蓬莱の密境等の意味がある。"との
　　ことと、「申陽洞記」の「虚星の精霊(鼠)」の登場も福庭との繋がりを説明するとの指摘は、納
　　得するところがあろう。
　　　これについては、飯塚朗の「虚星の精：鼠は虚星の精なので夜も目が見えるといわれる。」
　　という指摘もある。　瞿佑『剪灯新話』(1378年)(飯塚朗訳『剪燈新話』東洋文庫48、平凡社、
　　1965年.)、p.150.
218　この作品の成立について、「題名に「補江総」の三字の意味は、江総は欧陽紇の友人で紇
　　の死後、息子の詢を引き取って育てたのですべてのことを知っていた。それでこの伝記を書い
　　てそれを補充し世に伝える。」と記される。
　　　更に、「補江総白猿伝」の成立については、花开两朵・各有异香−《补江总白猿传》和《陈
　　巡检梅岭失妻记》的比较−兰州教育学院学报vol30、第30巻 第4期、2014年4月. を参照さ
　　れたい。

3)「申陽洞記」への流布

瞿佑による『剪燈新話』巻三の「申陽洞記」は、「補江総白猿伝」からのモチーフを受継いだ作品で、その影響関係が認められる。では、冒頭部の一部を引用する。

> 陇西郡有个姓李的书生，名收德逢，年纪二十五岁，擅长于骑马射箭，平日里驰骋马上，援臂开弓，以有胆有勇闻名，但是从不理生计，因此被乡亲们鄙弃。元天历年间，父亲的老朋友中有一个人被委任为桂州监司，于是李生就前去投靠他。到了那里才知道，此人已经亡故，只好流落当地而无法再回故乡。这个郡名山很多，李生每天以打猎为生，出没在大山里，从未休息过，自己认为这样很快乐。[219]

その内容は、「甘粛省隴西の出身李徳逢は、二十五歳の騎馬が上手で、弓の名人である。毎日馬に乗り、弓を射るばかりで、大胆な人だと言われていても、生業をつとめないので、村の親類から軽蔑されていた。元の天暦年間のこと、父の友人で広西省桂林の監察官であった人を頼りに、桂林に辿り着いたが、父の友人は既に亡くなっており、ついに故郷にも帰れず、流浪の身となってしまった。桂林の辺りには山が多かったので、毎日猟をしながら、楽しみができたと喜んでいた。」という解釈ができるだろう。

その後、桂林あたりの村に住んでいた箱入り娘が猿に攫われ、人質に

---

219 瞿佑「申陽洞記」、『剪灯新话』(1378年)巻三所収、(『明清小説精选百部』三，时代文艺出版社，2003年.)，p.59.

なっていたが、それを李徳逢が猿を退治し、娘たちを救って帰ったという所謂「畳彩山伝説」が受け継がれるのである。

　しかし、「申陽洞記」には、「桂林猴妖」にみる「畳彩山伝説」の他にも、次のようないくつかの趣向が付け加えられている。

(1)　鼠の洞窟を連想させる場所を設定している。つまり、「申陽洞記」に描かれる李徳逢の故郷隴西は、中国の百科事典『太平御覧』によると「晋太康地記曰鳥鼠之山在隴西首陽縣穴入三四尺鼠在内鳥在外」と記されているように、鼠と関連する場所として設定されたのであり、その趣向が付加えられている。

(2)「申陽洞記」の李徳逢は父の友人を頼りに桂林を訪れるが、既にその人は亡くなり、途方に暮れていたところ、鹿を見つける。狩でもして餓えを凌ごうと鹿の跡をついていくが、日が暮れてしまう。堂で一夜を明かそうとしたが、そこで猿共に出逢うという展開である。

(3) 李徳逢は毒薬を不老不死の薬と騙して分けてやり、三十六匹の猿を退治する。

(4) 李徳逢の猿退治の後、鼠が現れて猿どもの悪行を説明し、「鼠は500才であるが、猿は800才であったから」猿に敵対することができなかったと説明する。

(5) 人質になった女性たちを救い出し、鼠の案内により「洞窟」から脱出した李徳逢は救われた三人の娘たちを妻に娶る。

(6) 大金持になった李徳逢が後日「申陽洞窟」を訪ねてみたが、以前のあとかたもなかったという伝聞体の文章で終わっている。

「補江総白猿伝」には描かれていない以上の筋の相違はあるものの、「桂林」という地名が明記されており、婦女の行方不明、「洞窟」での猿の悪行

と李徳逢による猿退治等が主な筋の骨格をなしている点では、やはり「畳
彩山伝説」を如実に受継いでいると思われる。つまり、「補江総白猿伝」から
「申陽洞記」へと流布して行ったことが言えよう。

2.　中国古典文学の中の猿退治の話柄

　しかし、中国古典文学の中には、直接的には「補江総白猿伝」からの影
響関係があるとは推定できないものの、「猿に攫われた婦女を救う」という
話は他にもある。宋代の小説「陳巡検梅嶺失妻記」(刊年未詳)には、次の
ような話が展開される。

　　那阵风过处, 吹得灯半灭则复明, 陈巡检大惊, 急穿衣起来看时, 就房中
　不见了孺人张如春。开房门叫得王吉, 那王吉睡中叫将起来, 不知头由, (荒)
　[慌]张失势, 陈巡检说与王吉：“房中起一阵狂风, 不见了孺人张氏。”主仆二
　人急叫店主人时, 叫不应了, 仔细看时, 和店房都不见了, (和)[连]王吉也
　(乞)[吃]一惊, 看时, 二人立在荒郊野地上, 止有书箱, 行李并马在面前, 并无
　灯火；客店, 店主人, 皆无踪迹。[220]

　1121年春に行われた科挙に及第し、進士になった陳辛は広東南雄沙
角鎮巡検司の巡検に任命された。任地に向かう陳辛と妻張如春は、途中
梅嶺で宿泊する。そこで、妻如春が行方不明になった場面の描写である。

220　洪楩「陳巡検梅嶺失妻記」(『清平山堂话本』岳麓书社出版、2014.) p.74.

　その後、申陽公によって梅嶺の北の申陽の洞窟に攫われた如春は、申陽公の誘いと脅迫にもめげず操を守っていたが、その処罰として髪が切られ、毎日裸足で水汲みをさせられていた。

　一方、三年間の任期を終え、沙角鎮を離れた陳辛は、夕方'紅蓮寺'に宿泊するつもりで入るが、そこで、住職の仲介で紫陽真人に出会い、妻如春を救い出す方法を教えてもらう。紫陽真人の手助けにより、陳辛・如春夫婦は再会し、百歳まで幸せに暮らした、という話である。

　この作品は「申陽の洞窟物」の作品群とは、直接的には影響関係があるという根拠は見つからないものの、陳辛の妻が白猿に攫われた場所が「申陽洞」であったとか、武将の妻如春が猿に攫われたというモチーフは、「補江総白猿伝」の「欧陽紇の妻」が白猿に攫われた話や『嶺外代答』「桂林猴妖」の「欧陽都護の妻」が猿に攫われた話柄に似ている。

　更に、猿に攫われた娘を救って、その娘を娶る話に凌濛初の「塩官邑老魔魅色会骸山大士诛邪」(1632年刊)という作品がある。以下、洞窟に攫われる仇氏の娘夜珠の行方不明の場面描写を引用する。

　　过得两日, 夜珠靠在窗上绣鞋, 忽见大碟一双飞来, 红翅黄身, 黑须紫足, 且是好看。旋绕夜珠左右不舍, 恰象眷恋他这身子芳香的意思。夜珠又喜又异, 轻以罗帕扑他, 扑个不着, 略略飞将开去。夜珠忍耐不定, 笑呼丫鬟同来扑他, 看看飞得远了, 夜珠一同丫鬟随他飞去处, 赶将来。直到后园牡丹花侧, 二碟渐大如鹰。说时迟, 那时快, 飞近夜珠身边来, 各将翅攒定夜珠两腋, 就如两个大箬笠一般, 扶挟夜珠从空而起。夜珠口里大喊, 丫鬟惊报, 大姓夫妻急忙赶至园中, 已见夜珠同两碟在空中向墙外飞去了。大姓惊喊号叫, 没法救得。老夫妻两个放声大哭道: "不知是何妖术, 摄将去了。" 却没个

头路猜得出，从此各处探访，不在话下。[221]

　豪家の仇氏夫婦は四十歳過ぎても子供がいなかったが、仏に祈り、願掛けがかなって、やっと三年後女の子を生んだ。その後、19歳になった夜珠は才色を兼ね備え、躾も良い娘であった。その箱入り娘が、ある日突然行方不明になった、という展開である。

　蝶々に誘われてついていったら、蝶が俄かに鷹に化けて、夜珠に近寄り両脇を掴み、空高く飛んでいった。着いたところが洞窟で、そこには猿が二十匹、婦人が四五人、下部も六七人いた。それに、道人らしい老人がいて、皆は「洞主」と呼んでいた。道人は夜珠を犯そうとするが、それに応じなかった。婦人たちの誘いにも、下部の脅迫にも一切服従しなかった。

　一方、娘の行方不明を悲しんでいた仇氏夫婦は「娘の音沙汰を知らせてくれる者には、総ての財産と娘を嫁にやる」との約束をするが、未だに何の甲斐もなかった。

　そこで、博学で秀才の劉徳遠という書生は会骸山に竿が立っているのを発見し、攀じ登って猿どもを切殺し、夜珠を救い、その事実を官庁に告げた。観世音菩薩のおかげで、劉徳遠・夜珠二人は夫婦になり、幸せに暮らしたとのことである。

　この作品は、「行方不明になった娘の音沙汰を知らせてくれた者には、財産と娘を嫁にやる」との趣向で、「申陽洞記」の話柄と類似するところがあ

221　凌濛初編著「塩官邑老魔魅色会骸山大士誅邪」(1632年刊)(『初刻拍按驚奇』岳麓書社、2010年) p.297.

る。 つまり、仏教的色彩の強い趣向が絢交ぜられてはいるものの、やはり骨格をなすモチーフは、「申陽洞記」に影響されたと言えよう。

　このように、中国古典文学にみる「猿退治伝説」の話柄は、大きく二つに分けることができる。その一つは、「補江総白猿伝」、「陳巡検梅嶺失妻記」、「桂林猴妖」にみられるように、武将の妻が猿に攫われる話柄であり、その二は、「申陽洞記」、「塩官邑老魔魅色会骸山大士誅邪」にみられるように、箱入り娘が猿に攫われて人質になっていたが、それを勇猛な男が猿を退治し、娘たちを救って帰り、その恩返しに妻を娶るという典型的な話が作られる趣向である。

3. 日本近世文学への受容

1)『お伽婢子』「隠里」への受容

　中国明代の小説「申陽洞記」を出典として描かれたと思われる日本近世文学作品に、『お伽婢子』巻十一の１「隠里」がある。

　ただし、浅井了意の「隠里」は中国の「申陽洞記」から「猿を退治して人質になっていた娘を救い出し、その娘を嫁に迎える」というモチーフと鼠が棲む異郷「隠里」を訪問するという基本的なストーリーは出典から取り入れながらも、中国作品を日本風に翻案するのには、それなりの工夫が必要であったであろう。

　それではここで、この二つの作品の共通点と相違点をストーリー展開にそって述べる。 まず、『お伽婢子』の「隠里」と「申陽洞記」とは、次のような

共通点をもっている。

① 二つの作品は鼠の洞窟(隠里)を連想させる場所を設定している。つまり、「申陽洞記」に描かれる主人公李徳逢の故郷隴西は、既に述べたように、鼠と関連する場所が設定されており、これが日本を舞台背景とする「隠里」になると「木幡山の栗栖野」と変わるのである。

② 「申陽洞窟」に登場する猿退治の李徳逢、「隠里」の主人公内海又五郎は、共に「武勇に優れ、ことに弓馬の道に稽古を重ねた」人と描写される。

③ 知人を頼りに都へ上るが、頼りの人は既に故人となってしまった。

④ 毒薬を不老不死の薬といって分けてやり、三十六匹の猿を退治する。

⑤ 人質の女性を救い出し、鼠の案内により「隠里」から脱出した主人公は複数の女性たちを妻に娶る[222]。

⑥ その後、鼠の棲む洞窟(隠里)を訪ねてみるが、何も見つからなかったという伝聞体の文章で終わっている。

　このような共通点は「隠里」の骨格をなす猿退治と人質の女性を救い出して、その女性を妻に迎える話、鼠が棲む別世界を訪問するという基本的な話の綯い交ぜであり、その殆どが出典から忠実に取り入れたことがわかる。

　しかし、「隠里」には、中国の出典から日本風に翻案する過程で生じる、次のような相異点が指摘できる。

---

[222] 複数の女性たちと結婚できるのを願う心は、当時の男性たちにとってロマンだったのかも知れない。

1) 作中人物の描写において「隠里」では「そのこころ根きはめて不敵もの」と描かれるが、「申陽洞記」での李徳逢は勇猛ではあるが、「生業をつとめないので、土地の者には輕蔑されていた」人物と描かれる。

2)「申陽洞記」の李徳逢は知人を頼りに都に上るが、既にその人は亡くなり途方に暮れていたところ鹿が目につく。狩でもして餓えを凌ごうと鹿の跡をついていくが、日が暮れてしまう。堂で一夜を明かそうとしたが、そこで猿共に出逢うという展開である。「隠里」の内海又五郎は自ら自分の立身出世のため京へいく途中、日が暮れて太元堂の縁側に坐っていたところで猿に出会う。

3)「申陽洞記」では錢翁という金持の娘が行方不明となり、それが猿共の仕業であったと描かれると共に人質になった三人の娘が登場する。「隠里」には二人の娘が猿に仕えていた。

4)「申陽洞記」では錢翁の娘が猿の人質になってから半年過ぎたと記すが、「隠里」では「60日程」とある。

5)「申陽洞記」では,鼠が現れ猿共の悪行を説明し、彼らに敵対することができなかったのが、「鼠は500才であるが、猿は800才であったので」と説明する。「隠里」での鼠は「壽五百歳をたもちて一たび變ず，かれらは八百歳をたもちてのちに一たび變ず。」と描写される。[223]

6)「申陽洞記」は「申(猿)」に因んだ題名であるが、「隠里」は「鼠の隠里」とあるように、その題名を鼠から取っている。

7)「申陽洞記」の最後の描写は「以前の跡形もなかった」という伝聞体で結んでいるが、「隠里」では、これに付加えて「又五郎は後つゐに子もなく、その行がたしらず」という文体で、「隠里」での経験が又五郎一代で終わってしまったという伝説的パターンで終わる。これは『お伽婢子』の序文「時面見ざるをもって今聞所を

223　これは中国の百科辞典『太平御覧』に「又玉策記稱鼠壽三百歳滿則色白善憑人」とあるように、鼠は長い歳月を過ごして神通力を備えるという記述にもよる着想ではあるまいか。

疑ことなかれと，傳爾」[224]との文章と繋がるもので、説話の伝承性を継承している作品としての文体と説明される。

　以上のように、『お伽婢子』の「隠里」は中国の「申陽洞記」から大筋の趣向を取入れながらも、人名、地名等の細かいところでは日本風に翻案された作品である。言い換えれば、桂林「叠彩山伝説」の日本近世文学への受容の一断面を垣間見ることができよう。

2) 古浄瑠璃『朝鮮太平記』「小西攝津守三道に陣を張事並家來妻木彌七隠里に至る事」への受容

　『朝鮮太平記』(1713年刊)[225]はまだ世に知られていない作品(資料1.参照)なので、筋の中心となる巻四第二の「小西攝津守三道に陣を張事並家來妻木彌七隠里に至る事」(以下「隠里に至る事」と略称する)の概要を簡単に述べる。

224　江本裕校訂『伽婢子』(1666年) 1、東洋文庫480、平凡社、1988年.

225　近藤清信画『朝鮮太平記』(1713年刊)東京大学付属図書館、早稲田大学図書館所蔵.

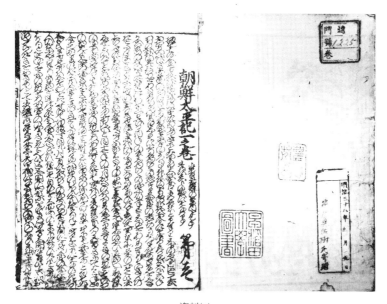

資料(1)

　小西行長の軍隊は釜山海の三道に陣取って待ち構えている。小西は部下妻木彌七に「加藤清正の陣営にいき、太閤(豊臣秀吉)からの飛脚がまだ届いていないのかを聞いてくるように」と命ずる。

　命によって旅立った弥七は道を急ぐのであるが、日は西に沈み夕暮になった。暗闇の中で道を急ぎ歩き回るのであるが、行くべき道もなく小さい丘を過ぎて「しつたん」という野原に出た。雨雲と霞がかっており、小雨が降っている。人の気配もないところに猿の泣声と狐の目の光だけが目につく。何気なく傍を見ると、今にも落ちそうな堂がある。助かったと思い縁側に座り夜を明かそうとするが、夜半十時頃東の麓から松明を灯して人だかりがやってくる。弥七が思うよう「夜更け来る者は化け物か盗人なるべし」と判断し、天井に身を隠す。20人ばかりの者が堂にのぼって火をたてる。大将と見える者が席につくと、みな座につく。槍、長刀、

弓等を手に持ち、用心の体なるが容貌は猿に似る。弥七は弓を取り、一矢射ばやと思い上座についている猿に矢を射る。大将の猿の肘に当たり声を上げると、みな驚きふためき立ってちりぢりに逃げ失せる。

　夜が明けて前日のことを思い出した弥七は大きな穴を発見する。あやしいと思い穴を調べていたが、昨日の雨で足を滑り穴に落ちてしまう。洞窟は深く岩壁で登るすべがない。諦めて周りをみるとよこに穴があった。近寄ってみると一町ばかりの広さで普通に生活できるところであった。一つの岩屋があり、大勢の人が番をしていた。その容姿は昨夜の猿どもであった。

　番の者どもは何人なのかと問う。弥七は「朝鮮の三道に住むもので、薬を求めて山奥に入ったが、道を失いうろたえていたところ、足を滑りここに落ちたといい、職は薬師」と自己紹介をする。番の者共喜んで、昨夜の出来事をいい治療を頼む。

　弥七が見ると、昨夜自分が放った矢にあたった猿の両側には二人の美女がいた。弥七は大将猿の脈を診た後、懐から不老不死の薬といい、それを分けてやる。みな不老不死の薬という言葉で、競い合って薬を取ろうとする。これはもともと矢先に塗り獣を取る猛毒性の薬である。薬を飲んだ猿共が血を吐き倒れると弥七は刀を抜き、三十六匹の猿を退治し二人の美女も斬ろうとする。一人の美女が泣いていうには「一人は 丸山の遊女で、もう一人は釜山のくちゃんというところの人で、ここに捕まってきてから60日の時間が過ぎたといい、再び人間界に戻りたい」との旨を顕す。

　弥七が岩穴から抜け出る工夫をしているところに、白衣に烏帽子をかぶった十余りの鼠が顕れ、身の上を打ち明ける。それは「ここは本来鼠の棲家であったが猿共に奪われ途方に暮れていたところ、このようにあなたの力により、猿を退治することができたので、その恩は計り知れない」ということであった。

　黄金をもってきた鼠共は弥七に感謝の念を表し、それを与える。その姿は目は丸く、口は尖っている。弥七が「ここはどこか」と聞くと、鼠が答えていうよう「我は

大黒天神の使で、500才を保って一度変じ、猿は800才を保つ故敵対すること
ができない」と答える。鼠の神通力により「隠里」から脱出した弥七は二人の美女
を嫁に迎え農業を営み、余生を送ったということだ。

これは既に触れたように、『お伽婢子』11巻の1「隠里」(以下「隠里」と称
す)から忠実にその筋を取り入れており、また挿絵(資料(2)は資料(3)、(4)
を合成した形)も互いに対応するところがあり、その影響関係が認められる。

資料(2)『朝鮮太平記』4권제2「小西攝津守三道に陣を張事竝家來妻木
彌七隠里に至る事」

資料(2)

資料(3)

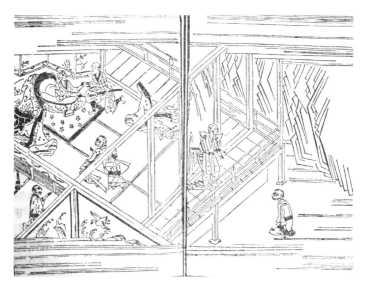

資料(4) -「隱里」

　しかし『朝鮮太平記』の「隠里に至る事」には出典とは違ういくつかの点がある。まず「隠里」では、岩穴に落ちた内海又五郎の異郷訪問のきっかけを次のように描く。

　　内海又五郎とて，武藝をたしなみ，弓馬の道に稽古の功をかさね，(中略) 世の變にまかせて立身せばやとおもひ立て，京都にのぼりしかば，赤松は身まかりたりと聞ゆ，さては力なし，後藤掃部が宇治にありといふ，こゝに行て賴まんと思ひ，あしにまかせて尋ね行，日すでに暮かかり，道にふみまよひて，草原小坂をさしこへさしこへ，栗栖野といふ所に出たり，[226]

　内海又五郎は自ら自分の立身出世のため都に上る途中、鼠の棲むという「隠里」の洞窟に落ちるが、『朝鮮太平記』の「隠里に至る事」では、「妻木彌七を近付汝清正の陣に行て，太閤よりの御飛脚未参らざるが聞て参れと有」とのように、使者として文禄・慶長の役(朝鮮侵略戦争)の戦時中、小西行長の命を受けて移動中、洞穴に落ちたという設定である。
　二つ目は、「隠里」の地名が『お伽婢子』では、日本の木幡山近くの「栗栖野」であり、『朝鮮太平記』では、朝鮮の「しつたん」(不明)と設定される。
　三つ目は、猿共に捕まって仕える二人の女性が「隠里」では、日本の普通の家庭の女性であったのに対して「隠里に至る事」では、一人は「長崎丸山の遊女」で、もう一人の女性は釜山海の「くちゃん」出身の娘と描かれる。
　四つ目は、「隠里」での内海又五郎は後日「隠里」があった場所を探して

みたが、何の足跡も残っていなかったという描写であり、また内海又五郎には息子もなく、彼の行方をしるすべがなかったという伝記的文体で結んでいるが、「隠里に至る事」ではこれが省略されている。

　一つ、二つ、三つ目の相違は日本を舞台背景としている「隠里」の空間設定から、朝鮮を舞台背景とする「隠里に至る事」へと移行する過程で必然的に表れる相違であろう。

　ただ、日本の「木幡山近くの栗栖野」が朝鮮を舞台とする「しつたん」という地名に変わる根拠については、いまだに確かなことが見つからない。また、「猿共に人質となった美人を救い出し、後日救った女性を嫁に迎える」というモチーフの話は早くから中国や日本では伝承された語り物（これについての具体的、実証的なことは後述する。）であるが、朝鮮では猿が棲息しなかったせいもあり、猿が登場する伝承は殆ど表れていない。しかし、『朝鮮太平記』の「隠里に至る事」では朝鮮の地を舞台背景としながら猿を登場させたのは、やや不自然ではあるものの、出典からの影響であろう。

　また、四つ目の相違点については、古浄瑠璃作者の創作意図の一端を垣間見ることもできよう。例えば、『お伽婢子』の「隠里」の最後の描写は、二人の娘を嫁に迎えた内海又五郎は「武門の望みをはなれ、富裕安息の身となりぬ」との文の後に、

　　後に又、木幡山の野はづれを尋ぬるに、かへり出たるあなは跡もなく、松茅しげり、草むらとぢたるばかり也。又五郎は後つゐに子もなく、その行がたをしらず。[227]

227　前掲書, p.72.

という伝聞体で文を結んでいる。つまり、この部分は出典と認められる中国の「申陽洞記」には見られない浅井了意の創作部分である。 この伝聞体は伝承性を強調するのであり、その後の行方が分からないということで、その事実関係を確認することができなくなる。これに対して、『朝鮮太平記』の「隠里に至る事」には、次のように描かれる。

　　　二人の娘を親のもとに送りしに親共大きに悦び彌七を兩家のむことす. 夫より彌七ぶゆふを捨て百姓と也て世をらくらくとおくりぬ.[228](句読点は筆者による。以下同じ。)

これは「隠里」の伝聞体を省略した形である。これは出典とは違う事実性を重視した文体であり、読本浄瑠璃作者の創作意図の一端を見ることもできよう。つまり、古浄瑠璃『朝鮮太平記』が読本浄瑠璃として「軍記物」的要素を持っていたということを考えれば、『朝鮮太平記』「隠里に至る事」は『お伽婢子』からの異郷訪問談を取り入れながらも、意図的に伝聞体を排除し事実性を高めようとしたのであり、古浄瑠璃作者の創作意図が読み取れるのである。

228　注225に同じ。

4. 日本古典文学にみる猿退治伝説

人間界と異界の間を行来する世界を描いている「畳彩山伝説」の流れは、大きくは「猿を退治し、人質の娘を救い出し、その女性を妻に迎える」という基本的モチーフと「申陽洞記」から付加えられた鼠が棲む別天地「鼠の洞窟」世界を綯い混ぜた構成になっている。これは既に言及したように、中国の唐代小説「補江總白猿傳」から始まり、『嶺外代答』の「294 桂林猴妖」へと伝えられ、また『剪燈新話』の「申陽洞記」への流布、更に、これを出典とした『お伽婢子』の「隠里」が描かれ、これを出典として『朝鮮太平記』巻四第二「小西攝津守三道に陣を張事竝家来妻木彌七隠里に至る事」へと繋がる一つの系譜を成している。

しかし、日本古典文学の中にも、「隠里」に見られるような「猿を退治して人質の娘を救い、その娘と縁を結ぶ」という基本的なパターンの話があり、古く『今昔物語』巻26第7の「美作國神依獵師謀止生贄語」、第8「飛彈國猿神止生贄語」,『宇治拾遺物語』119話 「吾妻人生贄をとどむる事」等にも見られるものである。

では、まず『今昔物語』巻26第7の「美作國神依獵師謀止生贄語」の冒頭部分を引用する。

　　今昔, 美作國ニ中叁, 高野ト申神在マス. 其神ノ體ハ, 中叁ハ猿, 高野ハ蛇ニテゾ在マシケル. 毎年ニ一度其祭ケルニ, 生贄ヲゾ備ヘケル. 其生贄ニハ國人ノ娘ノ未ダ不嫁ヲゾ立ケル. 此ハ昔ヨリ近フ成マデ, 不怠シテ久ク成ニケリ.[229]

　東國出身の勇士が猿の生け贄と指名された娘の身代わりとなって、飼っていた犬を使い美作國の中参という猿を噛み殺すという筋である。猿を退治した勇士は、その娘と夫婦の縁を結びそこに定着して幸せに暮らした、という説話の典型的パターンが成立するのである。これは、いわゆる「猿神退治」の典型的な形で『今昔物語』巻26　第8「飛彈國猿神止生贄語」にも、次のようなものがある。

　　今昔，佛ノ道ヲ行ヒ行僧有ケリ.何クトモ無行ヒ行ケル程ニ，飛彈國マデ行ニケリ.(中略)其後，夜ニ入テ，年二十許ナル女ノ，形有様美麗ナルが，能装束キタルヲ，家主押出シテ，「此奉ル，今日ヨリハ我思フニ不替，哀レニ可思也.只一人侍ル娘ナレバ，其志ノ程ヲ押量リ可給」トテ，返入タレバ，僧云甲斐無テ近付ヌ.(中略)妻泣 云ク「此國ニハ絲ユ シキ事ノ有也.此國ニ驗ジ給フ神ノ御スルガ，人ヲ生贄ニ食也.其御シ着タリシ時，『我モ得ムヘ』ト愁ヘ シハ，此料ニセントテ云シ也.年ニ一人ノ人ヲ廻リ合ツ，生贄ヲ出スニ，其生贄ヲ求不得時ニハ，悲シト思フ子ナレドモ，其ヲ生贄ニ出ス也.」(中略)『生贄ヲバ裸ニ成テ，俎ノ上ニ直ク臥テ，瑞籬ノ內ニ搔入テ，人ハ皆去ヌレバ，神ノ造テ食』トナン聞.(中略) 此ノ生贄ノ男ハ其後，其鄉ノ長者トシテ，人ヲ皆進退シ仕ヒテ，彼妻ト棲テゾ有ケル[230]

　この説話も猿神退治談の一つで、舞台を飛彈の国隠里と設定してある。日本全国を 行脚していた僧が隠里を訪問するとのことと「隠里」伝説とが結びついた説話である。 第7の「美作國神依獵師謀止生贄語」より一層複雑

229　日本の古典31『今昔物語』，小学館，p.121.
230　前掲書，pp.127〜139.

な構造となっているが、人が猿の生け贄となった娘の身代わりに猿を退治するという基本的モチーフは変わっていない。 猿退治の舞台を隠里と設定した例が多いのは、人間の体を生け贄と与える行為が一般庶民社会とは断絶された、特殊な空間で行われる社会的風習から生じるものと解釈されるからであろう。また、このような説話の例が多様な形で各地域で表れるのは、行脚する修行僧による部分的改作と説話伝播の一つの断面ともいえるであろう。

　『宇治拾遺物語』の119話も猿退治談の一つである。以下、説話の一部を引用する。

　　（一一九 吾妻人止生贄事 巻一〇ノ六）
　　　今は昔,山陽道美作國に中山,高野と申神おはします.高野はくちなわ,中山は猿丸にてなんおはす.その神,年ごとの祭に,かならず生贄を奉る.人の女のかたちよく,髪長く,色白く,身なりおかしげに,姿らうたげなるをぞ,えらびもとめて奉りける.昔より今にいたるまで,その祭おこたり侍らず.[231]

　一人の女が生贄に決められて悲しんでいたところへ、吾妻地域出身の勇士が生け贄に指名された女の身代わりとなる覚悟で、普段飼っていた犬を訓練させ、それを使って美作國中山という猿を噛み殺させ退治する。猿を退治した勇士は娘と夫婦の縁を結び、その地方に定着して幸せに暮らしたという説話である。 これも既に引用した『今昔物語』巻26第7「美作國

---

[231] 新日本古典文學大系『宇治拾遺物語』,岩波書店,p.249.

神依獵師謀止生贄語」と同じく猿退治の話の基本的パターンをそのまま利
用している。つまり、この説話が「猿退治談」の基本的骨組みをそのまま維持
しながらも、伝承者の伝承過程と地域の状況に従って多様な形で伝えられ
て継承・変貌していったということがわかる。

　また、隠里の穴に落ちた又五郎が猿に毒薬を与え斬り殺した後、誘拐
の人質を救い出して帰郷するモチーフは「酒呑童子」系統の作品にも見ら
れろもので、説話的伝承性が認められる。

　「隠里」に表れたもう一つの特徴としては、鼠の登場が挙げられる。鼠は
『お伽婢子』の「隠里」に記されるように「虚星の精霊として，大黒天神の使者」
と描かれる。　「虚星」は中国・インドの天文説によったもので、月の運行圏を
28に分けたものの一つで、この日は新月から満月に至る過程の中で新月に
属する。従って、虚星の精霊である鼠は夜にも目がよく見えるということであ
る。これは中国の「申陽洞記」から受け入れられた東洋哲学的考え方による
描写であり、これに日本的な「大黒天神の使者」としての鼠の描写が付加
えられる。鼠と大黒天神との付け合いの関係は『近古小説新纂』、『和漢三
才圖會』等にも簡単にその例が見られる。即ち、大黒天神の使者の鼠が棲
息する場所は暗い洞窟(異界、理想郷)の「隠里」で、これが日本の木幡山
の栗栖野と設定されるのである。

　換言すれば、猿退治の場所を「隠里」の出典である「申陽洞記」では桂
林の洞窟と設定している。これが日本の猿退治の舞台になると木幡山近く
の栗栖野の鼠の隠里と設定されるのである。

　鼠の穴が存在したという地名としての木幡山はお伽草子の「隠里」にも、
次のように描かれる。

　　　紅葉色濃き稲荷山, 松に懸れる藤の森, 木幡の野に出でたりけり.(中略) 若し
　は日頃聞き傳へしこの野 には, 鼠の棲む隠れ里のありといふ.[232]

　　木幡山の野原に出ると、大きな穴の中で人声が聞こえる。ここが噂に聞
く鼠が棲む隠里かと思い、忍び寄ってみると、そこにはすばらしい別天地
が繰り広げられ、鼠たちが仕事をしていたという筋である。つまり、木幡山の
近くに「隠里」伝承が存在したかどうかは明らかでないが、この「隠里」の「若
しは日頃聞き傳へしこの野には, 鼠の棲む隠れ里のありといふ」という伝聞に
よる描写を通して、少なくとも『お伽婢子』の作者浅井了意が鼠の隠里の
地名として「木幡山」を知識として知っていたであろうことは推定できる。

5. 猿退治伝説(畳彩山伝説)の系譜と特色

　　説話ではこの世ならぬ別世界を描くことが多い。「申陽の洞窟」[233]の世界
もその一つで, 猿と鼠を登場させ人間界と異界を往来する別天地を展開さ
せている。「鼠が棲む隠里」は人間に知られざる場所、また行くことのできな
い仙境の入口と考えられ、その中は富貴満足りた別天地の世界と認識さ
れた。このような憧れの場所と認められた鼠の「隠里」を奪い取った猿たちは

232　島津久基『お伽草子』岩波文庫, p.330.

233　「申陽の洞窟」は、中国古典小説にみる猿退治物の場所、つまり洞窟を意識した表記で、
　　日本の鼠の洞窟「隠れ里」、また、『剪燈新話』の「申陽洞記」という作品名と区別するため
　　に、使った言葉である。

人の娘までも誘拐して何の不自由のない暮らしを營んでいた。ここに「武藝を楽しみ、弓馬の道に稽古の功をかさね、しかもそのこころ根きはめて不敵もの」である主人公によって異界の猿たちは退治され、人の娘は救われる。それに鼠たちは本来の棲み家に戻され、その恩に報いる形で主人公を再び人間界に導き金銀までも與える。人の娘を救出して兩親の家に歸った主人公は娘を妻に迎え末長く富裕に暮したという傳説的パターンの説話が成立するのである。

　こういった「申陽の洞窟」の世界の始まりは、直接的には中國の唐代の小説「補江總白猿傳」に遡り、『嶺外代答』の「294 桂林猴妖」へと伝えられ、それから『剪燈新話』の「申陽洞記」に、これを基に『お伽婢子』の第11の1「隱里」が翻案され、またこれを典據にして『朝鮮太平記』4卷第二「小西攝津守三道に陣を張事並家来妻木彌七隱里に至る事」に至る一つの系譜を立てている。

　しかし「申陽の洞窟」のこのような世界は、既に中国では漢の焦延寿『易林・坤之剥』、宋代の小説「陳巡檢梅嶺失妻記」、更に「塩官邑老魔魅色会骸山大士诛邪」に、日本では『今昔物語』卷26第7「美作國神依猟師謀止生贄語」、第8「飛彈國猿神止生贄語」、『宇治拾遺物語』第119話「吾妻人生贄をとどむる事」にも見えるのであり、このような「人身御供の娘の身代わりに立って猿神を退治し、生贄の娘を救出す」という基本的モチーフとお伽草子「酒呑童子」、「隠れ里」等の　多様な趣向を綯交ぜた土臺の上に傳承性を伴った形で成立するのであり、その土壌の上に一連の「申陽の洞窟物」が繼承・變貌されていったのである。

　「申陽の洞窟物」の初期に当たる中国の唐・宋代の小説と地誌「補江総

白猿伝」、「陳巡検梅嶺失妻記」、『嶺外代答』「桂林猴妖」(1178年刊)にみられた作品の筋は、武将の妻が猿に攫われ、その猿を退治し、妻を救って帰るというものであるが、これらの作品群の影響を受継いで、明・清の時代に成立した「申陽洞記」(1378年刊)、「塩官邑老魔魅色会骸山大士诛邪」(1632年刊)の筋は、銭翁という大金持ちの娘、豪家の仇氏の娘が猿に攫われて人質になっていたが、それを勇猛な男が猿を退治し、娘たちを救って帰り、その恩返しに妻を娶るというパターンの話に変貌してしまった。

　日本の『お伽婢子』「隠里」(1666年)は、中国の「申陽洞記」の筋を受継いでいるのであり、また『朝鮮太平記』「「小西攝津守三道に陣を張事竝家来妻木彌七隠里に至る事」もこの系統の作品である。

　以下、「猿退治伝説」の系譜及び影響関係を表にまとめると、次の如くである。

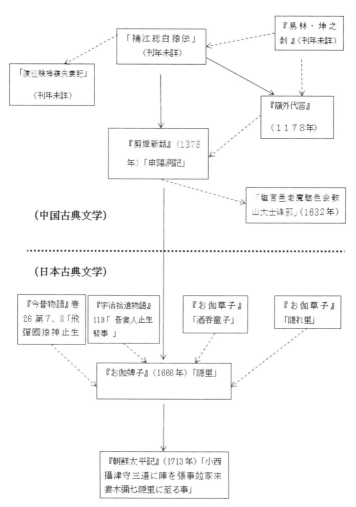

→は、伝説の直接的な影響関係を表す。

……は、伝説の間接的な影響を推定する。

항해헌수록

航海獻酬錄

여기서부터 영인본을 인쇄한 부분입니다. 454면에서 시작됩니다.

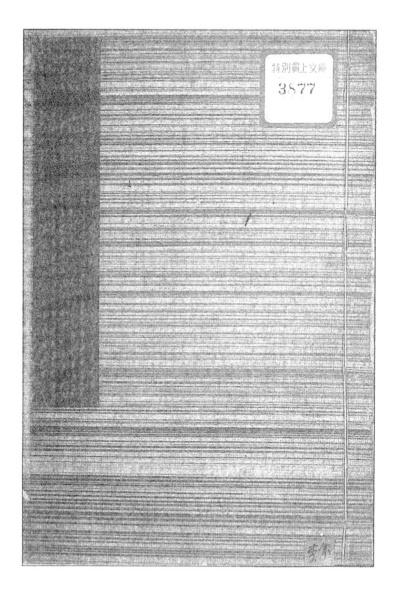

南嶺己亥秋九月八日會朝鮮學士申維翰及書記

菁栢戎菶夔民張應斗等于大阪客館西本願寺

唱酬筆語

通刺

水足安直

僕姓水足氏名安直字仲敬自號屏山又號廌章

蚩弊邦西藩肥後州候源拾遺之文學也前聞

貴國儒薦之好好星軺既向我日東切有儀封

請見之志於是跋涉水陸一百數十里以秋國之

觀險李夏尭来于此西望走企待文旆賁臨有日

矣今世

事

三大使君度講情員行李無恙動止安泰綦錦纏

翰河以弾　玉節於館頭夫人奉養朝野忘歡是

兩圓之感也萬福至祝

此兒名安方號出泉儀之所生之豚犬也今年十

有三畧誦經史聊知文字前聞有通信之願一觀

諸君子輿馬衣冠之裝咸儀文章之美於是遠

陵海山風濤之險自我肥後別携來耳

鄙詩二章謹奉呈　朝鮮學士　青泉申公　館下伏

鞜野玫又　　　　　屏山

星使暫留城市邊衣冠濟之負潮仙奇才虎嘯風千

里大気鵬飛雲九天早聽住名思懇範今看浮朵驀

言詮古來金馬最豪逸須爲驚駒靑鞭

矩行規步有藏儀風化遠傳殷太師列佐賓中名特

重太才寳德又一笑疑ゝ

　奉酬屛山惠贈　　　　　青来申維翰

邂逅鳴琴落木邊將雛一曲亦神仙雲生蘂岫三山

徑日出樽桑萬里无自道青編多妙契休言册籍有

眞詮淸誤共情秋職短明發征駒懶擧鞭又

皇華正樂盛賓儀文彩風流是我師共賀太平周道

始百年肝膽莫相覬　　　　屛山

　奉呈進士姜公

善薩漢使榱冠盡凌雲涯建楊卿風彩寄詩觀國華

松篁千歲月　桂菊一秋花　萍水偶相遇　奇遊又曷加

魯連千古氣　離群踏破東溟萬里雲　邂逅先知爾才調
別胸中星斗吐成文

次贈屛山詞案

耕牧子

迢迢上漢槎　久繫攝津涯　客意鴻賓日　天時菊有花
談窮海外事　詩動鐘中花　故國登高節　他鄕恨轉加

知君詩學獨無群　筆下東溟幾朶雲　邂逅扶桑萬里
外　黃花白酒細論文

屛山

奉呈進士成公

嘉客盡豪雄盃簪舍館中、馬ハ嘶ク城市ノ北、星ハ指ス海天ノ東、

揮筆気機活ニ賦詩心匠工、龍門高幾許ゾ欲ス上ラント蒼穹ニ、

刭橋錦纜歩ニ臨ム瀛、玉節暫ク留ル大坂城、此ノ地由リ来ル三一水、

台ハ遠ク遊バント倣フ異郷ノ情ヲ。

削貴剛萬闕洲仙三水合シテ而得タリ名ヲ此ニ、亦タ高津歟、

津難波津合シテ而名ク三津浦ト故ニ後ノ詩三四句云ニ爾、

奉和屏山惠示韻

才豈八尺雄兮、緯ノ未ダ蓮幕中ニ醉フ家虞ルノ火北ニ観ル石橋ノ東、

蓮島琴將花、巴陵ノ句、来テ工シ喜ブ君ガ筆王、趾披露シテ見ル青穹ヲ、

千里踦山兮、歩ニ瀟感ズ君ガ高義魏聯城、夢中已ニ返ル江郷ニ、

錦昌副殷勲遠訪情、

二　松林堂蔵版

劇鯤萬行二三千里ヲ遠ク訪フ李甸ヲ聊城ガ鯤萬ノ故鄕ニテ

奉呈進士張公

屛山

輶使入扶桑薩盟百代長大華開海外喜氣滿江堂

臨席如堵墓尽心歡狂高儀階不反起首蒼シ

梧葉飄零夕日紅鳴鸞館東感秋多情我亦天涯

客莫玲采轄作異同

奉次屛山恵示韻

滄海挐轄棄倩程萬里長隊波経野塞霊境歴龍堂

歎十新篇雅勲吾萬熊狂論襟猶恋絶暮山蒼

霜後楓林幾處紅客懷慘九秋飛蓬君却恨相知

脱言語雖疎念則同

僕不自揣奉呈俚詩於申羊威陳四公蘇次成公

各賜和章不勝感喜奉謝々々公等造詩之妙神

出鬼没遠近射注笑吾輩何敢闖其藩籬聊走

賦一律謹供四公之電矚

屏山

節近重陽秋気爽文奎星集五雲端筆飛千紙爪妃

起詩就百篇流水寒執巻眼窺天地大衆椊身陵海

瀾寛養性物外神仙醉熊濃今人増感嘆

走和屏山草贈韻

青泉

歴々陳星懸樹抄唵々鳴雁木葦端少年誰獎千秋

曲客子長越北月寒永夜庁聲如病進明晨更周若

角寛瞻分童把仙童賭滄海思君幾發也嘆乎

走次屛山韻

嘯軒

彩爪將雛更好嗣宗羲角碧梧端秀眉宛蔕青芮

気佳句俱舍白雪寒時菊散全童九辺容態如梅十

介寛閒命駕真高義一唱新篇又一嘆

奉呈屛山座次呈和

同彩火子真閒都宛似眉州大小蘇我而謠琴方捕

甲牧子　權道

種寫為君彈出爪將雛

走次甲牧子韻

屛山

信宿浪華為帝都新詩療我意阿蘇如看雲際大鵬

挙翅企難挙簿下雛

席上奉呈覿州松浦詞伯

屏山

結盟頃辱過津滕會應秋昊已接雖州客文建高府人
金蘭應共約詞賦欲相親坐上君無否秘為叢裡蔘

筆語

問

屏山

聞朱子小學原本行于子貴國不滕欽羨弊邦所行即
我先儒闇齋山崎氏抄取小學集成所載朱子本注
而所定之本也貴國原本共集成所載本註有增減
異同之處耶

答

青泉

朱子小學則我國固有刊本人皆誦習而專尚朱子

本註ニ耳、貴國山崎氏所レ括ノ書末ニ及ニ得レ見ニ知ニ其異
同之ヤ如何耳ヽ

問

　　　　　　　　　　　　　　　　　　　　　屏山

近思録亦貴國有ニ原本ニ而行ルヤ葉采之所レ解ノ貴國

書生讀ヨ以覽ル其講習ヤ否

答

　　　　　　　　　　　　　　　　　　　　屏山

近思録亦有リ刊ニ本ニ而葉氏註讃書皆講習耳ヽ

問

　　　　　　　　　　　　　　　　　　　屏山

貴國儒先實暗堂金宏弼從ニ　佔畢斎金氏ニ耜學作

畢何レ人　耶又今如何ニ

答

　　　　　　　　　　　　　　　　　　　屏山

問

貴国儒先録所載李晦有答志機堂書其言精微深

詰實道學君子我国學者仰慕希多晦菴所著大學

章句神遺續或求仁録末見其書況肯誠顧必其書

各有立言命意之別願示大畧

答　　　　　　　　　　　青泉

瞬有所著大學章句補遺則大意在止於至善章不

木章有所疑錯所為之然先生亦以僭妄自謙不廣

其布微生得見若盖寡今不同二一枚舉

問　　　　　　　　　　　　　席山

伯卑有金氏譚宗直

問　　　　　　　　　　　　　席山

-13-

僕嘗讀退溪李氏陶山記已知陶山山水之佳峙不凡

之境也聞陶山即靈芝之一支也今八道中屬衞州

郎陶山書堂巖書□精舍等尚有遺跡耶

　答　　　　　　　　青泉

陶山在慶尚道禮安縣書堂精舍宛坐猶在儼立廟

宗於其傍春秋享祀之

　問　　　　　　　　屏山

李退溪所作陶山八絕中有郤説青天在眼前零金

朱笑覔爐邊之句上零金朱笑何言耶　　青泉

　答

零金朱笑禾及讀或詩索別語

－14－

問
　　　　　　　　　　　　　庫山

嘗看ル下貴國谷州書殘缺僅存羊行希覯同曰宋事

元明半通氣更下記為退溪李氏所着不和有全書

否有則顧教不盡及卷數又

答
　　　　　　　　　　　　　青泉

理學通録我國即今之所筆傳關レリ
　　　　　　　　　　　　　庫山

問
　　　　　　　　　　　　　青泉

聞退溪後方案周鄭氏栗谷李氏牛溪成氏沙溪拳氏所着貴國業四

休等蔚ト華式而道學世不令其人寶

顧諸氏皆有所述其經解遺書以何等題名耶

答
　　　　　　　　　　　　　青泉

某圉有五服圖栗谷有聖學輯要擊家要訣等之書
溪有本集沙溪有喪禮備要

問

屏山

東國通鑑、貴圉必當梓行之書也聞無此書、不知
也ヽヽ

答

青泉

東國通鑑尙有刊本行世、
右青泉所答九件張書記錄之

京

屏山

小兒年方享歲ヽ籠養不勝感謝苦年貴圉儒先鄭
所昌八歲其父鄭六乙勢之見天使浙江張寧請求

児ノ名ハ張章名ハ之ヲ以テ阿昌且作説贈之今公為此見賜

名或別號則歪書小児之窠而又僕一家之幸也豚

ヤ小児周興鄭家之児才賀懸絶公則今日之

張夫使也坂望二語ヲ

青泉

名ハ守方字ハ斯立號傳泉

名則甚佳字以巧立之義士泉仍未悧故以普傳開

泉時出ル史義我知如何今歳已向深若観前求小説

期以明早後余秀才而来見於一相遅之幸雖甚忙

忽筆可不為着忍書贈率

屏山

松林堂蔵版

小見字號急遽賜、敬何榮若之、咸願字號說書之三

十字而賜之、顧明日裝裝忽忙難、必未見會扃只在

今夕至初住望

字號說

已亥重陽前一日、余留大坂、見水足氏童子、年十三、

號志泉、以剩自通日某名字、方忻讀書、哦詩行草頗

奉君子羊日驅使、之壽所寫詩、々筆昂竦如汗血駒

膚瑩、至雪隔坐端麗一眸脉而可自云霄卿毛余

為撫頂再三字之旦斯立以身大方之泉更

其號曰博泉寓思傳時出之義字書諭之旦告以無

相忘即起辭謝日庶幾窕夜不敢厚命是書俱可書

朝鮮國宣務郎秘書著作兼直太常寺申維翰題
于大坂城使館而本願寺

字號說謹此領得感佩易極多謝〻

　　　　　　　　　　菊溪

僕姓張名應斗字彌文號菊溪
今以從事官記室

未此所獲攄雅儀遠自肥後不啻千餘里跋涉之勞
枉顧於旅館寥寂中既極感幸況對阿戎寧馨可愛
但恨語言不同只憑筆舌而相通不盡所懷耳
　　　　　　　　　　　　屏山

小兒熊荷種愛且紙筆之惠不勝感幸荷
　　　　　　　屏山

　公休草嚴及

即見室尊年姿異村迥出凡兒可謂陸家之駒謝宅
之樹珍童昌已老子紙筆以寓眷意而返荷勤謝悤
悤甎悤

嘯軒

芥林堂新鐫

諸公從　三大使君發軺東行則僕乃攜一小童兒

屏山

解纜雨情此會難再賠別甚悵之焉耳

享保己亥重陽前一日會朝鮮学士及書記等于

浪華賓館唱知并筆語

　　　　　　　　　　　　　　火足安方

謹奉呈朝鮮学士申先生

　　　　　　　　　　　　　　武東

韓使東臨路不難相逢萍水約金蘭紱瓜千里旌旌

－20－

動夜月三山劍佩寒煙外數峯分遠近天塹大海潯

波瀾何思殘城玉堂容啼鳳如今共倚欄

横小萬錦帆無恙先生動止肛復暫訶至節干此

百稿至祝今幸不惜階前盈尺之地便小字得吐

気棚眉微仰壽雲甚權所望何策如之奉呈之詩

謹祈郢斤若賜高和大呂九鼎以骨至珍耳

奉訓出泉秀才惠贈韻

　　　　　　　　青泉

海陸追遊未覺難逢々衣帶結秋蘭書抹島六南山

色劍拔豊城北才寒握手學雲涙爽気離心落日滿

警瀾淸子起草它年事緑鬢看君詠玉欄

謹奉呈書記姜先生

　　　　　　　　出泉

溝好東西遠致誠被凡清道而初時錦帆映日本天

地主節接沒浚海瀛一斗杯中揮彩筆五千里外發

英名勿言異城無相識夜雲浮月色明

和武農韻

　　　　　　　　　　　耕牧子

鐵硯工夫而主誠論詩賓館屬新晴已看韻格多奇

骨瘦業文章法大瀛早歲童烏多妙藝弱年

而高名何時南斗星邊望伴見奎花一點明

　　　　　　　　　　　　王勃

謹奉呈書記處先生

　　　　　　　　士泉

尋盟千里向天東煙浪雲濤尺住爪曉日射波三島

外秋帆挂月大洋中潮聲一向琉璃碧柳樹萬山錦

繡紅匆謂殊邦言詰別藝圃更有筆頭通

和瞻呈半泉童子

晴軒

一簡明珠出海東緯齡詩筆自家風挙身書誦傷燈

下貫月棟尋春色中妙質芳春芷秀紫花篤晴日廬

降紅砥迎不覺忙吾屐喜甚玉門孔刺通

半泉

謹奉呈書記張先生

眇花碧海涇仙楂借好十年自麗羅玉節未時高意

気用橋過處浩煙波衣着冠盖礼容重定識江山詩

思多此日光爪鳴雁公鄉書萬里意如何

菊溪

走波以走童子清韻

漢使初偉上漢槎頂華秋景政森羅水爪吹玄玉改披

錦島靄收来丹溪波欸我帰期何日定義君寄思此

公林曾民友

時多東臂西燕先迎送摟祇臨岐意若何

本呈申先生　　　　　　出東

脩隣千古自朝對帆影隨爪到日邊勞問海山好詩

料滿囊珠玉幾詞篇　　　青泉

扶桑俗日日華鮮賓使孤槎迢遞海邊上有仙童顏似

雪吟玉毋白雲篇　　　　出泉

本呈姜先生

遠來萬里海雲東飛鶴暫留攬火中逢接雞杯和氣

客紙凡却伏坐馨爪　　　青泉

見示深知詩道東　芙蓉秀出綠池中他時欲記相逢

地岸菊鳴九月凡

奉呈成先生

半東

韓國豪才作遠遊芳名先入日東咸江南明月天涯

色孰興金剛楓樹秋

和出東

閣水也長天一樣秋

為訪皇華千里迢聲齒輪墨亦凡流浪花江上勝王

奉呈張先生

出東

奉使遠來韓國賢東行跋涉幾山川兩邦相約善古隣

寶館外晴雲秋気鮮

半東

－25－

奉訓中泉

髫齡雅志慕前賢誘獵瀟江及柳川正與阿爾價、盖

地鳳毛兼靚五章鮮、

儀采端雅可念、而日暮行忙未得作横可恨、

穩

又贈小足童子、

嘯軒

勝閣王生歲丹山端鳳毛壽紅殘數幅賢尓弄柔毫

尾書玉雪可念四大字併筆墨紙而賜之出泉、

謹次咸先生辱賜韻著奉謝甲成兩公惠貺、

詞律鳳鳴曲封錄舞衫老松偁將玉版賜及似樣豪

次嘯軒韻復賜水屐秀才、

鵁雛將鶱嗣露豹已斑毛、鳳凰真堪愛燈前壽彩毫

書贈出藍童子

旱牧子

此子甚聰慧十三能作詩陋矣陶家貢唯知不棗梨

奉次良醫權公辱賜韻

出泉

幸倍君子席賜我五言詩旬魂楞才客只知飲棗梨

哢吟一絶賜別出泉童子

菊溪

笑崗方英妙觀不已老成愛其將遠到持此表深情

黃筆一枚玄筋一丁色紙二張次資吟弄擘

儒則必將遠到勉旃々

走草贈車原秀才

菊塘

燈前一笑對仙童燗似蓮花出水中窈恍明朝之將

悵然回首海雲東

二公木邑斜友

奉和菊塘彦丈惠贈韻　出泉

何幸海西一小童結盟豪傑滿堂中新詩董誦細□

月俸見菊花籬落栗

席上奉呈杻浦霞沔先生　出泉

後才海冈發豪英俊地見童亦記名今日相逢君可

黙為林秋帶玉金鳴

筆語

出泉

申戌張三先生厚賜賣回筆墨紙尚恩甚多奉謝　出泉

玉雪可念退之語公書贈之出泉果何意　霞沔

-28-

愛牽子頴秀故書退之語贈之　　　　　　嘯軒

小異文、筆可佳、作謝訊贈我為望、假當和呈訊于前　　嘯軒

所作詩佳、匪如玉人、如玉殼可愛　　　出泉

姓名　　　　　　　　　　　　　　　　　嘯軒

姓氷足谷廿方別号出泉　　　　　　　　　卑牧子

年　　　　　　　　　　　　　　　　　　出泉

丁亥生廿十而三、　　　　　　　　　　　卑牧子

作訊贈之陪待之詩出于前　　　　　　　　出泉

　　　　　　　　　　　　　　　　　　　里牧子

知筆歡枚奉呈雫咸張三公旅次、出泉

、物吾當贈、君、豈贈我　秀泉

、㫖眈非物丙美美人之貽　哺軒

倩　　　　　　　　　　　出泉

僑別號菊塘　足下姓名其所　荊塘

書示

童姓火足名安方西海路肥後川人即屏山之男

西肥　由庚寫焉

平橋藏

航海献酬録

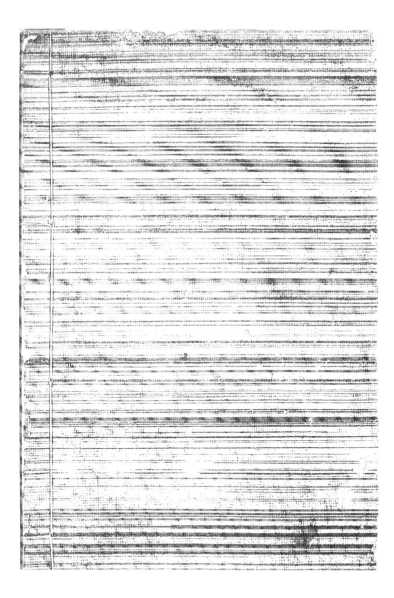

항해헌수록

航海獻酬錄

여기서부터 영인본을 인쇄한 부분입니다. 이 부분부터 보시기 바랍니다.

후기

　1986년 일본 유학 생활을 시작한 나는 2년 후 대학원 석사 학위
논문으로『조선통신사와 가부키』란 연구로 석사 학위를 취득하였다.
그 후 1994년 박사 학위 논문으로『조선통신사와 일본 근세 문학』이
란 연구로 학위를 취득하였다. 따라서 지금까지 조선 후기의 통신사
와 일본 문학과의 관련 연구를 해 온 것이니, 햇수로는 35년 가까운
기간 동안 이 방면의 연구를 해 온 셈이다. 그간 발표한 연구 성과로
단독 저서『조선통신사와 일본 근세 문학』(2001년),『江戶時代の朝鮮
通信使と日本文學』(2006년)을 한국과 일본에서 각각 출판하였다.

　이번에 출판하려고 하는『항해헌수록』(1719년)의 역주와 연구는, 1999
년 발표한「18세기 초 오사카에서의 신유한과 미즈타리 헤이잔」(『일본
어문학』 6집)이란 논문을 시작으로 오랜 기간 번각과 번역을 되풀이하
며 보완한 것을 출판하기에 이르렀다.『항해헌수록』은 조선 사절의
제술관 신유한, 서기 강백, 성몽량, 장응두 등의 학사와 일본의 유학자
미즈타리 야스나오, 야스카타 부자가 나눈 한문 필담·창수집으로 일

본 도쿄 도립 히비야 도서관에 소장되어 있다.

나는 2017년 3월부터 2018년 6월까지 1년 6개월 중국의 광서사범대학 초빙교수로 방문하게 되면서 자료의 재검토와 역주 및 번각 작업을 재개하였다. 광서사범대학 교수 및 석사 과정 학생들과 힘께「일본 한문 독서회」를 제안하여 주 1회의 모임으로, 자료의 번각과 역주를 끝낼 수 있었다. 지면을 빌어 독서회에 참여해준 이명화, 양용 교수를 비롯한 추스, 이링, 이신 등의 대학원생에게 감사의 뜻을 전하고 싶다.

이 저서에 포함되는 기 연구 논문을 작성함에 있어서는 2001년, 2009년 한국연구재단, 2017년, 2019년 목포대 연구비 등으로부터 지원받은 연구비를 활용하였다.

마지막으로 저서 간행에 전념할 수 있도록 배려해준 처 홍은원과 한국어판 원고 교정을 도와준 안길중 군, 일본어판 원고 교정을 도와준 시카다니 유코 선생 그리고 보고사 박현정 편집장을 비롯한 이순민 선생 등 관계자 여러분에게 깊은 사의를 표한다.

2020년 1월

승달산 자락 연구실에서

참고문헌

申維翰(1719), 『海游錄』(『국역해행총재』 1~2), 민족문화추진회.

_____(1719), 『海游錄』(姜在彦譯注,『海游錄-朝鮮通信使の日本紀行』), 東洋
　　文庫, 平凡社, 1974.

李元植(1991), 『朝鮮通信使』, 民音社.

李進熙(1988), 『江戶時代朝鮮通信使』, 講談社.

『江戶時代朝鮮通信使』(1979), 映像文化協會.

「江戶時代朝鮮通信使」(1984), (『三千里』 37号, 三千里社).

朴贊基(1992), 「朝鮮通信使と黑本『朝鮮人行列』」, 小池正胤・叢の會 編, 『黑本・
　　青本の研究と用語索引』, 日本國書刊行會.

_____(1998), 「朝鮮學士の日記・紀行文に見る朝鮮通信使の旅」, 『國際日本文學
　　研究集會會議錄』 第22回, 日本 國文學研究資料舘.

_____(1999), 「18세기 초 大阪에서의 申維翰과 水足屛山-『航海獻酬錄』을 중심
　　으로」, 『일본어문학』 제6집, 한국일본어문학회.

_____(2006), 「『航海獻酬錄』による筆談・交驩の樣子」, 『江戶時代の朝鮮通信使
　　と日本文學』 臨川書店(松田甲(1976), 「水足博泉と申維翰」, 『日鮮史話』 三, 原
　　書房.)

中村榮考(1976), 「朝鮮の日本通信使と大阪」(『日鮮史話』 三, 原書房.)

杉下元明(1993), 「朝鮮學士李東郭」(『近世文學論輯』 研究叢書133, 和泉書房.)

堀川貴司(1996), 「唐金梅所李東郭」(『朝鮮通信使』 李刊日本思想史第49号.)

朝比奈文淵(1720), 『蓬島遺珠』 일본 국립국회도서관 소장.

木下蘭皐(1720), 『客館璀璨集』, 일본 국립국회도서관 소장.

性湛(1719), 『星槎答響』, 『星槎餘響』, 일본 국립국회도서관 소장.

松井可樂(1720), 『桑朝唱酬集』, 일본 국립국회도서관 소장.

松田甲(1976), 「水足博泉と申維翰」, 『日鮮史話』(三), 原書房.

水足屛山(1719), 『航海獻酬錄』, 도쿄 도립 히비야도서관 소장.

김현정(2007), 「「唐人殺し」事件の再檢討 −『宝曆物語』と『金令記』を中心に」, 東京學芸大學大學院 修士學位論文.

안대세(2013), 「崔天宗殺害事件を素材にした實錄体小說の研究」, 慶熙大學大學院 東洋語文學科 博士學位論文.

박려옥(2011), 「近松の作品と朝鮮通信使 −『大織冠』の場合」, 『國語國文』 第80卷3号.

_____(2011), 「『南大門秋彼岸』の「邯鄲之枕」考 −「行列のからくり」を中心に」, 『日語日文學研究』 第77輯, 韓國日語日文學會.

박찬기(2003), 「「隱里」の世界」, 『日本文化學報』 18輯, 韓國日本文化學會, pp.215~229

_____(2006), 「「隱里」の世界」, 『江戶時代の朝鮮通信使と日本文學』, 臨川書店, pp.95~109.

_____(2006), 『江戶時代の朝鮮通信使と日本文學』, 臨川書店.

江本裕校訂(1988), 『伽婢子』 2, 東洋文庫480, 平凡社.

近藤淸信畵(1713), 『朝鮮太平記』, 東京大學付屬図書館(早稻田大學図書館所藏).

中村幸彦(1983), 『近世比較文學攷』, 中央公論社.

太刀川淸(1982), 『近世怪異小說研究』, 笠間書院.

森山重雄(1982), 『幻妖の文學上田秋成』 三一書房.

日本の古典(1986), 31『今昔物語』, 小學館, p.121.

新日本古典文學大系(1990), 『宇治拾遺物語』, 岩波書店, p.249.

元晦(844), 『桂海碑林』, 七星公園博物館.

王琦(2014), 「唐代文學研究」199, 『語文敎學与研究』, 華東師范大學對外漢語學院.

瞿佑(1378), 『剪灯新話』, 飯塚朗 譯(1965), 『剪燈新話』, 東洋文庫48, 平凡社.

p.150.

周去非(1178), 『嶺外代答』, 楊武泉校注, 『中外交通史籍叢刊 嶺外代答校注』中 華書局, 1997, p.453.

洪楩(刊年未詳), 「陳巡檢梅嶺失妻記」, 『清平山堂話本』, 岳麓書社出版, 2014, p.74.

凌濛初編著(1632), 「塩官邑老魔魅色會骸山大士誅邪」, 『初刻拍按驚奇』, 岳麓 書社, 2010, p.297.

瞿佑(1378), 「申陽洞記」, 『剪灯新話』卷三所收, 『明清小說精選百部』三, 時代 文藝出版社, 2003, p.59.

花開兩朶・各有异香(2014), 《補江總白猿伝》和《陳巡檢梅岭失妻記》的比較 – 蘭州教育學院學報, vol.30, 第30卷 第4期.

作者刊年未詳, 「補江總白猿伝」, 魯迅輯泉, 『唐宋傳奇集全譯』, 貴州人民出版社, 2009, pp.16~17.

池內敏(1993), 『「唐人殺し」の世界』, 臨川書店.

尾形仂(1964), 「森鷗外「佐橋甚五郎」の典據と方法」, 『文學』32-10, 岩波書店.

小仁田誠二(1988), 「實錄体小說の生成」, 『近世文芸』48, 日本近世文學會.

原道生(1993), 『大織冠』解說, 『近松淨瑠璃集』, 岩波書店.

箕輪吉次(2009), 「『韓客來聘金令記』について」, 『日本學論集』第24号, 慶熙大 學, 大學院日本學研究會.

『日本古典文學大辭典』(1984), 第三卷, 岩波書店.

찾아보기

지은이

박찬기(朴贊基)

1957년 서울에서 출생.
1986년 한국외국어대학 교육대학원 석사과정 수료.
1990년 동경학예대학 대학원 석사과정 수료.
1993년 이송학사대학 대학원 박사과정 수료. (문학박사)
1995년 목포대학교 전임강사를 거쳐 현재 교수로 재직 중.
2001년 동경학예대학 연구교수
2010년 기후대학 연구교수
2017년 광서사범대학 초빙교수
한국일본어문학회 총무이사, 한국일본문화학회 부회장, 일본어문학회 부회장을 역임.
현재 한국일어일문학회, 한국일본문화학회, 조선통신사학회 이사로 활동.

저서로 『조선통신사와 일본근세문학』(2001), 보고사(단독),
『江戶時代の朝鮮通信使と日本文學』(2006), 臨川書店(단독),
『青本·黑本の研究と用語索引』(1992), 國書刊行會(공저),
『문학으로 보는 일본의 온천문화』(2012), 민속원(공저),
『조선통신사 사행록 연구총서』(2008), 학고방(공저) 등이 있다.

연구논문으로 「에도시대(조선 후기) 조선통신사와 일본 학사의 교류」(2019),
「계림 〈첩채산 전설〉의 유포와 일본근세문학으로의 수용」(2019),
「일본문학에 나타난 임진왜란과 천곡 송상현」(2019) 등 60여 편이 있다.

조선후기 통신사
필담창화집 연구총서 9

『항해헌수록』의 역주와 연구

2020년 1월 31일 초판 1쇄 펴냄
2020년 8월 3일 초판 2쇄 펴냄

지은이 박찬기
펴낸이 김흥국
펴낸곳 도서출판 보고사

등록 1990년 12월 13일 제6-0429호
주소 경기도 파주시 회동길 337-15 보고사 2층
전화 031-955-9797(대표), 02-922-5120~1(편집), 02-922-2246(영업)
팩스 02-922-6990
메일 kanapub3@naver.com / bogosabooks@naver.com
http://www.bogosabooks.co.kr

ISBN 979-11-5516-961-2 94810
        978-89-8433-900-2 세트
ⓒ 박찬기, 2020

정가 33,000원